我们阅读
WOMENYUEDU

魅丽文化　花火工作室

奶糖酥

著

云南出版集团

云南人民出版社

图书在版编目（CIP）数据

甜雾 / 奶糖酥著. —— 昆明：云南人民出版社，
2023.12

ISBN 978-7-222-21276-3

Ⅰ.①甜… Ⅱ.①奶… Ⅲ.①长篇小说 – 中国 – 当代
Ⅳ.①I247.5

中国国家版本馆CIP数据核字(2023)第194855号

责任编辑：刘　娟
责任校对：陈浩东
责任印制：马文杰

甜雾
TIAN WU

奶糖酥　著

出版	云南出版集团　云南人民出版社
发行	云南人民出版社
社址	昆明市环城西路609号
邮编	650034
网址	www.ynpph.com.cn
E-mail	ynrms@sina.com
开本	880mm×1230mm　1/32
印张	10
字数	316千
版次	2023年12月第1版第1次印刷
印刷	长沙金鹰印务有限公司
书号	ISBN 978-7-222-21276-3
定价	46.80元

如有图书质量及相关问题请与我社联系

审校部电话：0871-64164626　印制科电话：0871-64191534

云南人民出版社公众微信号

目录
Contents

目录
Contents

第一章
受人之托 要护着她

昏暗潮湿的工厂房内，躺着一个被绳子反绑着的少女。她闭着双眼，一动不动，凌乱的秀发紧贴在她的脸颊旁，额头上还渗出了密密的汗珠。

"人到手了，钱什么时候到账？

"你们快点儿，别一会儿把警察招过来了。"

等到沈黎雾醒来，已经是半小时后了，恰好碰上绑匪和买主正在交易。

为了不惹出祸来，沈黎雾装成还在昏迷的状态。但很快，她就被人拽着头发狠狠往后一扯，白皙纤长的脖颈儿和精致的面庞露了出来。

她强忍着痛意，没发出声音，不敢在这种情况下挣扎，更不敢跟他们对峙，但也因疼痛睁开了眼。

一个男人看到沈黎雾的脸愣了愣，回头问："这是谁？"

沈黎雾听着身旁这些人的对话，也暂时厘清了目前的状况——她被绑架了，不过绑匪绑错了人；绑匪钱没到手，还可能招来了警察，现在正考虑要不要鱼死网破。

沈黎雾竭力克制着自己的情绪，想尽量降低自己的存在感。

绑匪却见她醒了，玩味一笑："醒了？那刚好。"

话音刚落，这人就抓住了沈黎雾的手臂，拖着她去到了一处较为平坦干净的地方，边走边解开自己的腰带。

男人瞧见她白皙滑腻的肌肤和显眼的锁骨，眼眶有些猩红，仿佛看见了猎物一样。就在男人即将亲上她的时候，工厂外不远处忽地传来"砰"的一声枪响……

"6·11"大案是一起 A 市相关部门联合行动侦查的重大刑事案件，如今不过刚过去一个多月而已，参与办案的各个部门的人员又因为一场绑架案聚集在工厂外。

现场成立了一个临时指挥部，指挥官简单介绍了一下目前的情况。

"买家是'6·11'大案在逃人员缪志昌的手下，原本想要绑架报复的是程队的未婚妻，因为名字读音相似，所以误绑了沈黎雾。

"买主和绑匪共有十二人，且都持有枪支，现在聚集在废弃工厂内，工厂易守难攻。

"不论是强攻还是侧面迂回，都要优先保障人质的人身安全。"

"各位对行动有什么具体想法吗？"现场指挥官偏头看了眼身侧的男人，轻敲了一下桌子，沉声道，"周烬。"

现场的人纷纷转头，几乎同时看到哪怕濒临死亡都面不改色心不跳的周队，在瞧见人质的资料后，浑身散发着阴戾深沉的气息。

天已经有些黑了，湿热的风裹着燥意卷入工厂内。绑匪深知拖的时间越长对他们越不利，警方所谓的谈判不过是在故意迂回罢了。

行动小组由周烬负责。他身形颀长，漆黑的眼眸平静地望着不远处的工厂大门，随后他率先踏入警戒线内。

高空中放置的微型摄像头将工厂内的信息尽数同步到指挥部。

工厂外的声音吸引了里面所有人的注意力，指挥部趁机又安排了另一个行动小组悄无声息地从后方靠近，在工厂的窗口处释放了大量的吸入式麻醉气体。

伴随着枪声响起，两个行动小组的成员戴着面罩分别攻进了工厂内，并以最短的时间控制住了现场。

沈黎雾慢慢地丧失了意识，在她身后的绑匪却还在强撑着，抵在她脖颈儿处的匕首未曾移开，锋利的匕首使得伤口越来越深……

就在这千钧一发之际，沈黎雾隐约看到有一个穿着黑色外套的男人朝着自己跑来。男人在解决了那些绑匪后，恍若失而复得般地将她紧紧地抱在了怀里。

男人眼底的情绪在这一刻猛烈翻涌，却又像在压抑着什么，骨节分明的手背上青筋微微凸起。

"没事了，雾雾。

"不怕……"

周烬快速冲到绑匪面前，将沈黎雾救下后，谁也不让碰，一路抱着她到了车上，然后将她送往医院。

队员们看到后都以为自己出现幻觉了，他们望着车子离开后喷出的尾气，激动的心情久久没能平复——这居然是队长？！

周烬望着副驾驶座上昏迷过去的女孩，脖颈儿处的伤口只进行了简单的包扎，渗出的血染红了她的白色衬衣，也刺痛了他的心。

她不能出事，他答应过的，要护着她。

周烬攥紧了钥匙扣上的玩偶挂件，下颌线紧绷，眼底涌动着许多复杂的情绪。

医生对沈黎雾做了一番检查后，说她并无大碍，等麻醉时效过去了就会醒来。

"对了，小姑娘脖子上的伤口有些深，这几日切记不要碰水。等她醒来再观察一下，没什么问题就能出院了。"

周烬喉咙处有些发紧："知道了，多谢。"

倘若今天沈黎雾出了事，周烬大概这辈子都会活在愧疚和痛苦中。

天色有些昏暗，男人周身被白色的烟雾环绕着，他像是在迷雾中寻找着答案，又像是在等待黎明来临的那一刻。

沈黎雾再次醒来时已经在医院病房内了，身边还坐着一个模样精致漂亮的女孩儿，瞧见她醒了，很是惊喜："你终于醒过来了，还有没有不舒服的地方？我去喊医生过来。"

沈黎雾还有些迷糊，低喃道："你……"她的喉咙有些不舒服，刚说了一个字便戛然而止。

姜南笙见状，连忙倒了杯水，将杯口抵在她的唇边，有些愧疚地说："对不起啊，那些人原本要绑架的人是我，我的小名叫厘厘，跟你的'黎'字同音，这才让你遭受了这场无妄之灾。"

沈黎雾喝了小半杯温水，嗓子这才好受一些，但还没等她开口，医生和警察就一起走了进来。

前者是来给她做检查，后者是来让她做笔录——在确定沈黎雾的身体状况良好后，警方便安排了一名女警察前来询问。

但没想到——

那个男人也来了。

沈黎雾抬眸望去，病房内的光线有些暗，只见他戴着黑色鸭舌帽，遮住了自己大半张脸，又刻意坐在了阴影处。

"谢谢。"她轻声说了句。

沈黎雾失去意识之前，还依稀记得这个男人朝自己跑来，似乎还唤了声"雾雾"。

周烬身形微顿，并未应声，只是示意可以开始做笔录了。

女警官按照流程一一询问。

"姓名。"

"沈黎雾。"

"年龄。"

"22 岁。"

"家庭住址。"

"刚刚毕业来到 A 市，住址……还没确定。"

"你和你父母的户籍所在地在哪儿？"

"我没有父母，是在 D 市清和街 52 号的儿童福利院长大的。"

病房内陷入了短暂的沉默，女警官看向沈黎雾的目光带着一些心疼："抱歉。你还记得是怎么被绑架的吗？时间、地点、经过，需要你仔细地复述一遍。"

沈黎雾的逻辑很是清晰，不需要女警官再多问些什么，回答得事无巨细，甚至还提供了一些警察不曾了解到的对话信息。

女警官将所有的笔录信息整理好，让沈黎雾签完字后便先行离开了病房。

周烬早就已经知道她是在孤儿院长大的，但真的从她口中听到这些事实，还是给他带来了很大的冲击力。

他选择戴着鸭舌帽坐在阴影处，也是为了避开她的视线。他担心自己情绪绷不住，不想让她生疑。

但沈黎雾还是隐约察觉到了一些。她打量着面前这个奇怪的男人，温声问道："周队长，我们认识吗？"

周烬抬眸望去："你怎么知道我姓周？"

"我听到他们喊你'周队'了。"

周烬脑海中浮现出了沈黎雾的相关资料——华清大学，心理学，专业第一名。

沈黎雾同他对视着，语气温柔却直击要害："一个人在心虚的时候，会有意限制自己的某些行动——周队长像是刻意避着我，在我面前掩饰一些事情。但奇怪的是，我好像跟周队长并不认识……"说完，她有些不确定地问道，"昏迷之前，我好像还听到你喊了我……'雾雾'？"

周烬还没来得及回答，他的手机铃声就忽地响了起来，他按下了接听键："讲。"

他声音有些低沉，浑身透着股强势的气息："十分钟后收队，回局里待命。"

周烬转头的那瞬间，恰好撞入了一双干净澄澈的眼中。

沈黎雾的衬衣扣子掉了几颗，露出她柔嫩细腻的肌肤和极其明显的锁骨。唯一遗憾的是，她白皙的纤颈上此时被纱布缠着，那么深的伤口，也不知以后会不会留疤。

他握着手机的力道紧了紧："后续还需要你对有关情况做陈述补充。"

沈黎雾点点头："知道了。"

她话音刚落，周烬便极其流畅地拉下了自己的外套拉链，而后将冲锋衣外套披在了沈黎雾身上。

他弯腰靠近时，沈黎雾能感觉到一股扑面而来的荷尔蒙气息——温热、强势、掠夺。

所有的冷静和理智，在他忽然靠近的这一瞬间全都化为了灰烬。沈黎雾心口有些发麻，说："谢谢。"

周烬望着她的侧脸短暂地失了神，过一会儿才移开视线："不用谢。"

这样极具压迫感的男人离开后，沈黎雾才觉得呼吸顺畅了几分。但没想到，他在病房门前又停下了脚步，思索片刻，回头看她，低哑的声音随之响起："跟我走吗？"

倘若他的身份不是警察，这样暧昧的一句话，沈黎雾怕是会直接报警。

沈黎雾张了张口，声音有些不自然："跟你……走？"

周烬轻"嗯"了一声，解答了她的疑惑："我那儿空了间房子，你想租的话可以便宜租给你。"

安静的病房内，周烬的目光很是坦荡，似乎并没有任何其他的想法，只是单纯地想帮她而已。

做笔录的时候，他知道她考上国内的顶尖学府，是靠资助付的学费，平时的生活开销则是靠奖学金和兼职赚的钱支撑的，如今她刚来 A 市，住所还未定。

沈黎雾身体并没有什么大碍，今天晚上就可以办理出院手续。

大概是看出了她的紧张，周烬转了话锋，道："一来是对你的安全有保障，也方便后续的补充陈述；二来，不是好奇我认不认识你吗？"

沈黎雾不知道为什么，对眼前的这个男人有种莫名的信任，她轻轻点了点头："好，我跟你走。"

沈黎雾乖乖坐在副驾驶座上，却总是无意识地瞟向周烬，想要回忆自己跟他有没有见过面，有过什么交集。

她从小在 D 市长大，之前没有来过 A 市，也没见过他，他为什么会认识自己？

夜幕下的城市车水马龙，霓虹灯与路灯交相辉映，繁华得让人产生不真实感。

大抵是今天发生了太多事，又加上警察在身边，有了安全感，沈黎雾靠在椅背上，没一会儿便睡着了。

周烬在等红灯的时候偏头望去，而后下颌线微微收紧。他改变了原定的路线，开车带着沈黎雾，在陵园绕了三圈。

最后，车子稳稳停在小区楼下。

周烬拿出了烟和打火机，准备点燃的时候，动作微顿，看了一眼还睡着的女孩儿——

他头一回这么小心翼翼地下了车。

周烬倚在车门边，指尖烟雾缭绕，冷白的脖颈儿上青筋浮现，直到抽了两根烟才勉强压下有些混乱的心绪。

将烟蒂扔进垃圾箱，周烬回头看去，小姑娘还在睡。

周烬抬起手臂，在车窗上轻轻敲了两下，没反应。他只得绕到副驾驶位的车门旁，"咔嗒"一声打开了车门。

沈黎雾被突然开门的声音吓醒了，手下意识挡在心口处，定了定心神。

周烬的视线落在她泛着红晕的耳尖处，他声音带了些许笑意："走了，回家。"

她从小就没有家，"回家"这两个字眼对沈黎雾来说是二十二年来从未真实拥有过的。

周烬带着她参观了房子，是精装修的，三室一厅，在寸土寸金的 A 市繁华地段，租金肯定贵得离谱。

沈黎雾有些心虚地问："多，多少钱啊？"

周烬站在了灯光下，颇为慵懒地抬眸看她，刚说了个"一"字，就被沈黎雾打断了："一万？！"

沈黎雾对着周烬鞠了一躬："对不起，周队长，打扰你了。那个，我自己找房子吧，谢谢你。"

周烬哑然失笑，伸手攥住了她的手腕，略显低哑的嗓音响起："谁跟你说一万了？"

沈黎雾有些蒙："嗯？"

"会做饭吗？"

"会做一些简单的菜。"

周烬松开她的手腕，手中似乎还残留着她柔软的触感。他定了定神，沉声说："这房子买来我也没怎么住过，每周还要请阿姨打扫。月租金暂定一千，等你工作稳定后再涨租。你住进来后负责日常打扫和买菜做饭，有问题吗？"

好像有哪儿不太对劲……

沈黎雾的目光对上了他深邃的眼眸，犹豫了一会儿，问道："那你……也住在这儿吗？"

周烬轻挑了一下眉，语气慵懒含笑："不然？"看到她有些被吓到的样子，周烬也没继续打趣她，"我一出任务就要十天半个月，有时住单位，有时在外面将就过。你安心住着，不会有人来打扰你。"

"你的行李在哪儿？"他问道。

沈黎雾所有的思绪都顺着他的话走，脱口而出一家酒店的名字。

周烬敛眸看了眼腕表上显示的时间，低声道："两间客卧都是提前打扫过的，房间里有一次性的洗漱用品，今天晚上你先住在这儿，明早我忙完带你去搬行李。"

说完，周烬又塞给她一张字条："这是我的私人号码，有事联系我。"

沈黎雾迷迷糊糊的，也不知自己怎么就被大馅饼砸中了，直到手里被塞进了一个写着电话号码的字条，她才回过神："周队长……"

"嗯？"

"我们见过吗？"沈黎雾的目光落在眼前男人的身上，"你为什么……这么照顾我？"

周烬有一瞬间的僵硬，而后低低说了句："你没见过我。为人民服务是我们的宗旨。"

沈黎雾知道他没说真话，一些表情和下意识的小动作已经出卖了他的内心，他大概是有什么顾虑吧。她本想继续追问的，可想到他明早还有事情要处理，也就没再打扰他："那……谢谢。"

几个小时说了不知道多少回"谢谢"了。

周烬看着她微垂的睫毛在眼下映出一片小小的阴影，这思考的模样倒有几分像那个人，但也不完全像。

见他转身要走，沈黎雾问："这么晚了，你不休息吗？"

周烬随手拿起放在玄关处的车钥匙："有些事要办。你早点儿睡吧，晚安。"

关门声响起，男人高大的身影渐渐同夜色融在一起。

沈黎雾一人待在房子里，心情有些复杂，洗漱完之后才想起给手机充电，开机后就看到几个未接来电和很多条未读信息。

林老师："雾雾，先前跟你说过，我丈夫在 A 市中心医院任职，恰好他最近需要招两个跟你专业相关的实习生，不过具体的我也不太清楚，我把面试的相关信息发给你。"

林老师："雾雾，看到消息记得回电。"

童盈："宝贝雾雾，你安顿好了吗？你说你干吗非要去 A 市呀，留在 D 市工作不好吗？我好想你啊！"

因为时间太晚了，所以沈黎雾没有回复林老师的信息，怕打扰到她，准备明早再电话联系。她又看了眼童盈的在线状态，想来应该是在加班或者熬夜打游戏。

沈黎雾："安顿好啦！我遇见了一个特别好的房东，明天应该就能把住处定下了，工作再慢慢找。"

童盈那边几乎是秒回："靠谱吗？有没有仔细检查房产证和合同之类的信息？"

沈黎雾："还没来得及，不过他是警察。"

童盈："那也要谨慎一些呀。"

沈黎雾笑着回了句"知道啦"，又跟童盈聊了一会儿对方工作上的琐事，便准备休息了。

临睡前，沈黎雾脑海中忽然浮现出童盈的那句——"干吗非要去 A 市"。

这个问题她最近听到过很多次。

她放弃 D 市的生活圈子，来到一个人生地不熟的陌生城市，究竟是为了什么？

沈黎雾自己也说不清缘由，大概是执念吧。

福利院院长曾说过，福利院的孩子，绝大多数是被父母抛弃的，有的是家里穷养不起，有的是重男轻女，嫌弃女儿是个累赘；只有一小部分是被意外捡到的。

沈黎雾被抛弃的原因，没有人清楚，所以她才固执地想要追查那些蛛丝马迹，想要知道真相。即便最后是一场空或者是一场伤害，她也心甘情愿。

在临近毕业那段时间，她接到了号码归属地显示为 A 市的陌生电话。

对方很奇怪，接通后一句话也不说，沈黎雾最初以为是打错了，等了十几秒没人应声便挂断了。

但后面连续三天，对方每天都打来，却又不说话。

沈黎雾每次都安静地等三十秒，确认没人回答，再挂断。

直到最后一次，沈黎雾在睡梦中被电话吵醒，她有些无奈，但仍然很耐心地跟电话那边的人聊了起来，询问对方是不是遇到了什么问题，需不需要帮助。

沈黎雾单方面聊了五分钟，这也是和对方持续时间最长的一次通话。

可对方依然没有任何回应，且那次的电话挂断后，就再也没有打来过。

沈黎雾在毕业之后记起这件事，尝试回拨了一次，但只剩下冰冷的机械女声——"对不起，您所拨打的电话号码是空号，请核对后再拨。"

沈黎雾有一种强烈的直觉，这五次电话不会是不小心错拨的，也不像是开玩笑，故意等她接通后却不讲话。

她来A市，就是靠近真相的第一步。

沈黎雾晚上睡得并不算安稳，也许是换了个陌生地方的原因。早上洗漱完之后，她就联系了林老师。

恰好那场面试提前到了当天中午，林媛还担心她时间上来不及。

"你一个小姑娘，凡事都要处处小心，有什么事就及时跟我说，知道吗？"

"知道啦，谢谢林老师。"

电话刚挂断，外面就响起了开门声。

沈黎雾走出房间，就见昨晚离开的周队长直到现在才回来，衣服好像都没换，手里还提了一个大袋子。

周烬将买来的早餐放在了餐厅的桌子上，声音微沉："你先吃，我去洗漱。"

沈黎雾想说些什么，但看他情绪不太好的样子，最后还是没开口。

浴室内并无任何温热的雾气，冰凉的水珠从周烬的脸上滑落，冷水让他清醒了些，脑海中也浮现了过往的一幕幕。

他昨晚哪儿也没去，在陵园的墓前待了一夜。

明明是件值得高兴的事，却因上天的造化弄人而让他没有半点儿欢喜，只剩下满腔遗憾。

周烬坐在墓前的台阶上，周遭的气息有些昏暗，他沉默良久才低低地说："过几个小时要去执行公务，严禁饮酒，下次休假再陪你喝。"

晚风吹过，斑驳的树影来回晃动，像是在点头回应，又像是在追问什么。

周烬平静的黑眸下藏着许多无法宣之于口的情绪，最后只化为了六个字："她很好，你放心。"

周烬不清楚沈黎雾的口味，所以早餐买了很多种——小笼包、煎饺、油条、鸡蛋、小馄饨、南瓜粥……

沈黎雾心不在焉地吃着饭，思考等下怎么谈租房合同的事情。

周烬跟以前一样，下半身随意裹了条浴巾便从浴室走了出来，出来后才察觉到有些不对——他忘了家里还有个小姑娘。

沈黎雾没想占人便宜，但余光就这么不经意间捕捉到了这一幕。

他的头发湿漉漉的，水珠从轮廓分明的侧脸滑落，顺着脖颈儿慢慢落入结实强劲的腹肌处，最后跟其他的水滴汇聚在一起。

手中圆滚滚的鸡蛋掉在了桌上，沈黎雾连忙慌乱地拯救差点儿滚到地上的鸡蛋。全程她都像只低着头的小鸵鸟，根本不敢抬头看。

周烬回房间换了身颇为规矩的衣服才出来，头发还未完全吹干，空气中弥漫着淡淡的清冽香味。

他坐到沈黎雾对面，目光落在了她旁边的透明的盖子上，馄饨碗里的香菜都被挑了出来。

"不爱吃吗？"

"啊？"沈黎雾顺着他的视线低头看去，轻声应道，"小时候吃过一次，感觉味道很难闻，以后就再也没吃过。"

周烬点了点头，脑海中浮现了某人被迫吃香菜的不悦。

虽然周烬在刻意掩饰，但沈黎雾仍然能察觉到他的情绪因香菜这个话题，变得有些微妙。她很好奇，但也不便多问。

见他吃得差不多了——三屉小笼包全没了，沈黎雾才开口说："我中午有个面试，你什么时候有时间呀？我们把租房合同签一下吧。"

"不急。"

"那我先把租金转给你吧，押一付三还是……"

"沈黎雾。"

"嗯？"

周烬想说，其实可以不用这么着急，但刚抬起头，就同她干净澄澈的眼眸对上。他能看得出她的不安和担忧。

自幼在孤儿院长大的女孩儿，自我保护意识很强，不愿意亏欠任何人。

周烬单手解锁了手机，打开了微信添加好友界面，随意地丢给她："一月一付，押金就不用了，容易忘。"

"哦，好。"

沈黎雾长舒了一口气，和周烬加上好友之后就把钱给他转过去了。

周烬还要去开会，沈黎雾也简单整理了一下，准备去面试。

出门时，周烬找到了放在角落的备用钥匙，然后把原本带着玩偶挂件的钥匙给了她："结束后给我发信息，晚点儿带你搬家，面试顺利。"

"好的，谢谢周队长。"沈黎雾看着钥匙上的玩偶挂件，眼底也浮现了很浅的笑意。这人看着这么冷，没想到还用这么可爱的玩偶挂件。

A市中心医院。

沈黎雾按照林老师给的地址，去了医院三楼的大会议室，里面已经有一个男生在了。

"抱歉，打扰了。"

"沈黎雾是吗？直接进来吧。"

坐在会议桌对面的是林老师的丈夫陶正远医生，陶医生拥有心理学和法学双学位，是业界颇负盛名的资深专家，沈黎雾之前看过照片，但没见过真人。

陶医生颇为和蔼地看了他们一眼："你们两个的简历我已经看过了，的确都很优秀，但需要跟你们提前说一下，这次的实习任职地点并不是在医院，面对的也不是普通患者，并且会很艰苦，你们能接受吗？"

沈黎雾听完很惊喜地问道："是跟警局相关的吗？"

陶医生笑着点了点头："你怎么知道的？"说完，陶医生又像是想到了什么，"我差点儿忘了，你在D市跟我妻子了解最多的就是关于警局工作方面的信息。"

接着，陶医生详细说了一下工作的安排，因为上面下达任务的时间比较紧张，所以要尽量今天确定下来。

陶医生看了眼腕表，抬头道："我等会儿还要开两个会议，大概一个小时后结束，你们先看一下相关的资料，晚点儿要去警局那边一趟。"

沈黎雾低头扫了一眼资料，目光瞬间就被吸引了，上面显示"6·11"案件的主要负责人是周烬——A市刑侦支队队长。

她微微怔住："是他？"

不会这么巧，是同一个人吧？

陶医生："怎么了？有什么问题吗？"

沈黎雾摇了摇头："没问题的，陶医生。"

旁边的男生看向她的目光带了些赞赏，然后也回道："我也没问题。"

陶医生是警局那边特意聘请的专家教授，主要接触的是"6·11"大案的部分嫌疑人，所以对专业能力要求极高。他这才选定了沈黎雾和庄明两个国内顶尖学府的高才生。

因涉及重大案件的相关细节，所以他们还需要签署保密协议。

一切准备妥当后，陶医生才带着两人前往警局。

另一边，周烬刚结束长达两小时的会议，并被告知他的假期取消，改天再补假给他。

休假本就是为了那个小姑娘，如今既然意外遇见了，周烬要这假期也没什么用。

"周队，局长说安排了专家来帮助我们侦破'6·11'案件，你要不要去见一下啊？"

"不见。"

"那好吧，我先去接一下人。"

"嗒"的一声，楼道内传来打火机开启的声音，一簇暗红的火苗慢慢点燃了周烬手中的烟。

指尖烟雾缭绕间，不远处女孩儿姣好的面庞映入周烬深色的瞳孔中。

沈黎雾穿了件白色长裙，脖颈儿处系了条丝巾遮挡住伤口，和武凯他们站在一起，神情很是认真。

前来协助破案的专家跟沈黎雾有什么关系？她怎么来这儿了？

周烬捻着烟的手臂有些发麻。他头一回那么不希望看到她，或者说，不希望看到她接触跟"6·11"大案相关的事情。

直到燃烧的烟快要烫到手指，周烬才将视线从沈黎雾身上收回。

周烬捻灭烟蒂，扔进垃圾桶里，迈开长腿，走到了她的身边。

沈黎雾刚抬起头，目光恰好跟周烬的视线对上，不知为什么，她莫名地有些心慌。

周烬将目光从沈黎雾身上移开，开口说道："武凯，带教授先去办公室休息。"

武凯有些愣住："啊？不去会议室讨论案件的相关情况吗？"

"过一会儿。"

"好嘞。"

陶教授和庄明在前面走着，沈黎雾刚想跟上，不承想手腕被旁边的男人攥住："跟我过来。"

"我还没跟陶老师说呢，周队长……"

沈黎雾就这么被拽走了，整个人都是蒙的。

而与此同时，这一幕也落在了不远处行动组队员的眼里，他们一个个都震惊极了。

"我没看错吧？队长身边怎么有个女人啊？"

"不仅如此，好像还是队长把人拉走的？"

"你们不觉得这女孩儿有点儿眼熟吗？"

虽然只能看到模糊的侧颜轮廓，但这些人好歹是精英队员，不过片刻便记起了这女孩儿就是昨天被绑架的那个小姑娘。

哇，好像嗅到了一些桃花的气息！

沈黎雾被周烬带去了不远处的安全通道。

因为走得太急促，导致沈黎雾的气息有些乱，她抬眸看向面前这个身形高大的男人："周队长，可以放开我了吗？"

周烬在她话落的瞬间便松开了手，只见女孩儿原本白皙的细腕上竟有一圈很明显的红痕。

他眉心微蹙，语气有些沉："昨天伤的？"

沈黎雾沉默片刻，轻声问："周队长莫名其妙把我拉过来就是为了制造出我手腕上的伤，然后拒不承认？"

"……抱歉。"他似乎只是轻轻碰了一下，没想到会留下这么明显的红痕。

沈黎雾摇了摇头说"没事"，而后问道："周队长有话要跟我说吗？"

周烬眸色暗了暗："你了解过这个案件的危险性吗？是什么让你决定来这儿工作的？"

他这个人真奇怪……但沈黎雾也不能直接走人，只能耐心解释："很简单呀，我刚刚毕业，需要赚钱，而且，我很喜欢这份工作。"

周烬这么多年从未哄过人，如今则是把所有的耐心都用了沈黎雾身上："房租我可以暂时不收，工作我可以帮你问问看有没有合适的，希望你再认真考虑一下，是不是真的喜欢这份工作。"

"哦。"

"答应了？"

"周队长说得特别好，但是我不想听。"

人的眼睛能表达出很多暗藏在深处的情绪，沈黎雾将目光落在了他深邃的眼眸上，就这么盯着他看了两秒钟。周烬马上躲开了她的视线。

他在躲什么？

沈黎雾默默记下了这些小细节，然后故意往前走了两步，拉近了跟周烬之间的距离，二人呼吸时的温热气息瞬间缠绕在了一起。

因为身高差的原因，沈黎雾还需抬起头才能对上他的目光："周队长……你什么时候见过我？"

"不记得了。"

沈黎雾语气轻缓："所以的确见过我，是吗？"

男人低哑的声线里含着很浅的笑意："上一个试探我的人是什么下场，知道吗？"

话音刚落，周烬便忽地揽住沈黎雾的腰，强势地把人困在了墙壁和自己中间。

炙热的气息扑面袭来，沈黎雾呼吸微窒，水润的红唇轻启着，就这么看着近在咫尺的男人。

周烬慢慢逼近，距离无限拉近，讲话时薄唇的幅度只要大一些，便会毫无阻碍地亲上去。

他看出了沈黎雾的故意试探，于是反守为攻。

时间一分一秒过去，就在沈黎雾抵挡不住攻势想要从他的怀里逃离的时候，男人低沉的嗓音在头顶缓缓响起："沈黎雾，今天教你一个道理。"

分明是她在试探他，如今却变成了自己被他拿捏。

沈黎雾抬起头，恰好撞入了他深邃的双眸中，心脏剧烈地缩了一下，手心也有些发软。

这是一种怎样的感受？

大概是前有深不见底的悬崖，后有野兽步步逼近，叫嚣着要吞噬你，成为它的盘中餐，而你——无路可逃。

沈黎雾尽量保持清醒，没再跟他对视，但还是不甘心，想要继续观察他，想要看看他隐藏起来的情绪究竟是什么。

想到这儿，她的视线略微下移了一些，恰好落在他的嘴唇上。

男人语气慵懒，低声问道："往这儿看，是要亲吗？"

沈黎雾怎么都没想到他会说出这么不正经的一句话，她先是有些怔住，而后才张了张唇说："你……"

话还没说完，周烬便后退了一些，使二人之间保持着适当又安全的距离。

周烬收回了刚刚颇为强势的攻略，低头看着她："你在日常生活中偏安静，但倘若涉及你所学的专业知识，就会变得主动且大胆，这种反差很明显。

"现在我要告诉你的道理就是，没有不动声色的试探，要么强势，要么直白，否则，你永远得不到想要的答案。"

沈黎雾听懂了他的意思，声音带着点儿无奈："可是周队长，你救了我，又收留了我，却一直在躲避我的问题，既不让我追问，又不给我答案，现在还让我放弃工作，离开这儿——您觉得，说得通吗？"

周烬精准地捕捉到了她口中的"您"字，知道她是暗戳戳用这个称呼报复他。他低笑了一声，语气听起来有些危险："哥哥今年才二十七岁。"

沈黎雾颇为认真地点了点头："知道了，谢谢您。"

说完，她便从他的手臂下钻了出去。

沈黎雾已经走出安全通道，却不知又想到了什么，停下脚步，回头看他："周队长，不论你怎么说，我都很想要留在这儿。"

她的眼睛很漂亮，此时眸中也写满了坚定。

因为——这儿能看尽人间百态，阅遍人情，这儿能纯粹地坚守公平正义，这儿能帮她解开这么多年心中的执念。

所以她想留下，她想有机会查清自己被抛弃、被丢下的真相。

周烬虽然不清楚沈黎雾为何这样坚持，但看到了她认定一件事之后便会义无反顾的态度，温柔而又坚定。

周烬见劝不动她，就直接去找了下达命令的李局。

李局正签着字呢，敲门声忽然响起，害得他差点儿把自己的名字写错了。

"周烬，你给我进来！"

敢这样"咣咣咣"敲门的，也就只有他了。

周烬大步流星地走了进去，而后直接切入正题，沉声说："'6·11'大案不需要所谓的心理学专家来辅助破案，我们是审讯，不是给嫌疑人做心理疏导。"

李局把文件放在一旁，手搭在桌面上："你小子现在想一出是一出，开会的时候怎么不反驳啊？现在人家教授专家都来了，你让我赶他们走？"

周烬眉头微不可察地蹙了一下："这个案子本就复杂特殊，且具有很高的危险性，我可以接受专家教授去跟嫌疑人面对面谈话，但那两个年轻的助理，没必要。"

李局不是不讲理的人，听到这话也觉得有几分道理，但是——

"正是因为案情复杂，所以才需要换个思维从多个角度去侦破。局里有一套成熟的审讯方式，但你也看到了，对那些人一点儿用都没有。

"专家教授可以从心理方面剖析破解，他带来的两个助理的资料我也看过，且不说是国内顶尖学府的高才生，重要的是现在的年轻人看待问题跟我们不一样，他们有很大的优势。"

周烬淡淡地说了句："是您跟我们年轻人看待问题的方式不一样。"

李局："出去，出去，出去！"

周烬轻"嗯"了一声，继续说："出去之前我还是要说，那两个年轻人我就不留了。"

李局冷哼道："留不留不是你小子说了算的，据我所知，人家已经把保密协议什么的都签了，是具有法律效力的。"

且不说周烬想不想让他们留下，现在就连李局都没办法做这个决定。

一些人瞧见周烬离开办公室的模样，纷纷笑着问李局："这是怎么了？倒是难得见到他这副被迫屈服的样子啊！"

李局笑了笑没说话，心里也有些诧异，周烬什么时候会关心这些小事了？

会议室内。

原定今天开个小会，简单介绍一下"6·11"大案的相关情况，以及陶教授他们需要了解的一些嫌疑人的信息。

但周烬临时改变了想法，让人把投影仪关了，站在会议室最前方，目光落在了坐在后排的沈黎雾身上。但不过片刻，他就移开了视线。

周烬将手臂撑在桌上，开口道："各位下午好，我是周烬。首先，我对陶教授的到来表示欢迎，也希望案件能有新的进展，但在此之前，我想要说几点。"

沈黎雾抬眸看向他，这一刻也更明白了为什么周烬刚才会说"反差"两个字了。

人在不同的场景下有着不同的状态，这种状态，是你有时不自知，但在外人眼里很明显的。

初见周烬时，沈黎雾觉得他就是比较帅气而已，一举一动都很容易让人心动。如今再看，却发现他身上散发着的那股势在必得的魅力，跟初见时完全不一样。

"第一，我并非否定陶教授以及两位助理的专业性，正因为案件复杂，每一步棋都要下得稳妥，所以我更希望大家各司其职，术业有专攻。

"第二，审讯人员所施加的特定压力，已经包含了一定的心理学作用，心理学却不一定含有审讯作用，时间宝贵，我不希望最终是一场空，甚至适得其反。

"第三，案件很危险，嫌疑人也很危险，面对面交谈更危险，我希望陶教授和两位助理都能够好好考虑一下，是否要继续做下去，毕竟开弓没有回头箭。"

说完这句话，周烬明晃晃地将视线落在沈黎雾身上："如果确定参与进来后，因案情等被吓到，有人敢在我面前哭闹的话——那就别怪我不留情面，教你们认清这些残酷的现实。"

最后这番话，周烬就是针对沈黎雾说的，在场的众人也都心知肚明，毕竟她是全场唯一一个女孩子。

当然，周烬口中的"残酷的现实"，也的确是真的。在场有几个男生都被周烬这个"大魔王"训哭过，更别说一个年轻的小姑娘了。

周烬手底下的队员开始有些心疼这个小姑娘，纷纷仗义执言。

"周队，这才刚见面，不用这么吓唬人家吧？"

"是啊，也没那么严重，审讯室又不是只有她一个人。"

虽然跟沈黎雾才接触不久，但陶教授对她的印象还是很好的，他也常听妻子提起沈黎雾这个学生有多优秀和聪慧，于是陶教授缓缓说道："我理解周队的顾虑和担忧，来之前，我便提前同他们说了这个工作很是艰苦。他们既然做了这个决定，就一定会为它负责到底。"陶教授回头看向沈黎雾和庄明，问道，"是不是？"

庄明点了点头，应道："是的。"

沈黎雾等庄明回答完之后才慢慢从位置上站了起来："谢谢老师，我答应的话一定会做到的。"随后又看向周烬，开口，"我也有几句话想要跟周队说一下。"

周烬抬眸望去，颇为耐心地开口："讲。"

窗外有风吹过，沈黎雾脖颈儿处的白色纱巾缓缓飘动，整个人美得像个清冷仙子，似乎真的有些不适合这样严肃危险的地方。

沈黎雾的声音轻柔："周队先是说各司其职，术业有专攻，那么请问周队，你有学过心理学吗？了解它吗？

"心理学的研究是围绕着人展开的，它的根本目的是描述、解释、预测和控制人的行为，实验心理学家艾宾浩斯曾说过，心理学有着漫长的过去，发展至今，它已经很严谨、很成熟了。

"如果周队是担心我撑不住，矫情哭闹影响办案，我可以在这里跟周队保证，我哪怕要哭也会躲起来，不让周队看见。

"希望周队能够相信老师，也相信我们。"

周烬眸光一沉，稍稍沉默。

他担心的其实并不是她会矫情哭闹，而是这个案子所牵扯到的人和事，也许会打乱沈黎雾平静的生活。

他瞒着她，是受人所托，但也是本意。虽然知道事情瞒不了太久，但至少能让她安稳、开心地生活一段时间。

周烬看向沈黎雾，最后问了一遍："想好了吗？"

沈黎雾点头，眼中写满了坚定："想好了。"

"今天先到这儿。下周一会安排一个审讯室给你们两位，考核测试不过关的人，我不留。"

　　"啊？"怎么还有考核啊？签合同的时候上面没写呀……

　　周烬瞥了她一眼，漫不经心地问道："怕了？"

　　沈黎雾摇头："才没有。"

第二章
警察玩偶 祈愿平安

散会的时候，周烬拿出手机，找到了微信联系人的界面，打开了跟沈黎雾的聊天窗口。

昨天没怎么注意，现在才看到，沈黎雾的头像是一团白色的云朵，像思考的表情，又像是迷雾，倒是符合她安静的性格。

哦，也不安静。

在安全通道，她敢主动靠近他、试探他；在会议室，还敢当着那么多人的面说出自己的观点。

周烬挺好奇沈黎雾真实的性格到底是怎样的。

会议结束后，沈黎雾打算跟陶医生一起离开，手机却在这时振动了一下。

沈黎雾点开看了一眼，是周烬。

周烬："在一楼大厅等我，晚点儿我带你去搬行李。"

沈黎雾其实已经不太想租周烬的房子了，直白点儿说就是，不太想跟他有过多的牵扯了。她觉得这个人太过神秘，有些看不透。

沈黎雾坐在大厅的休息区，思考着要不要跟周烬说不租房子这件事。

因为太过于专注，导致周烬来到自己身边，她都没有察觉到。

"发什么愣？"

头顶传来男人低哑含笑的声音，沈黎雾怔怔地抬起头："嗯？"

周烬手中拿着车钥匙，示意沈黎雾跟着他走："把酒店的地址发给我。"

沈黎雾一边跟着他往外走，一边犹豫纠结，直到走到车子旁边，她才站在原地，轻抿了抿唇，从包里掏出一个东西来。

周烬回头看去，就见她拿着那串有玩偶的钥匙，正想递给他。

"我问你酒店地址，不是问你要钥匙。"

"我，那个……"沈黎雾攥着钥匙的手莫名有点儿发麻，她手腕处那圈红痕还未消掉。

周烬也看出了这姑娘是有话要跟自己说，他就这么倚在车门边，饶有兴致地望着她："又在琢磨什么坏主意？还想试探我吗？"

沈黎雾闻言，直接把那串钥匙塞到了周烬手里，然后后退了两步，拉开距离。

烫手山芋递出去之后，沈黎雾才有勇气开口："那个，我考虑了一下，房子我还是不租了吧，不打扰周队了。"

周烬眼底的笑意霎时消失了一些，眼看着这姑娘说完就想跑，他下意识地抬起手臂拽住她的手腕，打开副驾驶位的车门，把人塞了进去。

沈黎雾彻底蒙了，大庭广众之下怎么能拉拉扯扯呢？！

只是还没等她控诉，周烬便将手臂撑在她的座椅旁，忽地凑近，声音低哑却又有些危险："沈黎雾，给你个机会，再说一遍。"

沈黎雾脸颊两侧的温度逐渐升高，身子下意识地往后移，但后面是座椅，根本没什么退路。

她只得在他近距离的注视下缓缓开口："经过深思熟虑后，我觉得不太好去打扰周队长的生活，所以就不想……"

周烬打断了她官方的话，问道："是不想住我那儿，还是不想跟我接触？"

沈黎雾眼底闪过几分茫然，这有什么区别吗？

"一点点儿吧。"

周烬从喉咙深处溢出了一声轻笑，望着她澄澈的双眸，低低说了一句："行，知道了。"

他轻俯下身，手臂掠过沈黎雾的身前，从另一侧扯过安全带，而后很流畅地"咔嗒"扣上。

沈黎雾望着近在咫尺的男人的侧颜，心口处莫名地有些发麻。

副驾驶位的车门被关上的时候，沈黎雾听到他低沉带笑的嗓音忽地响起："小没良心的。"

周烬从车前绕到驾驶位，上车后，很自然地将手搭在方向盘上，而后便驱车离开。

"地址发来，我先送你回酒店。"

沈黎雾把酒店的地址发给他后，便保持沉默——这一路上，车内都非常安静。

车子快要抵达酒店的时候，周烬寻了处临时停车点停车，然后对她说："在这儿等我。"

说完，他下车往马路对面走。过了几分钟，车门就被打开了，一股很浓烈的奶茶香味飘来，沈黎雾有些诧异地偏头看去——周烬买了两杯奶茶。

"不知道你爱喝什么口味，买了店员推荐的招牌味道。"

沈黎雾把手机放在座位上，伸手接过奶茶，礼貌地说了声"谢谢"。

车子很快抵达酒店楼下。

周烬骨节分明的双手在方向盘上随意搭着，声音有些低沉："我的确在绑架案之前就知道你了。既然你选择去警局工作，很多事你都会慢慢了解到。如果那时候你还想听，我会事无巨细地跟你讲。"

沈黎雾猜的的确没有错——他果然认得她，见过她，甚至还可能跟她有些渊源。

"那就慢慢了解吧……还是谢谢周队救了我。"沈黎雾说完之后，便拿了一杯在她看来比较好喝的奶茶，递给了周烬。

周烬看了眼那杯奇奇怪怪的甜腻奶茶，没去接，他从来不喝这些。

"了解的前提是，你下周能通过考核，留在警局。"

"我会通过的，除非——"

"除非什么？"

"除非这杯奶茶很好喝，但是周队不喜欢，那我就把它丢了。"

沈黎雾还保持着递奶茶的姿势，意味深长地说道："不过我相信周队这么有正义感的人，一定不会做出这种事情的。"

典型的给一巴掌，再给一颗糖。

这杯奶茶，周烬不接也不行了。他低笑着，饶有兴致地唤了声："沈黎雾，如果我已经做了呢？"

瞧见沈黎雾眼底不解的情绪，周烬倒也没掩饰，坦荡地跟她交代了自己在李局办公室说的话。

"倘若你们没有签保密合约，有可能连考核的机会都没有。"

沈黎雾默默收回了自己的手，把奶茶重新装进了袋子里："太过分了。"

周烬偏头看着她的侧颜，声音放低："生气了？"

沈黎雾摇头："没有。就是更想留下了，想证明心理学并非无用，想知道周队隐瞒的事情真相。"

想知道她在 D 市接到的好几次的陌生电话，究竟是何人打来的。

周烬还以为小姑娘会生气，毕竟是自己"想方设法"要让她离开，但没想到，她远比他想象中的还要清醒理智——认定一件事后便很坚定，也知道自己要的是什么。

直到沈黎雾平安进入酒店后，周烬才驱车离开。回去的途中，他接到了队员打来的电话："周队，绑架案的那些嫌疑人已经转到咱们这边了。你在哪儿啊？等你来走流程呢。"

"十五分钟后到。"

挂断电话后，周烬手底下的人因为暂时不忙，所以聚在一起开始依据仅有的线索分析起来了。

"队长什么时候主动跟女孩儿搭过话啊，他平日里可最讨厌有女的来缠着他。"

"提前声明，我不是那种盯着人家看的猥琐的人！就是黎雾妹妹跟周队离开的时候，好像从包里拿了一串玩偶的钥匙，我真是不小心、不经意间看到的！"

"玩偶？是队长之前嫌弃它幼稚，现在很珍惜的那个吗？"

这句话落下，众人的神情都有些不自然，周遭的气氛也变得有些压抑。

但他们还是尽力调整好自己的情绪——

"不聊这些了。所以结合上面那些证据，意思就是，黎雾妹妹拿着周队家的钥匙？还是说……她就住在周队家？"

"这比太阳从西边出来了还让人害怕！"

"你们说……"

"小姑娘会不会被周队凶哭啊？"

沈黎雾回到酒店房间后，整理了一下自己的行李箱，就在她准备去前台支付房费的时候，忽然意识到一个很重要的问题——她的手机呢？

幸好笔记本电脑一直没关，之前登录了微信也没有退出来，沈黎雾点开了与周烬的聊天框。

他现在应该在开车，所以沈黎雾没有打语音电话，而是发了条信息过去。

周烬回到警局的时，才看到来自备注为Gift（礼物）的一条未读信息——

Gift："打扰了，周队。我的手机好像落在你车上了，能不能麻烦你帮我找一下呀？谢谢。"

周烬将视线转到副驾驶位，在座椅的下方找到了一部白色的手机。

他直接拨通了沈黎雾的微信语音，那边很快就接了，女孩儿有些轻柔的语调传来："喂。"

"手机找到了，在车上。"

周烬刚说完这句话，武凯就朝他这边走来，大喊了一声："队长！人都到齐了，就等你呢，等得都快发脾气了！"

沈黎雾也听到了这句话，知道周烬有事要忙："周队你先去忙吧，我不着急的，可以电脑办公。"

周烬停顿了一下，抬手看了一眼时间："忙完之后我尽快给你送去。"

沈黎雾轻应了一声："好的，那麻烦周队了。"

周烬挂断语音电话后，便将沈黎雾的手机收了起来，他的动作不刻意，但还是被眼尖的队员瞧见了。

他们一边往审讯室走，一边好奇地问道：

"周队，你跟今天那个小姑娘是什么关系呀？"

"女朋友吗，还是亲戚，比如妹妹什么的？"

"但有一说一，局里好久都没来过这么漂亮的小姑娘了……"

周烬倏地停下脚步，眼底充斥着极其明显的警告，跟手下的队员沉沉说了一句："谁敢对她动什么歪心思，趁早收拾东西离开队里！"

他把沈黎雾看得比自己的命还要重要。

队员们瞧见队长这么严肃的模样，一个个都收起吊儿郎当的模样："是，周队！"

下班后，周烬跟沈黎雾发了条信息，说大概十五分钟后到。

Gift："好的，那我去大堂等你。"

周烬回了句"好"，便将手机放在一侧，脑海中浮现了程屿曾经说过的话，当时他说他暂时不考虑结婚，因为事情还未平息，怕发生什么不可控的意外。

事情还未平息，随时都有可能发生危险。

抛开其他，周烬还是想让沈黎雾住在他那儿，至少能保证她的人身安全。

"沈小姐。"

沈黎雾微不可察地蹙了一下眉，看向出现在自己面前的几个男人："有事吗？"

"沈小姐是住在1209？房间太小了，不然帮你升级到楼上的VIP（贵宾）套房吧。"

沈黎雾站起身想要离开："谢谢，不需要。"

他们直接拦住了沈黎雾："交个朋友，上去聊聊天而已。"

就在这些人准备对沈黎雾动手的时候，电梯门口处却忽地传来了一道透着狠厉的声音："我倒要看看，谁敢这么猖狂！"

正在对沈黎雾动手的几人闻声连忙转头看去，只见电梯口站了个身形高大的男人，周身散发着冷冽的气息。

周烬只需站在那儿，便压制住了在场这些人嚣张的气焰。

沈黎雾原本还有些心慌，可在看到周烬的瞬间，紧张的情绪全都消失了。

周烬看向被逼到角落站着的女孩儿，目光沉沉地掠过在场的众人："排好队蹲下，身份证交出来！"

听到这话，那几个男人都纷纷嗤笑："你算个什么东西！"

甚至还有人走到周烬面前挑衅，想要动手教训教训他。

然而下一秒，周烬便动作利落地单手钳制住他的手臂，稍使了力就让他跪在地上，使这人毫无反抗之力。

周烬将警官证和手铐出示在众人眼前，沉声道："什么东西，看到了吗？"

为首的男人脸色变得惨白，没想到今天这么倒霉，忙道："那个，误会，都是误会……认错人了。"

周烬并未理会他们，而是看向沈黎雾："雾雾，过来。"

沈黎雾绕过这些人，径直走到了周烬面前。这一刻，她从他的眼底看到了她先前从未瞧见过的狠厉。

周烬牵着她的手腕，很自然地把人挡在自己身后，这是极具安全感的一个动作。

紧接着，周烬拨通了一个电话，并且打开了免提。

电话的响铃声对现场这些人而言，就好像是凌迟般煎熬。

"喂，怎么了，周队？"

"西街金鹿酒店，有人闹事，来一趟。"

"什么情况？伤着了吗？我刚好在附近巡逻，马上到！"

周烬偏头看向沈黎雾，低声问："伤到了吗？"

沈黎雾摇摇头："没有。"

周烬目光冷冷地望向那些脸色苍白的闹事者，跟电话那边说道："让人把酒店里里外外都给我查个遍。"

一个酒店的副总敢这么肆无忌惮骚扰落单女生，想来肯定不是第一次了。

警察很快来到了现场，周烬一边把备用手机扔给他们，一边轻抬下颌："交给你们了，人和监控都在这儿。"

说完，周烬便牵着沈黎雾准备上楼拿行李。

沈黎雾却倏地停下脚步，转头看向那些警察，说："酒店的总统套房住了一位叫许总的男人，是他暗示这些人骚扰和威胁我的。"

周烬望向沈黎雾的眸中含着很浅的笑意，但很快他就移开视线，跟身后的同事说："知道该怎么做吧？"

"放心，周队，这些小事就不劳你费心了。这些人的处理结果出来后，我再同步给你啊！"

"谢了。"

"客气了，周队！"

周烬牵着沈黎雾的手腕，径直走向电梯门口。进了电梯后，他才低声问："房间在几层？"

沈黎雾想去按十二楼的按钮，却忽然发现，自己的右手手腕还被他牵着。

"在十二层。"

"嗯。"

电梯缓缓向上移动，这期间，周烬牵着她的手腕却一直没松开。

沈黎雾张了张唇，有些不好意思地说："周队，手……可以放开了吗？"

周烬并没有松开，声音低沉："我才离开一会儿，你就被人欺负了，我不得看紧点儿。"

沈黎雾觉得自己的脸颊莫名地有些发烫，心跳的速度也越来越快。

周烬也看出了她的不自在，电梯门"叮"一声打开后，他就松开了沈黎雾的手腕，说："你走前面。"他在后面守着她。

沈黎雾轻轻说了声"谢谢"，而后便朝着1209号房间走去。她无意识地攥紧了自己的右手，手腕处似乎还残留着被他牵着时的温热。

东西本就已经收拾得差不多了，没几分钟，行李就已经全打包好了。

经过这件事之后，周烬是不可能让沈黎雾一个人住在外面的。

所以没等沈黎雾开口，周烬便直接拎上面前的行李箱，一边拿出那串有玩偶的钥匙，问："还拒绝我吗？"见她没应声，周烬又问，"要不要跟我走？"

沈黎雾被他这样直白的问题弄得有些不知所措，可没等她犹豫太久，手心处就被塞了一串玩偶钥匙。

周烬嗓音很低："不说话就当默认了。"

沈黎雾想不答应也没办法，自己现在什么都没有，手机在他那儿，行李也在他手里。

于是，沈黎雾再一次坐上副驾驶位，被周烬带回了家。

"你吃过饭了吗？"

"还没。"

"那去超市买点儿菜吧。"

听着身边女孩儿轻柔的语调，周烬手心搭在方向盘上，流畅地调转方向。

周烬从来没这样悠闲地逛过超市，平常就是在食堂随便应付一下，顶多就是自己泡碗面吃。

逛了一圈之后，手推车里已经放了很多东西。

周烬望向身侧的女孩儿，问道："买完了吗？"

沈黎雾点点头："差不多了，去结账吧。"

闻言，周烬立刻朝着结账区的反方向走。

沈黎雾见状一愣，忙提醒他走错了，周烬却漫不经心地说了句："还有东西忘了买。"

沈黎雾只得跟着周烬一起走，到零食区才停下，而后就见他转头对她说："选吧。"

沈黎雾有些怔住："选什么？"

周烬轻抬下颌，示意让她自己去挑："小姑娘不都喜欢吃零食吗？随便选，我买单。"见沈黎雾迟迟未动，周烬压低声音说，"饿了。选完回家。"

沈黎雾只得随便挑了几样零食，丢进手推车里："走吧。"

周烬看了她一眼，又从刚刚沈黎雾挑过的零食四周"哗哗哗"不要钱似的拿，直到手推车差不多塞满了，才满意地离开。

沈黎雾不想让周烬破费，所以在付款时站在了收银台前面。

周烬低笑了一声，嗓音有些慵懒："手机在我这儿呢！你拿什么付？"

沈黎雾看了他一眼，没说话，只乖乖地等收银员把商品一件件扫码完毕。

"一共九百八十七元。请问有会员卡吗？怎么支付？"

"没有会员卡，刷脸支付。"

"好的。"

沈黎雾站在机器前不到三秒钟，就直接付款完成了。

拦都来不及，这姑娘还真是……

周烬望着她的侧颜，舌尖抵了抵腮，无奈地笑了笑。

沈黎雾从付完款之后就开始心痛，九百多元呢，好心痛，好心痛！

买了足足两大袋东西，周烬一个人全拎着了，力量感十足。

回到家之后，沈黎雾就去了厨房，把东西简单整理了一下，需要冷藏和冷冻的都放进了空荡荡的冰箱，然后烧水，准备煮一下水饺。

周烬望着不远处女孩儿忙碌的背影，内心的情绪却变得很复杂。

她本应该是被家里人宠着长大的小公主，只是……

周烬克制着自己的情绪，走到沈黎雾身边，问道："有什么需要帮忙的地方吗？"

"不用，几分钟就好了。"

沈黎雾将煮好的水饺捞了出来，而后又调了个蘸料。

周烬等到沈黎雾做完这些后，抢在她的前面端走了有些烫的碗，又把餐具一一放在餐桌上。

直到吃了六个水饺，周烬才想起来一件差点儿忘了的正事。

"程屿下午来问过你的情况，他未婚妻有些担心你。"

"是在医院的那个女孩子吗？"

周烬轻"嗯"了一声："我把联系方式发给你？"

沈黎雾点点头，轻声应道："好。"

收到联系方式后，沈黎雾水饺都不吃了，连忙加上了姜南笙的微信。

周烬观察着她的表情，那是在自己面前也没露出过的开心模样。

"不是刚认识吗？这么喜欢她？"

沈黎雾眸中含着可见的笑意："人与人之间是有磁场存在的，磁场相同的人，即便素不相识，也会互相靠拢。"

听到这话，周烬顿时觉得嘴里的饺子没了味道。

这姑娘一直想着该怎么远离自己，跟他划清界限，这是什么磁场？单向排斥磁场吗？

周烬淡淡说道："封建迷信不科学，记得下载国家反诈中心 App。"

沈黎雾一时间不知道该说些什么好："……我下了的。"

这天是有点儿聊不下去了，还是跟漂亮姐姐聊天开心些。

姜姜姜："你好，我是姜南笙。在医院的时候，我妈妈打电话来聊了一会儿，等我再回到病房，护士小姐姐就说你已经出院啦。所以我就拜托男朋友去冒昧问了一下，你现在还好吗？"

沈黎雾："已经没事啦，一点儿小伤而已。那些绑匪是冲着你的，你要小心些。"

姜姜姜："你也要照顾好自己呀！我这几天都在 A 市，你最近有时间吗？我把祛疤的药膏拿给你，效果很好的！"

沈黎雾："我周一有个工作考核，其他时间都可以的。"

两个女孩儿一见如故，聊了很久。

等到沈黎雾回过神来，周烬已经把碗筷什么都收走了。

"我来洗吧。"她说。

周烬轻笑了一声，转头看向身后的小姑娘："你要是觉得能打得过我，就来抢吧。"

这人真的是……

就这样，沈黎雾被赶回房间休息了。她简单整理了一下自己的行李，便拿着睡衣去了浴室洗漱。

这期间，她的脑海中一直浮现着这段时间发生的事情。

周烬所做的事、所说的话，在她的脑海里不停地转来转去，扰乱了她原本的思绪。

直到水流从头上浇下，淋湿了脖颈儿处包扎好的伤口——

"嘶……"一阵强烈的刺痛感传来，沈黎雾倒吸了一口冷气，手臂僵硬着关闭了花洒的开关。

她忘记伤口这件事了，这让本就还没完全愈合的伤口雪上加霜。

沈黎雾简单擦拭了一下就去了客厅。她不知道周烬有没有休息，所以尽量放轻动作，想找找看有没有应急的医药箱。

很快，她看到了架子上的一个白色医药箱。她小心翼翼地拿起来，准备回房间自己处理伤口，结果刚转过身，就看到地上有一个人影。

她吓得直接将手中的医药箱扔在了地上，里面的东西散落一地。

沈黎雾觉得自己的心跳都快要停止了，回过头看去，只见周烬不知什么时候出来了，正倚在门框那边望着她。

"你吓到我了……"

"我还以为家里进老鼠了，打算出来逮的……"

周烬原本还在跟她开玩笑，但看到沈黎雾脖颈儿处微湿的纱布，以及渗出的一点儿红色血迹后，眸光霎时变得深了一些。

"沈黎雾，你是笨蛋吗！"

沈黎雾一言不发地坐在沙发上，被骂了，也不敢说话。

周烬单膝跪在沈黎雾的面前，帮她处理伤口。

棉签刚刚碰上去，沈黎雾就紧闭着双眸，咬着唇，下意识往后躲。

周烬心口处紧了紧，还是沉声说："忍着。"

他虽然这样说，但动作还是温柔了不少，平常给自己上药都是硬戳的，给小姑娘上药，连呼吸频率都不敢太快。

好不容易上完药包扎好，沈黎雾就迫切地想要逃离，可没想到站起来的动作太猛了，导致大脑一片眩晕。

她整个人不受控制地往后仰，手下意识地在空中抓了一下，恰好抵在周烬的胸膛处，攥住了他的上衣。

周烬也没料到她会突然身形不稳，更没料到她会抓住自己。

"砰"的一声，二人双双倒在了沙发上，周烬微凉的薄唇也不小心擦过了她有些发烫的脸颊——

周烬的手臂撑在沙发上，炙热的呼吸喷洒在她的脸颊上，被他的薄唇触碰到的地方仿佛有微弱的电流划过，酥麻感蔓延至她的四肢百骸。

沈黎雾身形微微僵住，刚抬起头就落入了男人极其深邃的双眸中，她的心口处仿佛被抓了一下。紧接着，心跳的速度越来越快——是被他的视线抓住后的慌乱和紧张。

周烬的喉结上下滚动着，嗓音有些沉哑："抱歉。"

沈黎雾移开了自己的目光，整个人被独属于男性的荷尔蒙气息缠绕着，声音莫名有些发紧："是我自己没站稳，不好意思。"

她想要逃离这个尴尬的现场，可是周烬还没有移开。

沈黎雾把头微微偏到一侧，露出纤长白皙的脖颈儿，声线有些不太稳："你能不能先起来……"

周烬望着近在咫尺的女孩儿，眸中霎时浮现出浅浅的笑意，声音有些慵懒："晚安。"

说完，他便径直起身离开了客厅。

夜已深。

安静的环境内传来了"嗒"的一下打开打火机的声音。

周烬站在阳台处，指尖轻捻着白色的烟蒂。他之前的烟瘾并不重，是在"6·11"案件发生后才逐渐依赖上的。

这根烟周烬没有抽太久，主要是顾及家里还有个小姑娘，所以很快便掐灭了。

沈黎雾在周烬眼里就是一个小姑娘而已，以后——任凭狂风骤雨，都有他护着。

翌日，沈黎雾和周烬吃过早餐后便准备赶往警局。

两个人是一起出门的，但刚到楼下，沈黎雾就朝着停车场的反方向走。

"站着。"周烬喊住了沈黎雾，"车子不记得，路也不认识吗？"

沈黎雾把手机屏幕给周烬看："跟着地图走的，没有错。"

周烬抬眼望去，就看到地图上显示的目的地是小区门口的公交站牌。

这小姑娘不喜欢麻烦别人，更不喜欢亏欠别人。

周烬身上散发出一股痞劲儿，他提醒沈黎雾："车上有位置的话，记得坐在你的左手窗口边。"

沈黎雾有些不解："什么？"

"记住没？"

沈黎雾担心再跟他聊下去，会错过下一班公交车，所以点了点头："知道了。"

公交车准时抵达站台，沈黎雾刷卡上车的时候，恰好左侧窗口边有个乘客起身离开，她便坐在了那个空位上。

车子缓慢行驶着，沈黎雾靠在窗户边小憩。倘若她转头望向车窗外的话，就会发现旁边有辆熟悉的黑色越野车。

公交车的左侧车窗，他看得见。

在不打扰到沈黎雾的情况下，周烬在用自己的方法护着她。

抵达警局后，周烬便去忙案子的事情了。他抽不开身去审讯室观看全程，但还是给沈黎雾和庄明分别安排了不同的审讯对象。

"把资料拿给他们，十五分钟的熟悉时间，然后直接带他们去审讯室。"

"是，周队。"

武凯刚拿到资料，看到后就有些愣住："周队，这是不是太狠了点儿？"

周烬淡淡说道："这些人都对付不了，有什么资格去见熬过严格审讯的嫌疑人？"

武凯没再说什么，连忙把资料拿给了沈黎雾和庄明，并告知他们这次考核的时间和要求。

十五分钟时间熟悉资料，之后有一个小时的时间面对面单独审讯，得不到任何有用的信息，他们就直接被判定失败，离开这儿。

沈黎雾和庄明第一眼看到资料就有些愣住了。

庄明面对的好歹是个正常人——一个年纪有些大的老伯。

沈黎雾拿到的资料上的第一页就是医院的鉴定报告，上面显示此人患有精神分裂症，时常狂躁不安，打人毁物，根本无法与人正常交流。

也就是说，她所学到的那些专业知识很有可能在这儿一点儿都用不上。

周烬没空过来，但沈黎雾进审讯室之前，还是收到了他发来的信息。

周烬："现在放弃还来得及，我安排人带你出来。"

沈黎雾回了句"不用"，便径直走向了审讯室。

审讯室内的设施很简单，一眼望去只有桌子和椅子，白色的灯全打开后，压迫感十足。

嫌疑人名叫潘兴，是个住在桥洞的流浪汉，大家都叫他潘傻子，之所以被抓来是因为——

他杀了人。

凶案现场是监控死角，事发时也无证人。

死者的致命伤是胸口处的刀伤，作案凶器上只有潘兴一人的指纹，四周留下的痕迹也都跟潘兴有关。

沈黎雾走进去后，就看到潘兴坐在椅子上看着她傻笑，似乎真的不知道自己做了什么事，为什么来到这儿。

关上门后，密闭的房间内只剩下沈黎雾和另一名做记录的警官。

沈黎雾走到潘兴面前，倒了杯水给他，问道："要喝吗？"

潘兴虽然表面傻笑着，但仍然保持着一种自我防卫的警惕姿态，直到沈黎雾把水杯放在他面前的桌子上，他才笑着端起来。

沈黎雾见他拿起了纸杯，开口问道："你叫潘兴，家住在浦江桥洞边，是不是？"

他的神态很放松，说明这些信息是他认可的。

直到沈黎雾说了句："潘兴杀过人吗？"

潘兴握着纸杯的手陡然用力，看向沈黎雾的眼神也隐约透着些恨意，然后将水杯狠狠地拍在了桌子上，一声声说着："杀了他！杀了！杀了他！"

另一位警官有些担心沈黎雾会被伤到，想要她离远点儿以保持安全距离，沈黎雾却拒绝了。

她继续看着潘兴，问他："你还记得那条白色小狗吗？狗狗跟你一起生活了一段时间，后面走丢被人收养了，现在生了三只狗崽崽，都很健康。

"你还记得 6 月 1 日在浦江落水的那个小女孩儿吗？保安跟记者说是他们把孩子救上来的，小女孩儿却坚持说是你救的。

"我相信孩子刚刚经历过这种事情，不会故意编造谎话；我相信狗狗愿意跟着你，是因为你对它好。

"你只有把事情真相说出来，才会对你的所作所为有意义。"

沈黎雾说的这些点，是大段大段的资料中不太显眼的，有些只是一句话带过。

但她通过这些细节推测出也许潘兴骨子里是善良的，他虽然患有精神病，但他并不是真的疯子。

潘兴的情绪渐渐没有那么狂躁了，他一点儿一点儿地将皱巴巴的纸杯恢复了原状，放在桌上，而后朝着沈黎雾嘿嘿一笑。

时间一分一秒过去，不论沈黎雾怎么跟他谈话，他都很平静且耐心地听着，然后对她笑笑。

周烬在忙碌之余还是抽空来了一趟审讯室这边。

他到的时候，还有几分钟就到审讯结束的时间了。

庄明那边已经收集到了较为完整的证词，而沈黎雾这边，没有任何进展。

时间只剩下最后三分钟的时候，沈黎雾缓缓站起身，跟做记录的那个警察说："就到这儿，结束吧。"

说完，她便朝着门口处走去，打算离开。

在监控室内盯着的武凯有些遗憾地叹了一声，跟身边的周烬说道："周队，沈黎雾的优点是共情，但弱点也是这个，在这些人面前，跟他们共情是没有任何用的。她对细节的捕捉很敏锐，观察力很到位，就是用错方法了。太可惜了。"

周烬并未应声，只是看着监控中沈黎雾不急不缓的模样。他虽希望她离开，但也相信，沈黎雾的能力一定不止于此。

在审讯室的门打开的一瞬间，潘兴忽然激动地从椅子上站了起来，大声吼道："小狗不是走丢的！

"它宁愿跟着我吃垃圾，也不去找新家，所以我带它去了一处爱狗人士的家，用绳子把它绑在别人家门口，我丢下它走了。它一直叫，直到被那家人发现，收养了它。

"小女孩儿是我救的，但是记者们会把这件事播出去，被其他小朋友知道了，一定会嘲笑小女孩儿被傻子碰过，让人觉得肮脏又恶心！"

沈黎雾握着门把手的力道紧了紧，而后重新把门关上，回头看向他："所以，你杀人了吗？"

潘兴笑了笑说："杀了，是我杀的。世人都厌弃我，即便我跟他们从未有过牵扯，在他们的眼里还是只能看到恶心。只有一个人对我好，她跟我说，要靠自己的双手活下去。

"就在我想要跟她说，我会去找工作努力活下去的那一天，我看到了她被她丈夫在停车场拳打脚踢，她倒在地上疼得发抖，站都站不起来。

"我翻了几十个垃圾桶，捡到了一把水果刀，在她丈夫下班时，在停车场的监控死角处，杀了她丈夫。

"我不后悔！"

沈黎雾进来后，通过观察潘兴的一系列表情反应，确定了他并非丧失自我意识的精神病患者，所以才会选择跟他聊天。

办公室内。

周烬和陶教授都在。

沈黎雾和庄明二人一前一后走了进来，陶教授看到他们后轻笑了一声："挺争气的，我还真没看错你们两个。"

庄明有些不自信地问："是……考核通过的意思吗？"

"不然呢？"陶教授笑着说。

沈黎雾眼底也浮现了明显的笑意，一脸开心的模样。

周烬看到沈黎雾这么高兴的样子，只觉得她傻。明明能力这么强，完全有更好的去处，她却偏偏要来这儿，不是傻是什么。

和周烬视线对上的那一刻，沈黎雾脸上的笑意变浅了一些，随即默默移开了视线。

周烬轻挑了一下眉，低笑。

得，还挺记仇。

忙完正事之后，周烬发信息给沈黎雾，让她来自己的办公室。

Gift："周队有什么事吗？"

周烬："过来。"

沈黎雾没办法，只能过去。她站在周烬办公室前规规矩矩地敲了敲门。

"进。"里面传来男人低沉的声音。

沈黎雾开门后才看到周烬在打电话，她没有开口打扰，周烬则示意她先在旁边等一会儿。

沈黎雾所站的位置恰好是窗户边，正对面就是一大片空旷的训练场地。

训练场上有几十个人正在训练，手臂和胸肌结实有力，块状的腹肌极其明显，做仰卧起坐的动作更是标准极了，荷尔蒙气息扑面而来。

沈黎雾站在窗台前，将训练场上的场景一览无余。

她没见过这种大场面，无意识地发出了很轻的一声："哇！"

周烬刚挂断电话就看到这姑娘盯着窗户外面看，还"哇"了一声，他低低唤了一声："沈、黎、雾。"

沈黎雾立马收回视线，装作无事发生的样子："嗯？"

周烬望向沈黎雾的目光有些意味深长，嗓音更是带着几分危险气息："那天早上看我的时候也没见你'哇'出声，那些人好看吗？"

沈黎雾后退了两步，慢慢移动到门边，把办公室的门打开，然后站得规规矩矩的："周队不是想听'哇'的一声吗？那就大家一起看，'哇'的声音更大点儿。"

周烬难得被堵得说不出话，可偏偏沈黎雾那双漂亮的眼睛澄澈无比，完全看不出有什么坏心思。

周烬用舌尖抵了抵腮，语气稍沉："你确定自己学的是心理学？"

沈黎雾思考了一下："那要不然……我帮周队做个心理测试吧？"

周烬哼笑了一声："休想。"

话落，周烬又上下审视了沈黎雾一番，说道："不许再有任何试探我的主意。"

沈黎雾表面上点了点头，心里却藏着小九九。

武凯恰好这时过来，疑惑地看了一眼办公室的两人："黎雾妹妹怎么站在门边啊，干吗呢？"

周烬看着武凯，语气明显比刚刚又沉了些："有事？"

武凯张了张唇，然后轻咳了一声。

沈黎雾很快反应过来："那我先走了，周队。你们忙。"

"站在外面等我，几分钟。"

"……好。"

门被关上后，武凯把整理好的"6·11"案件相关嫌疑人的信息递给周烬："周队，你看一下，没什么问题的话，下午就让沈黎雾和庄明开始接触了。"

周烬随意翻看了几页，在看到资料上的一个名字时，他的眸色变深了些。

"正在执行任务的人，信息不用过于详细。"

"周队……"

"按我说的去办。"

武凯神情有些凝重，到底是点头应下："知道了。"

等了几分钟后，周烬才开门走出去并朝沈黎雾示意道："跟我来。"

因为身高差，沈黎雾站在周烬的身后显得特别小，仿佛一只手臂就能把她拎起来，再满满地圈在怀里。

沈黎雾以为是有什么重要的事要谈，但怎么都没想到，周烬只是带着她去食堂吃饭。

周烬走到食堂的打饭阿姨面前："阿姨，给她来三个鸡腿。"

沈黎雾差点儿一口气没上来，她连忙跟阿姨说："一个，一个就够了，谢谢阿姨。"

三个大鸡腿，会撑坏的吧？

食堂阿姨抬头看到沈黎雾的一瞬间，立马"哎哟"了一声："局里什么时候来了个这么漂亮的小姑娘啊？"

周烬挑了一下眉，笑道："刚来的。"

食堂阿姨也认得周烬，故意问他："怎么感觉周队长还挺骄傲？我是夸人家小姑娘呢，又没夸你。"

周烬端起餐盘，说："夸我手底下的人，四舍五入等于夸我了。"

离开的时候，沈黎雾还能听到食堂阿姨爽朗的笑声。

周烬知道沈黎雾喜欢安静，特意带着她去了人少的二层吃饭。

直到吃完饭后，周烬才说了叫她过来的目的："有些事需要单独跟你强调一下。"

沈黎雾认真听着，只要涉及工作上的事情她都很在意。

周烬漫不经心地靠在椅背上，语气自然却又透着几分严肃："第一，在这儿不论做任何事，都要提前跟我报备，不允许擅自做主。

"第二，各司其职，不该问的不要问，不该你管的不要管，专注自己的工作。

"第三，倘若遇到什么危险，出了什么事，必须第一时间联系我，记住没？"

沈黎雾能感觉到，周烬事事都在为她考虑。可是他这样做的原因呢？

周烬骨节分明的手指轻敲了一下桌面，语气低沉："记住了吗？"

沈黎雾轻"嗯"了一声，但情绪明显不太好的样子。

周烬抬眸望去："在想什么？是觉得我管得太多？"

沈黎雾摇头否认："不是……"再开口时，她的声音明显变低了些，"是之前从来没人这样护着我。"

周烬心口处像是被什么东西刺了一下，他抬头望着女孩儿姣好的面庞，装作不经意但偏偏又很认真地说了句："往后我护着你。"

沈黎雾跟他视线对上的那刻，从他的眼底看到了坚定，还有对她义无反顾的信念感。

这样强烈而又直白的情绪表达，导致沈黎雾的思绪变得很是混乱，她甚至不知该如何去回应他的话。

周烬自然是看出了她的无措，不只是她，饶是周烬自己的心里也有些乱，几次都摸到了口袋里的烟。

沉默片刻，周烬克制着自己的情绪，说道："不用有什么压力，等到时机成熟，一切就都清楚了。有任何事都可以来找我，这句话的意思就是——以后有我，我给你撑腰。"

一种从未有过的复杂情绪在沈黎雾心口处汹涌翻滚着。

原来被人保护，是这样的感觉。

沈黎雾抬眸望去，眼睛里写着对他的信任，声音也很轻："虽然暂时不知道周队瞒了我什么事，但还是……谢谢你，周烬。"

这个名字在她的唇齿间已经翻滚过好多遍了，但不知为什么，念出周烬的名字时，沈黎雾莫名地感觉心安。

周烬每次跟沈黎雾对视，看着她清澈干净的眼眸，总是会有些不忍心。他移开视线，手在后颈处不自然地搓动了一下："吃饱了吗？吃饱了的话就回去忙工作了。"

沈黎雾点点头："好了。"

将餐盘放在指定的位置后，两个人便一前一后走出了食堂，沈黎雾在前，周烬在后。

因为是午休时间，所以除了一些警员外，部分巡逻的警犬也会被带出来。

周烬远远就瞧见了那只活蹦乱跳的比利时牧羊犬，它身上的毛色全黑，很是帅气，双眼透着机敏，是只警惕性很高的警犬。

周烬站在原地，沉沉唤了声："七愿。"

七愿听到周烬喊自己的名字后，迅速挣脱了训导员的控制，欢快地朝着周烬奔跑。

却没想到，在距离周烬越来越近的时候，它忽然改变了目标——它没去找周烬，反而是冲着沈黎雾跑过去了。

训导员顿时慌了："七愿！快停下！"

周烬眉心紧皱着，喊它："七愿！"

七愿是周烬看着长大的，如今已经是一只七岁的退役狗狗了，它不再执行任务，但可以留在原单位养老，训导员和周烬只要有时间就会来陪它。

七愿警惕性高，而且在这儿待了很多年了，今天却不知怎么回事，竟然连周烬的命令都不听了。

它就像是发现了什么重要的东西一样，将目标紧紧锁定到沈黎雾身上，不管不顾地往前冲。

这么大一只的狗狗，加速奔跑后没有一点儿缓冲，直接扑到了沈黎雾的身上！

沈黎雾避之不及，被狗狗奔跑加速后的惯性冲得往后退了好几步，而后因为身形不稳，直接朝着地面倒下去。

沈黎雾下意识闭上了眼睛，但意料之中的疼痛并没有来临，她感觉像是摔在了一个软乎乎的温热垫子上。

七愿还扒着沈黎雾不愿意松开，不停地在沈黎雾身上嗅来嗅去。

一人、一狗都压在自己身上，周烬到底是闷哼了一声，但他还是先关心沈黎雾："伤到了没有？"

沈黎雾这才反应过来，有些艰难地说："没有……"

说完，她就想要站起来，但是又被七愿扑了回去，沈黎雾顿时发出了声亲爱的妹妹：

　　见字如面，展信舒颜！

　　提起笔思忖许久，不知该如何写起，当你读到这些文字的时候，就代表你已经迈入了人生中一个新的阶段。

　　以前写信祝宝宝生日快乐、假期快乐、新年快乐、毕业快乐，这次依旧写信祝宝宝新婚快乐！但——希望你快乐的日子永远不止这些。

　　记得初见你，小小的一点，可爱极了，哥哥当时就发誓，一定会好好保护你，爱着你。

　　你说梦里的哥哥喜欢向日葵，我想，他应该是希望宝宝能够永远朝着光，永远温暖幸福。

　　你说梦里的哥哥从来没有拥抱过你，我想，应该不是这样的，也许在宝宝不知道的时候，他已经偷偷拥抱了你无数次了。

毕竟我们雾雾这么可爱、漂亮、优秀,哥哥一定会忍不住偷偷去看,偷偷拥抱你。

雾雾,我始终觉得亏欠父母和你,如今你有了周烬,我相信他会付出一切守护你,跟我们一样爱你。

我们爱你,不需要你有无坚不摧的勇气,只希望你能永远自由豁达地活着。

人间这趟,遗憾太多,惟愿雾雾自由活着,向阳而生。

— 永远爱你的哥哥 蒋浔

低吟，呼吸也有些急促。

周烬下颌线紧绷着，语气有些沉："七愿，给我下去！"

被骂了之后，七愿才知道自己做错事了，但它离开后还是咬着沈黎雾的衣服不松开，一直在她身边转圈圈。

沈黎雾有点儿腿软，还是周烬抬起手臂托了一下她的后腰，她才勉强站起来。

沈黎雾连忙回过头看向周烬，语气满是担忧："你还好吗？"

周烬并没有回答沈黎雾的问题，只道："你没事就好。"

训导员这时也赶了过来："周队，你没事吧？"

周烬敷衍着说了声"没事"，然后将目光落在七愿身上，见它还咬着沈黎雾的衣服不放，胸腔内顿时涌上了一股火。

"我数三个数，再不松开，晚上没饭吃！

"三！

"二！"

快要数到"一"的时候，七愿立马张口把沈黎雾的衣服松开了，然后跑到周烬面前，抬起两只爪子，是讨好的意思。

周烬蹲下身，拉开了七愿，开始训斥："站好！为什么扑别人？"

七愿委屈地站在原地，嘴里不停地发出"呜呜呜"的声音，然后又朝着沈黎雾抬起了爪子，轻轻地碰了一下她的衣服口袋。

周烬见状，立刻明白了七愿的意思，语气有些沉："去道歉。"

七愿慢慢走到沈黎雾面前，抬起两只前爪跟她示好，又主动把脑袋伸到沈黎雾的手心，轻轻蹭了蹭。

沈黎雾原本是有些害怕的，但看到七愿现下这么乖的样子，便鼓起勇气揉了揉它的脑袋："没事，下次不要扑了哟，不然别人会受伤的。"

七愿乖巧地听她说完，又扭过头看向周烬，爪子试探性地碰了碰沈黎雾的衣服口袋。

沈黎雾也很好奇究竟是什么东西让七愿这么激动，便把口袋里的东西全拿了出来。

七愿看到那个带玩偶的钥匙后，情绪顿时变得激动起来，不停地叫唤着。

周烬看到后也沉默了，良久，他才低声说了句："七愿，东西是我给她的。"

七愿没再叫了。过了一会儿，它才抬起一只爪子，小心翼翼地碰了碰那个玩偶。

沈黎雾清楚地看到，七愿的眼神从刚开始的激动和期待，变成了现在的失望和落寞。

玩偶不是周烬的吗？怎么七愿的反应会这么大？

训导员把七愿带走后，沈黎雾才有些疑惑地看向周烬，说："七愿好像很在意这个玩偶。"

周烬轻"嗯"了一声，漫不经心地说："它以为我的东西被你抢走了。"

从七愿的反应来看，不可能是这么简单的理由，但周烬不想说，沈黎雾就没再多问。

"对了，它的名字为什么叫七愿呀？警犬一般不都是取很霸气的名字吗？"

周烬攥紧了垂在身侧的手，片刻后又松开，语气尽量自然地说："名字不是我取的，但据我所知——七愿是祈愿平安的意思。"

午休过后，武凯拿了几个被抓获但一直没开口的嫌疑人资料交给沈黎雾和庄明。

这是他们第一次接触和"6·11"大案相关的信息。

沈黎雾在看到资料上面的照片时，微微怔了一下："是他们……"

庄明有些诧异："你认识吗？"

沈黎雾摇摇头："我前段时间意外被绑架，就是跟这些人有关。"

武凯轻敲了一下桌子："下面由我来跟你们介绍'6·11'案件的相关细节。"

6月11日，情报部门通过特殊渠道确定了犯罪团伙的交易地点和缪志昌的工厂，刑警、特警联合出动，迅速组成了抓捕队伍。

这次行动的主要负责人是周烬和程屿。

但在行动过程中消息被泄露，导致犯罪团伙中的主谋缪志昌逃离了A市，且不知去向，双方在这场行动中皆有很大的伤亡。

缪志昌的势力盘踞在多个城市，其人心狠手辣，狡猾无比，倘若他落网，一定会牵扯出不少大大小小的案子和人物。

　　如今警局想要通过被捕的这些嫌疑人来确定主谋缪志昌的去向，但这些人都经过严格的训练，审讯只有小小的进展。

　　请沈黎雾他们来，就是希望能通过一些别的方式来打破这场僵局。

　　武凯说完之后就将目光落在沈黎雾和庄明身上："我希望你们对这些资料烂熟于心，并加以利用，有什么问题随时来问我。"

　　资料很多并且很复杂，沈黎雾和庄明花了好几个小时去了解和分析，连下班的时间都忘了。

　　还是陶教授过来提醒他们："一口吃不成一个胖子，这个案子的复杂程度比我们想象中的要高，要逐一击破嫌疑人的心理防线，所以不能着急，慢慢来。"

　　说完，他又问沈黎雾："雾雾，你晚上怎么回去？"

　　"我坐公交车就好了，这里离我的住处很近的。"

　　陶教授笑着点点头："好，路上小心些。"

第三章
神秘礼物 队长蒋浔

回去的途中，沈黎雾给周烬发信息问："你晚上有没有什么想吃的菜？"

周烬那边几乎是秒回："不挑。你看着来。"

沈黎雾去超市买了一些新鲜蔬菜，还有鸡翅和可乐，步行回家的时候，她总觉得身后有一道莫名的视线在盯着自己。

沈黎雾攥紧了手，乘坐电梯的时候也多按了几个不同的楼层按钮来混淆视线。就在电梯门关上的那刻，眼前却忽地多出了一只男人的手臂，她的心沉了下来。

但很快，熟悉的声音响起——

"七愿，进去。"

沈黎雾抬眸望去，只见周烬正牵着七愿站在电梯门口。

周烬看到这姑娘有些苍白的脸色，以及电梯上亮起的好几个楼层的按钮，大概猜到了一些："吓到了？"

沈黎雾摇摇头，然后弯腰摸了摸七愿的脑袋："不知道为什么，总感觉有人在跟踪我……也可能是今天看资料太认真了。"

七愿眼睛亮了亮，似乎是发现了什么，非要让沈黎雾站在周烬身边，意思是：抓到了，抓到了！就是他，就是他！

周烬淡淡地说："站好。"

七愿不情愿地乖乖站好。

沈黎雾紧张的心情稍微松缓了，声音有些轻："七愿怎么一起回来了？"

周烬瞥了眼正耷拉着耳朵的狗狗，开口道："训导员说他回去后就不吃不喝了，让我带回家来哄哄——现在看来，它倒是挺会装的。"

七愿立刻委屈地叫了一声——它没装，是真的因为那个玩偶有点儿抑郁了。不过它现在待在周烬身边，比待在训导员身边时情绪要好很多。

回到家后，沈黎雾便去厨房准备晚饭。

周烬想去帮忙，但被赶出来了，因为沈黎雾觉得他太大只，站在旁边有点儿碍事。

清炒时蔬、油焖虾、可乐鸡翅，每一道菜都是色香味俱全。

吃饭的时候，周烬问了她一句："有学过防身术吗？"

沈黎雾摇摇头，目光无意识地落在周烬的肩膀处。

周烬望着眼前女孩儿姣好的面庞："沈黎雾，有话就说，在我面前不用这么小心翼翼。"

沈黎雾把手中的筷子放下，颇为认真地说了句："那你等下……把衣服脱了吧。"

周烬语气含着些笑意："你再说一遍？"

本来是很严肃认真的事情，被周烬这么一问，沈黎雾也莫名地有些紧张："我的意思是……"

话还没说完，就被周烬打断了，他语调有些慵懒："在办公室的时候给你机会了，怎么，现在反悔了？"

"不是……"

"我说怎么从吃饭时就一直盯着我，原来是藏了这个心思。"

沈黎雾轻抿着唇，目光在饭桌上扫视着，然后果断夹了一只虾塞到周烬的嘴里，趁他没办法讲话的空当儿，快速地表达了自己的真实目的："我是觉得你下午救我的时候，后背应该有擦伤，想帮你涂一下药。你如果不想的话，那就算了。"

沈黎雾说完就低下了头，想要通过吃东西来掩饰自己有些紧张的情绪。

周烬原本在消化她说的这两句话，见她要吃东西，瞬间反应过来想要阻拦："等……"

但已经来不及了。

沈黎雾有些疑惑地看了一眼周烬，但很快也回过神来，明白了他的意思——自己的筷子刚刚喂他吃了虾，现在自己再吃……想到这儿，沈黎雾的脸"腾"地一下变得通红。

直到吃完饭，两个人谁也没有再开口。

收拾碗筷的时候，周烬很自然地揽下了洗碗的工作，沈黎雾看着他高大宽阔的背影，第一次觉得心有些乱。

"等你洗漱完，我帮你涂下药吧。"

"嗯。"周烬低低应了声。

空气中仿佛飘浮着许多说不清道不明的气息，分不清谁的心跳更乱一些。

沈黎雾的伤口在脖颈儿处，可以对着镜子自己处理伤口，但周烬的伤在后背，没办法自己弄。

周烬洗漱完之后就从浴室出来了，宽阔的胸膛处还挂着许多未拭去的水珠。看着他朝自己走来，沈黎雾更是能清晰地感知到扑面而来的男性荷尔蒙气息。

直到男人略显低沉的声音响起："药在哪儿？"

沈黎雾立马移开视线，伸手指了指旁边沙发的位置："这里。"

周烬懒懒地应了声，而后便坐在沙发上，把后背对着沈黎雾。

沈黎雾手上还拿着消毒的棉签，在看到他后背上大大小小的伤口疤痕时，心口不由得紧了紧。

之前没细看过，所以她没有发现这些刀伤、鞭伤，甚至还有枪伤。

沈黎雾调整好自己的心情，拿着棉签帮他把肩膀处的大片擦伤全消毒了一遍，然后开始小心翼翼地帮他涂药。

周烬受伤惯了，严重点儿会去医院处理，不严重的就让它自己慢慢愈合，也懒得涂药。

此时后背传来的触感，就像是羽毛从平静的湖面掠过一样，在他心里撩起了层层涟漪。

沈黎雾涂完药之后，忍不住轻声问了句："你这些伤……当时很严重吗？"

周烬面上并无什么情绪的起伏，只低低地说了句："不记得了。"

只要命能保住，这些伤都算不上什么。对他们来说，受伤是家常便饭，已经习惯了。

沈黎雾沉默着，将东西都收回药箱里。片刻之后，她缓缓地开口，也是第一次在周烬面前表达自己的想法："我一直都觉得警察很厉害，所以才想通过你们去找到一个答案。"

"什么答案？"

"是……"沈黎雾刚说了一个字就打住了，很快就转了话锋说，"没什么。"

周烬将手臂搭在沙发靠背处，饶有兴致地望着沈黎雾，问道："小姑娘瞒了我什么？"

沈黎雾把医药箱放好，回答说："你有事瞒着我，我也有事瞒着你，这样很公平。"

周烬从喉咙深处溢出了一声轻笑："公平不是这样谈的，不过我尊重你的想法。什么时候等你想说了，或者需要帮助，我就在这儿。"

沈黎雾轻抿了一下唇，抬头望着周烬，她好像看到了他眼底的无底线的宠溺。

她有些不自然地移开了视线，小声说着："你等那些药膏干了后再穿衣服，早点儿休息，晚安。"

周烬轻"嗯"了一声："晚安，小礼物。"

沈黎雾有点儿走神，又加上他的声音比较小，所以后面那三个字她没怎么听清："什么？"

周烬站起身，走到沈黎雾面前的时候，故意弯腰靠近了她一些。

温热的气息扑面而来，似乎还掺杂着一些清冽的香味，周烬低哑的声音在她的耳边响起："晚安，沈黎雾。"

沈黎雾的心口处仿佛有电流划过，酥麻感蔓延到了四肢百骸，连呼吸都下意识地停滞了一下。直到周烬高大的身形从她面前移开，她才勉强能开口呼吸。

沈黎雾甚至没有再抬头看他，轻轻应了一声后就狼狈地逃回自己的房间。

门关上后，她一直在剧烈跳动的心脏还没有缓过来。沈黎雾长舒了好几口气，才慢慢平复下来。

不承想，走到卧室的时候，她竟看到一只"大黑耗子"趴在地上。她登时吓了一跳，但很快反应过来是七愿。

七愿看到沈黎雾回来的时候，开心得不行，轻轻"汪"了一声，示意让沈黎雾去看桌子上的东西。

桌子上放了本相册，不过是倒扣着的，不知道是谁的照片。

"这是什么？你给我的吗？"

"汪汪！"

周烬回到卧室后没看到七愿，心里顿时有种不太好的预感，下一秒，他的目光落在了床头柜上，原本放在那儿的一本小相册没了。

周烬很快反应过来，转过身就直接朝沈黎雾的房间走去。

沈黎雾刚把相册拿起来，就听到了外面传来的敲门声。

七愿反应迅疾，从沈黎雾的手中叼起相册，趁开门的时候飞快地跑出去，把东西放回了周烬房间的床头柜上，然后就当作什么事都没发生的样子坐在那儿。

周烬看着房间里站着的沈黎雾，低声问："你，看到了吗？"

沈黎雾一脸蒙，摇摇头："还没来得及看。"

周烬心口悬着的石头暂时放下："没事，早点儿休息吧。"

沈黎雾关上门后，周烬就回去教训那只不听话的狗狗了。

七愿知道自己有错，已经主动地站在主卧的墙角边了。

周烬看到这一幕的时候，也有些无奈："现在还不是时候，不要一直去黏着她。"

七愿"呜"了一声，有些不太想接受这件事。

周烬蹲下身，让七愿过来，然后轻轻碰了碰它的脑袋。良久，房间里才响起男人有些低沉的声音："你也认出她了，是不是？"

七愿从小就在警局训练，是一只很有灵性的狗狗，各种与警犬相关的比赛，它每次都是冠军。

除非它心情不好，或者没吃饱，才会发脾气。

而今天，七愿之所以会咬着那本相册拿给沈黎雾，是因为照片上的那个人对七愿很重要。

周烬把玩偶给了沈黎雾，七愿也认出了她，而串联起这一切的，就是照片上的那个人。

因为刚来警局，所以沈黎雾这几天一直在加班，也和庄明去接触了几个嫌疑人。

她去接触的第一个嫌疑人是绑架她的那个绑匪。

陈良被带进审讯室的时候还一副吊儿郎当的模样，但看到沈黎雾的那刻，他却眯了眯眼睛："是你？"

沈黎雾很自然地应了一句："好久不见。"

陈良嗤笑了一声："就凭你，还想审我？"

沈黎雾并未理会他的挑衅，审讯室门被关上后，她才缓缓开口："你跟买主是什么关系？通过什么渠道联系上的？不回答也没关系，你的其他兄弟已经全都招了。"

陈良笃定他的那些兄弟一定不会出卖他，一副心中有数的样子，并不将她的话放在心上。

沈黎雾记录下他的反应，语调温柔却直击痛处："不想说还是不敢说？被人威胁了，是吗？"

陈良脸上的表情明显变得有些挣扎，但他很快就掩饰住了自己的情绪，略带玩味地说道："我来到这儿还梦到过沈小姐好多次，梦里沈小姐可比现在听话多了呢。"

沈黎雾仍然是一副波澜不惊的模样，她拿起了手机："我给你看个东西吧。"

视频被点开的那刻，听筒内传来了一个中年女人的声音："阿良，你同事来看我了，还给我买了很多东西。你什么时候回家啊？妈妈给你做你爱吃的红烧肉。"

陈良在看到自己母亲视频的那瞬间，眼眶霎时间变得猩红："你们去找我妈了？！"

沈黎雾将视频关掉，望向他，缓缓开口："你母亲说，给你取名叫陈良，是希望你做一个善良的人，她不求大富大贵，只求你健康平安。

"你现在如实交代，法律还会从轻判刑，你也有机会回到你母亲身边尽孝。但如果你继续抵抗下去，你母亲也许这辈子都等不到儿子回家了。"

沈黎雾的这两句话说完，先前还总是挑衅的陈良，此时此刻眼里只剩下隐忍和恨意。

见他还是不愿意开口，沈黎雾放出了最后的大招："你考虑过你母亲吗？

如今我们瞒着她，是顾及老人家年事已高。如果她知道你到现在还是执迷不悟，会是什么心情？"

陈良的情绪顿时激动起来，他大声吼道："我说！"

沈黎雾朝他点了点头："好。"

做完笔录后，时间已经很晚了，沈黎雾稍显疲惫地从办公室走出来，却被站在门边的一个身影吓了一跳。

"周队？"沈黎雾回过神来。

周烬倚靠在门边，嗓音带着些似有若无的笑意："今天表现不错。"

"谢谢周队夸奖，那我继续努力。"

"走了，回家。"

沈黎雾本来想坐公交车回去的，但还没来得及开口，就听到周烬说："去开车吧。"

让她去开车？沈黎雾愣住了："可是我，我没车啊……"

周烬被她这样呆愣的表情逗笑了，伸手把自己的车钥匙递给了她："我喝酒了，不方便开。"

沈黎雾听到后，眉头微微皱了一下："执行公务的时候不是严禁饮酒吗？"

周烬神态有些散漫，很自然地开口："下班的时候武凯拿了些巧克力到办公室，吃了之后才发现是酒心的。"

酒心巧克力，也含有酒精的。

沈黎雾轻"哦"了一声，但还是有些犹豫——她有驾照，但是好久好久没有碰过车了。

上车后，看着陌生的方向盘、陌生的油门和刹车，沈黎雾紧张地说："不然我还是帮你叫个代驾吧，我那个，我……"

周烬薄唇轻启，嗓音有些低沉："我在这儿呢，你怕什么？"

沈黎雾抿了抿唇，只能听着周烬的指导，慢慢挂挡起步，驶离了停车场。

周烬看着身旁小姑娘这紧张得不行的模样，顿时乐了："要不要听歌放松一下？"

沈黎雾摇头："不要，听歌会走神。"

周烬颇为慵懒地应了句："没事，我和车子都有保险，撞了不用你赔。"

沈黎雾这时候才反应过来，不禁有些认真地说："我好像没买保险……撞伤了的话，你赔我吗？"

周烬沉沉笑了一声："嗯，赔。"

但好在车子和人都平安到家了，谁也不用赔。

下车的时候，沈黎雾感觉手臂都有些发麻。

她这几天一直是乘坐公交车上下班，早上、晚上都是高峰期，有时候连个座位都没有。但即便如此，她也没有提过要周烬顺路带她一起上班，她的性格使然，不喜欢亏欠别人。

周烬其实并不喜欢吃甜品，什么蛋糕、巧克力、冰激凌，每次看到，他眉心都紧紧蹙着，很是讨厌。准备下班的时候，他偶然看到了武凯桌上放着的酒心巧克力。

酒心的，可以利用。因为不太确定酒心巧克力的酒精味道有多重，所以他一口气吃了五个。

回到家后，周烬就去刷牙漱口了，直到口中不再有那些奇怪的甜腻味道，那股不适感才消退了一些。

沈黎雾睡觉很轻，凌晨的时候，忽然被外面传来的声响吵醒。

她有些蒙地打开了房间的灯，然后就看到穿上外套像是准备出门的周烬。

"你这是……要出去吗？"

周烬已经尽量放轻声音了，客厅连灯都没有开，但没想到还是吵到她了。

他的嗓音有些低："有紧急任务。你继续睡吧。"

沈黎雾也清醒不少，她点了点头："那你注意安全。"

周烬轻"嗯"了一声，走到门边的时候，又像是忽然想到什么："等我一会儿。"

周烬大步流星地走回卧室，从柜子里拿出早就准备好的一个东西，三两下就把包装精美的盒子拆开了，然后走到沈黎雾面前，同她说："手伸出来。"

沈黎雾意识不太清醒，但还是听周烬的话，伸出了自己的左手。

周烬有些不熟练地帮她戴好手链，然后嘱咐道："这条手链里面携带了定位仪，会将你的位置信息实时同步给我。

"为了你的安全，我不在你身边的时候，手链尽量不要摘下。

"在执行任务的过程中，我没办法及时地给予你帮助，这几天我又不在A市，有什么问题你去找刑侦队的武凯或者许顺。

"记住了吗？"

因为时间紧迫，所以周烬只能挑重点的事情跟沈黎雾讲。

沈黎雾看着手腕处这条精致的手链，还有些没反应过来。

但头顶上又响起了男人有些低沉的嗓音："记住了吗？"

沈黎雾这才点点头，轻声应道："知道了。"

周烬离开后，沈黎雾的困意也消减了不少，她打开手机看了眼时间——凌晨三点。

因为有紧急任务，所以不论何时何地，他都要做好万全的准备。

沈黎雾将目光落在了左手手腕处的那条精致手链上，携带定位仪的手链……这么稀罕的东西，应该是周烬给他比较重要的人准备的吧。

沈黎雾身形轻轻晃动了一下，脑海中只有一个念头——等周烬平安回来，要把这条手链还给他。

不知道为什么，这两天沈黎雾头有点儿痛，人也不太舒服。但为了不影响工作的进度，她一直强撑着没有请假。

与此同时，周烬也离开三天了。

沈黎雾这三天没有收到关于他的任何消息，就连刑侦队那边也不清楚情况如何，他所执行的任务都是严格保密的。

沈黎雾有点儿不放心，还是发信息问了句："你还好吗？"

这条信息，周烬一直到第二天的中午才看到，彼时任务刚结束，嫌疑人被成功抓获。

小姑娘居然知道关心他了。周烬面上隐约透着些疲惫，但眼底带着些笑意，回了句"平安。今天晚上到家"。

回复完信息后，周烬就让人订了一张回A市的最快的机票。

其他人还有些愣："周队，现在订机票都是凌晨才抵达A市，要不休息一晚上再回去吧。"

周烬拒绝了。他原本也打算跟大部队一起明天回去的，但收到沈黎雾的消息后就改变了想法。

机场候机厅。

周烬戴着黑色的鸭舌帽，冲锋衣拉链拉到最上面，他侧脸轮廓分明、利落，浑身透着一股痞帅的气质。

他只是简单地靠在椅背上休息，就吸引了不少人的目光。

手机传出了特殊的提示音，是沈黎雾发来的信息，问他晚上几点到家。

登机之前，周烬发信息回复沈黎雾："会很晚，不用等我，你早点儿睡。"

机舱内，机组人员已经开始广播乘坐飞机的各种注意事项了。

周烬在调飞行模式之前，打开了跟沈黎雾手链同步更新的定位 App，看到上面显示的红色圆点位置，骨节分明的手指无意识轻点了一下。

沈黎雾对周烬而言，有着很特殊的意义。

沈黎雾在哪儿，周烬就会在哪儿。

天气原因，飞机延误了两个小时才降落。

周烬回到 A 市的时候已经很晚了，想着小姑娘应该休息了，所以他开门的时候刻意放轻了动作。

但刚进去，他就看到客厅的灯开着，沙发上还有个小小的身影窝在那儿。

周烬蹙了一下眉心，本来想训她的，不让等还非要在客厅等着。但看到沈黎雾有些苍白的脸色，周烬立马弯腰靠近："雾雾？"

没有反应。

周烬伸出手心试探了一下她额头的温度，很烫。

他脸色一沉，准备带她去医院。谁知，他刚把人抱在怀里，沈黎雾就有些迷糊地醒了过来："你……你回来啦？"

周烬语气很沉："自己发烧了都不知道。你是三岁半吗，沈黎雾？"

沈黎雾大脑有些不清醒，没办法分辨周烬说的话是什么意思，但她还是牢记着一件事，开口时的声音很轻很微弱："我留饭给你了。"

周烬心口一软，说不上是什么情绪。

沈黎雾眼眸紧闭着，长而卷翘的睫毛在眼下留了小小的阴影，她皮肤白到透明，整个人显得可怜极了。

沉默良久，周烬压低了嗓音，语气无奈却又掺杂着很浓烈的宠溺："傻不傻！"

周烬抱着她往外走的时候，沈黎雾也慢慢清醒了过来，察觉到自己被他抱着，她下意识地挣扎想要下去。

"别动。"

沈黎雾大脑有些蒙，但还是勉强地问："这是去哪儿？"

"去医院，你人都烧傻了。"

"不去……"

"由不得你。"

大概是人生地不熟，水土不服，免疫力低，再加上高强度的工作和没有任何消息的打击，导致沈黎雾的身心都有些疲惫。

她轻合着眼眸，鼻尖微微泛红，语气有些哽咽："我要回家……"

听到她的哭腔，周烬陡然停住脚步。夜色有些昏暗，但他还是能看到女孩儿微红的眼眶和眼睫上晶莹的泪珠。

周烬抱着她的手臂顿时有些发麻，站在原地久久未动。

直到沈黎雾无意识地攥紧了他的外套，小声而又哽咽地念着："带我回家，好不好？"

周烬喉间有些发紧，到底是低低应了声："好。"

虽然没去医院，但周烬还是联系了医生，询问针对她这种情况应该怎么处理。

周烬在医药箱里找到了体温计和退烧药，又拿了两条毛巾浸湿，然后有些不太熟练地搭在沈黎雾的额头上。

周烬低眸看向躺在床上的沈黎雾，开口说道："雾雾，起来把药吃了。"

沈黎雾眉心紧蹙着，似乎很不舒服。

周烬无奈地轻叹了一声，弯腰揽着她的肩膀，半扶着让她靠在自己的怀里："喝水。"

沈黎雾无意识地喝了一小口水，周烬趁机把退烧药喂到了她的嘴里。

嘴巴里传来了苦涩的药味，沈黎雾皱起眉，下意识地想要吐出来，她从小就很讨厌吃药。

周烬见状直接伸手捂住了她的唇，嗓音有些低哑："咽下去，乖。"

沈黎雾只能被迫把药吞下去。

双唇有些温热，她不自觉地蹭了蹭他微凉的手心。

这个小动作实在是让人心软，周烬感觉喂她吃个药比抓个犯罪嫌疑人还要艰难。见她吃下了药，周烬才把人小心翼翼地放回床上。

察觉到他的动作，沈黎雾无意识地呢喃了一句，然后伸手攥住周烬的衣服，往他怀里靠。

周烬避之不及，又怕她会摔下床，只能顺势用自己的身体挡住她。

沈黎雾缺乏安全感，所以会很依赖自己熟悉的东西，就比如她床上的那个兔子玩偶。

现在周烬在她身边，这种可以承载安全感的东西好像不知不觉中转移了。所以沈黎雾哪怕昏睡过去，也会无意识地往周烬的怀里靠，攥着他衣服的手怎么也不愿意松开。

周烬没办法，只能暂时让她靠着自己，打算等她睡熟过去后再离开。

但周烬这几天一直在处理任务，每天连轴转几乎没怎么休息，又长途飞行连夜赶回了 A 市，身心都很疲惫，所以不知不觉中竟也睡着了。

清晨的阳光透过窗帘缝隙照进房间内。

沈黎雾刚掀开眼帘，落入眼底的便是男人利落分明的侧颜。她努力地去回忆昨天晚上发生了什么事情，但怎么都想不起来……

"醒了？"

沈黎雾浑身僵硬，说不出话。

周烬垂眸看向自己怀里的小姑娘，手心很自然地落在她的额头处——幸好退烧了。

"还难受吗？"周烬问。

沈黎雾大脑一片空白，张了张唇："我们……昨天晚上？"

周烬轻笑着问："你想说什么？"

沈黎雾咬了咬唇，有些犹豫地问道："我……没对你怎么样吧？"

听到怀里的女孩儿有些颤抖的声线，周烬定定地看了她几秒，倏地笑了，而后便抬起手在她额头上轻轻弹了一下。

沈黎雾没反应过来，身子往后缩，嘴里发出了一声微弱的呻吟。

周烬颇为慵懒地开口，声音透着刚睡醒后的低哑："自己做了什么，心里没点儿数吗？"

见她还是一副茫然的模样，周烬到底是没再继续打趣，三两句就跟她讲完了昨天晚上发生的事情。

沈黎雾脸烫得不行，声音不自觉地低了下来："对不起，我生病睡着的时候可能有点儿麻烦……"

"不麻烦。"周烬朝她侧着头，眼底蕴着笑意，"就是黏人了点儿。"

周烬回房间洗漱完后又去买了早餐回来，看到沈黎雾准备出门的样子，问她："还打算去局里？"

沈黎雾不知怎么的，莫名地怕他会训斥自己，所以特意解释了一句："我刚刚用温度计量过，已经退烧了，也没什么不舒服的地方。"

周烬纵然有些不悦，但还是压着脾气说："先吃饭。"

沈黎雾轻轻"哦"了一声，乖乖地坐在椅子前，挑了碗小馄饨。

这次的馄饨没加香菜，他记得。

沈黎雾等到周烬吃过饭后才把装着手链的小盒子拿了出来，递给他。

周烬低眸看去："什么？"

"手链，太贵重了，我不能收。"

周烬沉默良久，才打开了盒子，把里面放着的手链拿出来，然后直接牵着沈黎雾的手，使了点儿力把人拽到自己跟前。

沈黎雾没有防备，稍一抬头便能看到他颇为严肃的神情。

周烬语气里带着不容置喙的强势，沉声道："手链本就是给你的，戴上了就没有摘下来的道理，知道吗？"

沈黎雾原本还想再挣扎一下，但看到周烬带着危险的目光，她到底是败下阵来。

罢了，等这个月发了工资，她再买个差不多的礼物送给他吧。

周烬很自然地把车钥匙递给了沈黎雾："我昨晚没睡太久，容易疲劳驾驶，你先去楼下等我。"

"好。"毕竟是为了照顾自己才没怎么休息，沈黎雾根本没法拒绝。

周烬回到主卧拿了外套和手机，准备离开时却在一个柜子前停下脚步，他打开柜门，二十二个大大小小的礼物盒映入眼帘。

定位手链就是这些礼物的其中一个。

他沉沉地看了一眼，又将柜门重新关上，黑暗掩盖住了所有的惊喜。

　　沈黎雾跟陶教授一起进入审讯室的时候，看到了白色灯光下浑身透着股阴戾气息的男人。他的脸上有一道长长的刀疤，面上并无多余的表情。

　　柯涛，缪志昌的手下之一，雇佣兵出身，没有任何亲朋好友，脾气很硬，从他嘴里没有透出过一丝一毫有用的信息。

　　陶教授坐下后，语气有些低缓："又见面了，柯涛。

　　"你在缪志昌身边八年，我理解你对他的忠诚，但既然来到这儿，你就应该清楚自己将要面对的是什么。

　　"缪志昌的结局取决于他自己，你的结局也取决于你的一念之间。"

　　但不管陶教授说什么，柯涛从始至终都保持沉默，甚至懒得抬眸看一眼。

　　不论是强硬的审讯方式，还是心平气和的谈话问询，对他这种人来说，一点儿用都没有。

　　沈黎雾从进来后就一直观察他脸上的情绪，提及缪志昌、判刑乃至减刑，他都不怎么在意。

　　但只要提起跟"6·11"案件抓捕当天有关的事情时，他脖颈儿处的青筋就会微微凸起，眼底的恨意和杀意也越发明显。

　　他虽然有意在克制，但他的情绪变化依然落入了沈黎雾的眼中。

　　"6月11日那天，他或许经历过什么事。"沈黎雾在纸上写下了这句话给陶教授看，陶教授也了然于心。

　　再开口时，陶教授所有的问话都围绕着6月11日当天发生的事情，柯涛眼底的恨意也越来越明显。

　　沈黎雾适时问道："你脸上的疤，是6月11日那天伤的吗？"

　　因为疤痕还未彻底愈合，有些泛红增生，明显是不久前才伤到的。

　　柯涛狠狠地咬了咬后槽牙，眼底满是寒冷的锋芒，语气也尽显阴狠："不就是想问缪爷的去向吗？可以，我告诉你们。不过，我有一个要求。"

　　审了这么久总算有点儿进展，陶教授立刻沉声道："你说。"

　　柯涛抬眸看向他们，面色狰狞，咬牙切齿地说道："让他滚过来！让蒋浔跪在我面前！想知道什么，我都告诉你们！"

　　两个小时，除了这句话以外，柯涛再没有开口说什么。

他眼底的恨意在说完这句话之后就渐渐消散了，他不是害怕，不是无所谓，而是眼前这些人根本不足以让柯涛有任何的情绪起伏。

除了6月11日当天发生的抓捕行动，除了——蒋浔。

蒋浔是谁？

在"6·11"案件的相关资料中，好像并没有看到这个人的信息。

不单单是沈黎雾不解，饶是陶教授都不清楚这个陌生的名字究竟代表了谁，在他的身上发生过什么事。

审讯结束后，陶教授就带着笔录去了会议室："雾雾，跟我一起过去。"

沈黎雾愣了愣，但很快反应过来："好的，老师。"

周烬和武凯在来会议室的路上就了解到了柯涛那边的审讯进展，但没想到推动进展的，竟会是蒋浔的名字。

"周队长，这是刚刚审讯过程中的信息记录。我理解警局有些事情是高度保密的，但柯涛的心病在6月11日那天和蒋浔的身上。

"如果可以的话，能不能让蒋浔跟柯涛见一面？也许会有意想不到的效果。"

周烬在听到"蒋浔"这个名字的时候，拿着文件的手无意识地握紧了一些，骨节分明的手背上青筋浮起。他一句话都没说。

武凯轻咳了一声，神色也有些不自然："这件事，恐怕……有些困难。"

陶教授也理解他们的为难，倘若这件事有可能的话，也许就不需要他们前来辅助破案了。

"那能否跟我们讲一下蒋浔和柯涛之间的事情？案件资料上，并没有跟蒋浔相关的信息。"

这件事武凯做不了决定，只得将目光转到身旁的周烬身上。

给他们的资料上原本是有蒋浔的名字的，但周烬让武凯去掉了。

周烬将目光落在了监控视频中柯涛的身上，开口时语气有些淡："6月11日抓捕行动那天，蒋浔利用情报设计了一个局，柯涛的队友，有的被捕，有的死在抓捕现场。他脸上的疤，也是蒋浔动手伤的。

"其他的信息不便过多透露，希望理解。"

陶教授点了点头："我知道了。我会再尝试其他办法，看看能不能问出什么有用的信息。"

周烬轻"嗯"了一声，说："辛苦陶教授了。"

"应该的，不用客气。"

沈黎雾和陶教授离开会议室之后，周烬倚靠在桌边，从口袋里摸出了烟和打火机。

武凯有些担心地说："周队，你……"

"出去。"周烬沉声说。

武凯闻言，便关上门离开了。

只是抽烟就还好，可千万别像前段时间一样，命都不要了。

怪只怪，造化弄人！

沈黎雾回到工位后才发现自己的 U 盘好像落在了会议室，回去找时，却发现，距离他们离开已经过去了半个小时。

会议室的门关着，沈黎雾不知道里面是否有人，敲了敲门，里面立马传来周烬的声音。

"谁？"

沈黎雾站在门口："那个，打扰周队了，我想进去找一下我的 U 盘，不知道是不是掉在会议室了。"

周烬沉默了一下，然后把手中的烟蒂捻灭，大步流星地走向沈黎雾之前坐过的位置。把椅子拉开后，他就看到地上躺着一个小巧的白色 U 盘。

周烬捡起 U 盘便走向了门口，把门打开的那瞬间，里面浓烈刺鼻的烟味也紧随着飘了出来。

沈黎雾下意识皱了皱眉，即便有所克制，但还是没忍住轻咳了两声，然后问他："你这是……抽了多少呀？"

周烬没说话，只是把 U 盘递给了她。

沈黎雾拿到 U 盘后，抬眸看向情绪不太好的周烬，轻声问："你怎么了？"

周烬抬起手臂，想要把她拉进怀里抱着，就抱一下也可以，但脑海中浮现出她刚刚不舒服咳嗽的模样——他身上烟味太重了。

周烬克制着攥紧了拳头："没事，去忙吧。"

沈黎雾看出他没说真话，但他不想说，她也就没再问："那我走了。"

犹豫了一下，沈黎雾还是小声叮嘱："抽烟有害身体健康。"

周烬不知想到了什么，低低笑了一声："知道了。"

连劝他不要抽烟的话都一模一样。

沈黎雾拿着U盘回了办公室，但还是忍不住想起周烬情绪不太好的样子。

她回到自己的位置上，从桌子上的糖盒里抓了一把糖放在口袋里，然后又去了会议室。

果不其然，他还没走。

会议室的门没关，周烬顾长的背影随意地靠在桌边。

沈黎雾敲了敲门，也不等周烬回应，便径自走到周烬的身边，往他手里塞了一大把薄荷糖。

"如果很烦躁的话，就吃这种糖吧。"沈黎雾说完就想离开。

周烬原本已经克制住不想抱她了，但她又主动来到自己的身边。

"沈黎雾。"

"嗯？"

"可以抱一下吗？"

听到这句话时，沈黎雾有些蒙，下意识地抬头看向身旁的男人。

这一刻，周烬身上携带的野性被暂时忽略，他漆黑的眼眸中满是坦荡，不掺杂任何其他的心思。

就是单纯地想要抱一抱她，抱一抱生命中的慰藉。

沈黎雾心脏处像是过了电一样，大脑中思绪也有些混乱，但她还是遵循了自己内心最直接的想法，缓缓朝着周烬伸出了手臂，声线很轻："那……"

"咳咳！"

门口传来了武凯不太好意思的声音："那个，周队，李局有重要的事找你，让你去他办公室。"

沈黎雾有些被吓到，刚抬起的手臂又放下，并且后退了几步，跟周烬保持着合适的安全距离。

武凯没看清周烬脸上的表情，只是觉得他身边的气压有点儿低。

自己该不会是……打扰到什么事了吧？

武凯试探着问："周队，你听清了吗？要不我再说一遍？"

周烬甚至懒得回头看，语气更是沉得不像话："听清了，出去！"

沈黎雾待在会议室也有些尴尬，有点儿局促地说："那我也回去忙工作了。"

周烬轻"嗯"了一声："去吧。"

等到沈黎雾走到门边的时候，却忽地察觉到自己的脑袋被人碰了一下。

周烬没有抱她，但抬起手臂轻揉了揉她的头发，动作带着无边的宠溺，只是眼底的情绪有些复杂。

李局办公室里有人正在汇报，周烬不太方便进去，于是站在外面等着，他身上浓烈的烟味还未完全散尽。

周烬从口袋里摸了颗薄荷糖放在口中，冰凉的味道让他的思绪也清醒了一些，指尖轻捻着皱巴巴的淡青色糖纸。

糖纸已经皱了，哪怕展开后也不是原样了。

"周队，李局喊你。"

"知道了。"

周烬把皱巴巴的糖纸放进了口袋里，揣着他放不下的执念，伪装成一副正常人的模样去生活，去履行承诺。

他放不下，这辈子都放不下。

李局刚批完文件，听其他人汇报审讯有些进展了，一开始还挺高兴，但听完之后就觉得可能会出事。

倒也不是牵扯到人身安全之类的事情，而是刑侦队有个底线不能碰。只要触碰到这个底线相关的事情，从上到下，大家心态全部崩塌，无一例外。

这个心病，也不知道什么时候才会彻底痊愈。

李局担心周烬又会跟前段时间一样，差点儿把自己的命都搭进去，所以才把他叫过来看看情况。

周烬坐在椅子上，声音有些淡："李局放心，我现在惜命了。"

李局冷笑了一声："哼！上次信了你的话，第二天我就在手术室外等你出来，你惜命？"

周烬从口袋里掏出了一把糖，打算递给李局的时候，又反悔停了下来，把糖重新装回了自己的口袋里——他一颗糖都不舍得给出去。

"算了，您老也不爱吃这些。"

"拿糖干什么？你现在爱吃了？"

周烬口中还残留着薄荷糖的凉爽味，他低低应了声："爱吃。"

李局瞥了他一眼，心里好奇极了："太阳打西边出来了？"

"李局还有事吗？没事的话，我就去忙了。"

李局没说话，只是朝他摆了摆手，示意他赶紧走。

不管怎样，命留着就行，倒是希望这小子口中的惜命是真的。

等到周烬离开后，李局拨打了刑侦队办公室那边的电话："看着你们队长，别让他再犯浑。"

"是，李局。"

这一通电话打过来之后，刑侦队的其他成员都把心提到了嗓子眼儿。不过他们也不敢在周烬面前说些什么，只是默默关注着。

周烬在刑侦队待了这么多年，倘若他不想被人发现，谁也找不到他，如今也自然清楚外面这些队员盯着自己是李局的命令。

但周烬觉得压抑，想换一种让自己紧绷着的神经暂时放松一些的方式。

下班之前，周烬给沈黎雾发了条信息："晚上不用做我的饭。有事，要加班。"

Gift："好的。"

周烬："把车开回去。"

Gift："那你怎么办？晚上不回去了吗？"

周烬："嗯。"

下班时，沈黎雾从办公室出来，迎面就撞见了刑侦队的人。

"沈小姐，你有见过我们周队吗？"

"周队？没有啊。"

沈黎雾被他们紧张的反应弄得有些茫然，但还是把不久前收到的信息告诉了他们："他说晚上加班，让我把车开回去，其他的就没了。"沈黎雾神情也变得有些认真，低声问："他没在队里吗？"

武凯在这时也赶了过来："没事，你注意安全，下班早点儿回去。"

沈黎雾站在原地，看着武凯他们匆忙离开的背影，心头顿时涌上了一股不太好的预感。

刑侦队的人这么担心，是……周烬出了什么事吗？

他今天下午的情绪就不太好，或者说，从看到审讯时的那些笔录的时候，情绪就不好了。

只是不知道是什么原因，是嫌疑人柯涛，是"6·11"案子，还是……那个叫蒋浔的人？

沈黎雾拿出手机发信息给周烬，问他现在在哪儿。

等了十多分钟，一直没收到回复。

与此同时，武凯带着人连警服都来不及换，就直奔A市的酒吧。可大大小小的酒吧他们都翻遍了，道路上的监控什么的也都排查了一遍，就是找不到周烬的身影。

周烬干刑侦这么多年，无声无息地将自己隐藏起来是他最擅长的事情，只要周烬想离开，没人能找得到他。

武凯的神情有些严肃，他沉声道："去陵园。"

车子在路上急速地飞驰着，大家很快就赶到了陵园，但在这儿也没有发现周烬的踪影。

武凯让人去调了监控，果不其然，屏幕上很快就出现了一个熟悉的高大身影——周烬离开警局之后就来了这儿，但没待一会儿就离开了。

直到现在，他信息不回，电话关机，跟前段时间一样，又把自己跟外界隔开了。

武凯在陵园待了很久，才忽然想到一个重要的细节："周队住的小区叫什么名字？"

"叫悦湾小区啊。"

刑侦队的队员们纷纷恍然大悟，连忙开车赶往另一处小区方向。

周烬住在北区的悦湾小区，而那个人住在南区的珑湾小区。

武凯气喘吁吁地赶到了珑湾小区某栋住宅楼的十二层，那套房子的门紧闭着，不管他们怎么按门铃，里面都没人应声。

"队长，你在里面吗？"

"周队，再不开门的话，我们就强制性破门了啊……"

话音还没落下，房间内忽然传来男人明显不悦的声音："滚！"

还好，还好！骂人的声音铿锵有力，应该没什么事。

许顺轻咳了一声，示意武凯过来。

一行人走到电梯口那边，确保不会被房间里的周烬听到，许顺才开口说：

"我们也许没什么办法，劝不动周队，但有个人一定可以。"

"谁？"

"她连硬脾气的嫌疑人都快要搞定了，更何况那么在意她的周队。"

许顺说的是沈黎雾。

周烬是什么人，刑侦支队的王者，平素最讨厌被人纠缠，也最没耐心哄人。

那些送情书、送花表白的，特意跑来局里求合影、要联系方式的，无一例外，全都被他毫不留情地拒绝了。

但自从沈黎雾出现以后，好像什么都变了。

——他明明有很严重的洁癖，却主动收留了一个小姑娘到家里住。

——他明明以前从没在意过别人的情感，却特意警告队里的人不要打她的主意。

——他明明最没耐心哄女孩儿，但是每次跟沈黎雾讲话的时候，他总是会耐心听着，细心叮嘱，甚至还会不厌其烦地重复自己的话。

周烬对沈黎雾的在意，他们这些人都看在眼里。

他们劝不了，但沈黎雾一定可以。

武凯找到了沈黎雾的电话，但拨通之前还是有点儿犹豫："周队知道了，发火怎么办？"

许顺轻叹了一声："那就受着呗，总比看着周队又一次堕落下去要好。"

上次的事，刑侦队几乎全员崩溃，他们已经没办法承受再失去周烬了。

悦湾小区和珑湾小区离得很近，中间只隔了一条江，当初是同一家房地产公司承包建造的，只不过后来为了方便辨别位置，才各取了名字。

沈黎雾买了晚饭之后就前往武凯发来的地址处。

电梯抵达十二层，门刚打开，外面就站了一堆刑侦队的队员们，阵仗太大了。沈黎雾看到后有些愣住，不知道自己还要不要出去。

直到电梯门快要关闭时，武凯连忙按了开门键，然后轻咳了一声："那个，不好意思啊，麻烦黎雾妹妹了。"

沈黎雾摇了摇头："没事。你们怎么都站在外面？"

"周队生的气太大了，不给我们开门，所以就拜托黎雾妹妹了啊！"

"这家这家，就是这家！"

沈黎雾被连拉带拽地带到了一个房门前，身后站了一大堆的男人，纷纷双手合十，拜托她敲门进去送个饭。

这场景有一点点儿奇怪。但沈黎雾还是听他们的话，敲了敲门。

但她还没来得及开口，就听到屋内传来周烬低沉不悦的声音："让你们滚，没听见吗？"

沈黎雾没见过周烬发脾气，现在被凶了之后也有点儿怯场，不太敢进去。

但她想走是没可能了，武凯他们一个个都堵在电梯门前，一点儿离开的机会都不给她。

没办法，沈黎雾只能强撑着站在门前，又敲了敲门："是我，沈黎雾。"

房间内陷入了沉默。

就在沈黎雾觉得自己也不可能劝得了发脾气的周烬，转身想离开的时候，身后却传来了开门声。紧接着，一道极具压迫感的身影从后方将她完全笼罩住，浓烈的烟酒味在四周蔓延。

周烬掀开眼帘，望向不远处的一行人，声音很沉："谁让她来的？"

武凯和许顺顿时紧张得说话都结巴了："那个，就是，嗯……"两人憋了半天都憋不出原因。

最后还是沈黎雾开口解围道："是我自己要来找你的。"

周烬的视线落在女孩儿澄澈干净的眼眸中，不过片刻就又移开，他漫不经心地跟武凯他们说："去夜色开个包厢等我，记我账上。"

"啊——好，那我们先去了。"

沈黎雾闻言，也打算离开这儿先回家，但还没等她转身，手腕就被男人圈住了。

周烬直接牵着沈黎雾进了房间。紧接着，"砰"的一声，房门被关上。

"为什么来这儿？"

沈黎雾看不清他的神色，但听他的语气，好像不想要自己过来？

沈黎雾并未隐藏自己的情绪，如实跟他说了："我联系不到你，担心你出事。"

习惯一旦形成，是很可怕的。周烬是在护着沈黎雾不假，但他也在沈黎雾的心里占据了很重要的位置。失去他的消息，说不担心是假的。

周烬整个人都陷入了黑暗中，看不清世界，看不到未来。

直到沈黎雾找到了灯的开关，客厅霎时间变得亮堂堂的。

暖色的光，照亮了整个房间。

沈黎雾抬眸看向不远处的周烬，从他的眼里，她看到了颓废，看到了挫败……这些情绪是她从未见到过的。

沈黎雾见他一直没说话，提醒道："刚才不是跟武凯他们约好了吗？还要去吗？"

"去。"周烬转过身，弯腰从桌下拿了个垃圾袋，把自己制造出的垃圾全都收了起来。

他这动作很是熟练，不像是第一次来。

临走的时候，沈黎雾才注意到，这房子的装修布置跟他们住的地方差不多。简欧风格，以黑色和淡色为主，很高端。

但是，周烬住的房子太过于酒店公寓风了，显得有点儿冷漠，缺少了人情味。

这儿却不一样，客厅的鱼缸，治愈风的壁画，还有厨房各式各样的冰箱贴和餐具……通过这些细节不难发现，这个房子的主人应该是个很热爱生活、很温暖的人。

沈黎雾从没来过这儿，但不知为什么，却总觉得冥冥之中有什么东西在牵绊着她，让她再多留一会儿。

武凯一行人已经在夜色开了包厢等着周烬。

确定了周烬平安后，他们几个紧绷着的神经这才稍稍放松些，如今喝了点儿酒，情绪也都有些低落。

出事之后，周烬用工作去麻痹自己的神经，二十四小时连轴转不休息，喝酒喝到胃出血，以致半夜进急诊室，差点儿把命都丢了。

而他们都以为自己放下了，以为自己忘记了，但只要有人提到跟蒋浔有关的事情，他们眼前浮现的就是那惨烈的一幕。

他们不好受，周烬更不好受。

周烬病好之后申请休假的第一天，就遇见了沈黎雾。

也恰恰是因为沈黎雾，才让刑侦队的队员们重新看到了周烬以前的样子。只有在沈黎雾面前，周烬才像周烬。

就在这时，包厢门被人从外面打开，周烬和沈黎雾一前一后走了进来。

周烬看了眼桌上零零散散的酒瓶，低声问："点东西吃了吗？"

许顺立马站了起来："我这就去点东西吃。"

周烬回头看向身侧的沈黎雾，问道："想吃些什么？"

沈黎雾摇摇头："我吃过饭了。你们玩吧，我去旁边看看案件的资料。"

沈黎雾本来想回家的，但是周烬不让她回，说这群人估计要喝点儿酒，都没办法开车回去，要麻烦她等下送。

周烬给她要了一杯玫瑰雾茶和一大盘水果，又不知道从哪儿给她变出了一台笔记本电脑和全新未拆封过的蓝牙耳机，怕她无聊，方便她玩游戏追剧。

一群大男人聚在一起也没什么好聊的，除了喝酒就是喝酒。武凯平常其实是有点儿好玩，但遇事很认真的人，喝了酒之后就直接抱着周烬号啕大哭。

沈黎雾正在看一部美剧，忽地额头被人轻点了一下，她把耳机摘了下来，紧接着就听到熟悉的声音响起："我出去打个电话，等下回去。"

沈黎雾反应有些迟钝，应了声："啊，好。"

耳机隔音效果太好了，这会儿她摘下来后，就听到了武凯撕心裂肺的哭声。一个大男人，哭得像个小孩子一样。

沈黎雾也没心思追剧了，跟服务员要了几杯醒酒茶拿去武凯那边。

武凯看着桌上的醒酒茶，不知想到了什么，眼眶又红了一圈。

"大男人说这些可能有点儿矫情，但我真的好想蒋队……"

沈黎雾听到他后面说的两个字的时候，有些怔住："蒋队？"

不是周烬周队吗？

在场的人都醉了，但提起这个名字时，他们眼底的崇拜和佩服却一点儿没减少。

武凯哪怕喝醉了也记着要保密，只说了这一句话后，就再没说什么了。

周烬从外面回来后，看了一眼桌上的醒酒茶，然后对众人说道："喝了茶，跟我走。"

在场的人醉到站都站不太稳，但还是摇摇晃晃地敬了个很标准的礼，齐齐地说："是！蒋队！"

听到他们口中的称呼，周烬面上并无多余的情绪。但沈黎雾就站在他的身旁，一眼就看到了他脖颈儿微微凸起的青筋——他在克制。

沈黎雾刚想说要不要再叫一辆车送他们回去，但还没来得及开口，她就被周烬牵着手腕拽到了怀里。

男人强劲有力的手臂揽在她的腰间，让她靠在他的胸膛处，身上的酒味掺杂着荷尔蒙的气息将她笼罩得彻底。

包厢内还有其他人，周烬却还是不管不顾地将沈黎雾抱了怀里，动作紧到沈黎雾甚至都有些无法呼吸。

沈黎雾虽然不知道他为什么会突然抱住自己，但她此时唯一的想法就是——不要引起什么误会，毕竟刑侦队的队员都在这儿。所以，她抬起手臂抵在周烬的胸膛处："周烬……"

女孩儿轻软的声音萦绕在他的耳边，像是一剂清醒药丢进了周烬的大脑中，让他游走在失控边缘的情绪变得理智。

周烬紧抱着她的手臂缓缓松开，但还是没忍住，抬起手在她的头发上轻轻碰了一下："对不起。"

沈黎雾抬起头看他的时候，周烬躲开了她的视线，转而看向醉倒在沙发上的那些人，对服务员说道："开几间房，带他们过去休息，注意点儿房间的动静，有什么事及时联系我。"

回去的路上，无数个疑问萦绕在沈黎雾的脑海中，缠绕成了无法解开的死结。

在等红灯的时候，沈黎雾下意识地看向了坐在副驾驶位闭眼休息的周烬，他的下颌线流畅，浑身透着一股生人勿近的气息。

周烬察觉到了她的视线，低声道："有话要问我？"

沈黎雾看着仍然紧闭着眼帘的周烬，也大概明白他是不想让别人看到他的情绪。开口时，她的声音无意识放轻了些："在包厢里，我听到他们喊你蒋队，蒋队指的是……蒋浔吗？"

周烬从听笔录汇报时就情绪不好，今晚刑侦队的队员们情绪也不好，都是因为一个人。

周烬并未很快回答，沉默了一会儿后，才说："是。刑侦支队前队长，蒋浔。"

第四章

大雾散尽 黎明将至

沈黎雾猜到了蒋浔是刑侦队的警察，但没想到会是刑侦队的前队长。

因为知道他们这一行有些事是严格保密的，所以沈黎雾并没有多问。

车子在道路上平稳地行驶着，周烬头微微朝着车窗那边偏去，而后掀开眼帘，看到了车窗上映着的沈黎雾的侧脸。

经过这段时间的开车历练，沈黎雾的倒车技能也变得很熟练，她将车子平稳地停在车库内："到了。"

周烬抬起手轻轻按了按太阳穴的位置："你先上去吧。"

沈黎雾看向周烬的目光还带着点儿犹豫，好心提醒道："在车里待一会儿可以，但不能开车，不然会被抓起来的。"

周烬知道这姑娘是想安慰自己，但听到这话后，还是不免低低笑出了声："不待了，上去吧。"

说罢，他便打开车门，走下了车。

沈黎雾把车子锁好之后，跟周烬一起进了电梯。

看着面前男人高大的背影，虽然知道不应该问那么多，但她还是很好奇——能让刑侦队的队员们那么佩服和崇拜，能让周烬这么在意的前刑侦支队长蒋浔……究竟是个怎样的人？

一定很优秀吧。

电梯缓缓上升，沈黎雾看了眼手机上显示的时间，已经凌晨一点了。

回到家后，沈黎雾又去帮他泡了杯蜂蜜水。

正在倒蜂蜜的时候，手机上忽然传来了信息提示声，都是来自童盈的。

沈黎雾直接点开了免提，语音按照顺序自动播放起来。

"雾雾，学校那边有好几个你的快递，我本来以为是你自己买的，今天仔细一看，那个快递上面显示的电话号码不是你的手机号。

"电话号码中间四位是保密的＊号，但是前三位和后四位，跟你发给我爸爸让他查的电话号码是一模一样的！

"那个神秘电话的主人，给你寄了好几个快递！"

沈黎雾倒水的手微微僵硬了一下，"啪"一下把水杯放在桌上——她不敢相信自己听到了什么。

果然……那个电话不是打错的，她的猜测没有错。

就在沈黎雾想要回复童盈消息的时候，身后忽然传来了周烬的动静。

沈黎雾循声回头望去，只见周烬随意地倚靠在门边，身上带着些慵懒，开口道："雾雾，头疼。"

沈黎雾停顿了一下，端起面前的水杯："给你冲了杯蜂蜜水。"

桌上手机的消息提示音还在继续响着，沈黎雾没当着周烬的面点开，按灭了屏幕。

周烬自然是注意到了她的这个小动作，但没说什么。

沈黎雾就站在餐厅的吧台处，桌面上还放着一瓶晶莹剔透的蜂蜜。周烬俯身靠近她，单手握着水杯杯口，温热的呼吸擦过她的面颊："谢了。"

在周烬转身离开的那刻，沈黎雾开口喊住了他："你刚刚……"

周烬回头看去，神色自然："嗯？"

沈黎雾没直接点明语音的事情，只问："你没有什么问题要问我吗？"

刚刚的语音开了免提，他应该听到了，但是什么也没问，可能出于礼貌，也可能是掩饰。

周烬在外面看不出任何异样，回到家里后倒是浮现了点儿醉意，他眼尾微微上扬，语调低哑："问什么都可以吗？"

沈黎雾思考了一下，朝他点点头。

周烬再开口时，声音透着一股认真："为什么叫沈黎雾这个名字？"

沈黎雾本以为他会问电话或者快递相关的问题，闻言有些讶然："这么简单的问题吗？"

周烬轻敛了眉眼，说："不简单。"只要是和沈黎雾有关的事情，从来都不是"简单"二字可以代表的。

沈黎雾开口跟周烬讲了自己名字的来源。

"我以前是没有名字的。听福利院的阿姨说，我到福利院的时候才几个月，身体状况很差，院长她们都以为我活不下来了。

"后来福利院的孩子越来越多，为了方便照顾，所以都取了小名，因为我哭声最微弱，所以大家就叫我'喃喃'，'呢喃'的'喃'。

"从我记事起，我就叫喃喃，后来去上学，登记时没有大名，就在百家姓中随便抓了个'沈'，大名叫沈喃喃。

"再后来，我遇见了生命中最重要的朋友童盈，她的父母待我很好，知道我是孤儿后，不希望我因此自卑，就认真地帮我重新取了个名字。

"童叔叔说，改了名字后，就代表彻底跟过去的沈喃喃告别，不管活得多艰难，都已是过去，让我学着放下，学着朝前看。

"大雾散尽，黎明将至，沈黎雾的未来一定温暖有光。

"这就是我现在名字的由来。"

时隔多年，如今再提起这些事，沈黎雾的情绪很是坦然平静。

周烬听完，只觉得心口处像是被什么东西狠狠地刺痛了一样。

之前还曾有人跟他打赌，说她虽然在孤儿院长大，但名字叫黎雾，跟礼物的读音很像，所以一定是被当作很珍贵的礼物，被爱着长大的。

这么想着，他好像就不那么难过了，因为沈黎雾有人爱。

但原来沈喃喃才是真相。

沈黎雾这个名字，是在她历经无数坎坷以后才遇见的光。

当初在百倍的痛苦中拼了命地去寻找她被人爱着的证据，现在他才知道，就连这些慰藉都是假的。

太痛了，痛到有些麻木。

周烬什么也没说，只是沉沉地说："很好听。"

天色有些泛白，曙光快要降临了。

不知过了多久，太阳升起了——周烬在阳台待了一夜。

他像是在跟人履行什么承诺一样，在太阳浮出云层的时候开口说："以前没人爱她，以后我会护着她，给她双倍的爱。"

话落，清晨的风缓缓吹过，像是在回应。

周烬大步流星地走向浴室洗漱，打算一会儿出门给小姑娘买早餐。

今天刑侦队不少人都休息，但沈黎雾和陶教授他们今天还有重要的事要处理。

周烬买来早餐后，沈黎雾房间里的闹钟也响了起来，但他等了快半个小时，还没见人出来。

担心出什么事，周烬敲了敲门，低声喊："雾雾？"

沈黎雾早在闹钟响之前就醒了，起来后就去浴室洗漱了。但不知怎么的，浴室忽然停了水，她的头上还有很多泡沫，站在浴室内有些不知所措。

直到门外传来了敲门声——是周烬。

沈黎雾只得匆忙裹了个浴巾，打开浴室门，小心翼翼地走了出去。

门开的那瞬间，温暖的热气就扑了出去。

周烬还维持着敲门的动作，看向面前忽然出现的小姑娘时，身形微怔，喉咙处莫名地有些发紧。

女孩儿的双颊透着被雾气熏出的红晕，皮肤白到发光，纤长的脖颈儿和漂亮的锁骨无一不彰显着撩人的气息。可偏偏，她还不自知，眸中写满了干净的澄澈。

沈黎雾就这么毫无防备地抬眸望着他："好像停水了……"

周烬愣了片刻才回过神："我去看看。"

周烬检查完之后，猜测是这间浴室的淋浴管道出了些问题。

他找了工具准备去修的时候，看到了不远处有些狼狈的小姑娘。

她头发上沾着白色泡沫，还有些水滴悬挂在发尾处，慢慢地往下掉着，此刻她完全就是个小可怜。

周烬轻抬下颌，沉声示意道："主卧那边的浴室还是好的，如果不介意的话，可以先去洗漱。"

沈黎雾犹豫着问："要修很长时间吗？"

"不确定，等下看了才知道。"

浴室其实是比较私人的地方，如果是休息日，沈黎雾还可以等一等，但等下还要去警局开会，沈黎雾担心会迟到。于是，她点了点头："那就麻烦你了。"

"东西记得拿着。"

"好。"

沈黎雾抱着自己的东西走进周烬的浴室，不知道为什么，她脸上的红晕变得更加明显了。

洗漱完，从周烬的卧室出来后，沈黎雾低着头，从他的身边绕过去。哪怕回到自己的房间，剧烈跳动的心脏也还是没有平复下来。

她刚刚忘记带衣服了，周烬给她递了件干净的衬衣——他的衬衣。

在他的浴室洗漱，穿他的衬衣，这些好像已经超越了普通朋友之间会做的事情……

而向来碰见什么事都波澜不惊的周烬，此时此刻，却也很明显地——心乱了。

吃过早餐后，周烬开车送沈黎雾到警局。

车子缓慢地行驶着，周烬的手机自动连接了车上的蓝牙，所以电话响起的时候，屏幕上也弹出了来电人——父亲。

周烬没接，任由电话一直响着。

沈黎雾透过车窗倒影看到了他有些冷硬的侧颜，同时感觉到车内的气压变得有些低。他跟他父亲关系不好吗？不过沈黎雾也没敢问。

周烬的手臂随意地搭在车窗上，直到沈黎雾的身影消失在他的视线中，才拿起手机，回拨了周父的电话。

周烬说话的语气很是淡漠："刚才在开车，有事吗？"

周父的声音也带着不悦："既然休息了，为什么不回家看看？"

"谁跟你说我休息了？"

"我去问我儿子的事情，谁还能拦着我吗？"说完，周父又撂下一句，"晚上回家吃顿饭，挂了。"

周烬看着结束的通话页面，眸光有些沉，到底是按灭了手机屏幕，驱车去了夜色酒吧。

武凯他们睡到现在都还没起，周烬站在门边，抬起手臂看了眼腕表上显示的时间。

"三分钟，谁没洗漱完，假期取消。"

话音刚落，房间里顿时响起一阵阵哀号声。

"周队，你太狠了！"

"让一让，让一让，我的裤子呢？我的裤子怎么不见了？！"

周烬还真的按下了计时键。

时间一分一秒过去，武凯最后在床底下找到了自己的裤子，但浴室那边已经没有他的位置了。他最后干脆自暴自弃，重新躺回床上睡觉："别管我了。"

周烬颇为严肃地说："有件事需要你去办一下。"

武凯立马坐了起来："什么事啊？"

"回警局看着柯涛，以防出什么意外。"

"能出什么意外啊！再说了，今天不是有陶教授他们在吗？"

话音落下，武凯顿时就明白过来了。陶教授在，黎雾妹妹也在——担心人家就担心人家，干吗还要用柯涛当借口？

想到这些，武凯的困意顿时消散了不少，也有心思揶揄自己队长了："我过去不合适吧，还是周队你盯着比较好。"

周烬只是抬眸瞥了一眼，武凯顿时尽了："去去去！我去还不行嘛！这就去！"

周烬原本是打算在警局陪沈黎雾的，但又想起还有件重要的事要处理，就让武凯先回警局了。

会议室内。

陶教授站在台前，开口说着："柯涛是雇佣兵出身，意志力远超常人，跟这种人无法做到共情，但可以利用他情绪上的弱点。

"第一，柯涛的其他弟兄们，有些人被捕，已经交代出很多有用的信息了。

"第二，蒋浔。"

听到"蒋浔"这个名字的时候，沈黎雾做笔记的手微微停顿了一下，但还是在本子上写下了这个名字。

柯涛最恨的就是警察，所以一旦警察前来审讯，他的神经就一直处于高度防备的状态。

但陶教授和沈黎雾这两个心理学相关的人，对他来说是没什么威胁的。

柯涛在他们面前，更容易卸下自己的防备。

审讯刚开始十分钟，监控室的门就被人从外面打开了，沈黎雾抬头看去，是武凯。

"你们今天不是休息吗？"

武凯心里苦，但他还是认真地说："柯涛对我们来说很重要，周队不放心，所以让我来盯着。"

武凯坐在椅子上后，就看到了沈黎雾本子上记录的信息，其中有一句——刑侦支队前队长，蒋浔。

"周队跟你讲了？"

"什么？"

"蒋队的事。"

沈黎雾摇摇头，如实说道："没有，只是说了他是刑侦支队之前的队长，怎么了？"

"没事。"

沈黎雾的注意力重新转移到监控屏幕上，果不其然，陶教授提出的办法是有效的。

柯涛的情绪转变很大。

沈黎雾在补充信息的时候，却碰到了瓶颈。

他们可以向柯涛提出关于蒋浔的问题，以此来击溃他的心理防线。但是问题在于，陶教授和庄明都不清楚蒋浔是个怎样的人，不了解他的性格，不清楚他的行事方法，而她的脑海中也没有任何关于蒋浔这个人的有效信息。这就导致他们的问题不能击中柯涛的要害，只能在边缘游走。

沈黎雾看向武凯，跟他说了自己目前的困境，然后又问："在不透露相关保密信息的情况下，你可以跟我描述一下，蒋浔是个怎样的人吗？"

在酒吧包厢里，刑侦队的队员们哪怕喝醉酒了，提到蒋浔，依然像是看到了光一样，可见，蒋浔得到了刑侦队所有人发自肺腑的崇拜和佩服。

沈黎雾也有想过他一定是个很优秀的人，但听完武凯的描述，还是有些震撼。

"蒋浔是个怎样的人？"思考片刻，武凯才开口说，"蒋队他……我不知道该怎么跟你描述，但对我们来说，蒋队和周队就是我们队里的主心骨，两个王者。

"周队家境好，是天之骄子般的存在，他父亲想让他继承家产，各种强硬的办法都用上了，但他还是一意孤行地读了警校，跟家里也闹掰了。

"周队以前狂得不行，不过你应该没见过，现在的周队其实已经沉淀下来了。但当初，就是这样一个桀骜不羁的人，谁也不服，只服蒋队。

"蒋队比周队大一岁，比我们都要早到队里。他天赋高，智商高，情商也高，可以说，在队里，没有一个人不佩服他。

"佩服他认定一件事不管有多困难都会坚持到底的信念感，佩服他的赤诚、热烈、温暖、坦荡……'蒋浔'这两个字，对我们而言，是照亮黑暗之路的灯塔，是指引方向的路标，是生命中最重要的存在。"

等沈黎雾走后，武凯这么一个大男人，却是忍不住红了眼眶。

他刚才所说的那几段话，根本不足以让众人清楚地了解蒋浔是一个怎样的人。

蒋浔这个人就是……只要你靠近他，就一定会无可救药地崇拜他。

短暂的休息之后，沈黎雾和陶教授一起去了审讯室。

此时柯涛的心理防线其实已经有些崩溃了，毕竟谁也不想时时刻刻、一举一动都被人盯着。

他太累了，身心俱疲。

陶教授看了一眼沈黎雾，示意她先开始。

沈黎雾能注意到别人注意不到的小细节，每次提出的一些观点，也都很新颖，很有效果。

沈黎雾看向柯涛，声音有些轻："还记得我吗？不出意外的话，我这是最后一次跟你见面。我知道你坚持到现在是因为'忠诚'二字，但你知道缪志昌他们会怎样看待你的忠诚吗？"

柯涛微眯了眯眼睛，语气掺杂着不悦："你什么意思？"

沈黎雾从电脑上找出了一段视频，是柯涛之前的一个手下录制的视频。

"缪志昌疑心有多重，你我都清楚，不论有没有背叛他，只要我们进来了，他就永远不可能再信任你我。与其做无谓的挣扎，不如坦白从宽。"

视频里的人是柯涛比较信任的手下，看到他情绪崩溃地说出这番话，柯涛不禁攥紧了垂在身侧的拳头。

他知道缪爷的手段。

但没想到缪爷……连最后一点儿念想都不给他们留下。

沈黎雾把视频关了，抬头看向柯涛："还有一件事，你当初那么信任蒋浔，却被蒋浔算计了，不恨他吗？"

柯涛狠狠地砸了一下桌子："别跟我提蒋浔！"

沈黎雾面上很是平静："为什么不提？不就是你自己放不下吗？只要你肯交代出缪志昌的去向，你提出的要求，警方这边会考虑的。"

沈黎雾说完这句话之后，审讯室内陷入了短暂的安静中。

就在陶教授和沈黎雾以为又要失败了的时候，柯涛像是卸掉了自己身上所有的力气，有些颓废地坐在椅子上。

"我不知道缪爷现在在哪儿，但我知道他会在下个月月初参加一个私人拍卖会，地点不清楚。那个拍卖会对他来说很重要，他一定会过去。"

沈黎雾连忙开口问："他去拍卖会具体是要做什么事？"

"我只知道是跟他现在的买卖有关的交易，还是很大的交易，其他就不太清楚了。"

审讯总算有了突破性的进展。沈黎雾问完所有问题，准备离开房间的时候，大脑甚至有短暂的空白。她没想到自己可以做到这件不太可能做到的事情，也没想过自己能问出这些答案来。

临走的时候，柯涛喊住了沈黎雾。

"你要问的，我都告诉你了，所以……"柯涛攥紧了拳头，几乎是咬牙切齿地说，"蒋浔在哪儿？我要见他。"

沈黎雾回头看去，声音很轻："我不能保证你一定能见到他，但我会尽力去为你争取。"

柯涛坐在椅子上，手腕处被铼金色的手铐铐着，他自嘲般笑了笑："不见面也行，帮我问问他，几分真，几分假？就为了这么一个破工作，值得吗？"

其实不单单是柯涛，如果有机会的话，如果有可能的话，沈黎雾也想见见蒋浔。

武凯得到消息后，几乎想也没想就拨通了周烬的电话："周队！！！"

周烬眉心微微蹙了一下，把手机移远了些："有事？"

武凯的语气是掩饰不住的激动：

"柯涛全交代了！

"陶教授和黎雾妹妹他们还在整理具体信息，李局那边说明早召开全体会议，要求你务必到场，好像是要成立一个专案小组，让你负责。"

周烬闻言，握着手机的力道紧了些："知道了。"

缪志昌这个案子，他们跟了太久了，但没想到案件有突破性的进展，竟是因为沈黎雾。这也算是，冥冥之中的注定吧。

沈黎雾原本是打算找武凯的，毕竟今天只有武凯在警局。但关于蒋浔的事情，武凯做不了任何的决定。

沈黎雾只好找周烬。

"你现在有时间吗？我有个问题想要问你。"

"半小时后到警局，刚好有事找你帮忙。我现在在开车，见面聊。"

周烬抵达警局的时候，沈黎雾还在忙，女孩儿认真的侧颜，跟脑海中另一人的模样慢慢重合。

周烬耐心地等她忙完之后，才把带来的奶茶放在她的桌上："来接你下班。"

沈黎雾听到这句话，下意识抬头望，对上他视线的那刻，她感觉心跳好像漏了几拍。

她刚想说谢谢他的奶茶，但还没开口，就被周烬堵回去了："不是有问题要问我？"

提到跟工作有关的事情，沈黎雾的眼神也变得认真："今天跟柯涛谈话的时候，他提出说想要见一见蒋浔。我觉得柯涛这个人物对后续的破案会有很大的帮助，所以想暂时稳住他的情绪。"

周烬面色如常，开口道："跟他说，想见面，至少要等这个案子结束。"

沈黎雾点点头，然后把柯涛提出的两个问题拿给周烬看："这是他提出的两个问题，方便让蒋浔回答一下吗？"

周烬攥着纸张的手一紧，手背上的青筋微微凸起，但他很快就将纸张放回桌上，轻"嗯"了一声："我会想办法。"

沈黎雾长舒一口气："好的，麻烦了。对了，你在微信上说，有事让我帮忙，是什么？"

周烬并未透露任何信息，只说让沈黎雾陪他去个私人的应酬。

"应酬？"沈黎雾有些不解，如果是周烬的私人应酬，带上她好像不太合适吧……

车子在道路上缓慢地行驶着，沈黎雾小口地喝着奶茶，让她意外的是，这次的奶茶是半糖。

她习惯性点半糖的奶茶，不知道周烬是怎么注意到这个细节的。他对她，好到就像是她在做梦一样，太不真实了。

沈黎雾在车上睡了一会儿，醒来时，车子已经抵达目的地附近了。

不是什么繁华的餐厅，而是一处比较安静的别墅区，在这儿住的人都非富即贵。

周父听到大门处传来了动静，眉心紧蹙着，本想斥责周烬这几个月都不知道回家看看，但刚一抬头，就看到自己儿子牵着一个女孩儿走了进来。

周父先是有些怔住，但到底是生意场上的老人了，临场应变的能力还是很强的。

周父默不作声地打量了沈黎雾一眼，很自然地说："脾气不好，眼光倒挺好。打算什么时候结婚？"

沈黎雾那声"叔叔好"还没来得及说出口，就听到周父说的话。

结婚？不是来应酬的吗？怎么演变成见家长谈结婚了？

沈黎雾一紧张，手就会下意识地攥住，她一攥手才反应过来，自己的手腕被周烬握着。

她有些局促地把手腕抽离，轻声解释道："那个，叔叔应该是误会了，我们不是那种关系，今天是因为工作……"

提到工作，周父的脸色不太好地直接打断："行了，别跟我提他的工作。"

周烬面上也没多余的情绪："您老人家要是不乐意的话，这饭也没必要吃了。"

眼看着又要吵起来，管家连忙出来打圆场："好不容易才回来一次，先吃饭吧。"

管家看向沈黎雾："这位……"

"我叫沈黎雾，喊我雾雾就行。"

"沈小姐有什么爱吃的吗？我让厨房再去加几个菜。"

沈黎雾连忙轻声拒绝："不用麻烦了。"话落，她又看向周父，有些不好意思地说，"抱歉，叔叔，今天晚上来得比较匆忙，什么东西都没带，打扰您了。"

周父脸上的情绪这才稍稍缓解，淡淡说道："坐下吃饭吧。"

吃饭前，周烬上前帮沈黎雾拉开了椅子。

吃饭时，他也会处处照顾她，还让厨师去做了些小姑娘爱吃的甜点。

周父和管家都看到了周烬对沈黎雾的在意——明目张胆地在意。

周父一直在仔细地观察这个女孩儿，最直观的感受就是漂亮、安静，有教养，懂礼数，比自己这个儿子不知道好了多少倍。

"你名字中的黎雾，是哪两个字？"

沈黎雾把手中的筷子放下，礼貌说道："是'大雾散尽，黎明将至'中的两个字。"

抛开其他的不提，这顿饭，周父吃得还是挺开心的，起码看到了这个逆子的另一面，不管怎样，都是好事。

吃过饭后，沈黎雾要去洗手间，因为不熟悉环境，所以是管家带着去的。

沈黎雾离开后，餐厅里的父子二人又陷入了短暂的沉默中。

周父端起面前的酒杯喝了一口酒，这才打破僵局开口说道："你也到成家的年纪了，这姑娘我瞧着挺好的，如果你不方便，我可以去跟她父母谈。"

周烬沉默了一会儿，说："带她来就是吃个饭，没别的意思，不用去问她家里的事。"

周父冷哼了一声："没追上就没追上。"

"随您怎么想。"

周父还想再说些什么的时候，沈黎雾跟管家一起走了过来。

周烬站了起来："我们走吧。"

沈黎雾有些愣住，但还是点头说："好。"

"叔叔，我们先走了，改天有机会的话再来正式拜访您。"

周父轻"嗯"了一声，说："先等等。"

沈黎雾有些不解地站在原地，周烬也没离开。

很快，管家拿了个盒子过来。盒子看上去有些年头了，很复古，里面的东西应该很贵重。

周父看了沈黎雾一眼，示意管家把东西拿给她："这东西你先收着，就当作见面礼了。"

沈黎雾彻底蒙了，就在她想要婉拒的时候，周父却语气有些沉地说道："长辈让你拿着就拿着。"

周烬眉心微微蹙着，语气也有些不好："送东西就送东西，凶她做什么？"

说完，周烬就从管家手上将那个盒子接了过来。

"走了，雾雾。"

沈黎雾今天晚上一直都是很蒙的状态，不知道到底发生了什么，不知道自己经历了什么。直到被周烬牵着手腕离开别墅，夜晚的凉风吹在面庞上，她才清醒了不少。

"周烬。"沈黎雾挣脱开他的束缚，站在原地，抬头看他，再开口时，语气明显带着些迟疑，问道，"我们之间，是什么关系？"

月光下，女孩儿的皮肤白到透明，眸中蕴满了认真，漂亮极了。

沈黎雾之所以会问出这个问题，是因为她忽然发觉，自己所学的知识，在周烬这儿毫无用武之地。

他什么也不用说，就足以叫她乱了思绪。

周烬没回答，只是安静地看着她，片刻后，才低声说："你觉得是什么关系？"

沈黎雾长而卷翘的睫毛轻垂下来，在眼下映出一片小小的阴影，她思考了一会儿，说："生活中是房东和租客的关系，工作中是普通同事的关系。"

听了她的话，周烬揽着沈黎雾的肩膀让她背对着自己，然后俯身靠近，嗓音低沉地说道："抬头。"

沈黎雾不解地抬头望去，昏暗的天空中此刻只有一弯弦月和几颗闪烁着微弱亮光的星星。

"看到什么了？"

"月亮和星星。"

"白天还会有什么？"

沈黎雾迟疑着问："太阳？"

周烬目光落在了她白皙的侧脸："这些加在一起就是答案。"

太阳，月亮，星星……这些就是答案？

沈黎雾没听懂，还想继续问的时候，周烬拍了拍她的脑袋："回家了。"

第二天一早。

局里有重要会议，周烬比沈黎雾要早去，但还是把车留给了沈黎雾。

武凯顺路去接周烬的时候，不解地问："周队，你的车呢？"

周烬将手臂随意地搭在车窗上，语气有些懒散："不想开。"

"得嘞。"谁信！

车子朝东行驶，他们的正前方就是日出的景象。

太阳出来了，正义是不是也快到了？

"专案组还是交由周烬负责。相关人员任你调遣，务必要将以缪志昌为首的犯罪团伙一网打尽！

"还有，从柯涛的口中我们了解到，缪志昌在不久后会参加一场私人拍卖会。情报科的同事已经在筛查各种大型私人拍卖会的具体信息，有进展的话会同步给你们。"

会议开了将近两个小时，梳理了"6·11"案的具体细节，并部署了接下来的计划。

周烬离开会议室之前，被李局喊住了。李局看了周烬一眼，问道："如果再一次遇见缪志昌，你有信心完成任务吗？"

周烬脖颈儿处浮现明显的青筋："我会不惜一切代价将他捉拿归案！"

李局语重心长地叮嘱："我对你的要求就是控制好自己的情绪，不要意气用事。要坚信，抓获他们只是早晚的问题。"

"知道。"

话虽然这样说，但周烬自己心里清楚，对于缪志昌一行人，如果有机会的话，他一定会选择亲手击毙他。

从会议室出来后，周烬就联系沈黎雾让她来自己办公室一趟，关于柯涛的问题，他可以给她一个答案了。

沈黎雾听到后，立马起身直奔周烬的办公室。

柯涛提出的问题，是关于蒋浔的。

敲门声响起，周烬随意地倚靠在桌边，应道："进。"

沈黎雾的呼吸还带着轻喘，头发也凌乱地搭在脸颊两侧，一看就是着急跑过来的。

周烬看了她一眼，继而走到沈黎雾身后，把办公室的门关上，就连房间的百叶窗帘也关上了。

周烬从电脑上找到了一段语音片段，发给了沈黎雾，文件的名字——蒋浔的答案。

文件的内存并不大，沈黎雾点开后，蒋浔的声音便从听筒内传了出来。虽然只是短短的很普通的几句话，却能从中感受到蒋浔身上那种直击人心的信念感——

"支撑我坚持下去的，是我身上背负的使命，是我作为警察最基本的素养。所以我可以为之付出一切，哪怕是我的生命。

"我从不后悔走上这条道路，不后悔我做过的一切。

"我相信正义永远存在。"

在播放蒋浔的语音的时候，周烬的目光一直落在沈黎雾脸上，看到她听得这样认真，他的眼神也渐渐变得深邃。

沈黎雾听完之后，微微握紧了手机："那我等会儿去见一下柯涛。"

周烬轻"嗯"了一声，没再说什么。

临走的时候，沈黎雾又停下了脚步，回头问："我有个问题想问你，跟案件无关，可以吗？"

在跟柯涛的谈话中，沈黎雾大概明白了柯涛为什么会这么恨蒋浔。

因为柯涛曾经对蒋浔是百分百地信任，甚至付出了很多他们这一行几乎没有的真诚和真心。蒋浔却背叛了他们，这种打击对他来说是很大的。

其实不难猜到，蒋浔曾经担任过缪志昌这个犯罪团伙中的卧底。

听了沈黎雾说的话，周烬便猜到了她想问的问题。

周烬眸中并无多余的情绪，回答道："不方便见面的原因是，他在执行特殊任务。"

听到蒋浔在执行特殊任务这句话后，沈黎雾莫名地松了口气："好的，我知道了。"

周烬看着沈黎雾离开的背影，心口处涌动着许多不知名的情绪，但很快就被其他情绪代替了。

因为现在，他还有更重要的事情要做。

没有抓获缪志昌这一伙人，永远不可能会有真相大白的一天。

沈黎雾带着录音去见了柯涛。交代完一切后，柯涛此刻的情绪已经很坦然了。见沈黎雾的时候，比以往的每一次都要轻松，他见面就问："蒋浔呢？"

"暂时没办法安排你们见面。"沈黎雾说完，把跟蒋浔有关的那段语音在柯涛的面前放了出来。

语音很短，很快就播放完了。柯涛攥紧了被手铐铐住的双手，冷笑了一声："就因为这些冠冕堂皇的话，放弃这世上的钱财、权利，甚至是自由？"

沈黎雾退出了录音页面，平静地反问："可你又得到了什么？"

选择不同，信念不同，结果不同。蒋浔站在阳光下，而他们只能永远活在黑暗的角落里。

沈黎雾打算回办公室的时候，恰好碰见了在外面守着的庄明，两个人便聊了一会儿。

一直等到他们走远后，武凯才从资料室出来，听到这些八卦纯属意外。

他刚才在资料室查东西，门没关，所以沈黎雾和庄明在外面走廊的谈话，他全都听到了。

武凯忙完之后，认真思考了一下这个严肃的问题，然后大步流星地走向周烬的办公室。

"周队，你家的小白菜要被人拔走啦！"

周烬办公室还有其他队员在，听到武凯这句话顿时有些不解："白菜？周队，你家什么时候种菜了啊？我能去吃吗？"

周烬随意拿了份文件就往他的身上砸去，语气有些不悦："出去。"

队员心里委屈：不给吃就不给吃，这怎么还动手打人啊……

武凯憋着笑，连拉带踹地把人赶了出去，门还没关上呢，就察觉到了周烬有些凌厉的目光。

武凯赶紧关好门，然后把自己在资料室意外听到的"情报"全都告诉给了周烬，说完这些，他又继续道："其实也能理解，毕竟黎雾妹妹这么优秀，这么漂亮，而且他们每天都待在一起工作，怎么可能没有其他心思？

"黎雾妹妹可是说了，她没有男朋友。这句话对男人来说，威力很大的，那小子一定会有进一步的想法。"

武凯认识周烬这么多年，怎么可能不清楚周烬的想法？不论是什么原因，即便他再克制，但是在意一个人的眼神是掩饰不住的。

武凯坐在椅子上，轻咳了一声："周队，我问你一件事。你对人家，真的没什么想法吗？真的心甘情愿放手吗？"

下班后，周烬发信息问沈黎雾忙完没有，等了很久都没等到回复。他去沈黎雾的办公区一看，才知道人已经离开了。

周烬站在原地，望向那两个挨得很近的办公座位，目光微沉。

沈黎雾身上戴着定位手链，周烬想确认她是否平安到家，于是看了一眼她目前的位置信息。

显然她并没有回家——那个圆圆的小红点显示的地点是一家餐厅。

周烬的脑海中也浮现了武凯今天问的那两句：真的没什么想法吗？真的心甘情愿放手吗？

冰凉的夜风透过车窗慢慢地灌进车里，周烬将手臂随意搭在方向盘上方，手背上的青筋明显。

耐心等了一个小时，周烬才看到熟悉的身影从餐厅里走出来。

周烬缓缓转动方向盘，朝着沈黎雾所在的位置驶去。

沈黎雾本想自己打车回去的，但是手机没电了。

庄明望着女孩儿姣好的侧颜，语气有些腼腆："我送你回去吧。"

陶教授也开口："雾雾不是住在悦湾小区嘛，你们刚好顺路。"

还没等沈黎雾开口，不远处忽地驶来一辆熟悉的黑色越野车。驾驶座上，周烬的侧颜利落分明，手搭在方向盘上。

他将车子稳稳地停在了沈黎雾的面前。

庄明看到后愣住了，低声问："周队，你怎么在这儿？"

周烬语气有些随意："碰巧。"说完，他转过视线，落在沈黎雾的身上，问她，"结束了吗？上车。"

短短三句话而已，但是字里行间透露着他自己都未曾觉察的主权宣告。

因为和庄明不是同一个小区，所以沈黎雾跟老师道别后，还是选择坐周烬的车一起回去。

庄明虽然有点儿失落，但是也表示理解，没再说什么。

夜晚的天空下起了蒙蒙的小雨。

车内安静得有点儿不太寻常，只有雨刮器滑动的声音，他们谁也没有主动开口打破这宁静的气氛。

直到车子停在小区单元楼下的停车位上，沈黎雾解开安全带，打算开车门下去的时候，听到周烬喊她："雾雾。"

密闭的空间内，安静到连彼此的呼吸声都可以察觉到。

周烬望向女孩儿白皙的脸："帮我把储物盒里的东西拿出来。"

沈黎雾打开了副驾驶座正前方的储物盒，把里面唯一放着的东西拿出来后直接递给了周烬。

周烬接过盒子后，看着她红扑扑的小脸，说："伸手。"

沈黎雾大脑一片空白，下意识地伸出自己的手。

周烬拿出了包装盒里的东西，随即很自然地帮她戴了上去。

等到沈黎雾反应过来的时候，手腕上传来了些冰凉的触感，色泽很漂亮的翡翠手镯已经戴在了她的手上。

"平安镯，保佑雾雾平安。"

沈黎雾听到他低哑的声音时，心口处颤了一下。她看着手腕处的那抹翠绿色，脑海中浮现的是刚刚周烬看向她时热烈而又真诚的目光。

沈黎雾连呼吸都开始变得不太顺畅了，眼眶处快要浮现出薄薄的雾气。她轻声问了句："为什么给我？"

周烬以为自己对沈黎雾只是承诺和责任，直到看到她身边出现了同龄的异性。

那个本以为无解的答案，在这一刻，自动生成了无法修改的标准答案。

——真的心甘情愿放手吗？

——不愿。

他想一辈子护着她，不是因为承诺，是因为不可控的心。

周烬的视线同她澄澈的双眸对上，开口时嗓音有些哑："一点儿都感觉不到吗？"

沈黎雾无意识地轻咬着下唇，不太敢跟他对视，他眼底的炙热情感仿佛要把她彻底吞噬。

周烬忽地倾身靠近，望着沈黎雾红润的下唇，他的声音哑得不像话："看着我。"

沈黎雾的注意力被他手上的动作吸引，牙关无意识松开，放过了柔软红润的双唇。

明知她太过紧张，周烬还是没有移开目光："为什么不回信息？"

"嗯？"

"信息不回，电话也打不通。"

"手机没电，自动关机了。"

听到这话，周烬在刚刚等待过程中积攒下的不太好的情绪瞬间消失殆尽。

沈黎雾回答完他的问题，就想要逃离这个有点儿让她无法控制情绪的密闭空间，但她怎么都挣脱不开他的束缚，铺天盖地的荷尔蒙气息将她笼罩了个彻底。

沈黎雾心里莫名涌上了一股燥热感，她小声说："牵手、送礼物、一次次假装碰巧但其实是处心积虑，这样正常吗？"

沈黎雾仔细想想，关于"不正经"这个词的释义，似乎不适合用在周烬身上，所以她最后把"不正经"改成了"正常吗"。

他不是玩世不恭，而是严谨正义。

他不是情史丰富，而是处处细节。

他从未混迹于各种声色场所，而是以吾辈之青春，守盛世之安宁。

所以不管怎样，沈黎雾还是愿意无理由地相信周烬。

听到沈黎雾不算质问的质问，周烬低笑了一声，说："首先澄清一下，没牵过手，牵的是手腕。其次，礼物我只送了今晚这一个。"

沈黎雾抬起自己白皙的细腕轻晃了一下："那这条手链，还有钥匙上的玩偶呢？"

沈黎雾看不清周烬脸上的情绪，只听到他沉沉地说了四个字："受人所托。"

受人所托？对她舍命相救、施以援手，对她好到无话可说，想方设法处处护着她，这些原来只是……受人所托吗？

周烬眼底的情绪很是灼人，好听的声音逐字响起："我不希望你因此有什么介怀，所以只能把话挑明了讲。刚刚问你一点儿都没感觉到吗，意思就是……现在对你好，是我的本意。"

周烬这个人就是这样，什么情绪都乐意摆在明面上去谈。误会就是指错误地理解，既然能够澄清解释，为什么要让自己在意的人受委屈？

况且，他也不舍得。

周烬跟蒋浔一样，讨厌谎言和虚假，永远真诚热烈，心怀坦荡。

见沈黎雾没说话，周烬认真与她对视："那天晚上你问我，我们之间是什么关系，我告诉你抬头看，其实答案是……"

话还没说完，一阵刺耳的电话铃声突然响起，密闭空间内的暧昧氛围瞬间被打破了。

沈黎雾混乱的思绪也渐渐清醒了些，下意识拉开了与周烬之间的距离。

周烬本想直接挂断电话的，但看到来电人是武凯，到底是压着脾气按下了接听键："你最好真有什么重要的事。"

不知道武凯那边说了些什么，沈黎雾只隐隐约约听到说"紧急任务"，然后周烬就说了声"知道了"。

挂了电话，沉默片刻后，周烬抬起手臂在沈黎雾的脑袋上揉了揉："先回家吧。"

"是有紧急任务吗？"沈黎雾问。

周烬微微颔首，做他们这一行的就是这样，时刻都得准备着。

他忽然庆幸自己刚刚的那句话没有说出口，因为现状对沈黎雾来说才是最好的。

有了惦念，有了软肋，就有了无限的担忧。

周烬单手扯开了自己的外套拉链，将衣服递给她，叮嘱道："下雨了，穿上再下车。"

黑色的冲锋衣外套将沈黎雾整个人都罩得严严实实的，她就像是偷穿了大人衣服的小朋友一样。

周烬陪她一起上了电梯，准备把她送回家后再赶往任务现场。

挂着玩偶的钥匙慢慢转动着锁芯，房门打开的那瞬间，沈黎雾停下了动作，回头看向周烬："下次见面，我能得到那个问题的答案吗？"

　　周烬让她抬头看，说那就是他的答案，但沈黎雾并没有理解他的意思。

　　"能。"

第五章
执行任务 奋不顾身

周烬这次离开了很多天，刑侦队的其他人都没有任何关于他的消息。

但好在童盈休假过来 A 市，带来了那些陌生的快递，分散了沈黎雾的注意力。

收件人的姓名、电话和地址，的确是沈黎雾的。

打开快递盒子，里面大都是一些适合女孩子的礼物，但每件东西都很名贵，单单一台相机就是五位数的价格。

拆到最后一个快递，里面是一本粉色的可爱本子。

沈黎雾翻了翻，结果就看到笔记本的第一页写了四个字——毕业快乐！

沈黎雾指尖轻轻描绘着纸张上的字迹，身形微微有些怔住。

每个人的字体风格都是不一样的，而沈黎雾之所以觉得这字迹比较熟悉，是因为她不止一次看到过周烬在案件汇报上的签名。

周烬跟这些快递和发快递的人之间有什么关系？

就在她准备把这些东西都收起来的时候，突然注意到白色的快递面单。

她和童盈之前只看了快递面单上的收件信息和电话号码，根本没注意过下面寄件的地址。

沈黎雾心口处涌动着很多复杂的情绪。她一一核对了信息，发现所有快递的寄件地址都是同一个——悦湾小区 B 座一单元快递驿站。

沈黎雾的手心紧了紧，她喃喃自语道："悦湾小区……不就是我现在住的小区吗？"

"什么？"童盈没有听清。

但沈黎雾没有回应她，抱着几个快递盒就直奔小区内的快递驿站。

童盈担心她会出什么事，连忙跟了上去："雾雾，你慢点儿。"

快递驿站里面人很多，沈黎雾看了一眼坐在电脑前的老板，声音莫名有些发紧："你好，能帮我查一下这些快递是谁寄的吗？"

老板娘看到这两个小姑娘很着急的样子，到底是放下了手上的工作，带她们一起查看了邮寄快递当天的监控。

"你们自己看一下吧，是在下午三四点登记的快递信息。"

"好，谢谢老板。"

可奇怪的是，沈黎雾和童盈找了很久，都没看到有人来邮寄这些东西。

童盈也很是不解："单号显示就是这一天发出的呀，好奇怪。"

沈黎雾继续查看，直到视频跳到老板娘进来，还带了好几个被包装好的礼盒！这些东西的数量和大小就跟沈黎雾收到的快递差不多。

沈黎雾握着鼠标的手力道有些紧："老板娘，监控视频显示，好像是您邮寄的。"

老板娘有些诧异："这怎么可能？我没给你寄过东西啊！"

说完，老板娘过去看了眼监控视频，又看了眼快递盒里的东西，恍然大悟："我想起来了，这些东西是小区里那个……那个很帅的小伙子寄的！他那天临时有事着急离开，就把东西和地址拿给我，让我帮忙寄走。"

沈黎雾听到老板娘说的话，攥紧了手心："他现在还住在这儿吗？叫什么名字？"

老板娘笑着说："当然住在这儿啊！那个小伙子叫周烬，还是刑侦队的警察呢，长得可帅了。"

是周烬给她邮寄的，所以，电话也是他打来的吗？

沈黎雾以为是跟自己父母有关系的信息，所以才会生出执念，才会不顾一切来到 A 市。但为什么是周烬……为什么……

童盈见她脸色不太好，有些担心："雾雾？"

沈黎雾摇了摇头说"没事"，之后看向快递驿站的老板娘："他……寄快递当天，有说过什么别的话吗？"

老板娘对其他人也许没什么印象，但对周烬的印象还是挺深刻的。毕竟人长得帅，又是警察，小区里很多阿姨都争着想要他做自家的女婿。

"他特意提了用我或者我老公的名字邮寄，我问是不是为了给对方惊喜所以要保密，他说算是吧，暂时不想让对方知道是谁寄的。"

从驿站离开后，沈黎雾的情绪有些不太好。她看着周烬的电话，很久都没有按下通话键。

童盈见状，开口问："怎么不打电话问问清楚？"

沈黎雾语气有些无奈："他在执行任务。"

这么长时间没有任何消息，应该是危险系数很高、很重要的一次行动，她不想影响到他。

沈黎雾想的并没有错。

周烬被连夜通知紧急召回了局里，正是因为情报科查到了缪志昌会去参加的那场拍卖会的相关信息。

拍卖会的筹办者是 A 市比较有名的一个古董收藏家——邸应，此人跟缪志昌的关系匪浅，不过他并未牵扯进缪志昌的犯罪团伙中，也没有经手过那些事情。

"拍卖会就定在一周后，上级要求我们即刻赶往拍卖会附近地点进行相关部署，务必要做到无声无息，切记不要打草惊蛇。"

"收到，保证完成任务！"

事出紧急，周烬带着刑侦队的部分队员连夜赶往了距离拍卖会现场二十千米左右的公安分局，在这儿建立了临时指挥部，行动小组由周烬全权负责。

为防止信息泄露，所有参与重要行动的队员都将手机交了上去，并且三人一组，四十八小时都必须待在一起。

手机关机之前，周烬打开了跟沈黎雾的手链绑定的定位器 App，看到那个红色的跳动的圆点，他不禁伸手在屏幕上轻轻碰了一下。

武凯不经意间看了一眼，笑着问："周队，这次任务结束后，有没有什么想做的啊？"

周烬把屏幕按灭，把手机放进了保险柜里，淡淡地回："没什么想做的。"

武凯"啧"了一声："我还以为你要说，任务结束后去追求黎雾妹妹呢。"

周烬动作微顿，良久，才开口说道："等任务成功了再说。"

武凯也收起了原本吊儿郎当的模样，颇为认真地说："一定会的！"

上次在蒋浔跟警方里应外合的配合下，缪志昌虽然侥幸逃脱了，但身负重伤。这次发现了他的踪迹，一定能将他抓捕归案！

周烬重新看了一下行动小组的人员名单，神情有些严肃："这几天附近的侦察，安排没有参加过'6·11'行动的人员去，以免打草惊蛇。拍卖会现场的监控视频同步过来了吗？"

"已经同步过来了，我们的人正盯着。"

周烬看了一眼大屏幕上显示的监控视频："入口和出口的监控密切关注。"

与此同时。

缪志昌已经提前抵达了 A 市。

他哪儿也没去，直接光明正大地住在了拍卖会内的休息室里。

"缪爷，我们得到内部的消息，说警察已经到了。"

"倒是比我预料中的要快一点儿。这次的负责人是谁？"

"刑侦支队队长，周烬。"

闻言，缪志昌眼底瞬间流露出了凶光。他向来睚眦必报，而他身上不同时期危及性命的两枪，一枪是蒋浔打的，另一枪就是周烬打的。

手下有些担心地说："以防出现什么意外，我们需要先撤离吗？"

缪志昌直接拒绝："不用，我还有其他安排。"

缪志昌看着周烬的照片，意味深长地说："可惜了，如果此人能为我所用，一定能省下不少事。"

手下抿了抿唇："他的能力跟蒋浔不分上下，是个很危险的对手。"

提到蒋浔，缪志昌的目光霎时间变得深邃。他将周烬的照片放在了桌上，然后转了转自己手上的白色玉扳指儿，有些遗憾地说道："蒋浔啊，我还挺想他的。"

行动前一晚，夜幕降临，整个城市仿佛笼罩在看不清的迷雾中。

周烬两三天都没怎么休息了。已经确定缪志昌现在就在拍卖会现场，他要时刻注意监控室那边的动静，并对现场进行细密的部署和安排。

"周队，特警那边的援助也到了，封锁了所有有可能逃离的路口。"

"现在已经布下了天罗地网，我不信他还能跑得出去。"

周烬并未应声，只是将目光落在了两天前捕捉到的监控画面上——缪志昌轻笑着，跟古董收藏家邰应相谈甚欢。

通过监控画面看，缪志昌早已抵达了现场，只是一直没有露过面。如今他故意出现在监控画面里，就是在明目张胆地告诉警察——他就在这儿。

"邰应的资料传过来了吗？"

"在这儿。"

邰应，A市有名的古董收藏家，家庭背景清白，身世清白，行事清白。唯一不清白的，大概就是跟缪志昌之间的关系。

警局之前约谈过邰应，不过碍于没有证据，并且确认了邰应和缪志昌的所作所为没有任何关系后，只能把人放了。

武凯看着明显疲惫不堪的周烬，有些担心地说："周队，去休息会儿吧。"

"不用。"

武凯害怕他一直这样硬扛着会出事："周队，敌暗我明，保持精力才是能够一击致命的前提，蒋队说的。"

周烬动作微微顿住，下颌线紧绷着，到底是听了劝回去休息。然而他回到房间也没有半点儿困意，脑海中浮现的，是缪志昌脸上带着的势在必得的笑意，以及，他曾做过的那些事……

这一晚，到底是无眠之夜。

翌日。

拍卖会正式开始的时间是晚上七点。

警方无法提前行动的原因是监控有死角，目前不确定缪志昌具体在什么位置，以防万一，只能等到拍卖开始后，行动小组再进去。

"A组已到位。"

"B组已到位。"

"现场视频连接成功，图像清晰，语音清晰。"

周烬站在大屏幕前，浑身透着股难以言喻的威慑感。作为这次行动的总指挥，他有条不紊地安排着所有的一切。

武凯看着周烬的模样，眼眶莫名地发酸。以前的周烬不是这样的，现在的周烬，身上带了很多蒋浔的影子。

蒋浔教给他们的，不单单是口头上的鼓励，还有很多很多……

"周队，人出现了，就在拍卖会大厅！"

一群黑衣人簇拥着缪志昌走向了拍卖会前排最中心的位置。

缪志昌坐下后，不知跟手下说了些什么，手下很快拿了个U盘递给邰应身边的人。

拍卖会正式开始。

邰应最先上台发言，他浑身透着儒雅矜贵的气息。几分钟的发言结束后，主持人开始介绍这次拍卖会上的拍品。

"在进行拍卖之前，我们先来看一段视频。这是第一件拍品的具体介绍，它也是本次拍卖会现场最特殊的一件。"

大厅内，缪志昌仍然波澜不惊地坐在位置上，看到手机屏幕上显示的信息，他低笑了一声。

陌生号码："他们准备行动了，五分钟后到达现场。"

缪志昌将手机交给身边的手下，随后点了根烟，问道："东西送出去了吗？"

"交易成功，钱已经到账了。"

缪志昌笑着说："做得不错，接下来就好好跟这位周警官玩玩。"

几分钟后，从大厅的四面八方涌入了一群身穿黑色警服的人，他们以极快的速度控制住了现场和外面所有的出入口。

在他们进来后，缪志昌直接按下了手中的按钮。

"砰"的一声，大厅所有的花瓶瞬间爆炸，现场升起了很多刺鼻的白烟，完全看不清任何人影。

等到现场的白烟稍微散去后，大厅里早已不见缪志昌的身影。

但很快，不远处的大屏幕上出现了缪志昌的视频，他很悠然地坐在休息室的椅子上："周警官，好久不见。

"现场的第一件拍品玉扳指儿，是我送你的第一个礼物。是不是很好奇为什么？我给你看看它的制作过程吧，你会喜欢的。"

缪志昌轻笑了一下，转动着自己手上戴着的跟拍品一模一样的扳指儿："多谢周警官替我实现了调虎离山之计，我们下次见。"

以自己为诱饵出现在拍卖会现场，让所有人相信，他就是为了交易来的，连他大部分的手下都不知道真相。

很明显，交易的地点在另一处。他只是为了演一场戏才来参加拍卖会，顺便送个"礼物"给周烬。

缪志昌的视频结束，紧接着播放的是玉扳指的制作过程。

和普通的扳指儿不一样，这个玉扳指的内部被钻开了，往里面倒入了很多灰白色粉末质地的东西，旁边附带着小字提示：不管存放多久，永远不会腐坏。

视频的最后还特意备注了制作所需的东西——玉和骨。

武凯看到后，眼眶霎时间变得猩红。

周烬握着枪的力道越发地紧，脖颈儿处的青筋明显凸起，眼底涌动着无尽的恨意。他比谁都要清楚缪志昌为什么会制作这个玉扳指——为了报复。

报复当年的一枪之仇。

周烬在看完这段视频后，一语未发地走向了楼梯口。

"周队，你去哪儿？周队！"

"二层休息室，拍摄视频的房间。"

缪志昌录制视频的时候，窗户的朝向是南边，后面依稀能看到外面大厦的背影。

通过角度和位置分析，周烬能大概锁定休息室的位置。

缪志昌所住的，是二层的 VIP 房。

从楼梯口出来后，周烬一一排查了所有的房间，直到走廊尽头左边的那间房。

"周队，出入口无异样，外部窗户无异样。"

"缪志昌一定还在拍卖会现场，他不可能逃出去的。"

周烬迅速下达命令："知道了。强攻！"

虽说是强攻，但周烬仍然站在最前面，破开门后，他第一个进入到休息室房间查看情况。

可没想到周烬刚进去，就触发了房间内设置的感应装置，紧接着，便听到了"滴滴滴"的声音——这是爆炸倒计时响起的声音。

武凯脸色一变，疯了一样地冲进去："队长小心！！！"

休息室内发生了爆炸。

炸弹连接了感应器，只要有人开门进来，就会立刻触发而爆炸！

周烬进去后没多久就响起了警报声，这时候撤离已经来不及了。

武凯疯了一样冲到周烬身边，扑在他的身上。

砰！

行动小组的所有人都趴在地上，硫黄的气味充斥了整个房间。

短暂的耳鸣过后，众人连忙去查看武凯和周烬的状况。

"医生！快叫医生！"

周烬只是陷入了短暂的昏迷，医生还未到达就醒了过来。但武凯的情况比较严重，很快就被送往了医院。

周烬看向救护车离开的背影，眼底透着冰冷的深沉："所有地点都排查完了吗？"

"已经查完了，没有发现缪志昌和他手下的身影。"

"十几个人，你告诉我他们人间蒸发了是吗？"

周烬把对讲器"砰"一下砸在了桌子上，转身回到了拍卖会现场。

现场没人敢说话，也都心知肚明，缪志昌可能又一次从他们的眼皮子底下溜走了。

但他到底是怎么做到无声无息地离开的？他们在所有有可能逃跑的地点都设置了人员拦截，对方怎么可能会凭空失踪……

周烬带着人在一楼大厅排查，很快就发现洗手间里的通风管道上面有被人打开过的痕迹。

周烬让人来调取管道里留下的指纹痕迹，自己则是去了来参加拍卖会的那些人的房间。

为保证现场这些人的安全，行动组将他们都安置在了一个较大的休息室里，其中也包括这次拍卖会的负责人郜应。

周烬踹开了门，将枪支别在腰后，目光凛冽地看向人群中的那个熟悉的身影。再开口时，他声音低沉冰冷："全都带回局里调查。"

经过医生的抢救，武凯已经脱离了生命危险。

因为行动之前全副武装，武凯这才保住了一条命。

周烬得到这个消息的时候，脑海中紧绷着的那根弦才稍稍松开一些，叮嘱道："知道了，照看好他。"

"周队，您确认一下这些东西，没问题的话，我就拿去鉴定科了。"

白色的袋子里装有那个玉扳指儿。周烬看到后，原本垂在身侧的手不禁攥紧了些，等到他移开视线后，才开口说："带走吧。"

这场行动，失败得彻彻底底。

对方甚至算准了他们抵达现场的时间，第一个拍品都还未介绍，就引爆了炸弹，及时逃离。

这是早有预谋的调虎离山之计。

行动的消息是怎么泄露的？缪志昌是通过什么方法得知的……这些问题就像是千斤重一样，狠狠地砸在了周烬的身上。

李局听完周烬简短的汇报之后，沉默了一会儿，说："现场取证结束后就收队回来，这次行动，错不在你。关于审讯的事情，会有其他人去跟进，你去医院看看武凯吧。"

电话挂断后，周烬坐在椅子上，大脑一阵一阵地刺痛。

"周队，要去医院吗？车已经准备好了。"队员说着，把手机递给他。

周烬缓缓掀开眼帘，接过手机后就看到了几条未读的信息。他将屏幕按灭，沉沉说道："去。"

车子在夜色中行驶着，周烬很快就到了医院，跟医生确认了武凯目前没有生命危险后，才彻底地放下心来。

武凯还在昏迷中，估计明早才能醒来。

周烬坐在走廊的椅子上，看着医院内白色冰冷的瓷砖，脑海中浮现的是视频中玉扳指儿的制作视频。

灰白色的粉末，玉和骨——原来他身上缺了块骨的伤口，是因为这个……

周烬下颌绷得紧紧的，握着手机的力道越来越重，眼眶也变得猩红。

直到手机的通知声响了起来，是广告弹窗的提示，同时显示的还有几小时前未读的微信消息。

周烬有些麻木地点开后，看到了熟悉的头像和备注。

周烬知道现在时间很晚了，她应该已经休息了，但还是控制不住地想要联系她，想要听听她的声音。

电话接通后，女孩儿带着困意的声音通过手机传过来："喂？"

周烬用尽所有的力气克制着自己的情绪，轻声说："睡了吗？"

沈黎雾听到他的声音后，"噌"一下从床上坐了起来，困意全无："周烬？你还好吗？怎么样了？"

周烬以前不相信，不相信隔着电话能得到多大的慰藉，不相信听到她的声音就能扛得住蚀骨的痛意。

但他现在信了，声音带来的力量，他感受到了。

这世间不是只有他一个人，还有他的礼物，需要他保护的小礼物。

电话那边一直没有人讲话，沈黎雾有些担心："周烬？"

周烬从不太好的回忆中抽离，轻敛眉眼，低低应了声："我在。"

失联这么多天，听到他的声音在自己耳边响起的那刻，沈黎雾感觉连他的呼吸声都在无限放大——平常他讲话时的情绪不会这样低落。

沈黎雾察觉到了，轻声问道："你是不是……不太好？"

周烬停顿片刻，情绪缓过来点儿才回答说："没有。只是任务刚结束，有点儿累了。"

沈黎雾没有相信他的话，情绪这么差，怎么可能只是累了？

只是还没等沈黎雾问出口，周烬低沉的嗓音便缓缓响起："早点儿休息吧，晚安。"

看着电话被挂断的页面，沈黎雾还是有些放心不下，但再次回拨过去，只剩下冰冷的机械声音提示说："您拨打的电话暂时无人接听。"

走廊尽头的窗户打开着，夜晚的冷风吹在身上，才使得周烬的思绪变得清醒一些。

不知道在这儿站了多久，身后传来了很轻的脚步声。

周烬回头望去，只见那个本应该在家里休息的小姑娘，不知怎么竟找到了这儿，现在就站在他的面前。

沈黎雾穿了件白色的针织毛衣，头发随意地散在肩头，明显是刚醒不久的状态，澄澈干净的眼眸中带着温柔的笑意。

她的手上拎了个银色的保温桶，朝他说："我煮了点儿粥给你，要吃吗？"

周烬看到她的时候，浑身都僵住了，眼底充斥着许多交织在一起的复杂情绪，但最多的还是意外，意外她怎么找到这儿的，意外她怎么会出现在自己面前。

　　"你不接我电话，我又看到新闻说拍卖会现场有人受伤，所以就来医院碰碰运气。"沈黎雾看到他情绪很不好，故意用轻松的语气跟他讲话，"没想到运气还挺好，只找了一家医院就找到你了。"

　　周烬目光灼灼地望着她，喉咙处有些发紧："如果没找到呢？"

　　"那就去别的医院，总会找到的。"

　　周烬在外人眼里是热烈的酒，是燎原的焰，表面上看着脾气硬，不好相处，但他比任何人都要细心。队友出事受伤，他一定会守在医院。

　　所以沈黎雾在看到新闻后，没有去警局找他，匆忙熬了点儿粥，就跑来医院了。

　　"是谁受伤了？"

　　"武凯。"

　　"严重吗？"

　　"是为了救我受的伤，暂时脱离生命危险了。"

　　听到这话，沈黎雾上下打量着他："那你……"

　　周烬摇了摇头："我没事。"

　　空气中有了片刻的宁静，沈黎雾跟他视线对上的那刻，晃了晃手上的保温桶："要不要吃一点儿？"

　　周烬说不上来内心是什么感受："沈黎雾，你是不是傻？"

　　他不想带给她任何不好的情绪，但没想到她半夜不睡觉去煮粥，又打算找遍A市所有的医院来找他……没见过这么傻的小姑娘。

　　沈黎雾一言未发，就这么安静地看着他。

　　周烬往前走了一步，接过她手里的保温桶："我让人送你回去，下次不要晚上一个人出门。"

　　沈黎雾仰头看他："你……没什么要跟我说的吗？"

　　快递、电话、受人之托等这些将它们串联在一起的事情，他好像一点儿都不打算跟她解释。

　　周烬拿着保温桶的手紧了紧："对不起。"

沈黎雾有些听不懂："什么意思？"

为什么要跟她道歉？他好像并没有什么对不起她的地方。

周烬为转移视线选择喝了一口粥，但滚烫的温度导致他轻咳了一声，有那么一瞬的狼狈。

沈黎雾静静地望着他，见状，低声说："该。"

周烬听到她的小声吐槽，眼底最初的无可奈何化为了淡淡的宠溺。不知道为什么，有她在自己身边，他好像什么压力都暂时忘却了，整个人变得轻松许多。

沈黎雾耐心等了一会儿，看着他说："你确定没有话要跟我说吗？没有的话，那我就走了。"

周烬垂下眼睫，轻"嗯"了一声："我让人送你回去。"

沈黎雾说了声"不用"，就起身离开了。

从周烬坐着的地方到电梯有一段距离，沈黎雾走得很慢很慢，但他好像并没有追来。

沈黎雾也不知道自己是在失望些什么，是他隐瞒的事情没有跟她讲，还是他答应告诉她的答案没有告诉她，或者是……他明明心情不好，自己也朝他迈出了一步，却被他推开了。

沈黎雾按下了电梯下行键，看着上面显示的白色亮光，等着电梯慢慢从一层上升。

"雾雾。"

听到声音后，沈黎雾下意识转过身，就看到周烬正朝她跑来。

下一秒，她就落入了一个结实而又温热的怀抱中。

周烬牵着她的手腕稍微使了点儿力，拉着她一起走进了电梯。

沈黎雾鼻翼间萦绕着男人身上的浓烈气息，她抬起手臂后犹豫了很久，最后还是轻轻环住了他的腰。

电梯在快速下降。

封闭的空间里，谁也没有开口讲话，只是静静地拥抱着。

"任务失败了。"周烬有些嘶哑的嗓音缓缓响起，"他在我面前又一次逃走了。"

沈黎雾从来没有见过这样的周烬，不知道该怎样去安慰，最后只轻轻地说："黎明会到来的。"

周烬抱着她的手臂有些紧，就像是抓住了自己生命中唯一的慰藉，他问道："你相信我吗？"

密闭的空间内传来了女孩儿温柔而又坚定的声音："我信。"

电梯门打开。

大厅外还有些半夜来急诊科的病人。沈黎雾想要离开他的怀抱，但刚抬起头，就被周烬挡住了眼睛，将她拥在怀里朝外面走。

沈黎雾手心附在他的小臂处："你这样我看不见路了……"

周烬仍然把她牢牢地护在怀里："我在。"

直到去到医院外面，下台阶的时候，周烬才松开了遮挡住沈黎雾眼睛的手臂。

沈黎雾的视线还有些模糊，她想转头看看周烬，但外面太黑了，完全看不清他脸上的表情。

车子已经停在大门外面了，开车的是刑侦队队员许顺，他担心武凯会出什么事，所以也在医院守着。

"沈小姐，我送你回去吧。"

沈黎雾说了声"谢谢"，随后看向身侧的周烬："那你也早点儿休息。"

周烬整个人陷入阴影中，轻"嗯"了一声："晚安。"

"晚安。"

车子在行驶过程中，沈黎雾的视线是一直落在窗外的。

看着外面繁华的霓虹灯光，她脑海中响起了周烬带着挫败感的那句——任务失败了。

她从没见过这样周烬。

"沈小姐。"

"嗯？"

"能不能冒昧问一句，你跟我们队长是什么关系呀？"

沈黎雾张了张唇，一时间不知道该怎么答，最后也只能摇了摇头："没什么关系的。"

许顺轻笑了声："其实我们都看出来了，队长对你很在意，你在队长心里一定很重要。希望早点儿吃上沈小姐和周队的喜糖啊！"

沈黎雾听到他语气中轻松的笑意，心里莫名地觉得有些不适，但她还是无奈地解释了一句："你误会了，我们没什么关系的。"

任务失败了，周烬在自责，武凯也受伤躺在医院，即便刑侦队的人很好奇，很想知道她和周烬之间的关系，但……为什么他还能这样轻松地开玩笑说要吃喜糖？

是她想多了吗？周烬以前跟她说过，有事就去找刑侦队的武凯和许顺，说明对他们很信任。

可能是她想多了吧。

因为需要做笔录，所以今天警局里聚集了很多人。大都是昨天参加 A 市拍卖会的人，他们的每一分每一秒都很重要，不愿意把时间浪费在这些地方，有的甚至还连夜请来了律师，所以现场人很多，乱糟糟的。

"雾雾，陶教授等你开会呢！"

"好，来了。"

沈黎雾匆忙赶去会议室的时候，在拐角处迎面撞见了一位穿着黑色西装的男人。

她下意识地想要躲避开，但因为太过于匆忙，导致失去了平衡，没有站稳。

男人直接伸手扶住了她的手臂："小心！"

沈黎雾站稳后，连忙后退两步，拉开了跟他的距离："抱歉。"

"邰先生，您没事吧？"男人身边的保镖说完，顿时不悦地斥责道，"你怎么回事，没长眼睛吗？"

邰应将目光落在了面前这个模样姣好的女孩儿身上，抬起手臂制止了保镖："没关系。"

沈黎雾再一次落落大方地道歉："对不起，先生，是我没注意。"

邰应低低笑了声，面上带着儒雅的笑意："不用道歉，意外而已。"说完，便从沈黎雾的身侧离开。

他后面还跟了很多黑衣保镖，阵仗实在是大。

沈黎雾平复了一下自己的呼吸，就赶紧去会议室开会了。

会议开始没多久，她就听到隔壁传来了吵架的声音，动静很大，吵架的主人公好像是……周烬。

周烬等到武凯醒来后，回家简单洗漱了一下，没怎么休息就赶来了警局。

结果刚过来，他就得知邰应已经离开了。

"跟缪志昌相谈甚欢的重大嫌疑人，你告诉我已经释放了？谁下的命令？谁放走的？"

"周队，我们也是按照流程走的……"

"我问你，谁下的命令？！"周烬浑身散发着藏不住的戾气，语气低沉得可怕。

邰应是这场拍卖会的主要负责人，之前缪志昌就跟他有一些来往，警方也去问过话。

但就是因为证据不足，又加上邰应的身份背景很干净，对 A 市做出了很大的贡献，所以放他离开了。

昨天晚上周烬带走了现场所有人，让他们一一来做笔录，主要目标就是邰应。

结果，现在人居然被放走了？！

得知是李局最后签的字，周烬直接摔了门，去了李局的办公室。

"明知道邰应跟缪志昌关系匪浅，为什么放他离开？"

李局显然已经习惯了周烬的性格，但顾及他行动刚结束，还是压住自己的脾气解释："第一，邰应不清楚缪志昌会来参加这个拍卖会，缪志昌他们是用其他人的身份信息来到的现场。第二，是拍卖会现场的通风管道促成了缪志昌最后的逃跑，经查明，拍卖会选择的地点跟邰应无关。第三，还有什么问题就去看问讯记录，放他离开的理由合情合理，没什么问题。"

周烬其实已经料到了这个结果，但没想到邰应还是跟上次一样，把自己择得干干净净。

"李局，你应该比我更清楚邰应到底有没有问题。"

李局坐在这个位置，早已经历了许多的大风大浪，他不是没有怀疑过邰应，但……没有证据。没有任何能够证明邰应违法的证据，所以他们没有权限把人扣在警局。

"行了。"李局抬眸看去，"发这么大的脾气就是为了邰应？"

"不是。"周烬把连夜写好的行动汇报放在了李局的桌上，沉声道，"我来申请调查昨天晚上所有参加行动的相关人员。

"这次行动之所以失败，不单单是因为对方过于狡猾，而是我们内部出了问题。

"即便缪志昌再神通广大，他也算不准警察抵达现场的时间，以及我们行动的具体时间。"

李局看完汇报之后，只沉声说了一个字："查。"

沈黎雾下班后打算去医院看看武凯，周烬说等他一起去。

看到周烬面上透着的疲惫感，沈黎雾把车钥匙从他的手中拿了过来："我来开车吧。"

周烬也清楚自己的状态不太好，于是轻应了声："这段时间局里会有点儿乱，你自己小心些，尽量不要单独行动。"

"是不是昨天行动的人员有问题？"

周烬看着女孩儿的侧颜，声音有些低："你怎么猜到的？"

沈黎雾想跟周烬说一下自己昨天发现的奇怪的地方："我昨天……"

她话还没说完，周烬的手机铃声就响了起来，是他们前几天一起合作的公安局分局那边打来的。

"喂。"

"周队，在一楼洗手间的马桶水箱发现了一部手机，里面详细记录了跟缪志昌之间的信息来往，现在正在提取上面的指纹信息。"

"知道了，马上到。"

周烬把电话挂断后，就跟沈黎雾说了个地址。

抵达现场后，沈黎雾说在外面等他，但周烬不放心："跟我一起进去。"不等沈黎雾拒绝，周烬直接解开了她的安全带，"待在我身边，没什么不方便的。"

沈黎雾只好跟着周烬一前一后地走了进去。

"指纹提取结果还要多久？"

"大概十五分钟。"

刚准备调查内鬼，当天晚上就传来了重要情报，不清楚是真的过于顺利，还是有人故意为之。

短信详细记录了此人跟缪志昌提供的具体信息,包括行动的主要负责人、具体的部署安排,甚至行动前五分钟还在发信息。

如此一来,他们在缪志昌面前就等于是明牌,怎么可能会赢?

周烬在鉴定科外面等着,示意道:"雾雾,陪我坐会儿。"

沈黎雾原本是在外面走廊的,听到周烬的声音,什么也没问,就静静地坐在他的身边。

"按照手机上显示的信息来看,能清楚地知道具体的时间、具体的行动、具体的安排,只有一个可能,内鬼是我们刑侦队的人。"周烬自嘲般笑了笑,"五年,他在我和蒋浔的身边待了五年。"

但凡是警局其他部门的人出了问题,周烬的情绪都不会这样失控,可这个人竟然是刑侦队里的,是蒋浔和他在一次次行动中,拿命护着的刑侦队的队员!

太可笑了!太可笑了!

周烬坐在椅子上,背往后仰了些,紧紧闭着眼眸。

沈黎雾觉得很压抑,被最信任的人背叛了,这种感受是常人无法理解的。

她其实没想太多,就是觉得周烬好像每一次情绪不好的时候,会抱一下她,哪怕只是很短暂的一下。

所以,她转头看向了身边的男人,问他:"那……要不要抱一下?"

周烬身形微怔,缓缓掀开了眼帘。

沈黎雾尽量对他温柔地笑着说:"好像你每次跟我拥抱后,情绪都会变得好一些。所以,要抱一下吗?"

周烬每一次跟沈黎雾拥抱,都偷偷地从她身上得到了很多心理上的慰藉。他以为她不知道,却没想到她都看在眼里。

周烬抬起手臂,掌心在她的脑袋上轻抚了一下,声音有些哑:"你在我身边就够了。"

沈黎雾心里莫名地被这话触动了:"那你……"

她话还没说完,周烬就直接牵住了她的手,这次牵的不是手腕,是真的牵了手。

沈黎雾呼吸停滞了片刻,目光落在他骨节分明的大掌上,手心传来了些温热感。

她没再说什么，只是安静地陪他坐在一起——与他牵着手坐在一起。

时间一分一秒过去，指纹鉴定结果也出来了。

分局这边的人也认识周烬，知道他的大名，更清楚他手底下那些优秀的刑侦队员。

看到指纹比对的结果后，饶是这些人都不免愣了许久，不敢相信自己看到了什么。

"确定……没有弄错吗？"

"比对了三遍，都是同一个结果。"

"好，我知道了……"

鉴定科的人员拿着报告，去找了周烬，讲话时也变得有些艰难："周队，我们的人比对了三次，结果已经出来了。

"使用过这个手机的，只有一个人，是……武凯。"

周烬看着指纹鉴定报告，心头一沉，从未觉得一张轻飘飘的纸张拿在手里会这样沉。

他沉默了很久，才问了句："监控核实了吗？"

"正在核实，周队要不要一起过去？"

"嗯。"

洗手间外的监控，记录了任务行动前后的全过程，也就是说，藏手机传递信息的内鬼，一定进去过。

周烬在这次行动前就已设置了三人一组的规定，所以如果要排查的话也很容易。

经过比对信息发送时间和监控，很快就锁定了具体人员——

武凯、许顺、向玮。

他们三人一组，从这次行动开始后就从未分开过。武凯和许顺是刑侦队的老人，也是蒋浔带出来的优秀队员，向玮则是今年刚进入队里的新人。

监控显示，他们三人进洗手间的时间，跟几次消息发出的时间几乎完全吻合。

内鬼就在他们之间，手机上确定是武凯的指纹，监控也证明了此事。

单单这几点，就能完全锤死武凯就是那个有问题的人。

但……太顺利了，太理所当然了。

刚准备调查内鬼的事情，证据就浮出了水面，并且取证过程也是异常顺利，就好像是按照计划在做这一切。

周烬面上并无什么情绪，淡淡地说道："马桶水箱上查到指纹了吗？"

"没有。"

"那他是怎么放进去的？"

"可能是……临走的时候注意到了细节，特意把痕迹清理了。"

"嗯，把水箱上的痕迹清理了，却不删除手机信息，也不擦掉手机指纹，你们觉得是为了什么？"

周烬这番话落下，现场的其他人也霎时间觉得这些证据变得疑点重重。

周烬用舌尖抵了抵上颚，继续道："我和蒋浔带出来的人，没蠢到会故意留下信息记录和手机指纹，除非他是被威胁或者被陷害。"

"但周队，按照规定，还是要对三个嫌疑人进行简单的问讯。"

"我理解，我相信他们一定会配合调查的。"

周烬把沈黎雾平安送回家后，就赶去了医院。

沈黎雾想找机会跟周烬讲一下自己觉得许顺奇怪的地方，但想了想，还是要等到调查组那边跟武凯谈完后才合适，不然太像是着急为武凯开脱，故意编出来的无证据的故事。

将相关证据上报给领导后，局里很快就成立了调查小组赶往医院，在确认武凯的身体状况平稳的情况下，跟他进行了一次谈话。

"昨天晚上抵达任务现场之前，你在哪儿？具体做了些什么？"

"会议室开会两个小时，确认行动安排，去换衣室穿戴装备，大概十分钟。临走之前，去了趟洗手间，两三分钟后出来。"

"洗手间谁提出要去的？进去后有没有什么异样？先后顺序交代一下。"

武凯是刑侦队的副队长，对这些细节记得还是比较清楚的，所交代的都跟监控上面一一对应上了。

"我们在洗手间水箱里查到了一部手机，手机上只有你一人的指纹，对此，你怎么解释？"

武凯其实感觉到了，调查组来医院，可能是自己被怀疑了，但当他真的听到这句话的时候，首先想的不是为自己解释，而是看向不远处的周烬。

武凯想装作不在意，但语气还是有些沉重："周队……你相信我吗？"

周烬眼底的情绪很淡，但还是开口说："照实说。"

就这么一句话，武凯脸上就出现了笑意："我知道的，队长。"说完，他转过头看向调查组的人员，"手机信息和指纹的事情我不清楚，既然确定问题出在我们三个人身上，我接受一切的调查和审讯。"

调查组对三人都分别进行了谈话，没有人承认信息是自己发出的。

周烬在当天又一次去了鉴定部门。

"有事问你们。"

"周队您说。"

"指纹可以提取吗？"

"可以是可以，不过太复杂了。"

周烬眼眸渐渐变得深邃："能接触到指纹打卡器及日常所用的物品，如果事先有准备，有成功提取的可能吗？"

鉴定科的人立刻说道："有！"

"查一下他们名下近期的消费记录、购买记录，搜查一下他们的住处和工作地点，看看有没有什么胶带、检测粉末、指纹刷等相关的工具。"

"是，周队。"

周烬没有说过一句相信武凯的话，但他所做的每一件事都代表着他相信武凯。

在死亡面前都奋不顾身的人，没有理由背叛他的信仰。

周烬连续几天都没怎么休息了，在李局的催促下，到底是被赶回了家。

刚刚打开门，他就闻到了一股饭菜的香味。

周烬抬眸看去，就见沈黎雾穿着白色的围裙站在餐厅，原本她习惯散着的头发此刻扎成了一个小丸子，显得可爱极了。

"欸，你怎么回来啦？"沈黎雾以为周烬今天还要加班忙工作，所以在看到他的时候，还有些意外。

"回来休息一下。"

沈黎雾刚好做完了饭，周烬帮着把饭菜端到了餐厅。

吃饭的时候，沈黎雾还是没忍住跟周烬说了自己的怀疑："那天晚上许顺送我回去，我在他眼里看不到任何队友受伤和任务失败的难过，他甚至还很开心地跟我聊别的事情。"

周烬问："什么别的事情？"

沈黎雾本来不想说的，但周烬问了，只能如实交代："就问……我们的关系，还有……什么时候能吃上喜糖……"

周烬握着筷子的手微微顿了顿，脸上闪过一瞬间的不自然："还有什么？"

"其他的没有了。他很关心我跟你的关系，这是我觉得奇怪的地方。"

队友受伤躺在医院，任务又失败了，他却一点儿都不难过。

周烬在这段时间的调查中，其实已经加深了对许顺的怀疑，但是没有证据，不能凭空猜测。

只是，沈黎雾跟许顺也只是见过几次面而已，周烬没想到她会这样聪明，这大概就是……遗传吧。

周烬并没有把夸她的话说出来，反而提醒道："谨言慎行。"

沈黎雾不过是泡个茶的工夫，周烬就靠在沙发上睡了过去，面上是掩饰不住的疲惫感。

沈黎雾把水杯放在桌上，放轻动作走到周烬的身边。灯影下，男人英俊的面庞映在她的瞳孔里，让她无意识地想要更靠近一点儿。

片刻后，沈黎雾正打算离开时，周烬却无比精准地握住了她的手腕，让她整个人往下落，然后完完全全地靠在他的身上。

沈黎雾被吓到了，手心撑在他温热的胸膛处："你……没睡吗？"

沙发很小，容纳不下两个人，周烬隔着毯子把沈黎雾拥在了怀里。

"偷看了这么久，抱一下吧。"

沈黎雾薄薄的面颊浮现了明显的红晕，下意识地否认："没有偷看……"

应该算是，光明正大地看他。

而后，沈黎雾又像是想到了什么，看着男人清晰分明的侧颜，柔声质问：

"你为什么还装睡？"

周烬的大掌轻扣着沈黎雾的后颈，像是对待小猫儿一样，轻轻拍了拍她以示安抚："在等你过来，想抱抱你。"

周烬在沈黎雾面前，从没有掩饰过对她的在意，除了那些暂时不能告诉她的事情。

沈黎雾听到这句话后，只觉得脸上泛着烫人的红，像是发烧了一样。

周烬说想抱抱她，就真的只是简单地抱着她。她什么也不说，一个简单的拥抱就足以给他极大的心理慰藉。

周烬想要给沈黎雾双倍的爱，但他也需要沈黎雾给他支撑下去的动力。

她是无可替代的拥有治愈能力的最美好的礼物。

这段时间，武凯他们一直处于被调查的状态，所以除了医生的日常检查，其他时间是不允许任何人跟他有所接触的。

但武凯身上的嫌疑很快就被洗清了。

调查组从许顺家附近的一片空地上，挖出了提取指纹的相关工具，经过核实，上面残留的痕迹，除了许顺自己的，其余的全是武凯的指纹。

面对这些铁证如山的证据，许顺没有否认："是我做的。"

调查组在询问许顺原因时，他什么也不说，只说想要见周烬。

五年的队友，出生入死的兄弟，周烬没去见，也不想听他解释什么。

只要跟缪志昌相关的人，周烬从心底里觉得恶心，见一面都嫌脏。

"周队，他说想见见你。"

"告诉他，从现在开始，他和刑侦队没有半点儿关系，从此滚出我的视线。"

"好像是关于蒋队的……"

周烬进到审讯室的时候，即便有所克制，但看向许顺的目光还是带着掩饰不住的失望。

许顺坐在椅子上，微微垂下了眼睫："对不起，队长。"

周烬冷声："你在刑侦队五年，我给你最后五分钟。"

许顺听到"五年"这两个字眼的时候，眼眶霎时间变得通红，但还是无奈笑道："我知道我对不起蒋队，对不起大家……"

周烬打断了他的话："你没有资格提蒋浔的名字。"

许顺看向周烬："其实我的目标不是武凯，那个炸弹原本是打算送给你的，但缪爷没有下死手，原因很简单，他想留着你慢慢折磨。

"周队，之前你或许还有些胜算，但现在，你没有任何胜算了。你有软肋了，我告诉缪爷了。"

周烬"砰"一下将手边的文件砸在了许顺的身上，眼底充斥着的凌厉仿佛利剑一样刺在许顺的身上。

下班后，不单单是沈黎雾和周烬去了医院，刑侦队的其他队员也跟着周烬一起去探望了武凯。

"去了病房，任何人不许提及跟许顺有关的事。"

"是，周队。"

车内的气氛变得有些压抑，武凯和许顺是这么多年的搭档，他的背叛，对整个刑侦队来说，都是难以接受的。

无预兆，无原因，总觉得许顺身上还有其他秘密。

进病房前，沈黎雾接到了童盈的电话。

周烬虽然不好在外面听着她们通话，但还是把病房门虚掩着，时刻注意着外面的动静。

武凯扫了一圈来探望的人，有点儿失落地问："队长，黎雾妹妹没来吗？她不是说今天过来看我的吗？"

"她在外面打电话。"

病房的人都是一起并肩作战了很多年的，许多事情不用说就都能懂，武凯也是想让大家的情绪不要那么低沉，所以就主动找了个话题。

"队长，你不是说任务结束后考虑一下关于黎雾妹妹的事情吗？"

"什么时候追啊？我们可以当惊喜助攻的，保证完成任务。"

周烬坐在椅子上，正在削着苹果的手微微顿了顿，像是已经深思熟虑后，所以语气透着平静："不追了……"

沈黎雾走到病房门口的时候，恰好听到周烬说出"不追了"三个字。

从未拥有过是酸涩，拥有过再失去则是苦涩。

沈黎雾说不上这一刻心里是什么滋味，但总之，酸比苦要多。

与此同时，周烬也看到了病房门外的沈黎雾。

见她转身要走，一向遇到任何事都波澜不惊的周烬，此刻却是真真切切地有些乱了思绪。

周烬追上她："雾雾。"

沈黎雾甩开了周烬要牵她的手，红着眼抬头看他，然后一步步地把他逼到角落处。

"不追我干吗要招惹我？不追我干吗让我等你的答案？"沈黎雾的眼眶已经红了一圈，她低低骂了声，"骗子！"

说完，她便气得踮起脚直接在他的肩膀上咬了一口，没有收敛力气，是真的结结实实地咬了一口。

病房内的众人瞧见这一幕都目瞪口呆，以为周队要发火了，结果就看到他们周队那冷白的脖颈儿开始发红，并且一直蔓延到耳郭……

沈黎雾咬完之后就想走，周烬顾不上其他，只想着跟沈黎雾解释，但她气坏了，不让他牵手，也不愿意听他说话。

周烬没办法，直接单手把她抱了起来，去往旁边的安全通道，门关上后，世界像被隔绝了一般安静。

"你放我下来！"沈黎雾恼怒不已。

周烬把人放下来后，极具压迫性地将她困在墙壁和自己之间，在察觉到她委屈的情绪，感受到她对自己的喜欢和在意后，心中涌起一种不顾一切的冲动。

"雾雾。"周烬呼吸变得越发滚烫，嗓音低哑着问，"亲完后再解释好不好？"

说完，他便再也没有克制，低头靠近她，触碰到了她柔软的唇。

接吻时的悸动，在大脑里瞬间炸开——

肩膀上被她咬了一口，现在还残留着细微的痛感，宛如一簇微弱的火苗点燃了漫山原野，不停翻滚炙烤，形成心动，最终蔓延到四肢百骸。

沈黎雾的后背贴在冰凉的墙面上，整个人都被周烬困在怀里，不给她任何逃离的空间。

沈黎雾没再拒绝，手臂慢慢搭在他的胸膛上，她闭上双眸时，眼睫处还挂着些晶莹的泪珠，有种让人心生怜爱的破碎感。

周烬注意到了她的情绪，动作渐渐放缓，但并未着急离开，烫人的呼吸依然缠绕在一起，他低声解释道："不追了的原因是，这次任务失败，怕让你陷入危险境地。"

沈黎雾垂眼看着他起伏的胸口，轻声问："现在呢？"

周烬喉结上下滚动着，哑声道："现在好像……控制不住。"

只要是跟沈黎雾有关的，周烬哪怕再三克制，也依然做不到无动于衷。

心动不可控，克制最难挨。

男人骨节分明的手指微弯，在她的眼尾处帮她轻轻擦了一下："对不起，雾雾。"

沈黎雾的情绪已经渐渐平复下来，只是眼眶还是红的："你没有对不起我，你对我很好很好。"

"不生气吗？"

"什么？"

周烬思索了半秒，俯身靠近后，在她唇角处轻啄了一口，说："这样，不生气吗？"

沈黎雾没有防备，又被他亲了一下，虽然看不清他眼底的情绪，但不用想也知道，一定是带着笑意。

他故意的。

沈黎雾抿了抿唇，问他："其他人知道周队长私下是这样的吗？"

周烬从喉咙深处溢出了声低笑，他揽着沈黎雾的肩膀，掌心轻扣着她的后颈，让她的额头贴在自己的胸膛处。

他就这样全身心地拥抱着她。

哪怕身处贫瘠荒凉之地，哪怕这条路遍地荆棘，只要有她在身边，他就一定能等到花开。

周烬还有点儿想要亲她的意思，但是被沈黎雾躲开了。

沈黎雾小声催促："走啦……"

周烬走在她身边，修长的手指从她的细腕处慢慢下滑，毫不犹豫地就牵住了她的手。

沈黎雾却从他的手掌心抽离开，有些不自然地把手臂背在了身后："对现在的我们而言，你有你要守着的承诺和坚持，我有我还未解开的执念，所以……我会听你的话，这恋爱先不谈。"

周烬懂了，他被小姑娘摆了一道。

他不顾一切地将自己的真心毫无保留地展露出来后，她看到了他藏不住的情意，已经不需要他的答案，知道这就是明明白白的喜欢。

确定完他的心意后，她又跟他说，这恋爱先不谈——

她想追求的是答案。

而他想追求的人，是她。

周烬生平第一次尝到了被拿捏后那种不上不下的滋味，瞬间被气笑了："你啊……我栽在你手里了！"

病房里的队员们一个个都好奇得要命，但又不敢去偷听，所以看到周烬和沈黎雾一前一后走进来的时候，再也忍不住了。

"那个，是不是要改称呼了？！"

"嫂……"

周烬抬眸睨了一眼。

队员立马尿下来："扫……扫个地，我现在就去。"

武凯的身体毕竟还没完全恢复，医生说需要静养一两个月，所以大家没待太久就离开了。

这段时间，一波未平一波又起，如今才算是有了短暂的休息时间。

第六章
无人之处 永远爱你

回到家里后，沈黎雾就打算跟周烬说一说快递的事情，想问问究竟是谁让他邮寄的。但沈黎雾没有明着说，她想要先观察一下周烬知道这件事之后是怎样的态度。

"周烬。"

"嗯？"

"你能帮我签个字吗？"

周烬有些诧异地回头看去，低笑着问："签什么字？"

沈黎雾拿了本子和笔递给他，语调有些轻缓："毕业快乐。"

周烬在听到这四个字的时候，身子微微一怔，但很快就轻仰起头，对着沈黎雾无奈而低哑地说："雾雾，有时候太聪明不是好事。"

沈黎雾轻轻垂下眼睫："其实我猜到了。"

周烬手背上顿时浮起了青筋，喉咙处变得有些发紧："什么？"

沈黎雾原本已经鼓起了勇气，但对上周烬的目光时，她还是移开了视线才敢开口："你隐瞒的事情，是不是跟我的亲人有关系？"

周烬没有回答。

沈黎雾卷翘的眼睫动了动，她小声地问道："是……我的父母吗？"

其实想来想去，答案就摆着沈黎雾的面前。

对她处处照顾，一定不会是受陌生人之托；故意隐瞒身份送她礼物，一定不会是跟她毫无关系的人。

"其实我来 A 市就是因为那几通陌生的电话，我也一直在查关于我父母的信息。我已经做了最坏的打算，哪怕是被故意抛弃……"

116

"不是。"周烬出声打断。

沈黎雾抬眸望去，目光落在了周烬脸上，看到了他不容辩驳的否认。

"其实不论真相如何，我都可以接受的。"

因为那段最痛苦、最难过的时间，她已经熬过来了。

周烬接过沈黎雾手上的本子和笔，轻敛下眸，翻开后，在第一页上写下了几个字。

他的字迹跟他的性格很像，肆意、张扬。

"我希望你快乐……"周烬握着笔的力道有些紧，"他们也希望你快乐。"

沈黎雾看向了他在笔记本上写下的文字。

——毕业快乐。

——不止毕业。

快递是周烬寄的，祝福也是周烬写下的。

沈黎雾只是有些不明白，那个人为什么在电话里一声都没有回应，在纸上写给她的祝福也要别人代替。

"雾雾。"周烬有些艰难地开口，声音有些沉，"我不是打算一辈子瞒着你，而是我承诺的事情还没做到。"

周烬在没见过沈黎雾的时候，就很想很想，很想带她来 A 市。

但……那个人不让，甚至还逼他做出了承诺。

所以，周烬现在没办法将所有的事情都跟沈黎雾讲。

沈黎雾也并不是胡搅蛮缠无理取闹的性格，听完周烬的话后，她点了点头："好，我不问了。"

周烬见不得她这样乖巧。她明明背负了那么多的委屈，却不吵不闹不计较，她比所有人想象中的都要坚强。

但也正因为这种坚强，让周烬心里很不是滋味——

很心酸，很无奈。

周烬再三克制，还是没忍住抱了抱他的小姑娘。

沈黎雾将脸颊贴在他的胸膛处，汲取着面前这个人给她带来的安全感，她抬起手臂轻轻地环上了他的腰，喃喃地问："有人爱我吗？"

周烬心口处像是被什么东西刺痛了一样，开口时的声音有些沙哑："有。"

很多人爱她！很爱很爱她！

沈黎雾眼底浮现了浅浅的水光和笑意："他们在无人之处爱着我，对吗？"

周烬喉间有些发紧，压抑着自己的情绪，语气有些艰难："嗯，他们在无人之处爱你。"

沈黎雾掩饰住自己所有的难过，弯眸浅笑："我听到啦！"

听到有人说爱她，很开心，很开心。

周烬抬起手臂，掌心在她的脑袋上轻揉了一下："明天带你出去玩。"

沈黎雾从他怀里仰起头，尽量用很轻松的语气跟他讲话："但我们没有谈恋爱，不能约会吧。"

听到她反复强调他们没有谈恋爱，周烬被气笑了，直接上手捏了捏她的脸颊，触感软软的，真喜欢。

沈黎雾自从来到 A 市，还没有出去玩过。

周烬特意空出了一天的时间陪她，不单单是带她去玩，也是给自己换个心情。

早上出发的时候，沈黎雾不经意间看到了他备忘录记录下来的满满当当的游玩攻略和注意事项。

这不太可能是一晚上就能做出来的，应该是早有准备。

只是不知道……是不是周烬准备的。

第一站就是环球乐园，是绝大多数女孩子都不会拒绝的地点。

沈黎雾今天穿了一件慵懒的毛衣，搭配黑色长靴，整个人显得又可爱又干净。

车子稳稳停下后，周烬替她解开了安全带，抬眸的那瞬间，恰好看到了她白皙的脖颈儿，再往上便是红润的双唇，同时也嗅到了她身上那股清甜的气息。

"雾雾，问你件事儿。"

"什么？"

"没谈恋爱能亲吗？"

沈黎雾脸颊上的热气瞬间上涌，指尖也无意识蜷缩了一下，一时间不知该如何回应他的问题。

周烬倒也不着急，就这么慢悠悠地靠近看她，摆明了不打算让沈黎雾下车。他的目光灼灼地落在她的脸上，眼底的笑意很是撩人。

沈黎雾张了张唇，到底是松口了，说："那你先闭眼。"

周烬懒懒地应道："等我闭了眼，你趁机逃跑是吗？"

沈黎雾摇摇头，模样认真："我不跑的。"

周烬明知道她藏了别的心思，但还是听她的话闭上了眼。

很快，他就听到"咔嗒"一声以及车门打开的声音。

驾驶座的周烬抬起手臂轻抚了下眉心，唇边的笑意越来越深。

她怎么这么可爱啊！

沈黎雾没有走太远，就站在乐园的入口处排队等着检票。

周烬锁完车走到她的身旁，像是对待刚出生的小奶猫一样，拎着她的衣服往旁边的 VIP 通道走："走错路了，小礼物。"

沈黎雾听到这个称呼，心颤了一下："你别乱喊。"

周烬只是低声笑了笑，意味深长地看她："还跑吗？"

沈黎雾小声反驳："我没跑。"

"嗯？"

"……不跑了。"

VIP 通道的人明显要少一些，周烬带沈黎雾进去后，就看到各式各样的游戏区。

周烬看了一眼备忘录，打算按照攻略带她去玩。

旁边是气球射击场地，沈黎雾在奖励区恰好看到了跟自己的兔子同款的玩偶，长耳朵，毛茸茸，只不过颜色和衣服与她的玩偶不一样。

周烬顺着她的视线看去，低声问："喜欢？"

沈黎雾回过神来："不是，是因为……"

周烬大步流星地去了游戏区那边，沈黎雾想拦都来不及。她就是多看了一眼兔子而已，真的不是喜欢这个射击游戏。

"雾雾，过来。"

沈黎雾走了过去，语气有些无奈："我没想要玩的。"

周烬神情悠然："我想。"

"好吧。"

老板看到周烬的拿枪姿势，试探着问："帅哥这是练过吗？"

周烬站在规定的射击位置前，有些懒散地应道："没练过。"

老板闻言，特别热情地说："随便玩，随便玩。"

周烬调整好角度后，利落地上膛，"砰"的一声，子弹瞬间就击中了气球的正中心。

旁边有小情侣也在玩，见状，女生推了下自己的男朋友："你看看人家。"

男生轻哼一声："不用心疼他，他没有女朋友！"

周烬听到这话后，最后一枪直接打偏了。

他把枪放下后才知道为什么他们会这样认为，因为射击位置前都是一对一对的小情侣，只有他是孤单单一个人。

沈黎雾呢？——这小姑娘跑去研究游戏子弹了。

周烬舌尖抵了抵下颚："沈黎雾。"

"嗯？你玩完啦？"

周烬牵着她的手腕把人拽到身前，从后面环住她的肩膀，声音低哑："打完这几枪，我们就走了。"

沈黎雾不太适应被他从背后环抱着，声线因为紧张而变得很虚："我不会……"

周烬把玩具枪放在了她的手心："有我在，不会让你输的。"他握着沈黎雾的手帮她调整着姿势，说着要瞄准的目标，"第二排右数第三个，红色气球。"

沈黎雾的注意力也被气球吸引，模样变得认真，眼神透着坚定。

在周烬手把手地指导下，沈黎雾连续打了几枪都是百分百的准确率。

"第三排右数第二个。

"最后一排右数第五个，白色气球。"

沈黎雾听了他的话开枪。

这次击中后，旁边的女生都发出了赞叹："好浪漫啊！"

沈黎雾有点儿没反应过来，顺着她们的视线抬头看去，只见面前布满五颜六色气球的墙上，被击中气球的位置竟然串联成了一个爱心形状。

周烬的语调很正经，故意说："还挺巧。"

沈黎雾的长睫动了动，心口处好似有什么情绪正在疯狂生长、蔓延——

大脑说，那叫心动。

去找老板兑换奖励的时候，周烬挑了一只兔子玩偶。

这只兔子跟她的兔子是同款，只不过沈黎雾的兔子穿的是裙子，这只兔子则穿着绅士西装。

她刚刚应该没有把自己心里的想法说出来吧？所以周烬……跟她一样喜欢这种兔子吗？

老板很仗义，非要拿最大的玩偶给周烬和沈黎雾，周烬低笑了声："不用了，有点儿沉，小姑娘抱不动。就兔子吧，给家里那只找个男朋友。"

周烬的目光落在沈黎雾的面庞上，问她："饿不饿？要不要吃点儿东西？"

沈黎雾点了点头："好。"

周烬带她去了很热门的空中餐厅，寻了处靠窗的位置，半圆形的超大落地窗，可以俯瞰整个乐园的全景。

沈黎雾见他如此熟练地点餐，似乎不像是第一次来，不禁问他："你之前……来玩过吗？"

"被迫来的。"

"啊？"谁还能够强迫周烬啊？沈黎雾想不出谁有这样的能力，但脑海中很快就浮现了一个人名，"是蒋浔吗？"

周烬握着水杯的手力道变得很重，尽量若无其事地应了声："嗯，是他。"

沈黎雾一边小口地吃着东西，一边轻声说着："上次跟武副队聊天的时候，他跟我描述了蒋浔的性格，如果可以的话，有点儿想见见他，感觉……他会是一个很优秀、很有魅力的人。"

周烬抬起手臂，喝了一口杯中的饮料，冰凉的触感从喉咙处滑过，让他混乱的思绪变得清醒几分。

再开口时，他的声音变得平静且低沉："会见到的。"

蒋浔身上所拥有的特质，远远不是"优秀"和"魅力"这两个词可以概括的，他是周烬这辈子唯一佩服的人。

周烬不断地告诉自己——

会见到的。

会再见到的。

周烬按照备忘录上的攻略，带着沈黎雾玩了很多个游乐项目，她的体力值彻底耗尽，累并快乐着。

周烬离开了一会儿，再次回来时，就像是变魔法一样给她带来了奶茶和蛋糕。

除了甜点以外，他的身上还残留着浅浅的烟味。

周烬坐在她的身侧，很自然地开口说："听说吃甜点心情会好一些，补偿在鬼屋里吓到了的雾雾。"

沈黎雾心头微动，好半天才出声问他："那我可以讨要个别的补偿吗？"

周烬轻挑了一下眉："嗯？"

沈黎雾拆开了甜点的包装，有点儿不自然地说："抽烟对身体不好，以后……能不能跟今天一样？"

周烬看着她柔和的侧颜轮廓，长而卷翘的睫毛就这么轻眨着，精致得像个小公主："雾雾。"

沈黎雾抬眸看去："嗯？"

周烬半靠着椅背，语调漫不经心："我只听我女朋友的话。"

沈黎雾的心口处像是被什么东西拨动了一样，她忙低头吃了口蛋糕以掩饰这种奇怪的悸动，然后有些不知所措地说："那你当我没说吧。"

周烬没料到她会这么直白，他已经在她身上不知道栽了多少回。

烟花秀很快开始了，周烬带她去了一个角度特别好的前排位置。

四周都围满了人，周烬担心小姑娘会被碰到伤到，所以轻揽着她的肩膀，让她站在了自己的身前。

她在他的目光所及之处，所以不论怎样他都能护着。

漂亮到极致的烟花升空的那一瞬间，沈黎雾的眸中也闪烁着亮光，她温柔地笑着，用手机记录下了这美好的一幕。

周烬也破天荒地掏出了手机，对着空中的烟花拍摄。

但他的镜头的聚焦点不是烟花，而是他身前这个小姑娘笑着的侧脸。

他拍了两张，打算洗出来，送一张，藏一张。

沈黎雾此刻的眼中只有烟花。

周烬的眼中没有烟花，只有她。

上车后没多久，沈黎雾就靠着副驾驶位的车窗处睡了过去。在周烬身边，她总是很有安全感。

周烬放缓了车速，确定她熟睡之后，才转弯去了另一处地点。

周烬将车子停在陵园外，然后打开车窗，远远地看了一眼。

"她很好，也很开心。"

这一刻，连夜晚的风都变得温柔，只悄悄地绕过车窗进来，轻抚着小姑娘的侧脸，还特意提醒旁边的树叶扇动的声音小一些，不要打扰她。

在这个不为人知的夜晚，四周寂静无声，微风温柔地吹开了她面颊处的头发，偷偷地看了一眼。

好漂亮的小姑娘呀！

沈黎雾再次醒来时，车子已经到小区楼下了。

她还有点儿蒙，手背挡在自己的额头处，睡醒后的声音软软的："你怎么没喊我呀？"

周烬不在意地说："没多久。"

沈黎雾解开安全带准备下车的时候，周烬出声喊住了她："雾雾，伸手。"

可能是刚睡醒的缘故，沈黎雾的反应跟不上自己的动作，她还在考虑要不要伸手的时候，手已经伸出去了。

很快，手心处就放了两样东西——四四方方的烟盒和银色的打火机。

"交给你保管了。"周烬颇为郑重地说。

沈黎雾顿时觉得手心处有点儿发麻，她喃喃问道："你不是说，只听女朋友的话吗？"

周烬慢条斯理地开口："未来的也算。"

未来的女朋友，沈黎雾。

未来的……总之，这辈子就认定她了。

他能活多久，就会护着她多久。

沈黎雾轻轻地说一声"知道了"，又欲言又止地想问些什么。犹豫再三，她还是小声问道："只是保管……没有别的要求吧？"

周烬不易觉察地愣了一下："还能有什么要求？"

沈黎雾脸红着摇头："没什么。"

看着小姑娘匆忙离开的背影，周烬才想通了什么，低沉地笑了笑。

沈黎雾从未觉得电梯的速度这样慢，门打开后，就慌不择路地跑了。

周烬第二天就去别的地方开会了。

虽然没谈恋爱，但周烬好不容易跟小姑娘之间的关系亲近一点儿，出任务离开后，两个人之间似乎又变得陌生了——

不打电话，不发信息。

不打扰他，什么也不问。

周烬看着手机相册里保存的女孩儿的照片，指腹在她的脸颊处轻抚了好几下。

他拿起手机，转身朝着门外走去，跟沈黎雾发了条信息，问她在没在忙。

沈黎雾："在陪七愿玩。"

午休的时候，沈黎雾恰好碰到了七愿，七愿又一直黏着她，她就陪它玩了一会儿。

周烬按下了语音通话键，很快，电话那边就传来了女孩儿轻柔的声音："喂。"

"有什么想要的吗？明天带给你。"

"明天？"

"嗯，我明天回去。"

"可是我明天回 D 市呀！"

电话那边沉默了一会儿，紧接着，就听到男人透着哑意的声音渐渐响起："沈黎雾，你是在故意躲我吗？"

沈黎雾正在摸七愿的小脑袋，可爱地回应："没有呀。"

话未说完，周烬就听到"吧唧"一下的声音，像是什么在亲着手机屏幕一样。

然而周烬心动没到半秒钟，就听到电话那边女孩儿有些着急的声音："七愿，你口水流出来啦！干吗亲我手机呀？"

七愿听到周烬的声音后，太激动了。

沈黎雾拿出纸巾把屏幕上的口水擦了擦，打开免提跟周烬讲话："你要跟七愿讲话吗？我开免提了。"

周烬的声音从手机里传出来："不讲，让它回去训练。"

七愿委屈兮兮地趴在地上："呜呜——"

沈黎雾回D市是前段时间就定好的，因为童叔叔说联系到了当年福利院的院长，又加上她太久没见童叔叔童阿姨了，所以打算回去看看。

周烬叮嘱她注意安全，回去后有什么事都要跟他报备一下。

沈黎雾长睫在眼下映出一片小小的阴影："我知道了。"

"嗯，先挂了。"

"周烬。"沈黎雾轻喊了一声，很小声地说，"你，看下微信消息。"

周烬把通话页面给缩小化，看了眼微信的未读消息，是沈黎雾刚刚发过来的——兔子亲亲的可爱表情，头顶上还冒着很多粉色的爱心。

周烬盯着看了两秒，拖着散漫的语调说道："我不要。"

沈黎雾听出了他语气中暗藏的危险，又默默地发了一条信息："好的，那撤回了。"

周烬的嗓音低沉含笑："沈黎雾，你应该庆幸现在没在我身边。"

电话被挂断了。

周烬哪怕看不到沈黎雾此刻的样子，也能猜到，她一定脸红得不像话。

事实也的确如此，沈黎雾脸红到了耳根，红扑扑的，宛若可口的水蜜桃。

飞机落地后，沈黎雾打算叫个车回去。

但她刚从通道出来，就在机场大厅看到了童叔叔和童阿姨的身影。

童妈妈脸上带着温婉的笑意："雾雾，快过来。"

沈黎雾眼眶莫名有点儿酸涩："阿姨、叔叔，你们怎么过来了？"

童妈妈亲昵地牵着沈黎雾的手，是真的把她当成了自己的亲生女儿："傻孩子，航班信息还不告诉我们。盈盈出差没在家，我跟你叔叔就来接你了。"

"可今天不是工作日吗？"

童父接过了沈黎雾手上的行李箱："请假一会儿没关系的。走吧，先回家。"

上车后，童妈妈心疼地说："这么久没见，人都瘦了一大圈，跟盈盈一起留在D市不好吗？跑那么远，多受苦啊！"

沈黎雾摇了摇头说没事，她不想让长辈担心，所以就转移话题："盈盈怎么突然出差了？"

"医院那边临时通知的，心理科室每天也忙得不行。"

童父把妻子和沈黎雾送回家后，就赶回公安局了，他也不能离开太久。

临走的时候，童父跟沈黎雾说："已经联系到当年的福利院院长了，明天带你去见一见。你父母的事情，你别太着急，叔叔一定帮你找到他们。"

"不用了，叔叔，顺其自然吧。"

她小时候过得不好，所以长大后的执念就是找到父母，但周烬瞒着不想让她知道。真相总大白的，现在……知道他们爱着她就够了。

"叔叔尊重你的想法，那明天还要不要去见见那个院长？"

童妈妈听到这话，立马拒绝："不见，不见，我们雾雾现在好着呢，干吗要去见福利院的人！"

沈黎雾跟他们说过一些她在福利院的事情，外人听了都会觉得心酸，更何况亲身经历的人。

童父童母都是善良的人，帮她改名字也是因为想帮她告别痛苦的过去。

沈黎雾如今已经释然了："没事的，阿姨。叔叔花了那么长时间才找到，去见见吧，我也有话想问院长。"

童妈妈闻言，无奈地叹息了一声："那明天我陪你一起去。"

沈黎雾点点头："好。"

福利院的生活是怎样的？

按理说一个满是孩子的地方，应该充满了欢声笑语，但那儿不是这样。

这些孩子只有婴儿时期是最幸福的，因为不懂事，不记事，不知道难过，不明白悲伤。

可长大后，他们才意识到自己没有父母，没有玩具，没有好吃的，更不能出去玩，他们最渴望的就是碰见来领养孩子的好心人，他们排队站好等待被挑选。

沈黎雾就是在这样的环境下成长的，只不过，她比别人多了一样——被孤立。

而她被孤立的原因就是，福利院的阿姨们经常夸她，说："喃喃长得最漂亮，让人一眼看了就喜欢，应该很快就会被领养走了。"

这些话，比她大的或者跟她同龄的孩子都听到了，所以他们不会让她跟那些好心人见面。

沈黎雾那时候不懂，每次都被忽悠。后来，她去找了日常照顾他们的阿姨，阿姨跟那些人说下次不许再这样做了。

本以为事情就此结束了，但之后依旧有类似的事情发生。

她的新衣服会莫名其妙破损，走路时会被绊倒。

她因为生病发烧躺在床上休息，没有人喊她，也不给她留饭，还有人跟阿姨说喃喃已经吃过了。

有时候轮流打扫房间，其他人都不做，被院长看到被批评了，她们就说今天轮到喃喃打扫了，只是她太懒了。

之后只要有人来领养，沈黎雾就假装生病不出门。

她以为自己这样做，那些人会收敛，但她还是错了，习惯是很难改变的。

沈黎雾记忆中的院长是一个比较圆滑、精明的人，但没想到再次见她，是在医院。

医生说她是癌症晚期，没多少时间了。

推开病房门进去的时候，沈黎雾一眼就看到了躺在病床上身形消瘦的院长阿姨。

院长听到动静，转头看了一眼，别的孩子她也许认不出来，但喃喃可以。

"是……喃喃？"

"嗯。"

院长几乎瞬间就红了眼眶，记忆涌上心头，她有些艰难地开口："对不起……"

沈黎雾以为自己释然了，她接受过去的所有，原谅过去的所有，但当她听到院长阿姨的这声"对不起"时，心里还是微微颤动了一下。

沉默良久，沈黎雾才轻轻开口说："我没有怪任何人，只是想问您一句——为什么呢？你们给了我被领养、被爱的希望，又将它毁掉，逼我承认所有的错。院长阿姨，我找过您很多次，跟您说了很多次，您……"沈黎雾眸中染了层薄薄的水光，但她还是温柔地笑着，"您有信过我吗？哪怕一次也好。"

沈黎雾那次之所以会问周烬有人爱她吗，其实也是在告诉小时候的沈喃喃：不要难过呀，这世上有人爱着你的。

人越大就越会想着过去，院长印象最深刻的孩子就是喃喃，最对不起的也是喃喃。

大概是生病的原因，她脸色很苍白，苦笑着说："应付一个孩子和应付十个孩子，我选择了前者。我那时候想的是，只要福利院能够相安无事，其他也就无所谓了。"

沈黎雾眼睫轻轻垂着，声音很轻很轻："原来是这样啊。"

院长心中顿时涌上了许多的酸涩，她艰难地开口："你刚来福利院的时候只有几个月大，很小很小，大家都以为你没办法活下来了……你现在过得好就行……是我对不起你……"

院长知道说对不起没有用，但如今，她能做的也只有说声对不起。

沈黎雾摇摇头，温声说："不用道歉的，我没有怪任何人。"思索片刻，她认真地问道，"您还记得，我是怎么去的福利院吗？"

这么多年，很多事情都记不清了，院长想了很久才开口："好像是一对乡下的夫妻半夜送来的，说有人把你托付给他们照顾，但他们养不起，塞了两百块钱，把你放下就走了。

"我们后来报警想查监控，但那个路段的线路在维修，查不到，也就只好把你留在福利院。不过，也不排除是他们随意找了个借口。"

沈黎雾调整好自己的心情才走出房门，因为童妈妈还在病房外面等她。

童妈妈之所以没选择进去，是因为怕忍不住对病人动手。

"阿姨，我们回去吧。"

"好。"童妈妈没问她们都谈了些什么，只是笑着说等下带她去逛逛街，中午做点儿好吃的。

沈黎雾点点头："好呀，刚好盈盈快回来了。"

但还没等她们回到家呢，童父就打电话说有同事请客吃饭，特意提出要全家人一起去，让童妈妈把雾雾也带上。

本以为只是简单地吃个饭，但其实跟相亲的模式很相似。

饭局快要结束的时候，沈黎雾刚想发信息给童盈，碰巧周烬的电话打了过来。

沈黎雾说了声"抱歉"，然后走到外面接了电话。

周烬不知道在什么地方，从听筒里传出的声音带着点儿嘈杂："在干吗？"

沈黎雾支支吾吾地说："在……吃饭。"

周烬眼眸微眯，语气带着低微笑意："吃饭就吃饭，你心虚什么啊？"

沈黎雾知道瞒不过去的，所以如实交代："我以为只是来吃个饭，现在好像……变成相亲了。"

电话那边沉默了。

周烬怎么也没想到，他就是出任务离开了几天而已，快要到手的小礼物就要被别人连盒子一起端走了。

周烬用舌尖抵了抵腮，语气危险："沈黎雾，你是故意气我吗？"

沈黎雾温声解释："我也不想的，但叔叔阿姨都在，这时候离开也不礼貌。"

况且，童叔叔童阿姨也都在帮她解围婉拒。

想到这儿，沈黎雾回头看了一眼："先不说啦，等下饭局结束再……"

"出来。"

沈黎雾愣住了，很久都没有回应。

直到电话那边的周烬又耐心地重复了一遍："是你自己出来，还是我进去抱你出来？"

电话并未挂断，沈黎雾大脑有点儿蒙，下意识朝着餐厅外面走去。

看到那个熟悉的身影就在不远处，沈黎雾眼圈莫名泛红，声音发紧："你不是任务刚结束吗？为什么……来这儿了？"

周烬颇为慵懒地倚靠在一根柱子上，笑得有点儿散漫："还能为什么？"跟她对视几秒后，他接着说，"想你啊！"

明明刚才还在质问她，但当看到许久未见的小姑娘望着他不知所措的样子时，周烬便什么脾气都没有了。

只剩下他热烈而又坦荡的爱意。

沈黎雾站在原地看着他，铺天盖地的依赖情绪在叫嚣着要抱抱他，哪怕短暂的几秒钟。

可她对于主动这件事无所适从，却又无可救药地因他沦陷。

各种复杂的情绪交织在一起，她红着眼眶，一时不知如何是好。

周烬本以为小姑娘只是反应有些迟钝，直到听筒里传来了微弱颤抖的呼吸声时，他立刻站直了身子，直接挂断了电话，大步朝她走去。

沈黎雾轻垂着眼睫，努力地想要克制住自己的情绪。

在医院里，她回忆起了那些不太好的往事，但她不想让童叔叔和童阿姨担心，所以强撑着。

但当她看到周烬不顾疲惫来到她的身边时，难过的情绪好像有点儿收不住了……

周烬过来后，什么也没问，只是抬起手臂，用指腹轻轻蹭了蹭她的脸颊。

沈黎雾有些贪恋在他身边的感受，连带着呼吸都变得小心翼翼，被他触碰地方的感官也放大了。

"谁让我们雾雾受委屈了？"

男人低哑的嗓音萦绕在耳边，仿佛拥有治愈能力一样，让她破碎的心境慢慢复原。

沈黎雾摇摇头。

沉默了一会儿，周烬无奈地叹息："那怎么还哭了呢？"

沈黎雾轻声呢喃："是风太大了。"

周烬目光灼灼地望向她："小骗子，你觉得我会信吗？"

不等她开口，周烬牵着她手腕的手微微使力，把人拉到怀里抱着，然后大掌轻轻碰了下她的脑袋，安抚似的开口说："好了，抱抱。"

沈黎雾将脸颊贴在他温热的胸膛处，男人好听的声音在头顶响起，她能清晰地感受到他讲话时胸前传来的颤动感。

拥抱能传递很多无法宣之于口的情绪。她还是想他的，周烬知道。

沈黎雾手心推了推他的胸膛："我出来很久了，叔叔阿姨都在等着，你……先松开我。"

不止叔叔阿姨，相亲对象也在里面等着。

想到这儿，周烬眼眸微眯，声音透着几分不悦："不松。"

沈黎雾后退着要离开的时候，手中的电话响了起来，她有些无奈："那我接个电话可以吗？"

只是，还没等周烬开口，电话那头就直接挂断了。

童盈站在他们身后，小心翼翼地开口："那个，不用浪费手机电量了……我以为我出现幻觉了，所以打电话确认一下是不是我的好姐妹。"

确认过了，跟她在机场遇到的那个帅哥抱在一起的就是她的好姐妹。

童盈从两个人身边绕了过去，特别懂事地说："是周队长吗？你跟雾雾有事要谈的话就先走吧，里面我来应付。"转过头，又对自己的好姐妹叮嘱道，"那个，雾雾，保护好自己啊！你懂我意思。"

沈黎雾还想说些什么，周烬就直接牵着她的手离开，临走时还跟童盈说："谢了。"

童盈上次去 A 市没见到周烬，所以在机场的时候没认出来。

如今这两个人站在一起，实在是太般配啦！

至于为什么放心让周队长带雾雾离开，是因为童盈目睹了周队长在机场拒绝了好几个小姑娘。

周烬牵着沈黎雾离开后，拦了辆出租车，没等她反应过来，就把人塞进去了。

司机师傅热情地问："两位好，要去哪儿呀？"

周烬把车门关上，看了眼身旁的小姑娘，问道："去哪儿？"

沈黎雾有点儿无奈："不是你带我出来的吗？"

周烬目光落在她身上，声音有点儿慵懒："哪儿都行，晚上的返程飞机，就是想跟你多待会儿。"

司机师傅见状，顿时笑着说："那就去附近的约会胜地吧，很多小情侣都去那边呢！"

周烬低笑着应了声："行，辛苦师傅了。"

"你晚上，还要回 A 市吗？"沈黎雾沉默了一下，问他。

周烬声音略含笑意："怎么了？心疼我吗？"

沈黎雾停顿了一会儿，说："是。"

看着乖乖待在他身边的小姑娘，周烬心头微动："雾雾。"

沈黎雾仰头看他，整个人温温软软的："嗯？"

周烬总是会不受控制地碰碰她的脸颊，指腹在她的眼尾处轻抚，脑海中浮现的却是不久前她红着眼眶的模样。

　　周烬目光定定地望着她，声音微哑，缓慢说道："以后想我的话，要记得告诉我。不要像个小可怜一样躲起来偷偷哭，上天不会心疼，不会哄你，但周烬会。"

　　在餐厅的时候，看到她红了眼眶，周烬心疼得不行，但小姑娘什么都不愿意说。

　　沈黎雾听到这些话后，澄澈的眸中渐渐冒出了些雾气，但她只是温柔地笑笑："好。"

　　但周烬并非这么好糊弄的，他追问："答应归答应，以后能不能做到？"

　　沈黎雾犹豫了一下，乖乖摇头："不确定……"

　　她还不适应去依赖别人，不习惯去主动靠近别人，所以也……不确定能不能做到。

　　听到这个回答，周烬无奈地说："你呀……"

　　沈黎雾每次紧张的时候都会躲开他炙热的目光："几点的飞机呀？"

　　"七点。"

　　沈黎雾看了眼手机上显示的时间，现在才两点多，不禁提议："那你等会儿要不要去酒店睡一会儿？"

　　周烬很自然地应道："你陪我吗？"

　　沈黎雾想了想还是拒绝了："你去休息，我在那儿会打扰你。"

　　周烬目光灼热地盯着她，问道："雾雾，我是为了谁来的？"

　　为了她来的，所以没什么打扰不打扰。

　　进到酒店房间后，周烬看着有点儿局促的小姑娘，语调含着些笑意："又不会吃了你，不用怕的。什么也不做，陪我休息会儿，好不好？"

　　没确定关系之前，周烬什么都不会做。或者说，事情没解决之前，周烬什么也不会做。

　　沈黎雾如释重负，点点头说："那我在客厅待着。"

　　周烬这几天几乎都没怎么休息，身体已然疲惫了，但见这个小姑娘还是没有理解到他的意思，不禁无奈地低笑一声，然后干脆把人抱了起来。

　　突然的腾空把沈黎雾吓到了，她下意识地揽住周烬的脖颈儿。

周烬抱着她大步流星地走向了卧室，低哑的声音在沈黎雾耳畔响起："让你陪陪我，不是让你离我十几米远。"

周烬把卧室的窗帘和灯都关上后，又一把将小姑娘抱在了怀里，就这么拥着她躺在床上。

沈黎雾心口处微微动了动。她待在他怀里没什么困意，视线总是无意识地落在周烬的脸上。

周烬似乎是真的睡熟了。沈黎雾的胆子也慢慢大了些，她抬起手臂，在空中慢慢描摹着他的模样。

但因为手臂有些酸麻，指尖不经意间擦过了他的脸颊。

周烬装不下去了，把人搂在怀里，无奈地低笑："雾雾，你这样看着我……我没办法睡。"

她的视线太过炙热了，周烬根本没办法忽略。

忍了又忍，心还是乱了。

周烬克制了一会儿，说道："我出去一会儿。"

沈黎雾却拽住了他胸前的衣服，张了张唇，小声说："可以的。"

"嗯？可以什么？"

"可以……亲。"她鼓起所有的勇气说出这句话，然后轻抿着唇，低头掩饰自己的慌乱无措。

周烬抬起手捏住她的下巴，手背上凸起着淡淡的青筋，稍稍使力迫使她面对着自己："看着我说话。"

沈黎雾撞入他无比深邃的眼眸中，眼睫轻颤了一下，语气莫名有点儿虚："说什么？"顿了顿，"你不是……都听到了吗？"

她不否认自己对周烬的喜欢，也能感受到周烬对她的喜欢，所以并不排斥接吻这件事。

沈黎雾手心还攥着他的衣服，她轻轻地拽了一下："我有话想要告诉你。"

周烬喉结上下滚动着，轻"嗯"了一声："在听。"

她张了张唇，声音温柔似水却又满含坚定："你说，上天不会心疼我，不会哄我，但周烬会，我知道你不会做对我不好的事情。"

女孩儿模样姣好，双眸剪水，像是鼓足了勇气开口跟他说："我不信童话，只信周烬。"

周烬埋下头，在她柔软白皙的纤颈处轻咬了一口。

半小时后，周烬一身凉气地从浴室出来。

男人低眸看着睡颜恬静的小姑娘，再三克制后，在她的额头印上了一吻。

周烬回到 A 市后不久，李局就联系他去警局一趟，似乎是有什么重要的事要跟他谈。

周烬到办公室后，李局看了他一眼，脸色凝重，沉声问："你是不是早就知道了？"

桌面上放着两个人的资料，一男一女。

男人穿着一身警服，眼底是掩饰不住的坚定和正义。

女人眸中满是温柔，岁月并没有带给她什么痕迹，哪怕到了那个年龄，还是漂亮极了。

李局整理资料的时候看到了这张照片，当时就觉得似曾相识，后来才发觉……简直是一个模子里刻出来的。

"我问你，你是不是早就知道了？"

"是。"

"周烬！你胡闹！"李局难得冲周烬发这么大的脾气。

周烬瞥了一眼办公室外的人，走到门边把门反锁了，就连室内的百叶窗也关了。

李局坐在椅子上，被气到连胸口处都在上下起伏着，他压低声音说："她是他们一家的执念，我怎么能叫她再踏入我们的行业里！你既然早就知道，为什么不早点儿跟我汇报？！"

周烬面上并无多余的情绪："我不打算让她来的，您说合同已经签了，没办法。后来想想，她待在这儿也许是最安全的，我就没再跟您提。"

李局揉了揉发疼的太阳穴，说："'6·11'大案的相关嫌疑人也见得差不多了，我今天就跟陶教授说，让他们暂时不用来了。"

周烬微不可察地蹙了蹙眉："可如今缪志昌还未落网，让她在外面，危险性更高。"

李局抬头看向他，语重心长地说道："周烬，你我都清楚缪志昌对蒋家的恨。陶教授本就是特聘来的专家教授，任务完成后离开警局，也不会引人怀疑。

"你让沈黎雾留在这儿，能保证现在这里没有缪志昌的人吗？

"被缪志昌知道沈黎雾和蒋家的关系，你觉得，他会放过沈黎雾吗？"

李局说完这些之后，又把桌上的资料往周烬面前推了推，沉声说："她跟她母亲一模一样，我能认出来，你认为缪志昌不能吗？你忘了蒋浔吗？"

这话让周烬原本垂在身侧的拳头攥得紧紧的，他下颌线紧绷着："我没忘。"

李局颔首："那就服从命令。"

跟周烬谈完之后，李局直接联系了陶教授。

陶教授自然有点儿诧异，但还是开口问了："先前不是说等'6·11'案件结束后吗？"

"是这样，但考虑到这个案子危险性太高，怕牵连到你们。"

"明白，那我晚点儿跟他们两个说一下。"

李局又叮嘱了几句才挂断电话，而后看向周烬："这件事除了你跟我之外，还有谁知道？"

周烬沉默片刻，开口说："蒋浔。"

"沈黎雾不清楚吗？"

"暂时不知道。"

李局心里这才好受些，说道："先瞒着她，等缪志昌抓捕归案了之后，我去跟这个小丫头讲。你先回去休息吧，让我也静一静。"

离开警局后，周烬便驱车去了陵园。

周烬在陵园墓前随意地坐下，那样意气风发的一个人此刻却很是落寞。

他翻到沈黎雾的电话，又看了一眼墓碑，到底是按下了通话键。

电话很快被接通，传来了女孩儿温柔的声音："喂。"

周烬打开了免提，手上的力道有些紧，沉默了一会儿，他才低声道："雾雾，说说话吧……"

一听到他的语气，沈黎雾就知道他不太开心，不禁问道："怎么了？"

周烬轻敛下眉眼，声音很低："没，就是想听听你的声音。"

沈黎雾看着窗外和煦的阳光，轻声问道："周烬，你还记得我名字的由来吗？"

"记得。"

沈黎雾放轻了语气，像是在安慰小朋友一样："大雾会散去，黎明会到来，你们的未来也一定温暖有光。"

周烬眼底浮现了很浅的笑意，他将手中的酒放在地上，说道："已经看到光了。"

沈黎雾本来还想再陪他聊一会儿的，但突然收到了陶教授的信息，说有事跟她谈，很重要。

在电话里，陶教授说这次回 A 市就要离开警局了，沈黎雾听了，许久都没有说话。

她其实很想、很想留在警局，哪怕不是刑侦队，只要待在警局，她就莫名感到心安。

陶教授也清楚沈黎雾的性格，所以耐心地等她平复心情，然后才道："如果你很想去那儿的话，可以等明年参加相关的考试再进去。这段时间就留在医院，我相信你会是一个非常优秀的心理医生。"

"陶教授，有说是什么原因吗？"

"因为案件危险性太高。"

沈黎雾脑海中立刻浮现了周烬说的那句话——希望她好。

"谢谢陶教授，我……服从安排。"

沈黎雾回 A 市那天，恰好是武凯出院的日子。

毕竟经过许多严苛的训练，所以武凯的恢复期要比普通人短很多。

办完出院手续后，他们去了一家朋克工业风的餐厅。一进去，迎面就是漂亮的彩灯，以及各种科技感的设施。不远处还有一个小型的演唱台，上面放了很多乐器。

武凯看到后很是意外："有吉他，周队你等会儿要不要弹一首？"

周烬不知想到了什么，语气散漫："再说。"

沈黎雾听到后有点儿惊讶，吃饭的时候，她轻轻揪了一下周烬的衣袖，用只有他们两个人能听到的声音问："你还会弹吉他？"

周烬原本想说弹得不好，但看到她眼底的期待，到底是转了话锋，问："想听吗？"

沈黎雾没有掩饰自己的情绪，朝他点了点头。

她想象不到周烬弹吉他是怎样的场景，也很期待看到这样的一幕。

周烬有段时间没碰过吉他了，但到底是不忍心看到她眼中闪烁的漂亮光芒熄灭，于是在她耳边说："好，等会儿弹给雾雾听。"

说到他会吉他这事，其实跟蒋浔有点儿渊源。

那时候周烬刚进刑侦队不久，在一次聚餐过程中，这群年轻人满怀热血地谈志向、谈理想、谈抱负、谈愿望。

期间，蒋浔不知从哪儿变出了一把吉他，唱了一首《跨越山海奔向你》。

他的声音温柔而又清澈，有种娓娓道来的故事感。

周烬以前不喜欢这些东西，他平时放松的时候要么打球，要么赛车。

那次聚会后，蒋浔笑着问他："阿烬，你要学吗？"

饭局上，沈黎雾看周烬都没怎么吃东西，便通过手机发了条信息给他。

沈黎雾："少喝一点儿，或者吃点儿东西再喝，不然会不舒服。"

周烬看到后，从喉咙深处溢出了声低笑。他侧过身子，炙热的气息靠近她，在她耳边低哑地说："知道，不喝了。"

餐桌下，周烬抬起手攥住了沈黎雾的手腕，又从她的手心慢慢滑落，直到与她十指紧扣。

沈黎雾挣扎了几次没挣开，最后也就由着他去了。

周烬神态慵懒地靠在椅背处，听着其他人在谈天说地，听到感兴趣的话题，偶尔会应一两句，听到不喜欢的话题，就在桌下牵着沈黎雾的手玩。

聊了一会儿后，这群人就跑去玩游戏机了，只剩下周烬和沈黎雾二人。

周烬带她找了处较为安静的卡座待着，牵着的手一直没松开。

沈黎雾看向灯光下忽明忽暗的男人的侧脸轮廓，轻声问："你还要弹吉他吗？"

周烬漆黑的眉眼翻涌着万般情绪，声音带了些歉意："下次好吗？我有点儿……"

沈黎雾仰头看向他，抿唇温柔地笑道："没关系呀，我们……还有很长很长的时间。"

周烬望着这样美好而又治愈的小姑娘，在她的头顶处轻揉了一下："嗯，我们还有很长的以后。”

沈黎雾去拿水杯的时候，因为灯光太昏暗，拿错了。直到喝下去后，她才察觉到有些不对，只能强忍着辛辣咽下去。

周烬闻到她身上的酒气后，这才微微掀开了眼帘，声音有些哑：“喝酒了？不许贪杯，会醉。”

沈黎雾眨了眨有些茫然的双眸：“可是……好像已经醉了……”

因为她的声音太小，周烬没听清，所以靠近后又问道：“嗯？什么？”

沈黎雾抬起手臂揽住了周烬的脖颈儿，在他耳边轻轻喊了声：“周烬……”

“嗯？怎么了？”

沈黎雾抬起有点儿迷茫的眼眸，问他：“你是不是不开心？”

“没有。”

沈黎雾抬起手指，想要碰他的眼睛，最后却落在了他的脸颊处：“骗人！你的眼睛告诉我，你不开心。”她自顾自地轻声说着，“我不想你不开心……”

周烬的心口处像是被什么东西拨动了，他喉结上下滚动着，低哑着说：“有雾雾在，我没有不开心。”

沈黎雾认真地看着他的脸，手指慢慢地在他的脸上碰来碰去，然后主动仰头凑近，亲了亲他的脸颊。

周烬浑身僵住，心脏剧烈地跳动着，被她亲过的地方的感官无限放大。

沈黎雾停下动作再看着他的时候，眼神中透着些委屈和一丝丝渴望。

她所有不敢宣之于口的情绪，喝醉后，全都毫无保留地展露在了周烬的眼前。

她好喜欢好喜欢他，控制不住的那种喜欢，所以想要靠近，想要依赖，想要被爱。

两个人完全陷在黑暗的环境里，附近还有高高的吧台挡着视线，倘若旁人不走近，是不会发现他们的。

周烬大掌轻抚着女孩儿纤细的腰，眸中尽显深情，问她：“我是谁，雾雾？”

沈黎雾脑子晕晕的，但还是清晰地记得抱着自己的人是周烬：“你是周烬。”

周烬刻意停顿了下，拉长语调问她："那你知道周烬是谁的吗？"

沈黎雾纤长的睫毛上下掀动着，表情认真极了："周烬是刑侦队的呀。"

周烬被她逗笑了："嗯，还有呢？"

沈黎雾轻轻拽着他胸前的衣襟，她能清晰地感受到他规则而有力的心跳。

周烬是谁的？

——周烬可以是她的吗？

想到这儿，沈黎雾鼓起勇气抬起头，在他的脸颊上亲了一口，弱弱地问道："可以是我的吗？"

周烬轻敛下眉眼，无奈地叹息了一声："这句话不应该是疑问句，应该是肯定句。"

恰好这时，不远处传来了队员们打游戏的欢呼声，一群人像是得到了什么好玩的玩具一样，幼稚地非要分一场输赢。

周烬压根就没看那边，只温柔且坚定地对她说道："周烬是沈黎雾的，这件事毋庸置疑。"

若是正常状态下，这会儿，他的小姑娘是会回应他的。但是，此刻她的注意力全被游戏吸引了。

"看起来好好玩的样子呀！"沈黎雾看向刑侦队员们的双眸泛着光。

本该是特别浪漫的一幕的……

周烬无奈地深吸一口气，随手拿了瓶桌上放着的可乐，单手打开了易拉罐，"滋啦"一声响，小小的气泡争先恐后地往上冒，有些还溅在了周烬的手背上。

周烬微仰起头，喉结上下滚动着，喝了一半，稍微缓了一会儿后，他叫了辆车，带着沈黎雾提前回去。

沈黎雾坐在车子后座，脑袋靠在车窗处，一直盯着天空中悬挂着的弯弯月亮。过了好一会儿，她轻轻拽了拽周烬的衣服，问："你可以告诉我吗？"

周烬低头看她："什么？"

沈黎雾不太清晰地说着："天上……月亮……"

周烬很快明白了她的意思。

那次，她问他们之间是什么关系的时候，周烬让她看天上，说太阳、月亮、星星加在一起就是答案。

但这个答案，沈黎雾一直没有猜出来。

周烬看着她漂亮的双眸，颇为慵懒地低笑了一声："就这么想知道吗？"

其实周烬感觉这些话挺肉麻挺矫情的，他不太习惯，所以一直没提。比起情话，他更喜欢用实际行动来表示自己的爱意和在意。

沈黎雾轻轻晃了晃他的衣服。

周烬是真的在她身上栽了个彻底，不论她说什么，做什么，他都心软得一塌糊涂。

喜欢她喜欢得要命，说几句不擅长的情话又怎样？

周烬滚烫而又灼人的气息落在她的耳畔，他喉咙处有些发哑，认真说着："让雾雾抬头看，意思就是——

"你是我生命中的日月星辰，是我的全世界。"

翌日。

周烬半靠在沙发上，慵懒倦怠地盯着墙上转动的时钟，身后开门声响起的刹那，他循声望去——

沈黎雾比平时晚了十五分钟出来，但精致的妆容让人眼前一亮。

周烬一边打量着她的情绪，一边开口说："早。"

沈黎雾点点头，语气也很是自然："早安。"

嗯，果然忘了。

周烬有点儿不甘心，在沈黎雾吃早餐的时候，状似无意地问："头还痛吗？"

沈黎雾咬小笼包的动作顿了顿："还好。"

周烬又问："还记得昨天发生了什么吗？"

沈黎雾只好把咬了一口的小笼包放下，正打算跟他解释时，周烬又开口说："先吃饭。"

吃得差不多的时候，沈黎雾想拿纸巾擦拭一下，然而周烬动作比她更快。

周烬俯身凑近，手中拿着纸巾，轻缓地贴在她柔软的唇上擦拭着，但还是不小心碰到了她嘴角的伤口。

沈黎雾不禁眉心微蹙，周烬目光认真且深沉地望着她："伤到了吗？"

沈黎雾缓了一会儿，然后朝他点点头，有点儿不确定地说："可能是……

我自己不小心咬到了，涂药就好。"

周烬确认了，她忘得彻彻底底，连让她受伤的始作俑者都不记得了。

"以后不许再喝酒了！"

沈黎雾抿着唇，澄澈的眸中满是不解，她轻声问："昨天是发生什么事了吗？"

周烬轻"嗯"了一声，慢条斯理地说："你喝醉了，一直在跟我表白，说你好喜欢好喜欢我，还主动亲……"

沈黎雾想找个地洞把自己埋进去，忙阻止他往下说："别……别讲了，对不起，对不起……"

周烬饶有兴致地抬眸望着她，故意说道："不要对不起，要你负责。"

沈黎雾整个人又羞又恼，就在她打算落荒而逃的时候，周烬放在桌面上的手机响了起来。

周烬按下接听键后，沉沉应了声。电话那边的人停顿了一下，还是交代了事情的来龙去脉："周队，许顺逃跑了……

"在转移许顺的过程中，我们的人被他打晕，导致路上发生连环车祸，许顺趁乱上了一辆黑色大众车，之后就消失在我们的视野中。我们怀疑前来接应许顺的是缪志昌的人。对不起，队长，是我们看守不力。"

周烬沉默了片刻，脑海中不断浮现出最后一次跟许顺见面时的情景。

"等我回去再说。"

电话挂断后，周烬先开车送沈黎雾去医院，并叮嘱她："这段时间也许会有些乱，你多注意点儿，上下班我会尽量抽出时间过来接你。

"医院外的陌生车、陌生人都不要接触，在医院办公室也不要落单，紧急联系人改成我的私人号码，我会 24 小时开着机。"

沈黎雾通过他的语气也猜到了事情可能有些严重，她帮不上他什么忙，唯一能做的事就是听他的话，保护好自己，不给他添乱。

"那你也要注意安全。"

周烬微屈着手指，在她的脸颊处轻蹭了蹭："还没有给你一个未来，我怎么舍得出事！"

沈黎雾心头微动，她主动牵了牵周烬搭在方向盘上的手，嗓音温柔："等这些事都过去了……我们谈恋爱吧，周烬。"

周烬反握住她的手，在她的唇边亲昵地吻了一下："好。"

车子抵达医院楼下。

沈黎雾戴上口罩后，朝他挥了挥手。

与此同时，医院对面酒店某一间房的窗口处，正架着一台黑色的长焦摄像机，而镜头捕捉的拍摄目标正是沈黎雾。

第七章
倾尽一切 迄未成功

　　黑色车行驶在盘山公路上，旁边就是陡峭的悬崖，车内的人除了司机外都戴着黑色眼罩和隔音耳机。

　　大概过了四个小时，有人来搜过身后，才让许顺下车。

　　队里以前开会分析过，按照缪志昌这么狂妄嚣张的性格，一定不会苛待自己，但谁都没想到，他所在的地点，竟是偏远的山林中。

　　许顺环视着四周的特殊性建筑，这儿虽是山林，但坐落着的建筑风格又像是自建的度假村。

　　"缪爷，人带来了。"

　　缪志昌坐在沙发上，抬手示意其他人都下去，他的视线落在手边的茶盅上："尝尝，专门安排人从国外带来的。"

　　许顺眉心紧蹙着，语气有些不悦："你还想让我帮你做什么？他们已经彻底不信任我了。"

　　缪志昌倒了一杯茶递给他："别心急，总会有办法的，只不过现在还没到时间。"

　　茶没喝太久，就有人走到缪志昌身边，同他小声说了几句话。

　　缪志昌微不可察地蹙了蹙眉，看了一眼手下递过来的女孩儿的照片，这双眼睛⋯⋯似曾相识啊。

　　他将照片放到许顺面前，问："这是谁？"

　　许顺看了一眼，面色如常："沈黎雾，D市人，跟着心理学专家前来辅助审讯破案的。"

　　"那她跟周烬是什么关系？"

"之前那场绑架案，周队救过她，小姑娘容易心动，就追到局里了。"

缪志昌眼底透着明显的笑意，开口说："你们周队魅力倒是挺大。"

缪志昌明显还想说什么的，但很快就有手下前来汇报："缪爷，先生过来了。"

"先带许警官下去休息吧，这两天吃好睡好，歇一歇。"

许顺在走了一段距离后，开口说想要去洗手间。

身边的保镖神情明显有些不悦，想让他憋到房间再去。

许顺冷笑了一声，说："疑人不用，用人不疑，倘若缪爷不信任我，我现在就可以离开。"

保镖知道许顺对缪爷的重要性，到底是没敢说些什么："走廊尽头右转，我带你去。"

许顺随意道了声谢，而后便直接走了进去。

洗手间这儿有一个小型的窗户，恰好能看到不远处正门的情况，许顺放轻动作从缝隙处看了一眼——

郜应。

他果然跟缪志昌有勾结。

郜应进来后，就径直走向了缪志昌的书房。

这儿所有的地点都有人把守，唯有缪志昌的书房是"禁地"，没有允许，任何人都不得进去。

郜应轻抿了一口杯中的茶水，说："你想要全身而退，风险太大，警方不可能会放你离开的。"

缪志昌轻笑了一声："这不是还有郜先生嘛！你想送谁去国外，不是易如反掌？"

郜应跟缪志昌也合作多年了，缪志昌在暗处，郜应在明处。

郜应不接触缪志昌所做的一切事情，只是提供交易地点，并且帮助他们一行人平安撤离。但交易地点并非郜应亲自安排，而是假手于人。

所以警方不论怎么调查，都调查不出来。

"郜先生，这些年来我自认为从没有亏待过你，送到你手上的资金、古董、名贵字画不知有多少。撤离到国外后，我会再给你一大笔钱。往后你郜

144

应还是人人赞扬的知名收藏家，与我毫无关系。"

邰应将目光落在缪志昌手中的玉扳指上，语调低缓："第一次撤离失败，损失惨重，这次，你能保证没有第二个蒋浔吗？"

缪志昌脸色变得凝重，语气阴戾极了："蒋浔用假身份待在我身边两年，我本意是想将他培养成接班人的，但临近撤离时，不停地出事，我的人不停地被抓。但后来让我真正确定蒋浔是卧底的人，是许顺。

"蒋浔和周烬的能力都在许顺之上，只要有他们在，许顺就永远不可能晋升，所以他联系了我，要求是帮他拿到刑侦支队队长的身份，处理掉任何对他有阻碍的人。

"当年蒋正明想抓我，最后不还是成了我的手下败将？至于他儿子蒋浔……"

缪志昌眼底仍然是带着恨意的，但还是平静地开口："不提了，许顺这个人可以暂时相信，再不济，等离开之前再处理就行。"

邰应听完后没再说什么，离开之前，他看到了外面客厅桌上放着的照片。照片上的人虽然戴着口罩，但是眼睛很漂亮，他一眼就认出来了是当时在警局遇见的小姑娘。

"你们在查她？"邰应淡淡地问道。

缪志昌低笑了一声："本来怀疑她跟周烬有关系，现在看来好像不是，把照片烧了吧。"

手下拿了照片正欲烧掉，邰应阻拦道："不用，拿给我吧。"

此言落下，饶是缪志昌也有些怔住，但他还是让手下把沈黎雾的照片拿给了邰应，然后问道："怎么，看上了？"

邰应面上挂着极浅的笑，并未应声。

过了几日，刑侦队接到了一个陌生的电话。

电话里什么也没说，只是说了个地点和时间，但作为刑侦队的老人，武凯还是很轻易就听出了这个人的声音。

"许顺，你给我滚回来！"

队里的其他人听到这句，纷纷从座位上站了起来——

许顺不是已经逃跑了吗？怎么还会主动打电话过来？

电话那边的许顺停顿了一下，说："跟周队说吧，他会理解我的。"说完，他便直接挂断了电话。

为了防止许顺通过电话通风报信，所以打电话传递信息的时候，他身边围了数十个保镖，就连缪志昌也不时盯着他。

许顺更是把他说出的每一个字都写在了纸上。

以前从没有这样谨慎，是因为之前蒋浔让缪志昌这个团伙吃了太多的苦头和教训。

哪怕到现在，蒋浔也还是缪志昌手底下行动能力最强、思维最敏捷、身手无人可敌、缪志昌最为看重的一个人。

另一边，武凯将电话自动录制的语音当着周烬的面播放了出来。

许顺的语气很是平静，他们猜不透他到底想的是什么，也不确定他所提供的信息究竟是真是假。

"周队，现在问题的关键是，许顺为什么会联系我们，给我们提供信息呢？"

"他想回来。"周烬淡淡地说。

武凯顿时皱起了眉，不悦地吼道："他差点儿害死周队跟我！我武凯宁愿这辈子不曾认识他！"

其实武凯内心还是在意的，不然情绪起伏不会这样大。毕竟是一起出生入死这么多年的兄弟，他的背叛纵然令人痛心，但也掺杂了些许的不解——他为什么会背叛自己的信仰？

周烬将录音关掉，语气有些沉："提前准备一下，不论提供信息的人是谁，我们要做的事就是'有警必出'。我去跟李局汇报。"

武凯只能服从命令。

周烬脑海中一遍遍地回想这通对话的细节，甚至还找技术科的人将通话声音放大了好几倍。

其他人都说没什么异样，但周烬还是敏锐地察觉到了。

去李局办公室时，周烬照常把门反锁了，有点儿散漫地问："您是不是有什么事瞒着我？"

李局瞥了他一眼："你有病？"

周烬把录音播放了出来，观察着李局脸上的表情，他的第一反应不是惊讶，而是皱了皱眉。

周烬语气有些沉，开口说道："把音量放大数倍后，除了许顺说的话之外，还能听到笔帽扣动以及写字停顿的声音。

"这些时通时断的信号串联在一起，形成了摩尔斯密码。"

对于周烬的这些质问，李局并未回答，也没有解释，只是开口问了句："摩尔斯密码显示了什么内容？"

周烬坐在椅子上，淡淡应道："李局您不说我也不说。"

"你不是已经猜到了吗？还要我说什么？"

"说时间。"

"很早之前。"

在聪明人这里，某些事情已经是心照不宣的，所以无须再多费口舌了。

"密码说了些什么？你不说，我就去找其他人了。"

情真，山林，度假村。

因为通话时间比较短，所以只传递出了这几个字，却是极其重要的信息。

李局神色渐渐变得凝重："此事不允许透露给任何人，交由你暗中调查。至于许顺电话里所说的交易地点和时间，到时候你直接带人去抓捕就行。要想鱼上钩，就要学会先放饵。"

周烬点头："是，明白。"

临走之前，李局又喊住了他："对了，距离行动还有一段时间，抽空带着你手底下的队员去做一个全面的心理健康检测。

"他们好不容易从一个打击中走出来，如今又经历了队友的背叛，给他们做个检查看看，情绪不稳定的人就不要参加行动了。"

沈黎雾自从去心理科工作后，形形色色的人都碰见了。

机器按照挂号顺序开始叫号，当她看到电脑上显示的名字后，却有些怔住了。

门被打开，一个西装革履透着些儒雅气息的男人走了进来，微笑着说："沈小姐，好久不见。"

是邰应。

沈黎雾面上很是平静，语气颇为疏离地开口说："抱歉，先生，您是挂错号了吗？我帮您转到我的老师陶教授那边吧，他更专业些。"

郜应笑着拒绝："不了，只是想来随便聊聊。"

他身边的保镖也都出去了，房间内只剩下沈黎雾和郜应，还有一个实习助理。

"方便单独聊聊吗？"

"不好意思，您有什么事情吗？"

沈黎雾这句话其实就已经委婉地拒绝了，郜应倒也没为难她，开口说道："别紧张，只是觉得你跟我的一个旧识很像。"

旧识？

沈黎雾只是简单地把郜应当成了前来咨询的普通病人，按照流程询问。

不过郜应并未停留太久，接了一通电话后就提前离开了。

中午的时候，沈黎雾没什么胃口，打算去楼下散散心，却刚好碰见前来做心理健康检测的武凯。

"黎雾妹妹？"武凯眼底顿时浮现了惊喜，"队长怎么不跟我们讲啊？早知道黎雾妹妹在这个医院，直接挂你的号就好了嘛！"

沈黎雾也有点儿愣住："你们是来做检查的吗？"

武凯晃了晃自己手上的挂号单："嗯，奉命来做一下心理方面的检查。"

沈黎雾语气有些迟疑，问道："那……你们队长？"

武凯顿时明白过来，笑着说道："队长去洗手间了，我马上就把他薅出来！"

正说着，周烬出现了，他眼眸微眯，语气有些不悦："在医院里，喊什么？！"

武凯顿时闭上嘴，指了指右边的方向，眼底的笑意藏都藏不住。

周烬一眼就看到了穿着白色衣服，头发随意绾起的温柔又漂亮的小姑娘。

周烬低沉着嗓音："谁让你们找她的？"

"啊？"

沈黎雾连忙解释："不是，是刚好碰见。"说完之后，她将目光落在了周烬身上，有点儿不确定地问，"你们要来检查怎么不告诉我呀？"

周烬回答："怕你忙，一群大男人随便做个心理测试而已，没必要麻烦你。"

其实总结下来就是两个字——心疼。

沈黎雾看了周烬一眼，笑道："没事，检查很快的，我带你们去吧。"

周烬沉声叮嘱说："别耽误时间，一次通过。谁没出息第一次测试过不了，回去给我做五百个俯卧撑！"

队员纷纷应道："是，周队！"

目前传统的心理压力测定方法主要有主观和客观两种评定法。

沈黎雾首先拿了一套专业的分析题发给他们填写，这是主观评定的依据；之后还要去测一下心率，通过心率可以客观并有效地看出测试者的情绪心理状态。

沈黎雾在检查之余，顺便跟周烬说了郜应过来找她的事情。

周烬微微蹙眉，语气也有些沉："具体谈了些什么？郜应是警方目前在关注的人，所以需要你告诉我所有的对话内容。"

沈黎雾依言说完之后，周烬脸上的表情越来越差。

他其实很会控制情绪的，但碰到自己在意的人、在意的事，还是会有些失控。

男人最了解男人，郜应摆明了就是图谋不轨。

周烬看了沈黎雾一眼，说道："没事，交给我来处理。"

沈黎雾没有多问，只是轻轻点了点头。

接下来就准备测心率了。

沈黎雾看了他们一眼："你们谁先来？"

武凯举起了手："我！我！我！早测完早省事！"

沈黎雾一边弄着相关器材，一边开口说："那先躺上去，把上衣脱了。"

按照流程一一查完之后，心率体检数据显示可以通过。

只剩下最后一位了。

"下一位，周烬。"

沈黎雾念完他的名字后，外面站着的几个队员全都笑得特别灿烂。

明明只是个普通的心率检查，他们开心得就像是自己谈恋爱了一样。

周烬很配合地躺了上去，将视线落在了旁边的沈黎雾身上，她正特别认真地调试着心率仪器。

"调整呼吸，保持平静。"

沈黎雾拿出导电液擦拭着需要接触电极的地方，手不经意间接触到了他胸膛处的皮肤。

心率测试开始。

周烬直接闭上了眼睛，但呼吸还是越来越沉。

沈黎雾看了眼心电图的数据，好心提醒："周队长，你心率117了。"

正常人的心率是每分钟60次到100次，他的已经超过100次了，再往上涨的话，测试一定过不了。

周烬沉默着，耐心等待着心率慢下来。

好不容易快要结束了，沈黎雾调整了一下胸部的电极位置，周烬的心率又瞬间上涨。

第一次检测没过。

第二次检测，在周烬的要求下，沈黎雾不跟他讲话，不跟他对视，不跟他有任何的肢体接触，这才勉强通过。

看到周烬和沈黎雾一起出来的时候，刑侦队员纷纷起立并轻咳了一声。

"队长过了吗？"

"队长怎么可能没通过？全队！一次过！"

沈黎雾抱着资料，笑着说道："啊，周队长两次才通过的。"

刑侦队的队员们一个个都目瞪口呆，不敢相信自己听到了什么。

"这是开玩笑还是……真的啊？"

周烬看着小姑娘离开的背影，到底是被气笑了："一千个俯卧撑，我回去就做。"

武凯带头鼓起了掌："队长硬气！"

沈黎雾接了个工作电话，正一边记录信息，一边跟电话对面的人交流。周烬这边也要尽快赶回去汇报。

两个人的关系在不知不觉中有了很大的进展，应该说，亲近了很多，相处自然了很多。

但这种情况并未持续太久，因为很快，周烬就带队外出执行任务了。

许顺提供了不少缪志昌手下交易的证据，这需要花费时间部署，进行新一次的抓捕。

山林度假村有很多，这样漫无目地排查，很难找到缪志昌真正的藏身之地。

但周烬怎么都没想到，他瞒着沈黎雾所有的事情，最后这个死局，却还是她来解开的。

周烬离开后，沈黎雾每天两点一线，要么在家，要么在医院。

虽然忙碌，但很充实，唯一让她不太舒服的是，邵应自从上次见面之后，隔三岔五就会安排人往医院送花。

沈黎雾拒绝了几次，但最近一次送花小哥说，不签收他没办法交差，她只能被迫收下。

这些花最后都分给了科室里的其他小姑娘，沈黎雾一朵也没留。

又过了几天，沈黎雾下班的时候，看到邵应开车在楼下等着。见她下来了，邵应从副驾驶位抱了一束玫瑰花走到她面前："沈小姐。"

沈黎雾没给他说话的机会，很快便打断道："不好意思，我还有事，先走了。"

邵应低笑了一声，语气放柔了些："你不用担心，只是想请你吃顿饭。如果还是改变不了你拒绝的想法，我以后绝不会再来打扰，好吗？"

"邵先生，既然已经拒绝了，就没有必要再一起用餐了，而且……"她停顿了一下，声音有些轻，"我怕我男朋友会生气。"

邵应身形微微怔住："你有男朋友了？"

沈黎雾点点头："是。"

未来的男朋友，应该也算是男朋友吧。

邵应站在原地，目送着女孩儿离开，眼眸越发地深邃，似乎是在克制着什么。

沈黎雾回到家里，跟周烬发信息说了邵应来找她的事情。

电话很快响了起来。

周烬攥紧了手机，就在不久前，他们刚得到了许顺传来的情报——邵应跟缪志昌之间的确有不可告人的秘密交易，这个人的危险性极高。

"雾雾，我过几天才能赶回A市，这段时间你先去周家老宅住，我会安排保镖送你上下班。我等下就联系我爸，其他的不用担心。"

沈黎雾本来想说是不是不太方便，但仔细想想，现在不是计较这些的时候，她把自己保护好了，周烬就没有后顾之忧了。

"那麻烦叔叔了。"

"一家人谈什么麻烦不麻烦，他巴不得未来儿媳妇去老宅住。"

沈黎雾听到后，声音有点儿不稳："你忙吧，我先挂啦！"

周烬轻"嗯"了一声，挂断后就拨了父亲的电话。

他们父子之间的关系不太好，通电话的次数更是少之又少。他权衡再三，最安全的地方就是周家老宅。

周父听到自己儿子说的话后，面上虽然没有多余的情绪，但还是很果断地答应了下来。

"我明天让管家去接她过来。"

"谢了。"

"你还要忙多久？"周父沉沉问了句，但其实话外的意思是，想问问他现在是否平安，是否无恙。

"应该快结束了。"

周父面上的情绪松动了些，沉声道："挂了吧，忙你的。"

挂了电话，周父就吩咐下去："徐管家，让人把老宅二楼朝向最好的房间收拾出来，明天安排人去接沈丫头。"

但事情的发展并不如预想之中的那样顺利。

缪志昌让许顺放出这些真消息是为了清理门户，任何有对他有二心、不坚定、不服从的手下，都被安排去执行任务。

一方面是让被捕的手下给警察提供假信息，一方面是让警察相信许顺提供的是真信息。

缪志昌是个无比谨慎的人，他想要离开，就必须要做好万全的准备，所有人都要成为他棋盘上的棋子，为他成功撤离做准备。

当然，也包括郜应。

虽然缪志昌需要依靠郜应的帮助，但对郜应依旧有诸多的防备。

在发现郜应去医院，跟沈黎雾有所接触的时候，手下立刻就将情况汇报给了缪志昌。

这次照片拍摄得很清晰，沈黎雾没有戴口罩，缪志昌几乎在看到照片的一瞬间就认出来了——为什么先前他会觉得她似曾相识，因为她是蒋正明和奚婧的女儿！

缪志昌紧紧地攥着照片，眼底充斥着阴戾的恨意——他们竟然还有个女儿好好活着！

"郜应为什么会跟她有所接触？"

"前两天跟郜先生的保镖一起喝酒，听他们说郜先生对这个女孩儿很是在意，就连安排人送去的花都是他自己挑的，大概是看上了吧。"

"安排人把沈黎雾带过来。"

手下有些愣住："现在吗？但这样会不会引起警察的怀疑？"

缪志昌将目光落在手中的照片上，声音阴冷："我不允许蒋家的任何一个人有机会活在这世上！"

手下正准备安排人执行的时候，缪志昌又叫住了他："让许顺带人去，倘若他故意放沈黎雾离开，就将他当场击毙。"

这一招可谓是一石三鸟，既试探了许顺是否忠诚，又能暂时拿捏郜应，还可以把蒋家对他的所作所为，在沈黎雾身上报复回来。

许顺在得知缪志昌下达的命令时，为了不打草惊蛇，选择暂时先跟他们一起行动。

如果有机会的话，他会拼了命去救沈黎雾。沈黎雾不能落到缪志昌手里，一旦被缪志昌抓获，后果不堪设想……

夜色渐深。

楼下很突兀地响起了车的喇叭声。

沈黎雾的睡眠很浅，只要稍微有点儿动静就会被吵醒。她抬起手臂摸到了放在桌上的手机，迷迷糊糊地看了眼时间，凌晨三点。

借着手机屏幕微弱的光亮，沈黎雾起身走到窗边看了一眼。

足足有五辆车停在他们这栋楼下，从车上下来了很多的黑衣人。

沈黎雾想也没想地就拨通了周烬的电话，一边打电话，一边果断地向外走。那些人如果是冲着她来的，应该早就查到了她的住处。

凌晨三点，周烬，你在忙吗？

电话响了五六声之后接通了！

沈黎雾从来没有这样无助过，哪怕极力地保持冷静，声线还是有些发抖："周烬，我看到了十几个黑衣人，电梯现在显示在一层，他们快上来了。"

听到这话，周烬当即就沉声下命令："武凯，联系公安和特警，地址是我家，对方十几人，也许持有武器，要求他们即刻出警增援！"

说完，周烬又对沈黎雾沉声道："雾雾，从安全通道下去，立刻！马上！"

那声突兀的喇叭声，是许顺按的。

当时对面有一辆正常行驶的私家车，许顺便趁机按了一下车喇叭。

虽然不知道这个提醒是否有用，但他还是冒着被怀疑的风险做了，不论怎样，沈黎雾都不能被缪志昌的人带走。

"叮"的一声，电梯门打开，几名黑衣人便直接控制住门口的两侧。

然而当门被踹开后，整个房子翻遍了，他们都没找到沈黎雾！

怎么可能？来之前分明调查过的，沈黎雾不可能没住在这儿。

为首的黑衣人走向了布置很像女生的次卧，看向床上有些凌乱的被褥时，他微微皱了皱眉，然后伸手试探了一下温度："还是热的，人刚跑！

"老四他们不是在楼下？打电话让他们注意有没有人下去。"

被子里残留的温度代表人刚离开不久！一定还在这栋楼里！

他们一边跟楼下留守的人打电话，一边直接转身去了安全通道。

没人注意许顺，他是最后一个离开的。

黑衣人陆陆续续都离开房间后，许顺以最快的速度从周烬的房间里拿了周烬留在家里的备用手机。

沈黎雾在听到周烬的话后，就直接从安全通道下去了，每下一层楼，逃脱的概率就高一些。

周烬在电话里不停地安抚着雾雾："不用怕，已经调了最近的警力过去，我现在就赶回 A 市。"

沈黎雾连声音都在颤抖，怎么可能不怕？但她还是跟周烬说："我没事的，你别担心我。"

周烬克制住自己所有不稳定的情绪，冷静问道："几层了，雾雾？"

沈黎雾的喘气声有些急促，她攥紧了楼梯的扶手，看了眼墙上的标识："三层。"

"现在尽量放轻动作，注意通道的声控灯，一楼可能有人守着。"

"好。"

沈黎雾听话照做，慢慢走到了一楼。

而此时，那些人乘电梯上去发现沈黎雾不在房间，正打电话给一楼守着的人。

守在一楼的黑衣人直接站在出口处，语气有些不悦："人还没下来，这么点儿时间能跑到哪儿去？我守着出口呢。

"我就说那个许顺肯定有问题，如果人真的跑了，按缪爷说的做！"

沈黎雾听清了不远处的黑衣人说的每一个字，电话那边的周烬也隐约听到了。

此时楼道上面也传来了沉重的脚步声——他们追下来了！

周烬攥紧了手机，语气有些慌乱："雾雾，去敲二层住户的门，208、210、213，随便进哪一家都……"

沈黎雾打断了他的话："许顺是警方安排在缪志昌身边的卧底，是吗？"

把一个卧底成功地安插在缪志昌的身边需要花多少心思、多少精力、多少时间，沈黎雾是清楚的。

如果她跑了，许顺肯定会出事。

周烬没有回答她的问题。

如果今天没牵扯到其他人，沈黎雾会很冷静、很听话地执行他的命令，但现在牵扯到了许顺的性命，她不想跑了。

周烬脖颈儿处的青筋凸起着，说话时的语气很重："几分钟！你只需要再坚持几分钟，公安和特警的人就能赶到！"

"听话，雾雾，你听话！"电话那边没有什么回应，也没听到移动的脚步声，周烬彻底崩溃，"雾雾，你听我的话好不好？我求你了！"

沈黎雾听着楼上越来越近的脚步声，以及耳边周烬慌乱喊她的声音，此时此刻，她却比刚刚下楼的时候还要冷静。她讲话的语速很快，但每一个字都很清晰："他们应该会搜身。我上车后找机会把手链丢在他们的车上，你把定位同步给公安和特警。

"不论什么情况，我都会努力地保护好自己。你冷静一点儿，就当是为了我，冷静下来去做你该做的事。"

她停顿了片刻，有点儿哽咽地问："我爸妈……是不是警察呀？

"我是警察的女儿，我不能让他们失望。

"周烬，沈黎雾想做你女朋友，沈黎雾很喜欢你！"

没有人不怕死，但有些事情总要有人做。

蒋正明当年为了不让他的搭档陷入危险之中，选择代替他的位置，带队去执行抓捕缪志昌的任务。

多年来，他跟缪志昌交手多次，让缪志昌的犯罪团伙吃尽了苦头，但最终还是不小心落入了缪志昌的陷阱里。

蒋浔在缪志昌身边卧底了很长一段时间，给警方提供了许多的重要信息，然而最后还是引起了缪志昌的怀疑。

为了不让警方的努力付诸东流，蒋浔提出实行双卧底的计划，必要时刻，可以牺牲他来保住另一个卧底。由另一个卧底向缪志昌暴露出他的身份，他会找机会全身而退，哪怕不能平安离开，这个卧底还能继续代替他完成任务，还有机会抓获缪志昌。

如今，沈黎雾为了不让许顺被击毙，哪怕有逃离的机会，还是选择留了下来。

她怕吗？

怕的。

但她不想给父母丢脸。

沈黎雾的手机很快被人夺走摔在了地上。

通话中断，周烬彻底失去了沈黎雾所有的消息。

周烬握着手机的动作久久未动，下颌线紧绷着，眉宇间满是阴戾气息。

"将定位信息同步给公安和特警，在确保人质的安全下，以最快的速度进行追捕。

"调一辆车给我，去告知沿途的各个关卡不许拦截，保证我所行驶的路段一路畅通。

"有什么消息立刻通知我。"

下完命令后，周烬便连夜开车赶回了A市。

看着手机屏幕上那个正在快速移动的红点，周烬握着方向盘的力道越发地重，眼眶里也充斥着血丝。

沈黎雾是蒋正明的女儿，是蒋浔连一面都没有见过的妹妹。

蒋正明都没有亲眼看过他的女儿长什么模样，没有等到他的女儿长大喊他一声"爸爸"，就死在了缪志昌的枪下。

奚婧身为母亲，为了保护蒋浔和刚出生的女儿，不惜忍受骨肉分离的痛苦，把蒋浔送到了离自己几百千米远的亲戚家中，让他喊别人爸妈。

临走前，奚婧看着自己的儿子，叮嘱道："从现在开始，蒋正明和奚婧跟你没有半点儿关系，你必须忘记爸爸，忘记妈妈，不允许跟人再提这两个名字，记住了吗？

"妈妈和爸爸所做的这一切都是想让你们好好活着，你可以忘记我们，忘记这个家，但是你不能忘记你还有个妹妹。如果你们都好好活着，希望你能找到妹妹，保护好妹妹。"

蒋浔念了妹妹二十二年，找了妹妹十几年，他差一点儿就能见到妹妹了。

她有最爱她的父母，有最爱她的哥哥……

蒋浔那样意气风发的一个人，做什么事都游刃有余，却因为快要见到妹妹了，焦虑到半夜睡不着，打电话问周烬："你说，忽然冒出来一个陌生的哥哥，她会不会被吓到啊？

"你明天陪我去挑礼物吧！我要把这二十二年来，我爸、我妈，还有我给她的生日礼物，都一起补齐了。

"我印象中的妹妹，还是个小不点儿，她出生的时候可小可小了，看到照片上的妹妹，我有些不太敢认。"

蒋浔在查到妹妹的消息后，抱着照片看了几个小时，他不止一次地跟周烬说："阿烬，你知道我妹妹叫什么名字吗？雾雾，沈黎雾，好听吧！

"她是我们蒋家想捧在手心的礼物，是我蒋浔以后要保护一辈子的小礼物。"

蒋浔那么热爱这份工作，提到警察这个职业时，眼睛里都是有光的。

可查到妹妹的消息之后，他说："等缪志昌这一行人被抓获，等任务完成后，我就申请离职。

"我们蒋家没有对不起身上的警服，但是……我不想让妹妹跟我妈一样，每天活在担惊受怕中。

"我只希望我妹妹以后的生活，简单、平安、快乐、幸福。

蒋浔说过的话、做过的事，不断地在周烬的脑海中浮现，所以周烬宁愿沈黎雾自私一点儿。

蒋正明和蒋浔明明都可以在国家和亲人之中选择亲人，但他们都义无反顾地选择了国家。

沈黎雾也一样。

蒋浔给她买了那么多的礼物，却一次都没能亲手送给妹妹。那些匿名快递和那条定位手链，都是周烬代替蒋浔送给沈黎雾的。

还有……钥匙上的那个玩偶，是蒋浔之前做的，后来，周烬就把这个玩偶时时刻刻带在身边。

见到沈黎雾后，周烬终于找到合适的时机交回给她。

但沈黎雾并不知道，这个不起眼的小挂件，是最爱她的哥哥设计的。

甚至就连"七愿"这个名字，也是蒋浔为了妹妹而取的。

那时候蒋浔刚来到队里，意外捡到了七愿，七愿当时特别小，其他人也很意外，毕竟七愿是条比利时牧羊犬，很少有人会丢弃。蒋浔后来就自己训练，自己照顾，将七愿培养成了一只特别优秀的警犬。

七愿——祈愿，期愿。

蒋浔愿意倾尽一切，祈愿妹妹平安。

那时，蒋浔已经打好报告，请完假了——他想要去参加妹妹的毕业典礼。

蒋浔还打算带妹妹正式地去见见他们的爸爸和妈妈，让他们在天上也能看到——他很好，妹妹也很好。

他连跟妹妹见面之后的第一句话怎么说，带妹妹去哪家餐厅，点什么菜都想好了。

他期待了那么久的跟妹妹见面的日子，最后却被他自己放弃了。

那次抓捕缪志昌的联合行动人员名单里，没有蒋浔。

周烬也一直瞒着他，不希望他去参加这么危险的任务，想让他先跟妹妹团聚。

但蒋浔在临出发去见妹妹之前，还是知道了这件事。

蒋浔好希望上天能让他如愿啊！做梦都想！哪怕只有一天、一小时、一分钟。

但好难啊！为什么会这么难？

夜色深沉得像是化不开的墨，风声呼啸而过，轮胎与地面的摩擦声很是刺耳。

公安和特警的车兵分两路追捕着缪志昌手下开的几辆车。

但对方实在是太过狡猾了，不停地在变换路线，根本没办法强制拦截。

许顺看了一眼后方熟悉的车牌号，听着熟悉的警笛声——这是他活着的信仰，是他坚持下去的信仰。

"联系缪爷，把地址发给他，我们需要增援。"

另一边，武凯也联系了周烬，跟他说了现场的具体情况。

"几辆车的车型、车牌号一模一样，不停地在混淆视线，我们现在无法确定人质在哪一辆车上，如果强制拦截的话，我担心他们会鱼死网破。"

周烬下颌线紧绷着，沉声问："强制拦截救人的成功率有多少？"

武凯跟特警队的人对视了一眼，停顿了一下后，说道："周队，成功率我们不确定，但失败率高达 90%。"

警方不止一次跟缪志昌手底下的人交手了，他们个个都心狠手辣，不可能让手上的人质被活着救走。

周烬比任何人都明白。沉默了几秒钟后，他紧紧地攥着方向盘，沉声说："时刻观察定位信息，在不暴露的情况下，能跟多久跟多久。"

"是，周队。"

许顺趁着所有人的注意力都在沈黎雾身上，找机会跟周烬发信息——

"缪志昌打算转移所有资产逃离到国外，近期就会有所行动。沈黎雾暂时安全，我会不惜一切代价保护她。勿回。"

信息发送成功后，许顺就将手机悄无声息地藏在了座椅底下，打算等抵达度假村后再找机会取回。

上山之前，除了司机之外，所有人都被戴上了眼罩和耳机，包括许顺和沈黎雾。

只是后座的黑衣人并未发现沈黎雾已经清醒了，对她稍微放松了警惕。

沈黎雾脑袋靠在座椅上，在转弯时运用惯性，使得眼罩向上移动了一些，所以，她能透过缝隙看清一些车窗外的景象。

她默默记下了这一路上有代表性的建筑物或者景物，希望之后能有机会跟周烬联系上，告诉他这些信息。

又过了一小时，车子停下，准备做进入度假村的最后检查。

沈黎雾连呼吸都停滞了，她既不能让这些人发现自己醒了，又要想办法把手链留在车上。

背后的手腕不停地挣扎摩擦，却怎么也没办法使手链脱落下来，就在沈黎雾以为没希望了的时候，手链解开了！

她想也没想就把它塞到了车子后座的缝隙中——只希望这辆车会开往缪志昌所在的地点附近，把信号传递给警方。

"缪爷，人带回来了。"

"许顺呢？"

"没什么异常，一直跟我们在一起，被追捕的时候也及时提供了逃跑路线。"

缪志昌晃了晃杯中的红酒，低笑了一声："过两天让他执行计划的第二步吧。先去见一见蒋正明的女儿。"

沈黎雾被带去了一间阴暗潮湿的地下室，里面摆满了各种瘆人的物件。

缪志昌过来后，让人把她的眼罩摘了下来，沈黎雾这才看清跟各种大案有关联的缪志昌的真实模样。

他眼底的情绪是冰冷的，浑身都透着危险的气息——

杀戮、无情、狠厉。

沈黎雾极力地克制着自己混乱的思绪，平静地问："为什么要抓我？"

缪志昌坐在干净的椅子上："幸会，小丫头。

"你被抓，要怪只能怪你无能的父亲和自私的母亲，是他们自私地把你带到这个世界上，又不能护着你。"

沈黎雾大着胆子跟缪志昌对视，近乎冷血地说道："我不知道他们现在是死是活，他们对我而言就是素未谋面还连累了我的陌生人。如果你把我抓来是为了报复他们，那我只能说，我对他们没有任何感觉。"

缪志昌挑了一下眉，倒是没想到这个小姑娘这样冷静："既然如此，我特意保留了当年现场的视频，要不要一起欣赏？

"你跟你母亲一样漂亮，可惜的是，她死在了熊熊燃烧的大火中，烧得什么也不剩。

"还有你父亲，追了我那么多年，试图把我抓捕归案，最后……"缪志昌停顿了一下，而后笑着说，"场面真是壮观极了。"

这样一个视人命为草芥的罪犯站在自己面前，沈黎雾看着都有些反胃。

她的面色有些泛白："跟我有什么关系？他们生而不养，如今还要我来承担这些仇恨和报复吗？"

缪志昌转了转手上的玉扳指儿："本来事情已经过去很多年了，但谁让你父亲有个好儿子，你有个好哥哥呢。"

"哥哥？"

见沈黎雾是真不清楚自己的身世，缪志昌顿时觉得没意思极了，但他还是把手上的玉扳指给她看："这是为了纪念你哥哥蒋浔，特意从他身上取下的骨做成的扳指。我那儿还存了两个，晚点儿可以让人送给你。"

蒋浔。

哥哥是蒋浔。

沈黎雾宁愿她的哥哥是素未谋面的陌生人，这样她还能强装冷漠和不在意，但蒋浔不一样。

——是那个刑侦队所有人都无比崇拜和佩服的蒋浔。

——是那个说为了自己的使命可以付出一切，哪怕是自己生命的蒋浔。

可是，周烬不是说蒋浔还在执行特殊任务吗？既然在执行特殊任务，一定还活着，对吗？

还是说……周烬在骗她？

沈黎雾从小到大的执念就是她的父母，她一直想知道自己为什么会在福利院长大。

可怎么都没想到，她所有的执念，竟然会是害死自己父母的仇人解开的。

缪志昌为了试探沈黎雾是不是真的不认识蒋正明和奚婧，逼着她看完了当年她父母死亡的视频。

沈黎雾的情绪自始至终都没有什么起伏，只有在听到第一声枪响的时候，有些被吓到，再后面，哪怕枪声不停地响着，她整个人都是很平静的状态，像是在观看一部纪录片。

她不能哭，她一旦哭了，缪志昌就找到了所谓的报复的快感。

之后，他会一遍遍地重复能够让沈黎雾痛苦的视频，直到她的心理状态全线崩溃。

她抛弃了眼前所有的画面，强迫自己不去思考，不去记这些画面，她靠着记忆中的周烬来转移注意力——

"等这些事都过去了……我们谈恋爱吧，周烬。"

脑海中浮现了周烬说的那声"好"。

视频在这时播放完毕。

沈黎雾将目光落在了正在打量她的缪志昌身上，微蹙着眉说："你放这些视频，是想看我为了他们难过伤心、痛哭流涕吗？可是我从几个月大的时候就被丢到了福利院，对父母没有你想象中的那么爱，甚至已经不需要他们了。除了血缘，我们之间没有任何关系。"

缪志昌眼底最初的笑意淡了几分，他的确是想看蒋家人如何痛哭流涕，如何伤心难过，但沈黎雾对父母没有一点儿想念。

他目光深邃地看了沈黎雾一眼，随即吩咐手下："把人带去我房间吧。"

这话落下，所有人都有些怔住，包括沈黎雾。

带去他房间是什么目的，在场的人都心知肚明。

然而，就在缪志昌快走到卧室的时候，许顺从不远处走来，低声道："缪爷，我有事要跟您汇报。"

缪志昌微微皱了皱眉："现在？"

"如果缪爷不方便的话，那就暂时不谈了。"

缪志昌这个人心机很重，生性多疑，如果特别坚定地提出要汇报，他反而不会答应。

但许顺反其道而行之，字里行间都透露着纠结，明显是在说与不说之间犹豫，缪志昌自然答应了下来。

沈黎雾看到了许顺眼底变化的情绪，知道这儿有自己的人，沈黎雾有些心安，却又怕自己连累他。

蒋浔购买的定位手链，位置的精确度是很高的。

周烬包括整个刑侦队都做好了最坏的打算——这个定位仪器的位置信息最终会消失。

但是，大概是那些手下着急带沈黎雾去见缪志昌，所以只查了她身上有没有携带异常的东西，并没有检查他们乘坐的车。

缪志昌所在的地方，就在 A 市偏远而荒无人烟的岭山，岭山太大了，搜查起来困难重重，但有了定位，就可以通过卫星以定位为中心，向外扩散查看地形。

周烬开了将近四个小时的车，中间一分钟都没有休息。

回到队里后，他立刻跟进目前的侦查进度。

许顺利用缪志昌的多疑，跟他说了在今天行动中表现"异常"的人，以及他手底下不太安分的几个人。

"原本不想跟缪爷说这些的，但我想活着，不想因为这些蠢货让我们的努力毁于一旦。还希望缪爷能够妥善处理。"

果不其然，缪志昌很快就安排人去调查了，因此浪费了许多时间。

但许顺再怎么拖延，他都无法时时刻刻待在缪志昌的身边，沈黎雾已经被带去缪志昌的房间了。

沈黎雾将自己所有的难过和不理智的情绪都封锁了起来，抓住一切时间好好休息，保存体力。

卧室内有花瓶，有窗户，有玻璃，有桌角，有墙壁。

阳光透过窗帘的缝隙照了进来，可还没等沈黎雾看到今天的日出，门外就传来了声响，紧接着，离开了几个小时的缪志昌回来了。

沈黎雾攥紧了手心，面色有些泛白。

缪志昌看了眼不远处的沈黎雾，意味深长地笑了一下，而后便走向了浴室，水流声不停地响起。

每一秒钟都是煎熬的、漫长的。

缪志昌出来后，身上只裹了条白色的浴巾，他语气有些低沉："你听话就没有苦头吃，倘若反抗，我有一万种让你后悔的办法！"

沈黎雾没说话，只是将目光落在了花瓶上——花瓶被她撞碎之后，碎片落了一地。她拿了一个锋利的碎片，在手心攥得紧紧的。

就在缪志昌要靠近沈黎雾的时候，门外又传来了敲门声。

"砰"的一声，门被人从外面踹开了。

这儿有人层层把守着，保镖没拦住，说明此人对缪志昌来说很重要。

房间内的缪志昌抬眸看了一眼不远处的邵应，轻笑了一声："倒是难得见郤先生碰一回枪。怎么了？哪个不长眼的人惹郤先生发这么大的火？"

郤应将目光落在沈黎雾手中紧紧攥着的锋利碎片上，因为过于用力，她的手心已经染上了许多鲜红的血迹。

此刻，那鲜红的血一滴一滴地砸在地毯上，刺眼极了。

郤应面上泛着些寒意，语调平缓但冰冷："如果想平安离开国内，就把人放了。"

缪志昌眼眸微微眯了起来："郤先生这是在威胁我，就为了这么一个小丫头？"

郤应并未理会缪志昌的质疑："放，还是不放？"

这句话说完后，外面突然涌入了一批人将现场团团围住，个个看起来都身手不凡，郤应摆明了是有备而来。

缪志昌原本还想试探沈黎雾对郤应的重要性，如今也无须试探了："她是蒋正明的女儿，我不可能让她活着走出这儿。不过既然郤先生开口了，我倒是有一个好主意，不知道郤先生愿不愿意听。"

郤应并没有对沈黎雾的身份有任何的惊讶，语气有些沉："说。"

缪志昌示意让外面守着的人都离开，而他则跟郤应一起去了书房。

临走之前，郤应看了一眼面色有些苍白的沈黎雾，目光有些深沉。

房间内再次恢复宁静，沈黎雾浑身失力地坐在地上。

大概过了十五分钟，房间门被人从外面推开。

郤应朝着沈黎雾缓缓走去，耐心地半蹲在她面前，语调放轻了许多："没事了，丫头，我带你去另一处安全的地方。"

沈黎雾没有应声。郤应和缪志昌狼狈为奸，都不是什么好人，她不知道此刻要不要跟他离开。

沈黎雾又攥紧了手中的碎片，发出了微弱的呻吟声，眼睛却一直观察着郤应。

郤应眼底明显划过了瞬间的心疼："先去包扎一下伤口，好吗？"

郤应伸手想去抱她，却被沈黎雾躲开了，她蹙了蹙眉，说："我自己走。"

郤应的手臂停在半空中，又缓缓放下："好。"

沈黎雾以为郤应会带她离开这儿，这样刚好可以留意一下入口，可惜并没有。

邰应带着沈黎雾去了自己常住的房间："外面守着的保镖都是我的人，缪志昌他不会对你做些什么，不用怕。

"先坐在这儿，我帮你涂一下药。"

医药箱早就安排人送了过来，邰应对她也很有耐心。

沈黎雾直接把手背在了身后，抬眸望着他："为什么不带我离开？我不想留在这儿。"

邰应动作微顿，不知该如何跟她解释，最后只说："还不到时机，不过我会尽快。"

"我想休息。"

"我已经安排人去准备早餐了，你手上的伤口也需要处理。"

"我说了，我想休息。"

邰应摇了摇头，无奈说道："你这个小丫头真是……跟你母亲一样固执。"

沈黎雾抬眸同他对视着，声音有些僵硬："你为什么……会认识她？"

邰应眈了一眼，说："把伤口先处理了，我就告诉你。"

手上的伤最后还是沈黎雾自己处理的。

她出来后，餐桌上已经摆好了各式各样的早餐，她只看了一眼就移开了视线。

"你答应要告诉我的。"

"吃过饭再说，你现在看起来很虚弱。"

"我吃不下。"

"能吃多少算多少，吃完后我就跟你讲你母亲的事情。"

僵持了几分钟，沈黎雾到底是坐在了椅子上，强迫自己吃着东西，只不过坐的位置离邰应很远。

她一口一口地吃着，逼着自己把食物咽下去。吃完之后，她固执地问："你为什么会认识她？"

邰应握着筷子的手微顿，还是简单地跟沈黎雾说了当年的事："我认识你母亲的时候，她已经嫁给了蒋正明。如果她愿意跟蒋正明离婚，不论是财富还是地位，只要她想要，我都能给。我也同她提了很多次，但她不愿意。之后我就没再关注过她的消息了。"

邰应的语气很是平淡，像是在讲述别人的故事一样："过了几年，蒋正明奉命抓捕缪志昌出事后，你母亲也受到了牵连。我得到消息赶去现场的时候，火势并不算大。她本来能活下来的，但她不肯跟我走，还是义无反顾地跟你父亲一起离开了。"

沈黎雾忽然笑了出来，好可笑啊，他们这些杀人凶手。

缪志昌一边骂着父亲无能，没办法保护自己的妻儿，一边在他死了这么多年后还依然对他恨得不行，想要报复蒋家人。

郜应一边平静地说着母亲固执，不肯跟他在一起，一边跟害死母亲的凶手同流合污这么多年。

太虚伪了，太可笑了。

沈黎雾此时满脑子都是母亲在那场大火中笑着的样子，还有父亲身穿警服正气凛然的模样。

可是最后，大火把一切烧成了灰烬，她再也没有爸爸妈妈了。

沈黎雾最后还是没忍住，跑到了洗手间，把吃下的东西全都吐了出来，眼泪不受控地滑落下来。

郜应过来的时候，沈黎雾原本平静的情绪忽然崩溃："为什么你们都好好活着？为什么死的不是你们？他们做错了什么要被害死？我做错了什么变得没有父母……"

郜应见状，微微攥了攥垂在身侧的拳头："医生就在外面守着，等你情绪平复了再做一下检查。"

沈黎雾不停地挣扎着，想要离开这个恶心又肮脏的地方，但她没力气了。

吐完之后本来就虚弱，她没走几步就跪坐在了地上。她像只可怜的小兽一样，连哭声都是压抑着的……

郜应盯着她看了许久，才沉默着移开了视线。

对于沈黎雾，郜应自己甚至都有些分不清究竟是病态的喜欢还是愧疚的补偿。

她跟她母亲太像了。

那天去警局做笔录遇见她的时候，郜应一眼就认出她是奚婧的女儿。

对于奚婧，郜应最初是求而不得的不甘心，所以他明知缪志昌针对蒋正明，打算报复他的家人，却仍然选择置身事外。

直到奚婧死后，这种不甘心慢慢变成了愧疚和对她的亏欠，郜应也第一次尝到了"悔"的感受。

但在他这儿，永远都是利益为上。

邰应看了一眼不远处的女医生，语气有些沉："好好照顾她。"

"是，邰先生。"

沈黎雾是在下午醒来的，虽然吃了药，但状态依旧不怎么好。

醒来后，她就不吃不喝也不说话，任凭医生怎么哄，都不肯吃东西或者喝水。

"沈小姐，你这样作践自己的身体又能得到什么呢？"

沈黎雾闭上了眼眸，晶莹的泪珠从眼角滑落，枕头上已经有了一大片的泪水痕迹。

哪怕是在梦中，沈黎雾也在一遍遍地念着周烬的名字。

她好想周烬，她好想见周烬。

第八章
曙光破晓 正义永存

会议室。

周烬原本在开会，心口处却传来了剧烈的疼痛感，他攥紧了拳头，强撑着继续。

没过多久，手机铃声响了起来。

看了眼屏幕上显示的熟悉的电话，周烬握着手机的掌心都有些发麻。

他去了一处安全的地点，才按下接听键："喂。"

电话那边传来了许顺的声音："周队，我摸清了度假村内部的地形，缪志昌的工厂也在度假村后方，我已经把手绘的地图传给你了。但岭山太大了，我无法确定具体位置和入口。

"缪志昌在这周还有最后一个大单的交易，他应该很快会让我联系你，给你提供假的交易地点来转移视线，真地点我会再想办法调查。

"沈黎雾目前应该是安全的，郜应把她从缪志昌手底下救走了，晚上我再去确认一下她的安全。"

周烬将图片保存好并立刻传送给了武凯，做完这些，他又对许顺道："我们现在正在通过定位和卫星排查度假村的精确位置，收网行动会提前开始，你现在的首要目标就是保护好自身的安全。"

许顺觉得自己的呼吸似乎都停滞了："什么定位？确定要准备收网了吗？"

"沈黎雾身上携带的定位仪器，成功地带去了山上。李局下令，收网行动提前开始，一旦确定了具体位置，立刻行动。"

要收网了，终于要收网了！

许顺发自内心地笑了一下，只是笑着、笑着，眼眶却微微湿润了。

"周队，虽然你没提，但是我明白的，还是那句话，我会不惜一切代价保护好沈黎雾。"

周烬攥紧了身侧的拳头，极力地克制着自己的情绪，说："你们都要平安。"

许顺笑着应："是！保证完成任务！"

他身上还背负着蒋队没完成的任务，他并不是一个人在战斗。

人的贪心是无限的，有些东西一旦碰了，就再也收不住。

缪志昌答应让邰应带走沈黎雾的前提就是，在离开之前，邰应想办法帮他完成这场最大的交易。

这次交易完成后，他就放沈黎雾一条命。

邰应答应了，如今就在客厅准备着后续的事宜。

所有人都没有注意到，卧室的门无声无息地打开了一条小小的缝隙。

沈黎雾发着烧，昏睡着，不吃不喝，状态差到了极点。

也正因为如此，邰应才对她没有什么防备，也算不到这个小姑娘经历了这么大的打击，竟还能偷听他们的谈话。

沈黎雾靠在墙边，强撑着让自己站稳，认真地听着他们在外面的聊天内容，关于交易地点、时间和人员的安排。

信息听了个大概后，沈黎雾就把门轻轻地关上，准备继续伪装成还在昏睡的样子，结果窗外忽然传来了些细微的动静。

她的心里有一种强烈又不敢相信的预感，她用最快的速度走到窗边——

是真的！许顺过来找她了！

许顺趁着天黑无人注意，冒着暴露的风险，徒手爬上了三楼窗口，确认房间里只有沈黎雾一人，这才敢发出声音。

沈黎雾几乎是屏住所有的呼吸去帮他打开了窗户，用只有两个人才能听到的声音说："你怎么来了？"

许顺利索地爬了进来，声音很低："方便谈话吗？"

沈黎雾放轻动作，跟许顺一起去了可以反锁的洗手间内，刚进去，许顺就问："你怎么样，他们有没有对你做些什么？"

沈黎雾很珍惜这次来之不易的见面机会，说了"没有"之后，就着急地问："你能联系上警方吗？我有很重要的信息要告诉他们。"

许顺神情变得严肃："你说。"

沈黎雾冷静地有条不紊地说着："被抓来的时候，我在路上看到了泛白的轮胎痕迹，像是赛车后留下来的，还有些红色房子和信号塔，信号塔的位置大概是在……西北方向。从山下进入到度假村，如果警方打算进来，要注意路上每隔一千米就有四五个人守着，他们查得很严。

"我刚刚还听到了邵应安排手下为交易做准备，应该是缪志昌要求他安排的，时间是后天晚上八点，在临海码头，缪志昌会去。"

许顺浑身的血液都在快速地流动着，他压低了嗓音问："你确定吗？确定这些消息没有错吗？"

许顺没拿到的情报，沈黎雾却误打误撞全部得到了。

"我确定我听到的是这些信息，但不确定他们说的是不是真话。"

"好，我会想办法把这些消息尽快传递给周队。"

许顺从腰间拿出了一把黑色的手枪和一把匕首，递给沈黎雾："警方已经在准备收网行动了，你务必要保护好自己！如果有重要的事找我，就在窗台上随便放个小东西，我看到后会立刻想办法赶过来。

"你会用枪吗？我教你一遍，你记好……"

许顺迅速教了一遍，沈黎雾感觉学得差不多之后，说："我可以了，你待在这儿很危险，快走吧。"

许顺点了点头："那我先走了，你自己多加小心。"顿了顿，他又问，"对了，你有什么话要跟周队说吗？我帮你转告给他。"

沈黎雾愣了一下，然后轻轻摇了摇头："没有。跟他说我很好，就够了。"

其他的话只会影响到他的心态，让周烬知道她平安，就够了。

就在许顺准备开门出去的时候，外面却忽地传来了有人走近的声音。

"沈小姐，你在洗手间吗？"

邵应不放心沈黎雾的情况，所以让女医生每隔两个小时就进来看看她，帮她检查一下。

在客厅的邵应听到医生的声音，也起身朝着卧室走了过去。

许顺还没来得及离开，倘若被发现的话……

沈黎雾打开了水龙头，将自己包扎好的伤口完全浸泡在水中，刺痛感蔓延到了四肢百骸，她连声音都有些发抖："我会想办法引他们离开卧室，你保护好自己。"

闻言，许顺甚至都来不及阻拦，沈黎雾便开门出去了。

看到从洗手间出来的面色苍白的女孩儿，郜应蹙了蹙眉："伤口怎么又沾水了？"

沈黎雾垂下眼睫，说："忘了。"

医生连忙去拿了药帮她重新包扎，叹息着说："这么漂亮的小姑娘，手上留了疤多难看呀，千万要注意。"

看着纱布将她的伤口一圈圈重新缠绕好后，沈黎雾语气很轻地说："我想吃东西。"

郜应身形微怔，立刻应道："好，我这就让人送来。"

沈黎雾抬眸看向不远处的郜应，眼底的情绪很是平静："能带我出去吃吗？"

郜应到底是轻叹了一声："这儿有餐厅，你想去吗？"

沈黎雾没应声，状似犹豫了一会儿，才轻微地点了下头，跟郜应一起去了度假村的餐厅内用餐。

然而他们刚走到楼下，郜应就看到了三楼被打开的窗户。

窗户是开着的，而她是从洗手间出来的。

郜应面上并无什么波澜，淡淡道："东西落在房间了，我回去取一下。"

沈黎雾手有些轻微的颤抖，但她还是极力地克制着。

这么短的时间，不知道许顺有没有离开。

一定要离开这儿，一定要离开……

郜应大步流星地回到了三楼，推开门之后就将视线落在了紧闭着的洗手间房门上。

郜应看了眼，沉声说："进去。"

保镖点了点头："是，郜先生。"

沈黎雾站在他的身后，脸色苍白得不像话。

门慢慢被打开，两个保镖一起走了进去。

明明只有短暂的几秒钟，沈黎雾却感觉如一个世纪般漫长。手心不停地冒着冷汗，她也越来越绝望……

沈黎雾要被这种铺天盖地的煎熬情绪折磨得无法呼吸了——他走了吗，还是打算等他们走远了再稳妥地撤离……

两个保镖在洗手间四处地翻看着，出来后就摇了摇头说："先生，手表没在这儿。"

"那也许是我记错了。"邰应这个人处处谨慎，心理素质极好，看了一眼沈黎雾，提醒说，"晚上凉，窗户就不要开了。"

沈黎雾避开了邰应的视线，不想让他察觉到自己异样的情绪。

早在沈黎雾和邰应走出卧室的时候，许顺便用最快的速度离开了这儿。

他多停留一秒钟，沈黎雾和他就会多出百倍的危险。

离开之后，许顺拿到了那部被他藏起来的手机。

电量只剩下10%，也许今天就是最后一次通话了。

许顺把沈黎雾提供的信息全都汇报给了周烬，说完之后，他停顿片刻，说："周队，我的枪法是蒋队教的，我的命是蒋队救的，我会带着蒋队的那一份信仰，在这儿等待黎明的到来。

"蒋队说，他相信正义永远存在，我也信。"

这次收网行动，集结了A市将近五分之一的警力，公安和特警联合行动，医疗部门接到通知后也赶往现场，随时待命，准备救援。

周烬奉命带队执行这次危险性极高的任务，他身上穿着黑色的防弹衣，戴着白色的耳麦，下颌线流畅利落，浑身透着凛冽的气息。

"收网行动，立即开始！"

警车在道路上行驶着，为避免不必要的伤亡，所有通过岭山和临海码头两处地点的道路都被封锁了。

不仅如此，A市的机场、高铁、高速、港口、火车站也都布置了许多警力，封锁住了一切他们有可能逃离的路线！

依照许顺传送过来的度假村内部的地图和卫星勘察信息，联合行动组将在外围形成严密的包围圈，再慢慢缩小渗透，直至把他们一网打尽！

周烬看了一眼腕表上显示的时间，语气有些沉："信号放出去了吗？"

武凯点了点头："已经放了。"

许顺在看到天上的孔明灯信号后，知道了警方已经就位，行动的具体时间是八点钟——还有一个小时。

收网行动开始了。

他必须要在缪志昌离开之后、行动开始之前，想办法把沈黎雾先带去其他安全的地方，不然她很有可能被抓去当人质。

但还是发生了些他们意料之外的事情。

交易时间定在今晚八点，缪志昌至少会提前一小时从度假村出发，赶往临海码头，警方也在路上布下了天罗地网。

但他不完全信任邰应，所以临时改变了想法，让自己的心腹代替自己去码头。而他则是找了个借口跟邰应去书房谈事情，牵制住邰应之后，又安排了另一批人去了沈黎雾住的房间——

目的是让沈黎雾承受着痛苦离开。

缪志昌这个人心狠手辣，他虽然答应了邰应会放沈黎雾离开，但对蒋家的恨意并没有消散。

而这些恰恰是他最擅长的折磨人、拿捏人的办法。前期是痛苦和绝望，后面则渐渐让人变得堕落沉沦。

等到许顺得知这件事的时候，缪志昌已经安排人去找沈黎雾了，许顺只能提前行动，尽快赶去沈黎雾所在的位置。

只是许顺刚赶到沈黎雾的附近，就听到了"砰"的一声枪响，后面又陆陆续续响了好几声，不知道发生了什么。

邰应虽然不在，但是他安排了保镖守着。

缪志昌的命令是尽量不要打草惊蛇，不要跟他们起什么冲突。所以缪志昌的手下假装无聊，然后跟这些保镖聊天，最后趁其不备给他们注射了快速见效的麻醉剂。

解决掉这些保镖后，缪志昌的手下便带着"药箱"打开了沈黎雾房间的门。

被子上鼓起了小小的一团，他们要抓的人似乎在休息。

手下冷漠地看了一眼，沉声道："针管拿来，你们几个，摁住她。"

可当他们掀开被子——里面压根就没有人，而是一个枕头！

他们翻遍了卧室的所有角落，最后将目光聚焦在紧闭着的洗手间的门上。

沈黎雾的确是藏到了洗手间里。

自从许顺说警方开始收网行动后，她就一直留意着外面的各种动静。发现楼下来了很多陌生人时，她就迅速地躲进了洗手间里，反锁了门。

洗手间的门被撞开后，沈黎雾举起枪正对着面前的人，"砰"的一声，击中了！

他们没料到沈黎雾有枪，赶紧躲在了门外的两侧。

沈黎雾强迫自己冷静下来，将枪口重新对准了门口处。

这些人试探了两三次，终于发现沈黎雾对枪不熟悉。

后面，他们就不停地用假动作去浪费她枪里的子弹，直到她扣动扳机却没有发出枪声时，他们即刻冲了进去，将她的手臂反剪到了身后，把她死死地控制住。

沈黎雾的挣扎在黑衣人的钳制下根本无济于事，黑衣人把她抓住后就往她的腹部狠狠地踹了一脚。

沈黎雾当即就痛到浑身失力地倒在地上，连呼吸都停滞了一下，生理性的泪水从眼角滑落了下来。

黑衣人还想对她动手，但被同伴拦住了："正事重要，先带人去准备注射。"

注射……

注射什么？

但是沈黎雾没有任何反抗的力气了，她已经痛到连话都说不出口，任由这些人带她去了卧室的床上。

"准备静脉注射。"

一切都准备就绪后，有人按住了沈黎雾的手臂，找到她手臂上的血管。

他们准备的东西，纯度和浓度都很高，一旦注射，甚至会有生命危险。

沈黎雾腹部的苦痛蔓延到了四肢百骸，她完全动弹不了，连张嘴呼吸都艰难。

黑衣人手上注射器的针尖慢慢落在她的手臂血管上，就在他们打算扎入血管的时候，枪声倏然响起。

外面的保镖都被麻醉了，许顺进来得很顺利，当他看到这些人把沈黎雾摁在床上准备注射什么东西的时候，眼眶霎时间变得猩红。

这些人的注意力都在沈黎雾身上，没有任何的防备，也根本来不及反应。

解决完这些人之后，许顺大步地走到了沈黎雾身边，看到她脸色苍白得不像话，浑身都在发抖。

他将目光落在了沈黎雾的手臂上，但现在已经无法冷静下来去观察上面有没有被针扎的痕迹了，他语气有些慌乱："他们注射了吗？"

沈黎雾微弱地摇了摇头，有些艰难地说："没……没有……"

许顺差点儿要跪下了——幸好，幸好！

"这儿不能久待，枪声会把缪志昌的人吸引过来，你哪里受伤了？能不能走？"

沈黎雾尝试着动了动，但身上太痛了，她的眼泪不受控地往下掉，声音虚弱得不像话："你带上我会……会被拖累的……"

许顺弯腰把沈黎雾从床上抱了起来，有些匆忙地说："事出紧急，冒犯了。"他的语气很是坚定，"我一定会带你平安离开这儿！"

许顺抱着沈黎雾刚走到楼下，不远处就传来了急促的脚步声。

留给他们逃跑的时间并不多，这些人一旦发现沈黎雾消失了，度假村的每一个角落都会被搜查得清清楚楚。

如今只能靠警方了，警方从外面进攻，会吸引缪志昌这伙人所有的注意力，也能给他们的离开争取到宝贵的时间。

但怎么才能联系上周烬呢？他的手机已经没电自动关机了，身上也没有任何能向外传递信号的东西……

许顺带着沈黎雾去到了一处假山内，假山里面有空隙，沈黎雾比较瘦，可以在这儿藏一会儿。

他把沈黎雾放了下来，说："周队他们八点钟才会正式采取行动，但我们撑不到那时候了。你在这儿待着不要动，我去想办法联系他们。"

"你、你现在回去……太、太危险了……"

"如果不能联系到周队让他们提前行动，分散这些人的注意力，我们很快就会被缪志昌的人发现的。"许顺说完就想要走，现在每一分每一秒对他们来说都很珍贵。

沈黎雾忍着腹部的疼痛感，还是拦住了许顺，有些虚弱地开口："我、我有办法……但是我、我不知道车子停、停在哪儿……"

许顺看向她："什么车子？"

沈黎雾每说一句话都要急促地喘气来缓解自己身上的痛，但还是尽量清晰地表达清楚自己的意思："你、你还记得……抓我过来时，我们最后乘坐的那辆车吗……我把定、定位手链……塞到了车子后座的缝隙里……它有定位系统和 SOS 求救功能……周烬可以查看我的定位……也能收、收到我的求救信号……"

只要 SOS 信号发送出去了，周烬就一定会立即开始行动的。但仔细一想，还是困难重重。

沈黎雾摇了摇头，又否认了自己的提议："可……找不到车……也没有车钥匙……"

许顺怎么都没想到沈黎雾会这么冷静聪明，他无比激动："有办法！我有办法！我们现在就去停车场那儿！"

当时许顺从周烬家里拿了一部手机，为了不被发现，他把手机藏在了车子副驾驶位的座椅下。

后来，他费了很大的力气才拿到车钥匙，成功找回了手机。

至于车钥匙，他也并没有还回去，而是把它藏在了停车场的某个地方，以备不时之需。

那辆车就是沈黎雾藏手链的车！

去停车场的路上，许顺还是没忍住说："你太聪明了！这辈子除了蒋队和周队之外，你是第三个让我佩服的人！"

这段时间她提供的每一条信息，都是无比重要、能救他们性命的信息。

许顺带着沈黎雾快速地赶去了停车场，然后悄无声息地上了那辆车。

沈黎雾在后座寻找着手链，当手链的冰凉触感传到她的手心时，她的心跳仿佛都停滞了。

定位系统一般都携带 SOS 求救的功能，她一开始不知道，还是周烬教她的——这儿有个小按钮，连续按三下就能报警求救了。

一下，两下，三下。

手链上闪烁着微弱的红光，沈黎雾语气有些激动："成功了，发送成功了！"

许顺看了她一眼，沉声说："接下来就看周队他们的了……一定要明白求救信号就是行动信号……"

沈黎雾紧紧地攥着手中的银色手链："他明白的，他一定明白的。"

可他们刚成功发送信号没多久，缪志昌的人就开始大范围地搜查度假村，并且很快就查到了停车场！

沈黎雾和许顺一旦被他们发现，就绝不可能活着出去——缪志昌宁愿鱼死网破，也不会放他们离开。

许顺一直观察着后面的动静，在发现有几十人朝着停车场走来的时候，他还抱着点儿侥幸的心理——能躲就躲，不要与他们产生任何冲突，他们人太多了。

可是在看到那些人一辆车一辆车地搜查有没有人藏身时，许顺就知道——躲不了了。

"他们不出五分钟就能查到这儿，我们现在必须撤离了。"

"开车走吗？"

"只能这样。你躺在后座，尽量不要起来，知道吗？"

许顺说完，便启动了车子，按照记忆中的路线往外走，这是他们唯一能活下来的机会。

"缪爷，人在停车场，正在往西南方向行驶！

"明白，我们现在就追上去。"

许顺不单单要应付身后追着他们的车，还要提防这一路上遇见的敌人，只要看到这辆车，他们一定会集中火力拦截的。

后面的车咬得很紧，枪声不停地响起。

沈黎雾躺在后座，后玻璃的碎片甚至都砸到了她的身上。她想提醒许顺小心一点儿，可还没等她开口，又是"砰砰砰"几枪。

沈黎雾下意识闭上了眼睛。她躺在这儿，子弹打不到她。

但许顺……

许顺就在驾驶座上，无法躲避，无法逃脱，只能驾驶车子来回移动以避开那些火力。

沈黎雾问他有没有受伤，许顺说没有。

但其实，他的手臂已经被子弹击中了，鲜红的血正不停地往下流……

警方以为缪志昌今天会离开度假村去往临海码头，所以将行动的时间定在了八点钟，打算在路上拦截并抓捕缪志昌。

度假村也的确有几辆车出来，但里面并没有缪志昌的身影。

"按照路线判断，他们的确是要去临海码头。"

"码头那边的情况怎么样？"

"已经布下了天罗地网，就等这些人上钩了。"

周烬不知道为什么，心里总有种不太好的预感，他语气有些沉："缪志昌没有按照原定的计划离开，一定是还有别的安排。

"不能再等下去了，我现在就去向上级申请立刻行动！"

然而，还没等周烬联系到指挥部，手机上就弹出了SOS的求救信息——是沈黎雾发送的求救信息！

周烬立刻下达了命令："武凯，遇到突发状况，一队、二队跟我走，立刻行动！"

手链上的定位正在快速移动，沈黎雾和许顺应该是遇到什么危险了，必须尽快赶到他们身边支援！

枪声打破了夜晚的宁静，警方分别从度假村的四个方向同时行动，势必要将他们一网打尽！

缪志昌因为许顺的背叛发了很大的火，他绝不允许仇人和叛徒有机会在他眼皮子底下逃跑！

没过多久，手下却神色慌张地过来汇报："缪爷，度假村已经被警察团团围住了！"

缪志昌把桌上的东西全部扫到了地上，眼底充满阴戾："让所有人不惜一切代价，拦住他们！"

缪志昌给所有的手下都下了死命令，自己却带着心腹去了密道，准备离开。在修建度假村的时候，他给自己留了一条后路。

另一边，缪志昌的手下还在为他卖命，丝毫不知自己跟了那么多年的主子，已经弃他们于不顾了。

许顺手臂上传来了剧烈的痛感，他强撑着继续开车往出口走。

他听到外面的枪声了，他们已经行动了！

只要能够离开度假村，沈黎雾就能获救，他一定要把沈黎雾平安带出去！

车窗玻璃全部被打碎了，夜晚的凉风灌了进来，车子里面充斥着浓烈的血腥味。

沈黎雾从后座抬头看去，语气有些慌乱："你受伤了吗？说话！许顺！"

见她要从后座坐起来，许顺紧咬着牙关，斥道："趴下！不要命了吗？！我没事！我能做到的……"

因为受伤了，许顺没办法很好地把控方向盘，后面的车子跟他们之间的距离越来越近，越来越近……

有了短暂的缓冲时间，沈黎雾已经能强撑着行动了，她慢慢从后座移到了前排，也彻底看清了许顺到底流了多少的血——手臂、肩膀、浑身都是血迹。

她的声音有些抖："想办法甩开他们一段距离，我来开车，你这样会死的！"

许顺还想强撑，但沈黎雾哪里答应——

"让我开车，听到没有！"

许顺没办法，只能脚踩油门，用尽全身力气甩开了身后那几辆车一段距离，给他们两个换座位争取到了一点点儿时间。

沈黎雾换到了驾驶座，她不敢太分心，只转头看了许顺一眼——他已经闭上了眼睛。

她的声线顿时有些发抖，一声一声地喊着他："许顺，我不认识路。你告诉我往哪儿走好吗？你别晕过去，求你，你别晕……"

许顺觉得好累啊，他有点儿撑不下去了，可耳边又不断响起沈黎雾带着哭腔的声音。他颇为艰难地睁开了眼，看了眼四周的景色，说："左边，往左开。"

沈黎雾连忙应道："好！你跟我说说话，如果我们平安了，你最想做什么？"

许顺扯出了个很浅的笑容，说："我想把你平安带到周队身边。"

沈黎雾再也没忍住，眼泪不停地掉了下来，她强忍着哽咽，问："还有呢？你跟我说说话，求求你！"

许顺闭上了眼眸，虚弱地说："还有，我好想蒋队，好想跟蒋队和周队一起吃饭、训练……"

许顺微弱的说话声很快就被枪声掩盖住了。车子在行驶过程中传来了刺耳的摩擦声，轮胎被他们打爆了……

沈黎雾根本没办法再继续开下去，方向盘也彻底不受控，车子靠着惯性还在移动着，直直地朝着不远处的墙壁撞去！

巨大的冲击力袭来，安全气囊瞬间弹了出来。

沈黎雾经历了短暂的耳鸣，大脑也一片眩晕，身上的痛感越发地强烈。

没多久，身后传来了很密集的枪声。

沈黎雾再次抬头的那刻，好像出现了幻觉，她看到了穿着警服的周烬。直到幻觉中的那个人越来越近，走到了她的身边，沈黎雾才反应过来——

不是幻觉！是周烬真的过来了……

沈黎雾这段时间所有的恐惧、害怕，以及强撑着的冷静，在看到周烬过来的那瞬间，彻底变得不可控了。

直到被周烬紧紧地抱在怀里，她愣了片刻，然后崩溃大哭。

风声呼啸着，四周的枪声和爆破声交织在一起。

沈黎雾身形止不住地颤抖，痛苦的记忆如潮水般将她笼罩了个彻底，她的执念在这几日被彻底毁掉，什么也不剩——

她第一次听到父母的消息，是杀害她父母和哥哥的仇人告知她的。

她第一次见到自己的父母，也是这个仇人录下的他们最后死亡的场景。

沈黎雾的眼泪一滴接着一滴，砸在了周烬的心上，这比他自己受伤还要难受无数倍。

周烬将沈黎雾紧紧地拥在了怀里，失去她的那种恐惧至今还笼罩着他，现在他连抱着沈黎雾的双手都在发抖。

"对不起，对不起，对不起……"周烬气息不稳，在她耳边一声声地道着歉，声音哑得不像话，"是我来晚了。对不起，雾雾……"

沈黎雾什么话都说不出来，只是不停地哭，哭到周烬的心都疼到麻木了。

"是不是受伤了？哪儿不舒服？跟我说好不好？"

听到"受伤"这两个字，沈黎雾慌忙从周烬怀里仰起头，眼睛通红，哽咽着说："许顺……他中枪了！你们快去救他！救救他……"

营救人员和医生已经成功地把许顺抬到了担架上，他因为失血过多，必须要转移到市里的医院进行治疗，刑侦队所有人的心都是揪着的。

武凯看了周烬一眼，不知道该如何开口。

他们还有未完成的任务，必须要强忍着这些痛苦和担忧。

周烬抬起手臂帮沈黎雾擦拭了一下脸上的泪痕："雾雾听话，现在跟医生一起离开，我还有任务。"

缪志昌还没落网，事情还没结束。

沈黎雾只字不提自己的害怕，轻轻点了点头，说："好。"

看到她湿润的眼眸中涌上了浓烈的不舍，周烬拼了命克制着自己，才松开了她。

正当周烬转身要走的时候，沈黎雾倏地朝他靠近，紧接着，柔软的双臂紧紧地搂住了他的脖颈儿，她整个人半靠在他身上，主动踮起脚吻了上去。

沈黎雾一眨眼，泪水便顺着长睫从眼眶中冒出，在脸颊上印上了浅浅的痕迹。她哽咽着说："我等你回来……"

周烬声音嘶哑："好。"

队伍离开的背影渐渐跟夜色融在了一起，任凭前方有多少艰难险阻，他们都义无反顾地向前走着。

他们选择了一条很难的路，她希望他们能成功。

沈黎雾在原地站了许久，直到看不到他们的身影，才转身离开。

在沈黎雾身边守着的警察见她脸色苍白，状态很不好，问她要不要去医院做一下检查，沈黎雾却摇了摇头。

她哪儿也不想去，她想等周烬回来。

度假村的收网行动正在进行着，但直到现在，他们都还没有查到缪志昌的踪迹。

度假村里里外外都已经封锁了，岭山也已经被层层包围住，他不可能逃得出去的。

十月份的岭山是观赏红叶的最好时期，但是所有人的精神都高度紧绷着，无心欣赏。

"山里这么大，他会不会躲在什么地方，想等我们的人撤离了之后再出来？"

周烬听着队员的谈话，并未应声，只是沉默地看着度假村内部的建筑，脑海中飞快地回想着跟缪志昌有关的重要信息。

他会躲在哪儿？这儿什么地方对他来说最重要？

周烬眼眸在瞬间变得深邃，他语气很沉："书房。"

许顺曾说过，缪志昌的书房守得很严，除了他本人和郜应，其余人都不允许踏进去半步。

周烬带队去往书房后，开展了地毯式地搜索，果不其然，在书房的休息间内发现了藏着的玄机。

他们往前走了大概一千米，终于发现了这条密道通往的是度假村后方的工厂！

"工厂这边有多少警力？"

"不太多，主要警力都安排在度假村这边。"

"留一部分排查度假村，其余警力全部调集到工厂那边，缪志昌和他的手下在里面。"

"是！"

接到命令后，所有人都赶往了后方的工厂附近，拉了警戒线后，将这儿围得水泄不通。

但工厂内情况复杂，他们无法得知缪志昌真正的藏身之地。

周烬沉声道："安排狙击手时刻注意工厂的动向，把无人机调来。帮我接通指挥部的电话。"

电话很快接通，周烬的眸中泛着浓浓的寒意："我是刑侦支队队长周烬，本次收网行动的负责人，为避免不必要的伤亡，现申请对工厂实行毁灭性爆破，彻底解决缪志昌一行人。"

就在这时，全频道耳麦里传来了狙击手的声音："报告！在工厂三楼发现缪志昌的身影！可以当场击毙！申请开枪！"

指挥部那边很快厉声拒绝："任何人没有指挥部的命令都不许开枪，听到没有！这是死命令！不许开枪！"

周烬下颌线紧绷着，语气阴沉："缪志昌身上有着累累血债，如今可以当场击毙，你们让我饶他一命？不可能！"

说完，周烬便拿了狙击枪去往了行动的位置，将瞄准镜对准了三楼的窗口处。

此时，耳麦里传来了李局的声音，他怒斥着："周烬！你给我冷静点儿！度假村和工厂内埋了上百个炸弹！是定时和遥控双保险的炸弹！一旦他们选择引爆，大家都会死在这儿！"

周烬在瞄准镜里看到了缪志昌的身影，他就站在靠近窗口的地方，面上带着轻松的笑意，像是在故意挑衅一样。

缪志昌笃定了警方不敢贸然动手，只要他们敢开枪——那就鱼死网破！

周烬攥紧了手中的枪支，脖颈儿处的青筋很是明显，咬着牙说："你们怎么确定的？"

"缪志昌联系了公安，把一部分炸弹的位置信息发了过来，就在你们进入密道的时候，他引爆了第一个炸弹。"

上百个炸弹！倘若不能平安撤离，对方就要和警方同归于尽！

从接到缪志昌信息的那刻，指挥部那边就陷入了死一般的寂静。

周烬闭上了眼眸，再三克制才将瞄准镜移开，他的呼吸变得沉重："除了这些之外，他提出的要求是什么？"

李局沉默了片刻，艰难地开口："他要求，撤掉岭山所有的封锁线，放他离开，还有……要在你和沈黎雾之间选一个人，进到工厂内，成为他的人质。"

周烬的情绪在此刻变得异常平静："别跟小姑娘说这件事。"他注视着不远处的工厂，"我进去。"

防弹衣、手枪，包括通信使用的耳麦，都丢在了外面，周烬孤身一人站在了工厂的入口处。

楼上传来了缪志昌阴冷的笑声："好久不见啊，周警官！"

周烬面上并无多余的情绪，声音冷沉："好久不见。"

缪志昌见状，轻"啧"了一声："这么听话啊？不过我改主意了，我不想跟周队有任何的接触。让沈小姐进来，我只接受她来当人质。"

周烬下颌线紧绷着："她不在这儿，已经离开了。"

缪志昌笑了笑，开口说："没关系，多长时间我都可以等，前提是，你们能承受得了这个后果。"

话音刚落，又一颗炸弹被引爆——工厂附近发出一声巨响！

比起经过严格训练的刑侦队长，一个手无缚鸡之力的弱女子，他们才更容易操控。

"我给你们十分钟，沈小姐不来，我会继续引爆未知的炸弹。"

"不用等十分钟了。"身后不远处传来了熟悉的声音。

沈黎雾不知道什么时候已经来到了现场。

她站在警戒线外，跟周烬说："我愿意进去。"

在场的所有人都知道，缪志昌提出人质这个要求，之后就再也不可能把人平安放回来。

警方之所以答应，是因为周烬的能力摆在那儿，他进去后可以想办法牵制住他们，再里应外合。

但倘若是沈黎雾……

缪志昌颇为欣赏地看了沈黎雾一眼："一群人还比不上一个小姑娘有胆识。"他晃了晃手中黑色的遥控器，"最后两分钟。"

沈黎雾不顾众人的阻拦，越过警戒线，走了进去。

周烬满心的愤怒、心疼和内疚，他直接攥着她的手腕往外走，跟她讲话的语气从来没有这样重过："滚出去！这儿不是你该来的地方！"

"周烬，你放开我！"沈黎雾被他攥得有些痛，怎么都挣脱不开。

周烬眉眼间充斥着瘆人的戾气，怒斥道："我说了让你滚！没听清吗？！"

沈黎雾眼角处挂着泪，仰头看他："我爸妈已经牺牲了，难道还要牺牲更多的人，毁掉更多的家庭吗？周烬，我不怕的……"

周烬攥着沈黎雾手腕的手一用力，把人拽到怀里紧紧地抱着。

他知道她不怕，她的性格跟蒋浔一模一样，但是——他已经承受不了再失去沈黎雾了。

距离截止时间越来越近了。

周烬知道自己改变不了这个决定，用只有两个人能听到的声音说："最多十分钟。注意缪志昌手上的遥控器，听到枪声就迅速趴下，知道了吗？"

沈黎雾轻轻笑了笑，泪水从脸颊处滑落："我相信你。"

说完，沈黎雾便挣脱开了周烬的怀抱，她跟蒋浔一样，都义无反顾。

沈黎雾被带去了三楼。

缪志昌和他的几个心腹都在这儿，黑色的遥控器就在缪志昌手上。

警方明面上按照他的要求做，所有人都撤离到很远的位置，还安排了两辆车停在工厂门口。

缪志昌淡淡地看了一眼，对手下吩咐道："下去检查一下车子有没有问题。"

两个心腹依言离开了三楼，房间内就只剩下缪志昌和其余四人。

沈黎雾抬眸看了眼缪志昌，声音很轻："你不觉得你很可悲吗？这次侥幸逃脱了又怎样？你未来的日子还是只能在阴暗的角落，做着见不得人的恶心事，苟延残喘地活着。"

缪志昌眼底的情绪越发冰凉，他冷笑着说："恶心事？那你知道蒋浔也被我注射了恶心的东西吗？甚至从他身上剜出一块骨，他都感受不到疼痛了。他连'苟延残喘'都算不上！真是可惜，没有记录下那样美好的一幕给你欣赏。"

"砰"的一声，狙击枪子弹穿过玻璃，击中了缪志昌拿着遥控器的右手臂，他当即发出惨烈的叫喊声。

沈黎雾果断地冲了上去，把掉在地上的黑色遥控器藏在了身下——她用自己的身体护着炸弹遥控器。

缪志昌强忍着手臂上的痛苦，咬牙切齿地说："把炸弹引爆！快啊！愣着干吗！"

其中一个手下举起了枪对着沈黎雾，可就在他要开枪的瞬间，玻璃碎裂的声音和枪声接连响起——周烬利用威亚从工厂楼顶降到了三楼窗口处，子弹穿过玻璃，直接击中了试图开枪的那个人的眉心。

远处的狙击手和周烬完美配合，又是连续的几枪，把剩余的人彻底打散，他们带着缪志昌慌不择路地逃了出去。

紧张的情况被暂时稳住之后，周烬沉声下达了命令："进来抓捕！一个都不准放过！"

"是！"

周烬看到在地上趴着保护遥控器的沈黎雾的时候，心像被什么狠狠刺了一样痛。但事出紧急，他只留了一句："待在这儿别动。"而后便快速地去追捕缪志昌他们。

早在沈黎雾进去后，周烬便从工厂后方的墙壁处攀爬到了顶楼，利用简易威亚精准地下到了三楼上方。

等到狙击手成功击落缪志昌右手的遥控器，周烬就会配合他们一一解决里面的人。

如今缪志昌连唯一的筹码都没有了，这样狼狈地逃窜，不过是在做无谓的挣扎罢了。

周烬站在楼梯口，看到了已经跑向一楼的缪志昌，眸中满是冰冷的恨意，他毫不犹豫地扣动了扳机。

两颗子弹分别击中了缪志昌的双腿，缪志昌因为疼痛被迫跪在地上，周烬要他向所有被他害过的人跪着忏悔！

缪志昌浑身都在发抖，他还想要继续爬着往前走。

他痛苦到整个人都变得狰狞，跪在地上拼了命地挣扎。

工厂内瞬间涌入了十几名警察，将缪志昌以及他的手下团团围住，一阵阵声音响起："警察！不许动！放弃抵抗！"

缪志昌难受到浑身颤抖，但他还是吼了声："开枪啊！开枪！杀了我！"

他紧紧地闭上了眼睛，额头上满是冷汗，腿上血流不止。

"救护车到了吗？"

"已经到了。"

周烬将手中的枪支随意地别在了腰间："控制住他，让医生进来检查。"

缪志昌听到后，眼底充斥着恐惧，颤抖着说："不要……你们杀了我吧……"

周烬原本打算离开的，听到缪志昌一心求死的话，停下了脚步，语气冰冷："还记得当初怎么对付蒋浔的吗？

"你现在所承受的事情，连他经历的1%都不到，你有什么资格求死？"

缪志昌犯下的那些罪行，他最后的结局，是要由法律审判的。

周烬将后续的事宜都交给了刑侦队负责，他回到了三楼，将沈黎雾抱在怀里："没事了，雾雾。"

沈黎雾怔怔地抬起头，还有些惊魂未定。

周烬俯身在她的唇上印了一吻，怜惜而又小心翼翼地把她抱了起来："没事了，我带你回家。"

周烬带沈黎雾下去的时候，恰好看到医护人员抬着缪志昌上车，数十辆警车一起押送重大犯罪嫌疑人。

至此，警方将与缪志昌有关的犯罪团伙一网打尽，包括郜应，都已被捕！

昏暗的天空渐渐变得微明，太阳的光亮正缓缓地从地平线露出。

周烬带着沈黎雾朝着有光的地方走去，他们看到了从云层缝隙里缓缓升起的清晨的第一缕阳光。

　　大雾散尽，黎明到来。

　　天亮了，蒋浔，你看到了吗？

第九章
身处黑暗 心向光明

A 市中心医院。

周烬带沈黎雾去看许顺。

医生从许顺的手臂、肩膀和胸口，一共取出了三颗子弹，又抢救了三个小时，才把他从死亡边缘救回。但他还是有感染的风险，需要在重症监护室进行观察。

他差一点儿就错失了最佳抢救时间，那颗靠近心脏的子弹差一点儿就夺走了他的性命。

也许是上天在冥冥之中保佑着他，已经牺牲了那么多人，不希望再取走他的性命了。

得到许顺平安的消息后，周烬第一时间告知了队里所有的人。

一群大男人全都没出息地红了眼眶——没事就好，没事就好。

周烬原本想带沈黎雾回去的，但她的身体太虚弱了，状态也不怎么好，身上有很多处大大小小的淤青和擦伤。

她上药的时候一声痛都没说，挂点滴的时候手不受控地发抖。

医生说这是因为她长期处于紧张和压力下导致的神经衰弱，建议她好好休息。

沈黎雾面色有些泛白，牵着他的手不愿意松开——这是她第一次在周烬面前展示出自己不安的模样。她的语调带着细微的哽咽："你别走，好不好？"

周烬俯下身亲了亲她湿润的眼睛，温声道："睡一觉就好了。我保证，你醒来后第一眼就能看到我。"

沈黎雾强撑了一会儿，最后还是慢慢睡了过去。

周烬的警服上沾染了许多的血迹和灰尘，眼前的景象和他记忆中的一幕幕渐渐重叠，使得他整个人狼狈至极。

她说，"你别走"。

蒋浔也在医院说过一模一样的话。

蒋浔在身受重伤的情况下，紧紧地抓住了周烬胸前的警服，无比艰难地说："你别走，不许去找她……不许联系她，听到没有……"

周烬不答应，蒋浔就不配合治疗。

这也是为什么，周烬在第一次见面就认出了沈黎雾，知道了她的身份，却一直隐瞒，只字不提。

因为蒋浔不让。

在医院治疗的时候，蒋浔逼着周烬发了誓。

蒋浔说，要么他活着，自己去见妹妹，要么缪志昌这个犯罪团伙被捕，再考虑要不要告诉妹妹真相。

沈黎雾睡熟以后，医生过来找周烬，说许顺醒了，想见他。

许顺还戴着呼吸器，说话都有些困难，可看到周烬之后，他问的第一句话就是："任务……完成了吗？"

周烬点了点头，道："所有跟缪志昌的犯罪团伙相关的人员都已被捕，武凯他们在跟进，晚点儿会过来看你。"

许顺艰难地扯出了个笑容，停了好久才说出下一句话："我梦到蒋队了，他一直跟我笑，说谢谢我……"

周烬攥紧了垂在身侧的拳头，避开了许顺的视线后才勉强克制住自己的情绪："你知道他为什么要谢你吗？"顿了顿，周烬才继续说，"因为你救了他最爱的妹妹。"

妹妹？蒋浔的妹妹？许顺身形彻底僵住，不可置信地看向周烬，有些哽咽地问："她就是……蒋队的妹妹？"

刑侦队里都知道蒋浔有个妹妹，他花了很久的时间才追查到妹妹的信息，但他一直把妹妹的信息保护得很好，不希望影响到她的生活。

最初只有蒋浔一个人知道，他抱着妹妹的照片看了几个小时都看不够。妹妹太优秀了，他忍不住想要炫耀，但最终也就跟周烬一个人炫耀了而已。

"阿烬，我妹妹她在……"

"她在国内顶尖学府华清大学，这是第十一遍了。"

蒋浔明亮清澈的眼眸中满含笑意，唇角止不住地上扬："你就是嫉妒我有个长得漂亮、性格好、学习好又那么优秀的妹妹。"

周烬随意地看了一眼照片，语调透着些散漫："是挺漂亮的，你注意点儿。"

蒋家的宝贝小白菜，绝不能让什么混小子忽悠走了！

除了周烬之外，没人知道沈黎雾是蒋浔的妹妹，包括许顺。

蒋浔在自己的卧底身份快要暴露的时候，跟上级提出要实施双卧底的计划，如果考虑身手和能力的话，周烬是不二之选。

但周烬在明，蒋浔在暗，他们联手让缪志昌吃了不少的苦头，而且周烬身上的正义感太重了，不适合当卧底。

后来，所有队员在不知情的状况下，做了一次抗压测试，结果显示许顺的表现是最优异的。

蒋浔在许顺决定去担任卧底的时候，跟他说了一句话："身处黑暗，但心向光明。"

许顺一直觉得，当初如果自己能力再强大些，自己再谨慎些，就不会让蒋队陷入危险之中了。

这是他一辈子都不会忘记的痛，也是他一辈子的遗憾。

临走时，周烬对许顺说："等你好了，我们带着雾雾一起去看他。"

许顺眼底闪烁着泪光，脸上却带着笑说："蒋队知道了，会打你的。"

趁蒋队不在，把他最宝贝的妹妹"抢"走了。

周烬眸中的情绪翻滚着，最终只说了一句："我也希望。"

沈黎雾在医院住了三天。

这期间，她一句都没有问过父母和哥哥的事情，只是安静地配合医生治疗，也有在好好吃饭养身体。

如果说有什么不同，大概就是变得更依赖周烬，更黏他了。

出院那天，周烬开车来接她回家。

沈黎雾坐在副驾驶的位置上，在周烬帮她系安全带的时候，开口说："我见过爸爸妈妈了……"

周烬动作微顿，猜到了雾雾的想法，心口处有些发紧。

沈黎雾眸中多了层薄薄的水雾，语气有些颤抖："你能带我去见见他吗？我还没见过哥哥……"

周烬看着沈黎雾，什么话都说不出口，她不会知道，她当初差一点点就能见到蒋浔了，真的……只差一点点。

在故事的最开始……

"雾雾，你好，我是……"蒋浔提到"雾雾"两个字的时候，眼睛就像是泛着温暖的光。

只是……偷偷演练了很多次，他都没有喊出"哥哥"这个称呼。

他怕吓到妹妹，怕她一时接受不了，但还是，很期待见面，期待跟妹妹见面。

蒋浔只要有空，就不停地点开实景地图看妹妹所在 D 市的环境，去看各种旅游攻略、美食攻略，他陆陆续续地记录了几千字。

手机搜索记录上面都是跟妹妹有关的：

——女孩子最喜欢什么礼物？

——有什么适合送给妹妹的东西？

——应该怎么去给妹妹准备惊喜？

每次搜索完之后，他都认真地去看答案。

于是，第二天他就跑去花店订了一束很漂亮的向日葵。

老板问："是不是给女朋友买的？"

蒋浔同老板谈话时也透着真诚与耐心，唇边浮动着柔软的笑意："不是，是妹妹。"

向日葵代表沉默的爱，代表温暖与光明，代表希望与信仰。

他希望妹妹在未来的日子里能向阳而生，充满光芒。

蒋浔抱着向日葵回家的时候才意识到，买得太早了，即便到家了，妹妹见到花的时候，也不太新鲜了，他想让妹妹看到向日葵最棒的状态。

他轻轻碰了一下向日葵黄色的花瓣，眼底带着希冀的温柔："好吧，你暂时见不到她了。"

蒋浔回到家后，把沈黎雾的照片打印了出来，装上相框后，放在了一眼能看到向日葵花束的地方。

蒋浔刚把相框放下，门铃声就响了起来。

"来了。"

他打开门的那瞬间，刚刚还待在照片上的女孩儿，却出现在了自己眼前。

这一刻，整个世界仿佛都失去了色彩，时间像是被按下了暂停键，整个空间里只剩下他和妹妹两个人。

是他心心念念地想了二十二年的妹妹！

是他把照片翻来覆去看了几千几万遍的妹妹！

蒋浔想了很多种初次见妹妹时跟她打招呼的方式以及该怎么说话，但现在发现，准备好的话，他一句都说不出来，他甚至不知道该怎么反应。

沈黎雾站在原地，泪水蓄满了眼眶，压着睫毛缓缓滑落："你为什么不来找我？为什么不要我？"

蒋浔喉咙处有些发紧，连呼吸都变得异常艰难："不是……没有不要你，从来都没有！是哥哥的错，哥哥没能早点儿找到你……对不起，你原谅哥哥好不好？"

沈黎雾没说话，只是眼泪一直在掉，看起来可怜极了。

蒋浔双手颤抖着，想要帮她擦掉脸上的眼泪，心疼而又愧疚地想要把她抱在怀里，可就在他抬起手臂想要触碰的瞬间——梦醒了。

蒋浔怔怔地看着头顶的纯白色天花板，他身边没有妹妹，只有许多维持他生命的冰冷的仪器。

他缓缓闭上了眼睛，泪水挂在他的眼睫处，而后慢慢滑落。

因为情绪起伏太大，仪器不断地发出"滴滴滴"的警告声。

梦里，是他将要跟妹妹见面的前几天。

现实，是他在重症监护室的第四天，医生已经下了三次病危通知书。

现在，是第四次。

病危通知书必须要家属签字，但……蒋浔没有家属，后来是李局给他签的字。

周烬在蒋浔稍微有意识的时候提出要去接沈黎雾过来，蒋浔不愿意，他不愿意让妹妹看到他最痛苦、最狼狈的一面。

如果不能活下来，他宁愿此生不见，蒋浔断断续续地费力地说："别去找她！我不舍得……我会活着……好好活着……求你……别去……"

周烬的眼底满是刺痛，喉结上下滚动着，他加重了语气："那就给我好好活着！"

蒋浔轻轻笑了笑，说："好。"

这个骗子！

蒋浔这个骗子！

他说了会好好活着的！

第四次病危通知下达了，医生说他伤得太重，无力回天了。

可周烬不信。

他不相信那么热爱这个国家，那么爱自己妹妹的蒋浔，会舍得离开。

周烬在医院不眠不休地守了五天。

那样桀骜不驯、野性十足的男人，如今身上却只剩下了颓废和黯淡。

不单单是周烬，刑侦队的每一个人都因为蒋浔出事而遭受了极大的打击。

他是蒋浔啊！他是心怀热爱、无所不能的蒋浔！

他不能死！

他怎么能死？！

经过抢救，蒋浔暂时脱离了生命危险，但他身上还有最大的一个危险元素——

缪志昌给他静脉注射了纯度极高且超出一般量的注射剂，如果在他如今重伤的情况下发作了……

然而，大家最担心的情况，还是发生了。

蒋浔不仅要承受身上的多处伤痛，还要承受另一种蚀骨铭心的痛，这种痛，无药可解，只能凭借自身的意志力硬生生熬下去。

蒋浔躺在病床上，整个人仿佛陷入了布满荆棘的森林中，藤蔓密密麻麻地向他蔓延，将他缠绕了起来。他紧咬着牙关，发出了难耐的痛苦声音……

周烬怕他扛不住，一直陪着，甚至还带来了沈黎雾的照片。

蒋浔像是珍护宝贝一样，把照片紧紧地贴在身前，眼底不断地流出滚烫的泪水。

他的情绪压抑到了极致，艰难说着："我舍不得……舍不得留下她一个人，她只有我了，我妹妹只有我了……我如果死了，她就真的成了孤儿。我好想陪陪她，好想护着她。"

但真的太难了。

为什么活着会这么难？

周烬又拨通了沈黎雾的电话。

她好像在外面跟朋友逛街，接通后的声音比上次欢快了些："喂，你好！"

蒋浔闭上了眼睛，强忍着没发出一点儿声音。他不愿意让周烬联系她，却又贪婪地听着电话那边传来的声音。

沈黎雾又看了一眼这个没人说话的陌生号码，轻轻问了句："是打错了吗？我不是您想找的那个人呀！"

你是！你是蒋浔想了二十二年的妹妹！

电话被挂断后，蒋浔撑过了第一次发作的痛苦，但又被送往了抢救室。

在病痛的折磨中，蒋浔的意识也慢慢变得混乱："她会不会恨我？会不会怪我？我是个不称职的哥哥，我对不起雾雾……"

在那段时间里，周烬几乎隔一天就给沈黎雾打一通电话，就想让蒋浔听一听妹妹的声音。

在蒋浔清醒的时候，周烬问他："后悔吗？如果重来一次，你还会这样选吗？"

蒋浔思考了一会儿，苍白的脸上渐渐浮现了些笑意，眼神从最初的向往和期待渐渐变成了痛苦和遗憾，但他还是回答说："会啊……"

蒋浔面色苍白地躺在病床上，问："今天几月几日了？"

医生回答："6月23日，周四。"

"6·11"大案联合抓捕行动失败的第十二天，蒋浔被救回后同病魔抗争的第十天，还有……他的妹妹毕业典礼的倒数第二天。

按照原定的计划，蒋浔现在应该已经提前抵达D市，此时正在预订酒店、餐厅、向日葵花束，正在熟悉环境，熟悉路线，写攻略，排练跟妹妹第一次见面说什么话，还可能会忍不住偷偷去华清大学校门口走一走……

周烬之前看到过蒋浔手写的密密麻麻的行程表，曾问过他："既然查到信息了，为什么不第一时间去找她？"

蒋浔当初卧底任务结束撤离时，几乎是九死一生，在医院昏迷了两天两夜，但醒来后就得到了一个最好的消息——

查到妹妹的信息了。

妹妹被送到乡下后，抚养妹妹的人家怕惹祸上身，把妹妹扔到了福利院。

根本不用做 DNA 鉴定，蒋浔就能百分百断定沈黎雾是他的妹妹。

但蒋浔这时候一边在医院治疗，一边还需要提供卧底期间与缪志昌有关的细节和信息，以帮助同事早日将缪志昌抓捕归案。

蒋浔是考虑了所有的利弊，才决定暂时不跟她见面的。

"卧底任务结束，我平安归来，但缪志昌向来睚眦必报，他一定在盯着我的一举一动，如果我去见了她，后果会怎样，我们都清楚。

"知道她现在过得很好，就够了。这世界对我是公平的、仁慈的，我相信大难不死，必有后福。我跟妹妹还有很长很长的时间。她才二十二岁呢，还是小姑娘。她不会生气的，生气了，我也会哄好她的。"

抱着对妹妹的期待，蒋浔等到了六月份——毕业季。

局里跟蒋浔说，联合抓捕行动的命令还没下来，不过应该快了，大概是六月底。

所有人都跟蒋浔说是六月底行动，所有人都希望蒋浔能够如愿。

"去参加妹妹的毕业典礼吧！"

"这么重要的场合，你是她哥哥，不能缺席。"

"任务你不用担心，等你见完妹妹回来，一鼓作气把这个犯罪团伙端了！"

蒋浔对妹妹这么多年的想念和愧疚，导致他订票的时候手都在发抖，关于见面，他的心里是期待、害怕、小心翼翼……总之，各种复杂的情绪都交织在了一起。

就差一点儿，就差一点儿他就能如愿了。

在知道上级决定联合行动的时间就在几天后时，他不顾所有人的反对执意要去参加：

"第一，我了解这个犯罪团伙，了解他们的行动习惯。

"第二，我的职业是警察，我愿意为之付出一切，哪怕是我的生命。

"第三，我父母的仇要报，我妹妹未来生活中的隐患更要除。"

行动当天，双方伤亡都很大。

缪志昌非常狡猾，放出了很多个虚虚实实的信息。

许顺误入了一处陷阱雷区，蒋浔毫不犹豫地将他护在了身下。

等到增援赶到时，蒋浔已经被带走了。

缪志昌只带走了蒋浔，目的是——报复。

整整三天，没人知道蒋浔承受了什么，他获救后也只字未提。

周烬这辈子都不会忘记他找到蒋浔时是怎样的场景——他穿着警服，这是他的信仰，但警服却被牢牢缝在了身上！

医生花了两个小时一点儿一点儿地剪开，他身上还有多处的枪伤、刀伤。

蒋浔整个人奄奄一息，但他还是坚持下来了。

他坚持了九天。

蒋浔看着手机上面的备注，温柔地笑了笑："阿烬，能匿名帮我寄些快递给雾雾吗？毕业礼物，匿名送给她。"

蒋浔还想写下"毕业快乐"四个字送给妹妹，但他已经握不住笔，没办法写字了。

他在清醒时尝试了一次又一次，但每次写出来的字总是歪歪扭扭、颤颤巍巍的。

蒋浔强装不在意，但还是难受极了，他把自己写下的纸全都扔到了垃圾桶里："太丑了，要写好看的祝福给她。"

周烬眼眶微微泛红："她要的也许不是漂亮的文字，而是你。"

蒋浔沉默了一会儿，说："你替我写一回吧！以后我再双倍补偿给雾雾，给她写好多好多遍……"

6月25日，华清大学毕业典礼。

蒋浔这天的状态出奇地好。

他换下了条纹的病号服，穿上了准备去见妹妹时买的崭新西装，又让病房的女医生帮忙化了个妆，让他看起来气色好一点儿，人帅气一点儿。

医生姐姐一边化妆一边哭。

蒋浔还安慰她，语气很温柔："哭什么，今天是我妹妹的毕业典礼，她特别漂亮，特别优秀。"

"我才不看，我等你出院去把你妹妹带过来。"

蒋浔笑着答应了下来："好啊！"

线上毕业典礼还未开始，蒋浔便提前一小时守在直播前了，等待的每一分每一秒都不觉得漫长，反而充满了幸福。

蒋浔转头看了一眼周烬，笑着问："我的吉他带来了吗？"

周烬起身去拿，却没有交给蒋浔，而是说："我弹吧，你来录制，唱给她听。"

蒋浔的手连"毕业快乐"四个字都写不了了，怎么可能还能弹吉他……

蒋浔笑着应："好。唱什么歌啊？"

周烬停顿片刻，用吉他弹了个比较舒缓的歌曲开头。

毕业典礼开始了。

作为这一届的优秀毕业生，镜头很多次都停留在沈黎雾面前。

她明显有些不太适应，但并没有躲避，冲着镜头轻轻笑了一下，模样漂亮得让人移不开眼。

当沈黎雾作为优秀毕业生代表上台发言时，台下响起了热烈的掌声和欢呼声。

蒋浔从前一天晚上就一直在期待，醒来后也一直在笑，跟谁说话都在笑着，是掩饰不住的开心。

在看到妹妹发言的时候，他这么多天承受的痛苦、强忍的思念，再也抑制不住。蒋浔无声地哭着，眼泪不断地往下落。

看到她身上穿着的学士服，蒋浔强撑着扯出了个笑容，特别温柔地说："毕业快乐呀，我最爱最爱的妹妹！对不起，哥哥永远爱你。"

6月26日凌晨，蒋浔再一次被推进了抢救室。

直到生命的最后一刻，他才将自己的真实想法跟周烬说了出来："我看不到花开了，我见不到妹妹了……我想要不顾一切地去抱抱她，跟她说我是哥哥，会保护她一辈子的哥哥……阿烬，求你……你替我护着她，好不好？求你……"

周烬眼中布满了血丝，他一句话都说不出来，但蒋浔不停地求他。

周烬不忍心看到他这么痛苦，他声音颤抖地回："好……"

泪水从眼角滑落，所有人都在哭，只有蒋浔温柔地笑了。

"还有最后一件事，等事情平息，你帮我跟她说，这辈子哥哥没能好好保护她，希望她能原谅哥哥……

6月26日凌晨4点，蒋浔终于可以不受病痛的折磨了。

他化作一缕轻风，去见他最爱的妹妹。

他跟父母都在无人之处爱着她，护着她。

蒋浔，二十八岁，毕业于公安大学。

在担任A市刑侦支队队长期间，参与并侦破了多个大案要案，抓获犯罪嫌疑人百余名，摧毁各类犯罪团伙13个，荣立个人三等功两次、一等功一次。

他忠于祖国，忠于人民。

他的模样很帅气，笑起来时眼睛里是带着光的，性格温柔，意志却很坚定。初见他时会觉得他是云淡风轻的性格，但在危急情况下，他能做到游刃有余，适应能力、抗压能力和承受能力都极强，给人一种温柔的安全感。

没有人能拒绝蒋浔。

他会弹吉他，会弹钢琴，会唱歌，做得一手好菜，家里养了很多条小鱼，种了很多花花草草，喜欢狗狗。

他相信正义永存，相信世界是公平的、仁慈的。

他热爱国家，热爱生活，热爱世间万物。

夏至时节的天气异常炎热，上天似乎也在惋惜，下了整整三天的暴雨，想让那个赤诚热烈、温暖坦荡的少年，干干净净地离开这个世界。

他攒了一生的想念，口袋里揣满了温暖的向日葵，却只能眼睁睁地看着希望枯萎并渐渐化为灰烬。

原来，遗憾才是人生常态。

蒋浔离开后，整个刑侦队变得死气沉沉。

周烬和蒋浔是刑侦队里最默契的搭档，也是队里公认的最优秀的两个人。

二人强强联手，再难的案子都能破得了。

对他们彼此来说，人生得一知己足矣。

所以，周烬走不出来。

上级安排周烬接任蒋浔刑侦支队队长的职位，周烬就让自己每天连续工作十几个小时不休息，试图通过这种办法来麻痹自己。

但刑侦队里处处是蒋浔的影子，他根本无法忽视，无法忘记。

不到一个月，周烬就进了五次医院，整个人都透着颓废和阴郁的气息。

直到周烬去蒋浔家里给鱼喂食，给花浇水，看到了他摆放得整整齐齐，未曾送出的礼物和他妹妹的照片。

周烬在他家里喝酒喝到半夜，垂下眼睫，像是承诺一样说着："我会替你护着她。"

就这样，周烬把礼物和照片都带回了家，也跟局里请了年假，准备去D市，替蒋浔看看他心心念念惦记了那么多年的妹妹。

但周烬刚开始休年假就又被紧急任务召了回来，营救的还是蒋浔的妹妹。

故事的开头便是如此。

周烬把跟蒋浔有关的一切都告诉给了沈黎雾，除了他被病痛折磨的那段。

他带她去看了满柜子的礼物，还有被蒋浔当作宝贝的她的照片。

蒋浔对她的照片珍爱到什么地步呢？——他甚至不愿意让周烬把沈黎雾的照片放在他的墓前，说墓园那儿太冷了，他不舍得。

周烬买了向日葵花束，陪着沈黎雾去了陵园见蒋浔。

这是沈黎雾第一次见到哥哥——之前周烬偷偷带她来过，但她并不知情。她抱着一大束向日葵站在墓前，然后缓缓蹲下身，抬手抚摸着冰凉的墓碑。

她用指尖轻轻碰了下蒋浔的名字，笑着说："我收到哥哥的礼物和向日葵了。但是哥哥，你怎么有点儿笨呢？我不在乎什么大张旗鼓的仪式感，你可以偷偷来找我呀，我们偷偷地见面。"

哪怕一句话也不能说，她也会主动地去抱抱哥哥，但是他真的太笨了。

沈黎雾理解哥哥做的一切，所以她不怪任何人，更不怪哥哥。

就是……好心疼他。

他什么都自己承受，什么都自己背负，就连爱意都不敢宣之于口。

"周烬说你的吉他和钢琴都弹得特别好，还问我要不要听，我说不要，我想要你在我面前自己弹给我听。

"他说你在我毕业典礼那天，为我唱了一首歌，可是我也不想听。

"他还说你做饭特别好吃，但我没有吃过呢！

"哥哥，听明白我的意思了吗？"

沈黎雾从那一大束向日葵里挑了一枝开得特别好的，放在了蒋浔的墓前。

"我这辈子只有蒋浔一个哥哥，下辈子、下下辈子，我也只要蒋浔一个哥哥。

"你觉得难过的事情，我们下辈子一起把它忘掉；你觉得遗憾的事情，我们下辈子一起把它变得圆满……这次就原谅你啦，以后不要问这么笨的问题了。"

沈黎雾从来到陵园的时候，眼底就是带着笑意的，跟哥哥说话的时候也一直在笑。

她就像个温暖又治愈的小天使一样，温柔地安慰着愧疚又自责的哥哥。

她用指尖在照片上慢慢地描摹着蒋浔的模样，声音很轻地说着："其实我觉得我很幸福，我有那么爱我的爸爸妈妈和哥哥。福利院别的小朋友都没有，只有我有。现在的沈黎雾很知足了，以后也会快乐地度过每一天。所以，哥哥，你不要难过，也不要为我担心。"

沈黎雾在墓前待了很久，跟她的哥哥说了很多很多的话。

最后她有点儿累了，周烬把外套脱了下来，铺到了地上："垫着坐，凉。"

沈黎雾坐在了周烬的外套上，她轻轻地眨着眼睛，看向不远处天空中像是在微笑的云层，声音轻柔地说道："下次再过来，可能要跟哥哥宣布一个好消息啦！不过，我猜你应该知道了，但还是先保密。

"我有点儿困了，可以悄悄去哥哥家里休息一下吗？"

看着眼前温暖的装修风格和布置，沈黎雾想起来，她上次过来的时候就有想过，这个房子的主人一定特别热爱生活。客厅的鱼缸、阳台的花花草草、各种治愈风的壁画、可爱温暖的餐具和冰箱贴……每一个细节都让人感觉很温馨。

原来这是蒋浔的家，是哥哥的家，也是她的家，但是哥哥不在了，这个家就只剩下她一个人了。

沈黎雾把自己关在了蒋浔的房间里，渐渐无力地靠墙蹲下，她抱住了自己的手臂，肩膀微微颤抖，小声地啜泣。

在墓园不敢哭，因为怕哥哥伤心，所以她一直是笑着的。回到家里后，眼泪就再也止不住地啪嗒啪嗒掉下来了。

周烬推开门就看到在墙角坐着的沈黎雾，他眼底充满了心疼："哪个小可怜又躲起来偷偷哭了？"

沈黎雾垂下眼睫，泪珠慢慢滑落："我就哭这一次，以后再也不难过了……"

周烬慢慢走到她身边，声音满是耐心和宠溺："没事，我哄雾雾一辈子。"

身边传来了熟悉的气息，沈黎雾怔怔地抬起头，眸中染上了层水光，难过的情绪止不住地涌了出来。她身形微颤，哽咽着说："周烬，我没有家了……"

周烬眼眶泛红，将她抱在怀里，轻吻了下她的额头，哑声道："我给雾雾一个家。"

沈黎雾抬起双臂搂住周烬的脖颈儿，把整张脸都埋在他的肩窝处，像只可怜的猫咪一样从他的身上汲取着温暖。

她毫无防备地紧紧抱着他，柔软地黏着他，小声地啜泣时更是让人心疼极了。

周烬把人从地上抱了起来，像是哄小朋友一样轻拍着她的后背，耐心地等她平复情绪。

沈黎雾哪怕难过成这样，还不忘拖着软软的哭腔跟周烬说："不要跟盈盈、童叔叔和童阿姨讲这些事，好吗？我怕他们担心……"

周烬无奈地轻叹了一声，声音微哑："先把自己哄好，再去考虑别人，成吗？"

"好。"

她的脸颊上还残留着明显的泪痕，眼睛红红的，不安地轻蹙着眉。哭到最后，她就累极了，于是趴在周烬怀里沉沉地睡了过去。

天色渐渐变得昏暗。

沈黎雾醒来的时候，觉得头有点儿晕，大概是哭得太久了。

她躺在床上缓了一会儿，转头的瞬间，看到了在外面阳台坐着的周烬。

男人的背影高大宽阔，手臂随意地搭在椅子的扶手处，指尖捻了根冒着点点火星的香烟。

沈黎雾放轻了动作从床上起来，然后穿着毛茸茸的拖鞋去了阳台。

门开的那一瞬，烟味不算太重，反而是夜晚的凉风携着花香扑面而来。

竟然偷偷抽烟，逮到他了。

周烬见沈黎雾站在身后，有些心虚地捻灭了手中没有燃尽的烟。

小姑娘只是安静地看着他，周烬猜不透她有没有生气，不过还是牵着她的手把人顺势抱在了怀里，果断说道："错了。"

沈黎雾没有挣扎，乖乖地任他抱着。

沈黎雾能清晰地感受到周烬的心脏在剧烈地跳动，也明白他是因为什么才选择克制的。

"你低头。"

"嗯？"

周烬还没反应过来，忽地唇上传来了转瞬即逝的柔软触感。

沈黎雾踮起脚在他的唇角处亲了一口，望向他的眼眸也亮亮的。

亲完之后，沈黎雾才有些不太好意思地移开了视线，小声说："我主动的，哥哥应该不会生气吧？"

周烬看向她的目光变得深邃，失笑道："他可能会气得更狠。"

沈黎雾红唇轻启："啊？"

周烬笑笑说："回我们的家再亲。"

第十章
坚守信仰 矢志不渝

　　周烬和蒋浔的住处离得很近，阿姨隔几天就会来打扫一次，所以每次过来都是干干净净的，跟以前一样。

　　周烬牵着沈黎雾的手一起散步回家，走到小区门口的时候，沈黎雾闻到了烤红薯的香甜气息。

　　好想吃，但她没带手机，也没带钱。

　　沈黎雾停下脚步，伸手扯了扯周烬的衣袖，眼底满是对烤红薯的渴望。

　　周烬弯腰靠近，故意打趣她说："亲一口就给你买。"

　　小区门口人来人往，沈黎雾不好意思在这么多人的情况下主动亲他。再开口时，小姑娘的语气难掩失落："那不吃了吧。"

　　虽然这样说，但路过烤红薯摊位的时候，她还是忍不住看了好几眼。

　　旁边的阿姨刚买了两个超大的红薯，转身的时候看到沈黎雾要走，就问："小姑娘不买了吗？真的特别好吃！"

　　沈黎雾摇了摇头，礼貌地跟阿姨说："谢谢阿姨，我不买了。"停顿片刻，她又可怜巴巴地补充了一句，"我男朋友不给我买……"

　　四周有交谈的欢笑声和"嘀嘀"的喇叭声，人来人往，车流不息，周烬却觉得世界在这一刻静止了，他满脑子只剩下沈黎雾说的那声——男朋友。

　　心脏剧烈地跳动着，旁边阿姨说了什么，周烬没完全听清，总之就是劝他要珍惜这么漂亮乖巧的女朋友，不就是一个烤红薯嘛。

　　周烬立刻牵住沈黎雾的手走到了摊位前，沙哑着说："买。"

　　烤红薯的爷爷问他要几个，结果——周烬全买了！

　　沈黎雾拦不住他，最后只拿了两个，剩余的烤红薯都让爷爷送给路过的人了。

离开的时候，她的手被他紧紧地圈着。

以往周烬会有意地迁就沈黎雾的走路速度，但这次并没有。

沈黎雾莫名地有些紧张，声音无意识放轻了些："你慢点儿……"

周烬的心口处仿佛有电流划过，酥麻感蔓延到了四肢百骸，但他一直忍着，什么话也没说。

直到回到家里，门开的那一瞬间——

沈黎雾还在黑暗中寻找着灯的开关，周烬却直接单手把她抱了起来，顺势抵在墙边，欺身而上。

周烬低头的那瞬间精准地捕捉到了她慌乱的视线，他声音喑哑地问："我是谁？"

沈黎雾眨了下长睫，呼吸很乱："红……红薯要被压扁了。"

周烬把她手中的东西随意地放在了玄关处，然后极具侵略性地俯身靠近，滚烫的荷尔蒙气息将她环绕了个彻底。

"雾雾刚刚说，我是谁？"周烬执着地又问了一遍。

明明听到了，还非要逼着她再说一次。

沈黎雾被他的强势压得喘不过气来，只有转过头去才得以勉强呼吸，而这动作也把最为脆弱的脖颈儿完完全全地暴露了出来。

周烬滚烫的薄唇缓慢靠近，作势要亲。

沈黎雾身形微微颤抖了一下，齆声齆气地说："是……男朋友。"

周烬那颗心被怀里这个小姑娘填得满满的，唇角忍不住地上扬："谁的男朋友啊？"

沈黎雾轻咬着下唇，说："我的。"

周烬与她额头互抵，很是满足地应了声："嗯，是你的了。"

在靠近她的那瞬间，周烬直接吻住了她的双唇。

"周烬……"沈黎雾开口的那瞬间才发现自己的声音甜腻得不像话，根本不像是她的声音。

周烬察觉到她脸颊处的温热触感时，声音变得温柔了一些："歇一会儿？"

沈黎雾眼睫上还挂着泪珠，听到这话，还有些茫然。

周烬眸中蕴含着笑意："雾雾。"

沈黎雾不知道该如何应付，咬了咬唇："别喊我。"

周烬唇边扬起了些弧度，故意拖着语调说："不能喊名字吗？那就喊……"

周烬最后的话还没说出口，就被沈黎雾用手捂住了嘴巴，她眼底还带着微弱的控诉。

周烬低笑着把人抱在了怀里，哄着说："好，不亲了。"

周烬抬起手臂抽了两张纸巾，耐心地在她脸颊处擦了擦，温声道："红薯还要吃吗？"

沈黎雾微微鼓了鼓腮帮子："凉了，不好吃了。"

周烬顿时有些心虚："没事，我再去帮女朋友买。"

沈黎雾还没完全适应他口中的这个称呼，愣了片刻才摇摇头："不用了，太晚了，微波炉热一下还能吃的。"

周烬揉了揉她的脑袋："在家等我。"

不知道是沈黎雾走神的时间太长，还是周烬出门买东西的速度真的很快，好像没过多久他就回来了。

周烬把东西藏在身后，朝着沈黎雾缓缓走近，目光温柔极了。

"你怎么了？"

"伸手。"

沈黎雾虽然疑惑，但还是听了周烬的话。

下一秒，九朵被包装好的玫瑰，就像是变魔法一样出现在了她的手中。

沈黎雾眼底瞬间就染上了一层水光，她张了张唇，有点儿不知所措地望着他。

周烬用指腹在她的脸颊处轻轻蹭了一下，温声道："恋爱开始得太匆忙，其实应该我向雾雾表白的。跑了好几家店才找到卖玫瑰的，花也有点儿不新鲜了，改天再补给雾雾一束更漂亮的花。"

沈黎雾眨了眨眼，莫名地又想哭了，但她努力地克制着："很漂亮，我很喜欢。"

周烬朝她靠近，然后弯腰把人抱了个满怀，在她耳边说："可是我想给小礼物最好的。"

沈黎雾心跳的速度越来越快，因为他的这句话心动得一塌糊涂。她吸了吸鼻子，说："你就是最好的。"

明明那么难过，整颗心好像都要碎掉了，但只要有周烬陪着，伤口就会慢慢愈合。

她什么都不想要，只想要周烬。

她什么都不相信，只相信周烬。

周烬也被她的这句话触动了，低头亲了亲她的额头，然后哑声道："再抱下去，红薯又吃不了了。"

片刻之后，沈黎雾捧着红薯，小口小口地吃着，跟小仓鼠一样，脸颊两侧鼓鼓的。

周烬盯着她看了很久，有点儿移不开视线。

临睡前，周烬颇为慵懒地倚靠在门边，目光落在了她床上的两只兔子身上。

嗯，迟早有一天丢掉它们。

周烬作为刑侦支队的队长，又是缪志昌这个案件的主要负责人，很多事情都离不开他。

武凯他们最近没日没夜地加班追查缪志昌安排手下进行的各种交易项目，见周烬过来了，他们全都是欲言又止的模样。

"队长……"

"嗯？"

"黎雾妹妹……真的是蒋队的妹妹吗？"

周烬动作微顿，然后说道："是。"

武凯眼眶变红了些，他想说什么却又无从说起，最后只说了句："蒋队一定特别开心！"

是啊，蒋浔一定会特别开心的。

下午的时候，李局让人去喊周烬过来，说有事情跟他谈。

"李局，您找我？"

"嗯，坐吧。"

缪志昌这个犯罪团伙落网，李局心里一直悬着的那块大石头总算落了地，但随之而来的是对蒋家的愧疚。

如今蒋家只剩下沈黎雾一人，李局更是不知该如何去面对她。

"这是保存在我这儿的蒋正明和蒋浔的勋章，还有各种表彰的证书，你……交给她吧。这是他们父子二人用生命换来的荣誉，应该交到蒋家人的手中。"

周烬看着桌面上金色的勋章，眸色也变得深沉："过段时间吧，她的情绪刚变好一些。"

她故作坚强和强忍难过的模样，周烬都看在眼里，她还没有完全放下，还在自我疗愈期。

等过几天她的情绪稳定点儿，再把蒋正明和蒋浔的荣耀交给她。

李局点点头，没有多说，而后看着周烬，语气有些低："还有一件事，你父亲联系我了，让我问问你，关于未来的规划，你是怎样考虑的？你还选择留在刑侦队，继续做下去吗？"

如果是几年前听到这个问题，周烬会毫不犹豫地回答说："我选择留下。"

可如今周烬身上还背负着儿子对父亲的责任，背负着对蒋浔的承诺，所以他有些动摇了。

周烬愿意为了刑侦队付出自己的所有，不论是否留下，这个答案永远都不会改变。

可是现在……

这个问题，沈黎雾也听到了。

下午的时候，沈黎雾接到了一通陌生的电话，是周烬的父亲打来的，问她有没有时间出去见一面。

大概是知道了沈黎雾父母和哥哥的事情，所以周父看着眼前这个女孩儿，是带了些心疼的情绪的。

周父端起面前的咖啡喝了一口，苦涩味让他再度回忆起了多年前的一幕幕："你知道，他为什么执意要去当警察吗？"

沈黎雾说不知道，她好像从来没听周烬提起过。

周父攥紧了手中的杯子："我跟我妻子在他五岁那年，带他一起出国旅游，我因为公司出了紧急事务提前回国，把他们母子留在了那儿，后来……出了意外，他们遇见了匪徒……

"等我赶到时，我的妻子已经被杀害了，只留下阿烬一个人。他目睹了自己母亲的死亡。我妻子的死对他的伤害很大，而我也因为失去了挚爱，那段时间对他疏于关心，这导致了我们父子之间的关系渐渐恶化。

"后来他执意要考警校，但我只希望他能平安度过这一生，才会逼他继承公司。但他宁愿跟我断绝关系，也不愿意听我的安排。

"我明白他是因为他母亲的死耿耿于怀。当年如果我不为了公司的事离开，也许还能护着我的妻子……"

提及自己妻子的时候，这个在商场上雷厉风行的男人，也只能强忍着痛苦和难受，他稳了稳语气："丫头，我跟你说这些，没有别的意思。我能看出阿烬对你的在意，他从来都没有这么喜欢过哪个女孩儿。

"站在一个父亲、一个长辈的角度，我比谁都希望你们能够好好的，最好早点儿结婚成家，万事大吉。

"但是丫头，你不一样。你父母和哥哥的离开已经让你承受了这么大的痛苦，我不能自私地只顾周家不顾你。

"如果他还执意地留在刑侦队，每天都要面对着未知的危险，你能接受吗？你还愿意陪在他身边吗？"

周父说了这么多，其实最希望的还是沈黎雾能够放下。他老了，能接受所有突如其来的意外。可是沈黎雾不一样，她还年轻。

沈黎雾脑海中想的最多的，是周烬那么小就经历了母亲的离世，他承受了多少的煎熬，付出了多大的勇气，才会选择去当一名警察。

"我明白的，叔叔。周烬他真的很好，好到我愿意去过这样的生活，也有勇气去承受这些。我不能自私地为了自己，去否定他的信仰和坚持。我会永远陪在周烬身边，不论他想做什么，我都会支持他，尊重他的所有决定。"

周父沉默了一会儿，才开口说："这样压力太大了，你父母也会心疼的。"

沈黎雾摇了摇头，眼底带着温柔的笑意："我相信他们一定会祝福我的。我也相信周烬，会为了叔叔，为了我，平安活着。"

周父将视线转向了窗外，自嘲般笑了笑："他大概会恨我一辈子吧！算了，不提这些。我这次来是想跟你说，不论以后你和周烬怎么样，不论你们遇到什么困难，只要我还在，你都可以来找我。"

沈黎雾回家后，坐在沙发上，手中拿着蒋浔做的那个玩偶，脑海中不断地重复着今天下午的谈话。

良久，她轻轻碰了碰玩偶的脸颊，喃喃道："哥哥也会支持我的，对不对？不回答就当作默认啦！"

沈黎雾在家待着也无聊，研究了一些甜点的制作方法，以转移注意力。在看到蛋糕的时候，她忽然想起来——

她还不知道周烬的生日。

想到这儿，沈黎雾给武凯打了电话，问他知不知道周烬的生日是哪天。

"11月21日。怎么了，雾雾妹妹？"

"没事，只是想给他准备生日礼物。"

"自从我认识周队以来，他好像从来都不过生日的。不过，如果是你送礼物给周队，他应该会很开心。"

沈黎雾打开日历后才发现，距离11月21日只剩下不到半个月了。

周烬不过生日的原因，可能是还没从自己母亲的事情中走出来，跟周叔叔之间的心结也没解开。

但沈黎雾希望他能开心，也希望他能释怀。

"雾雾，有件事我想跟你商量一下。"周烬的侧颜在暖灯的照耀下显得柔和了几分，原本满含掠夺的炙热目光也渐渐带了些对她的歉意，他压低了声音说，"之前跟程屿聊天的时候，他说他不舍得让自己的未婚妻陷入危险中，但有时候就是身不由己，没办法去改变。我知道这个决定对雾雾来说会很委屈，但……"

周烬跟程屿一样，都身不由己，他们肩上背负着需要承担的责任。

虽然不忍心让她受委屈，不忍心让她担惊受怕，不忍心让她孤单一人，但他们都暂时无法改变这个现状。

周烬有些愧疚："对不起，雾雾，刑侦队里还有许多事情，我离不开。所以……再等等我好吗？"

许顺在养伤，后续还要进行漫长的康复训练，医生说至少要半年时间才能恢复。

虽然武凯现在接手了刑侦队不少事情，但周烬仍然忙不过来，而且队里很多都是刚加入的新人。

最重要的是，缪志昌这个案子的后续，周烬必须自己盯着处理。

沈黎雾靠在他的肩膀上，轻声问："那你打算什么时候离开？"

"原定的是两年后，等刑侦队情况稳定，我再去接手公司的业务。不过现在来看，应该不需要两年。"

沈黎雾默默算了算，然后从他怀里仰起头看他，故作轻松地跟他说："两年后你也才二十九岁呀，不管你做什么决定，我都会尊重你的想法。"

就这么一句话，把周烬的整颗心都填满了。

周烬偏了偏头，在她的脸颊处亲了亲，哑声道："我可以向雾雾保证，我会为了你、为了蒋家、为了周家、为了我们的未来，好好珍惜自己的生命，能不受伤尽量不受伤。"

沈黎雾眼眶有些湿润，朝他温柔一笑："所以周烬是属于沈黎雾的吗？"

周烬毫不犹豫地回答道："是。

"周烬属于沈黎雾，现在是，以后是，永远都是。"

沈黎雾没有再说什么，只是默默抱紧了他。

察觉到沈黎雾对他的依赖，周烬就这么抱着沈黎雾，又承诺了一遍："我知道雾雾是担心我出事，我一定会为了雾雾，好好活着。"

沈黎雾柔软的双臂攀附在他的肩膀处，她轻轻点了点头，说："我相信你。"

她一直都相信他。从最开始没喜欢上他，没谈恋爱，没在一起的时候，就愿意相信他。沈黎雾也不知道为什么，如今才有点儿明白，大概是因为周烬身上带了些哥哥的影子吧……

周烬和蒋浔是最默契的搭档，蒋浔离开后，周烬的脾气、性格和做事风格，也潜移默化有了改变。

周烬又亲了亲她的脸颊，出声说："乖，自己待一会儿。"说完，便将沈黎雾留在客厅，自己则去卧室洗漱了。

沈黎雾待在沙发上，脑海中不断地回忆起刚刚的一幕幕，直到喝了杯冰水，她脸颊上的温度才降下去一些。

过了一会儿，她本来是想去餐厅把做好的曲奇饼干打包好，让他明天带去队里吃的，结果不小心看到了周烬放在桌上的一个红色盒子。

沈黎雾微微抬起了手，在半空中停了很久，最终还是没有勇气去打开这个盒子。

她默不作声地在餐厅打包着曲奇饼干。

周烬洗漱完之后就看到了摆放整齐、包装精美的饼干礼盒。

沈黎雾提醒他："对了，分量最少的这一份是给许顺哥哥的，他应该吃不了太多，所以就装了两三个。"

周烬轻"嗯"了一声，转过念来后，缓缓地将视线落在沈黎雾身上："你刚刚喊他什么？"

沈黎雾很自然道："刑侦队的人不是都比我大嘛，他们说以后让我喊他们哥哥就可以。"

"什么时候？"

"今……"沈黎雾差点儿就说出是今天问周烬生日的时候了。

武凯他们瞒着周烬新建了一个群，主要是为了配合沈黎雾给他准备生日惊喜。他们今天在群里说以后喊他们哥哥就行，他们一定会坚定不移地做她的娘家人！

沈黎雾及时反应过来，尽量装作无意的模样，问："怎么了吗？"

周烬很平静地说："没怎么。"

就是莫名地不爽，非常不爽！

周烬克制着忍了一会儿，到底是没有忍住，在沈黎雾回房间的时候也跟着一起走了进去。

房间门"啪"的一声被关上，把沈黎雾吓到了。

她还没反应过来，下一秒，周烬就搂着她的腰把人抵在墙边，语气透着些不悦："你对我都没有这么亲近。"

沈黎雾没明白他的意思："嗯？什么？"

周烬目光灼灼地望着她，低声问："你喊我什么？"

沈黎雾的心乱跳着，她小声叫他："阿烬？"

周烬眸色变得有些深，但语气明显是满意了，开口说："再喊一声。"

沈黎雾如他所愿，又喊了一声，语调甜腻得不像话。

沈黎雾还想说些什么的时候，周烬却扣着她的后颈把人抱在了怀里，声音带着些喟叹："怎么这么乖啊！"停顿片刻，周烬有些无奈地说，"你这样容易让我得寸进尺……"

沈黎雾有点儿茫然。

周烬目光炙热地望着她，刻意压低了嗓音，有种蛊惑人心的意味："今晚可以抱着女朋友睡吗？"

沈黎雾脸红得一塌糊涂，转移话题说："我要去洗漱了。"

周烬低头亲了亲她的唇角，没继续为难她，选择见好就收。

浴室门被关上，很快便响起了微弱的水流声。

周烬转身的时候，他的目光恰好对上了床上的两只兔子，然后，他帮它们搬了个家。

房间里忽然多出了一个人，沈黎雾还有些不太适应，做了许久的心理建设才走出来。

听到开门的动静，周烬抬眸看去，入目便是女孩儿纤白细腻的肌肤。

沈黎雾穿了条白色的花边毛绒睡裙，头发随意地散在肩上，双颊被水雾熏出了盈盈欲滴的粉红色。

打算休息的时候，沈黎雾才发现床上缺了两个东西："兔子怎么不见了？"

周烬面不改色心不跳地说："它们搬家了，说不想打扰我们。"

"真的吗？"

周烬"啪"一下把房间的灯关掉了，只留下床头的两盏暖灯。

"以后有男朋友给你抱，用不上它们了。"

沈黎雾能清晰地感受到他讲话时胸膛处传来的震感，顿时心口处变得酥酥麻麻的。

但她还是微微攥了攥周烬胸前的衣服，仰头在他脸颊处亲了一口。

"晚安，男朋友。"

翌日一早。

睡着的周烬少了些日常的野性，整个人都透露着精致的帅气，让人完全移不开视线。

沈黎雾醒来后盯着他看了很久，抬起手在他的脸颊上轻轻碰了碰，但还没来得及收回，她的手就被周烬抓住了。

他的声音带着刚睡醒的慵懒："好看吗？"

沈黎雾窝在他怀里："你还要去工作……"

周烬牢牢地把人抱在怀里，哑声说："不想去。"他难得有这么孩子气的一面。

沈黎雾看了眼时间，知道不能再继续耽搁下去了，赶忙挣扎着起来。

她看着镜子中脸红得不像话的自己，有点儿后悔答应他留在自己房间了。

吃过饭后，周烬先去了趟医院。

许顺已经转移到普通病房了，因为还有很多康复训练要做，短期内他都没办法回到刑侦队。

周烬把沈黎雾做好的曲奇饼干分给了他和刑侦队的其他队员。

"什么啊？我不爱吃这些甜东西。"

周烬睨了他一眼，问："确定不要？"

许顺沉默了一下，试探着问："雾雾妹妹做的？"刚说完，他就像捧着宝贝一样把曲奇饼干接了过来，"爱吃爱吃，特别爱吃！我这辈子最爱的就是曲奇小饼干！"

自从知道沈黎雾就是蒋浔的妹妹，刑侦队的所有人都忍不住地想要对沈黎雾再好一些。

蒋浔没能完成自己的承诺，他们这些人会代替蒋浔完成。

周烬从医院离开后，就驱车去了陵园。

沈黎雾昨晚虽然没有直接说出来，但还是多准备了一份饼干交给周烬。周烬明白她的意思，便特意把饼干带到了蒋浔的墓前——雾雾做的，想让哥哥尝一尝。

周烬这段时间除了在警局忙工作，其余的时间都留给了沈黎雾。

只是今天，有点儿奇怪。

以往回来的时候，小姑娘都会主动来抱抱他，但今天没有。

周烬站在玄关处，看向了坐在客厅追剧的小姑娘："雾雾。"

沈黎雾看向他的眼神也不太热络："怎么了？"

周烬对于各种细节的捕捉都很敏锐，他的声音带着宠溺："我不是说过吗？你不开心要跟我讲。在周烬这儿，沈黎雾永远可以撒娇耍小脾气。你学不会这样做，那只能让我来教你了。"

周烬的爱意永远热烈且直白，他爱一个人就会毫无保留，也希望能够被依赖，被需要。

但沈黎雾还不习惯跟他特别亲近，所以周烬就给了她这样直接的偏爱。

沈黎雾伸出双手轻轻环在了他的腰间，特别小声地说："没有不开心，就是，想要早一点儿遇见你，想看看以前肆意张扬的周烬是怎样的，想认识那个时候的你。"

周烬伸出手掌在她后颈处轻捏了一下，像是在安抚小猫儿一样："现在就可以带雾雾去看。"

沈黎雾从他怀里茫然地抬起头："嗯？"

周烬在她唇角处轻啄了一口："跟我撒个娇，就带你去看。"

周烬薄唇翘着好看的弧度，慵懒地倚靠在桌旁，目光落在了面前的小姑娘身上，耐心地等她撒娇。

沈黎雾知道他是不达目的不罢休的，想了一会儿，她拿出自己的手机，在音乐软件上搜索了一首歌分享给周烬。

发送成功后，沈黎雾跟他说："你听听看。"

周烬虽然有些不明所以，但还是从沈黎雾手中接过了手机，点开了她分享的那首歌。

歌名叫——《把音量调最大 有话对你讲（纯音乐）》

歌曲只有短短的四十五秒。

前奏很安静，像是一首很普通的纯音乐。但只要耐心等到最后，就会听到一声："我喜欢你。"

周烬敛眸低笑，心里越发地觉得她可爱。

上车前，周烬准备把手机关闭还给沈黎雾的时候，意外看到了上面自己的备注名。

什么房东、神秘人、警察，乱七八糟一大堆。周烬都不喜欢，干脆替她改成了简单直接的两个字。

车子最后停在了周家老宅。

今时不同往日，周烬此时在家的地位已经比不上沈黎雾了，甜点和水果都摆在了沈黎雾这边，他的前面却空空如也。

周烬倒也不在意这些，他很少会主动回老宅，如今也是为了沈黎雾，才主动跟周父搭话："相册是不是在这儿存着？"

周父身形莫名有些僵住："什么相册？不知道。"

周烬颇为慵懒地靠在沙发椅背处，开口时的声音低沉："这些年来周总斥巨资聘请了业界内知名摄影师，每次我一休假，就能碰见他们拍摄宣传片，真巧。"

周父以为自己瞒得很好，没想到早就被发现了。他轻咳了一声，语气有些不自然："你……什么时候知道的？"

沈黎雾手中的小西瓜顿时不甜了，她眨了眨眼眸，视线在周烬和周叔叔身上来回流转。

周烬不以为然地开口道："什么时候知道的，重要吗？七年了，也不知道换一个拍摄团队。"

大意了。

当年父子二人闹崩，谁也没主动联系过谁，但周父不放心周烬，就听了管家出的这个"好主意"。

他斥巨资请了一家专业的拍摄团队跟拍他，本意是想看看自己儿子的近况如何。他还特意叮嘱他们不要打扰到儿子的生活。

但周烬的反侦察能力很厉害，早在那些人第一次拍摄的时候就发现了，最后查到是自己父亲派过来，就没再管。

周父虽然不希望周烬当警察，但还是很保护他，照片上没有一张是跟周烬工作有关的。

这些年来，团队陆陆续续拍摄了上千张照片，都是很普通的生活照。

管家把厚厚的相册拿了过来，正要递给周烬的时候，看到了他的示意，于是把相册转而都放在了沈黎雾的面前："沈小姐，上面这些是近几年的，最下面那本是少爷小时候的。"

沈黎雾翻开看了看，不禁在心里默默感慨了一句——果然是从小帅到大。

翻到周烬小时候的照片时，沈黎雾眸中也带了些笑意，指尖在照片上他的脸颊处轻点了一下。

周烬弯腰靠近，直接往后翻了好几页："这些有什么好看的，你想看的在后面。"

沈黎雾笑着说:"很可爱呀!"

对周烬来说,是无法接受"可爱"这个形容词的,听她说完后,他说什么也不让沈黎雾看他小时候的照片了。

周父看着客厅的这一幕,眼底也带了些温柔的笑意。他还特意跟管家说,让用人都不要过去打扰他们。

摄影师抓拍的最精彩的场景,大概是篮球场和健身房了。

当年那个意气风发的少年,把球投进篮筐的瞬间,浑身都透着股恣意的气息,白色球衣也因为动作微微上移了些,露出了极其明显的块状腹肌。

沈黎雾脸颊透着薄红,往后翻了两页,没想到健身房的照片更……

周烬做一些健身的动作时,手臂上微微鼓起的肌肉透着满满的荷尔蒙气息,脖颈儿处凸起的青筋更让人脸红心跳。

大概是稍微调了些滤镜,所以场景和他的动作搭配在一起,显得更加好看了。

周烬视线随意地掠过,轻笑着,用低到只有彼此能听到的声音说:"其实现在的身材更好,雾雾喜欢的话,可以光明正大地让你拍。"

沈黎雾直接拿了块桌上的小蛋糕递到周烬的嘴里。

因为时间太晚,最后他们就留在了老宅。

沈黎雾换了陌生地方有些不习惯,身边熟悉的小兔子也没了,她能依赖的只有周烬。但是,管家安排了两间房……

也不知道周烬是故意的,还是——故意的,今晚一点儿都没有要陪她的意思。

沈黎雾只得在他要离开的时候,悄悄牵住他的手,小声呢喃:"你能……陪我睡着再走吗?"

其实周烬知道她的小习惯,之所以没主动说,是因为他在教她怎样去依赖他。周烬轻笑着拥她入怀,在她额头上亲了亲:"好,听女朋友的。"

沈黎雾迷迷糊糊快要睡着的时候,听到周烬的声音在耳边响起:"以后要一直这么乖才好……"

凌晨时分。

沈黎雾陷入了可怕的梦魇——四周昏暗无比，枪声不停地响起，她一遍一遍地回忆着那些痛苦的记忆。

她从梦中惊醒，同时急促地喘息着，眼泪无意识地掉了下来。

她愣了片刻，抬眼看着身旁陌生的环境，心里的不安越发地强烈……

"周烬……"

听着电话那边传来的带着哭腔的声音，周烬想也没想地就起身去了沈黎雾的房间。

沈黎雾睡着后，周烬担心她有什么事，所以就用自己的手机拨通了她的电话，然后把她接通后的手机放在她的枕头旁，一晚上都没挂断。

打开卧室的灯后，周烬有些慌乱地走了进去。看到脸色苍白的沈黎雾，他心疼地把人抱在怀里，低声哄着："做噩梦了吗？"

沈黎雾带着微弱的哭腔："你怎么……来了？"

周烬用大掌轻抚着她柔软的头发，又亲了亲她泛红的眼尾，语调带着些刚睡醒的低哑："担心你害怕，来哄哄你。"

沈黎雾眼眶变得更加湿润，伸出手臂搂住了他的脖颈儿，然后把脸埋在了他的肩窝处："我不想记得那些，可就是忘不掉……"

她不想留下那么痛苦的记忆，可记忆中有父母，她又舍不得忘记父母的样子，所以一直承受着这些痛苦。

周烬把她紧紧抱在怀里，耐心而又温柔地在她耳边安抚说："没事了，我在，我陪着雾雾。"

沈黎雾没说话，只是更加抱紧了他，柔软的气息尽数洒在了周烬的脖颈儿处。

周烬哄了好久，才把人哄好。

周烬看着沈黎雾微红的眼眶，有些怜惜地亲了亲她的眼睛，然后为了转移她的注意力，他主动交代："雾雾知道我为什么会过来吗？"

沈黎雾情绪慢慢平复，茫然地摇了摇头。

周烬一只手抱着她，另一只手从她的枕头旁拿起手机，让她看着上面长达几个小时的通话界面。

沈黎雾语调有些闷闷的："你干吗偷听呀……"

周烬听着她口中弱弱的责怪，低哑着嗓音说："担心你呀，没良心的小家伙！"

虽然嘴上在小声控诉，但沈黎雾还是好喜欢好喜欢他。她往周烬怀里缩了缩，语调还有小小的哽咽："好喜欢你……"

周烬亲了亲她的额头："喜欢谁？"

沈黎雾现在很依赖他，什么称呼都一一喊了出来，声音很像是在撒娇："周烬，阿烬，男朋友……"

周烬唇角扬起好看的弧度，心软得一塌糊涂。他退出了手机的通话界面，打开了微信："喊这个。"

沈黎雾顺着他的视线低头看去，只见微信上面她给周烬的备注竟然变了，不知道什么时候改成了——老公。

沈黎雾张了张唇，不知道该说什么。

周烬将大掌附在她的腰间，薄唇亲昵地贴在她的耳边说："想听。"

沈黎雾大脑瞬间一片空白，反应过来后，整个人都被铺天盖地的害羞情绪笼罩住。她脸红了个彻底，再也不肯跟他讲话了。

周烬看着扑在他怀里的小姑娘，心情复杂，大概是……煎熬并快乐着。

第二天，吃过早餐后，周烬要回警局工作，打算带着沈黎雾一起走。

周父明显有点儿不乐意："你忙你的，家里有车，有司机。"

沈黎雾刚好有事要跟周叔叔商量，所以就留下来了。等周烬走后，她就跟周叔叔一起去了书房。

一进去，沈黎雾最先看到的就是墙上一家三口的合照。

周父很爱自己的妻子，这么多年从来没考虑过再娶这件事。他看了眼身旁唇红齿白的小姑娘，低声道："丫头，你有话想要问我？"

沈黎雾点了点头，她其实有点儿不知道该怎么开口，但还是轻声说道："周烬从来没跟我提起他母亲的事情，我想他心里还是有阴影的，所以想问问叔叔，周烬不喜欢过生日，是不是……跟阿姨有关系？"

周父端着茶杯的手微微僵住："她母亲就是在他生日的前一晚去世的。"

这么多年，周烬从来不过生日，也从来没有跟沈黎雾说过这些。周烬觉得她已经很难过了，所以不想再让她承受自己的难过情绪。

"叔叔，您愿意陪我一起，帮他解开这个心结吗？"

第十一章
钥匙和家 珍贵礼物

　　为周烬庆生的惊喜地点定在了 A 市最大的滑雪场，刚好那天还有一场雪地音乐节。

　　童盈也休假赶来了 A 市，跟大部队会合。

　　周烬出差回来的前一晚，沈黎雾紧张到失眠。她害怕他会接受不了，害怕他会不喜欢。

　　去机场接到周烬，两人一上车，沈黎雾就拿出黑色眼罩给他戴上。

　　周烬很是配合，跟沈黎雾一起去到了滑雪场。

　　沈黎雾紧张地给童盈发消息说已经到位，但她没注意到，身边的男人趁她发信息的时候，已经悄悄离开了。

　　周烬穿戴好护具后，从山顶往下滑，熟练地操控着滑雪板，经过障碍物的时候，流畅而又利落地在空中做了个一百八十度的翻转。

　　在这样的速度下，他还无比精准地在雪地滑道上画出了一个大大的爱心形状。

　　这个雪地爱心，原本是沈黎雾给周烬安排的，但没想到，竟是周烬自己完成的……

　　沈黎雾眼底渐渐浮起了些水汽，看到童盈朝她走来的时候，她小声控诉："你也知道了是吗？"

　　童盈牵着她的手，带她去了下一个地点，笑嘻嘻地说着："等结束了再跟雾雾宝贝道歉！"

　　雪地音乐节——也是周烬为沈黎雾准备的。

　　这一路上，所有遇见沈黎雾的人，都拿了一朵漂亮的玫瑰送给她。

沈黎雾来到现场的时候才发现，这儿也不止有刑侦队的人和周叔叔在，就连她生命中最重要的长辈童叔叔、童阿姨也来到了现场。

还有七愿，它乖乖地咬着一枝玫瑰花，走到沈黎雾面前，递给了她。

就在沈黎雾弯腰接过的时候，她看到了七愿脖子上戴着的项链，顿时眼泪不受控地掉了下来。

项链上，是爸爸妈妈和哥哥的照片，他们也来了……

空中飘动着温柔的白色羽毛和漂亮的雪花，慢慢落在了沈黎雾的身上。

音乐慢慢响起——

周烬坐在舞台的最中心，手中抱着一把吉他，明明那么极具野性和痞意的男人，此刻却只剩下浪漫和温柔。

"接下来这首歌，送给台下我最爱的小礼物。在演唱这首歌之前，我想跟她说——沈黎雾，我爱你！"

沈黎雾说，我们谈恋爱吧；周烬说，表白这件事应该他来做。

沈黎雾为他准备了生日惊喜；周烬也瞒着沈黎雾，给了她一个惊喜中的惊喜。

他把她说过的每句话都记在了心里，还特意准备了这场雪地音乐节。

随着周烬的那声"我爱你"落下，他手中弹奏出的吉他声音通过立式话筒渐渐响起。

周烬将薄唇靠在了黑色的话筒前，他看向沈黎雾的眼里充满了爱意和温柔，唱歌时的低哑嗓音更是好听得不像话。

"我的世界，变得奇妙更难以言喻。

"还以为，是从天而降的梦境。"

沈黎雾怀里抱着玫瑰花，眼泪不听话地"啪嗒啪嗒"掉了下来，落在玫瑰花瓣上，更衬得花束盈盈欲滴，漂亮而又惊艳。

歌曲的名字叫《说爱你》，周烬也在跟沈黎雾说——我爱你。

曲毕，周烬把吉他放在一旁，而后便朝着沈黎雾所在的位置走去。看着面前这个小可怜，他一把将人抱了怀里。

沈黎雾的语调有些哽咽："是你的生日呀，为什么要给我准备惊喜……"

周烬眼底浮动着笑意，大掌轻扣着她的后颈，声音低哑着说："因为周烬爱你呀！"

他不需要惊喜，往后的惊喜都留给他爱的人就好。

七愿看到抱在一起的两个人，也挣脱了束缚，跑到了沈黎雾的身边，亲昵地蹭了蹭她的衣服。

那项链的照片上闪着光的笑容很是灿烂——他们也看到了呀！

除了雪地现场的惊喜外，沈黎雾还准备了一封所有人都不知道的情书。

她眨了眨沾着眼泪的长睫，把情书从口袋里拿了出来，说："还有这个，你不知道。"

周烬是真的没有想到她会准备这个，但他的第一想法不是去接情书，而是帮沈黎雾擦拭脸颊上的泪痕。

沈黎雾慢慢把信封拆开，里面是她手写的情书，她语调有些哽咽地逐字念道：

"亲爱的阿烬，生日快乐！遇见你之前，我一直在想，这万家灯火中，有没有属于我的一盏灯。我花了二十二年，终于找到了属于我的灯，虽然它……灭掉了。

"我其实有想过和爸爸妈妈、哥哥在一起的，我真的好想好想他们，但是我怕你难过，所以再也没有考虑过这件事。你还记得吗？我说我没有家了，你对我说'我给雾雾一个家'……"

念到这儿，沈黎雾拿着信的手都在微微颤抖，眼泪模糊了视线，让她有些看不清纸上的文字，但沈黎雾早就把这封信的内容深深刻在心里了。

她抬起湿漉漉的双眸望向周烬，哽咽着说："我其实……不太懂应该怎样去依赖一个人，但我真的很喜欢你，很爱你。

"谢谢你让我觉得我的人生还有存在的意义，谢谢你让我觉得这个世界还是很美好的。

"谢谢你……周烬，还有，我很爱很爱你。"

在场的不少人都红了眼眶，在一旁擦着眼泪，除了心疼还是心疼。

周烬知道沈黎雾的难过，但他从来不知道，她会想要离开……

周烬将指腹落在了沈黎雾温热的脸颊处，然后轻轻擦了擦她泛红的眼角，无比温柔却又无比坚定地把人抱在了怀里。

"雾雾有家，周烬和雾雾一起的家。"

沈黎雾埋在他怀里，闭上眼睛的那瞬间，眼泪从眼眶中滑落，但她还是轻轻笑着说："生日快乐呀，沈黎雾最爱的阿烬！"

周烬微微低下了头，眼中也染上了一层水雾，眼圈有些泛红："我也爱你，雾雾宝贝。"

童盈的父母是从小看着沈黎雾长大的，完全是把她当女儿来疼，如今见她有了好的归宿，除了欣慰之外，更多的则是不舍。

"我们雾雾，其实很懂事，很听话。坦白说，我跟我丈夫都不想她嫁出去，我们童家养得起她，可以养一辈子。"童妈妈红着眼睛说，"她之前的人生过得很辛苦，我希望你能用心对她，给她幸福。"

周烬紧紧地牵住了沈黎雾的手："我会一辈子对雾雾好的，请叔叔阿姨放心。"

沈黎雾看了旁边的周叔叔一眼，轻轻晃了晃周烬的手臂："周叔叔给你准备了蛋糕……"

周烬跟父亲之间的隔阂已经存在很多年了，其实他们之间就是差一个可以和好的台阶。

周烬看了沈黎雾一眼，而后走到了父亲面前："谢谢爸。"

周父这么雷厉风行的一个商人，此刻也掉了眼泪："是我对不起你们母子，你怪我是应该的……"

"我也有错。对不起，爸。"

沈黎雾看着周叔叔，主动松开了周烬的手，轻声提醒："去抱一下吧。"

周父听到后，立刻摆了摆手："不抱不抱，都这么大了，抱什么！"

周烬却主动朝父亲走了一步，声音有些低沉："未来儿媳妇都开口了，不听她的吗？"

周父眼底染上了些笑意："那就看在儿媳妇的份儿上，勉强抱一下。"

父子二人这么多年的隔阂，在周烬生日这一天，终于解开了。千言万语，最后也只化为了一个拥抱。

离开雪地音乐节现场去往山下的篝火晚会的时候，周烬带着沈黎雾，刻意跟大部队拉开了些距离。

直到看不见其他人的身影，周烬才揽着沈黎雾的腰，低头颇为强势地吻住了她柔软的双唇。

须臾，沈黎雾短促地喘着气，靠在他怀里平复着自己的呼吸，这时，就听到周烬在她耳边说："谢谢你……"

山上是滑雪场，山下是可以举办篝火晚会的民宿。

周烬和沈黎雾作为这次惊喜聚会的主人公，免不了要被"围攻"。

但还没开始劝酒呢，周烬就先护上了："她酒量不好，我替她喝。"

话音落下后，免不了又是一阵起哄。

沈黎雾和童盈坐在一起，童盈今天也哭了很久，到现在还没缓过来。

童盈哭完之后，还是忍不住跟沈黎雾吐槽："虽然你男朋友今天真的很帅，但我还是要小小地告一下状。

"你知道他是什么时候联系我的吗？就在你说要给他准备惊喜的第二天！他把我和刑侦队的人都拉到了一个群里，在群里说的第一句话就是'如实交代'。就这么四个字，把我们都吓坏了。最后大家抵挡不住他的攻势，全都交代了。

"然后他就说要给你准备惊喜，有好多细节，好浪漫……"

沈黎雾偏头看了一眼身旁坐着的男人，灯光下他的侧颜轮廓分明，脖颈儿处的喉结微微凸起，性感得不像话。

一群人玩到了凌晨。

周烬开始慢慢把注意力转移到旁边的沈黎雾身上，忍不住想要跟她更靠近些，他不经意地牵住了她的手，放在手心把玩着。

沈黎雾察觉到了周烬的情绪，凑近了些，轻轻问他："不舒服吗？要不要喝杯醒酒茶？"

周烬看着近在咫尺的沈黎雾，没忍住，低头在她唇上轻轻亲了一口，再开口时，声音有些嘶哑地问她："走吗？"

这儿太闹了，周烬现在只想跟他的雾雾待在一起。

沈黎雾从来没见过周烬这个样子，风流与深情并存，目光无比炙热地问她要不要走。

"盈盈他们……"

"都已给大家安排好了房间，阿姨晚点儿会带她去休息。"

见他已经安排好了一切，沈黎雾到底是点了点头，悄悄地跟周烬一起离开了。

他们的房间比较远，也比较安静。

沈黎雾想到周烬刚刚无比炙热的视线，莫名有点儿紧张。在经过一家便利店的时候，她忍着害羞，轻轻喊了声："周烬。"

周烬停下脚步，低头注视着身边的女孩儿，瞧见她脸上微妙的羞怯，心口处仿佛有什么炙热的情绪在汹涌翻滚着。

过了许久，沈黎雾才听到男人低哑磁性的声音响起："怎么了？"

也许是看到他眼底暗藏的爱意和克制，也许是看到他对她事无巨细的照顾和关注，沈黎雾张了张唇，壮着胆子问他："要去便利店吗？"

周烬饶有兴致地看着这个害羞无比的小丫头，直接揽着她的腰把人搂到了怀里，笑着应："我去买就好。"

直到两人回了房间，进到客厅，周烬才将目光锁定在沈黎雾身上，黏着她一起坐在了客厅的沙发上。

周烬眼底浮动着醉意，炙热的薄唇从她的脸侧慢慢移动到唇边，温柔地亲着。

沈黎雾整个人都靠在他的胸膛处，葱白的手指微微蜷缩着，攥紧了他胸前的衣服。

民宿外的阳光特别温暖，但沈黎雾没有欣赏到，她直到第二天下午才醒来。

周烬中午的时候起来了一次，队里这段时间不是特别忙，他前几天安排好工作后，就跟李局那边申请了休假。

李局表示理解，很大气地就批了周烬的年假。

沈黎雾醒来的时候只觉得自己的头痛得厉害，她掀开眼帘后，有片刻的失神，而后才意识到——身边还躺了一个人。

周烬微微侧身，颇为强势地把她拥在了怀里。

沈黎雾想要挣脱他的怀抱，身子刚动一下，就又被周烬抱了个满怀。

周烬刚醒来，声音还有些沙哑："雾雾？醒了吗？饿不饿？"

沈黎雾手心抵在他的胸膛处，想要离开他的怀抱："你……"

但她刚说出一个字，就觉得自己的喉咙特别不舒服。

沈黎雾不想再跟他讲话了。

周烬自知理亏，大掌抚在她的腰间抱紧了点儿，讨好似的亲了亲她的脸颊。

沈黎雾不想再跟他探讨昨天晚上的话题了，看了眼时间后，问："你今天不用去上班吗？"

周烬轻"嗯"了一声："休年假了。"

沈黎雾语气有些僵硬："年假？"

他之前还说，等休假的时候，会把她欠下的债都讨回来……

周烬不单单跟李局那边请了自己的年假，还顺便把沈黎雾的假期也提前预支了。

医院那边，陶教授也知道了关于沈黎雾家人的事情，特意叮嘱说让她在家好好休息，彻底恢复后再来工作也没关系。

他们比其他人在民宿多待了两天。

沈黎雾安静地坐在吊椅上看着窗外的漂亮景色，怀里抱了个小抱枕。

"周烬。"

"嗯？"

"周烬，周烬。"

周烬端着果盘走到沈黎雾身边，俯下身亲了亲她的脸颊："怎么了，雾雾？"

沈黎雾抬起手，指了指天空上的云彩，很是惊喜地跟他说："你看，像不像是两个拥抱在一起的人呀？"

蔚蓝色的天空中有一大片洁白的云彩，能依稀看出两个人的身形，他们仿佛正在浪漫地拥吻。周烬顺着她的视线看去，低笑着说："不太像。"

沈黎雾牵了牵他的手："你在我这里看，真的很像的。"

"是吗？"

周烬自然地抱着沈黎雾坐在了半圆形的吊椅上，但下一秒，他就直接抬起手臂轻轻捏住了她的下巴，深深地吻了上去。

周烬亲了一会儿才停下："这样就像了。"

沈黎雾眨了眨有些茫然的眼眸，伸出纤细的双臂环在了他的腰间："云朵会消散的，我们不会。"

周烬心软得一塌糊涂，语气低沉："嗯，我们不会。"

等到他们再次抬头看的时候，太阳已经移动到了另外一个地方，又露出了一片洁白的云朵，很像是有个人站在光里，正默默地注视着不远处那对拥吻的爱人。

沈黎雾看着，瞬间眼眶变得湿润，闷声说："哥哥真的好胆小，这么久了，他一次都没有来过我的梦里，连一个招呼都不敢跟我打。"

说着说着，沈黎雾莫名变得难过了，像是自言自语地小声说着："我还一句话都没有跟他说过呢，也没有见过他。"

周烬握着她的手微微紧了些，声音有些低哑："他怕会吓到你。"

沈黎雾吸了吸鼻子："我不怕的，我想他了……"

她想过很多次，如果可以的话，他们能不能在梦里跟她打声招呼呢？可是爸爸妈妈和哥哥，一次都没有来过她的梦里。

周烬什么也没说，只是安静地抱着沈黎雾，耐心地等她的情绪平复。

周烬休假本来就是为了陪沈黎雾，从民宿离开之后，他们就启程去了D市。

毕竟童叔叔和童阿姨对雾雾来说是很重要的长辈，周烬必须去正式拜访一下。

童盈把自己拍的照片给沈黎雾看，一边笑着说："周队昨天还让人送来了很多名贵的茶叶和烟酒字画，好多好多礼物，说是见面礼，把我爸妈都吓坏了，以为人家送错门了呢！"

沈黎雾有点儿怔住："昨天送的吗？"

吃饭的时候，童父说："我也是公安，深深地了解这一行的不易，我把雾雾当女儿看，所以有些话还是不得不说。既然决定了两年后离队，我希望在这两年的时间里，你能好好护着你自己。"

周烬认真地回答："我会的，童叔叔。"

童妈妈笑了笑："好了，一家人吃个饭，这么严肃干吗？这是我自己酿的杨梅酒，快尝尝好不好喝。"

一颗颗圆润饱满的杨梅被放进了透明的瓶子里，酿出的深红色的酒看起来诱人极了。

沈黎雾也没忍住，悄悄尝了尝童盈杯子里的酒。

结果下一秒，她就撞入了周烬有些深邃的黑眸中。沈黎雾身形微微僵住，但想到童叔叔童阿姨都在这儿，又有种有人撑腰的感觉——

喝都喝了，凶就凶吧。

饭局还没结束，沈黎雾就有点儿晕乎乎的了，于是先去了客卧休息。

周烬原本想陪着沈黎雾的，但临时接到了一个通知，一个对蒋家来说特别重要的通知。

童叔叔和童阿姨也算是沈黎雾的长辈，所以周烬就跟他们聊了一会儿关于工作上的事情，然后才去看她。

周烬一打开客卧门，就看到沈黎雾怀中抱着一个恐龙玩偶，头发随意地散在枕上。

他走到她的身旁，用哄小朋友的语气说："喝了酒有没有不舒服？"

"没有，很开心。"

"为什么这么开心？喜欢这里吗？"

沈黎雾眨了眨眼睛，微仰起头亲了亲他的下巴，软声说："因为你呀！"

她只要看到周烬，就很开心。

周烬从喉咙深处溢出了一声轻笑，然后在她唇上轻咬了一口："醉了才会撒娇，招人疼的小家伙。"

顾及这儿还有长辈在，周烬到底是克制着没做什么。

周烬把她哄睡之后，才把玩偶放回她的怀里，然后去另一间客房休息了。可怎么都没想到，他刚洗漱完从浴室出来，房间就多了一个人。

"雾雾？"周烬有点儿无奈，却又很宠溺地说，"怎么来这儿了？"

沈黎雾轻轻抿了抿唇，眼底浮动着些细碎的委屈："想你了……"

喝完酒之后的沈黎雾，就好像变了一个人一样，又软又可爱。

沈黎雾抱着他不肯松，脑袋在周烬怀里蹭来蹭去。

周烬只能克制着把人从自己怀里移开："宝宝，不能再抱了。"

沈黎雾抬起蕴着雾气的双眸看他，整个人显得委屈极了，就像是被辜负的小可怜一样。

周烬立马伸出双臂把人拥在了怀里，哄着说："抱抱抱！好了，抱抱！"他轻笑了一声，"真是拿你没办法……"

周烬又动作轻柔地摸了摸她的头发，问道："雾雾现在是清醒的吗？"

沈黎雾轻轻"嗯？"了一声。

周烬还是没忍住提前说了出来："过段时间回 A 市，雾雾就能收到一个好消息了。"

沈黎雾好奇地抬头看去，问他："什么好消息呀？"

"缪志昌一行人的案子，法院那边很快就要公开审理了。"

他们逍遥法外了这么多年，如今落到这个下场，实在是咎由自取，罪有应得。

沈黎雾停顿了片刻，轻声问："我能去现场看吗？"

她想要看看伤害爸爸妈妈和哥哥，犯下这么多罪的人，最后是个怎样的下场。

周烬侧脸贴着她的额头，低声道："好。"

刚好最近新上映了一部文艺爱情电影，沈黎雾第二天就缠着周烬一起去看了。

电影开始前，沈黎雾在休息区拿出手机拍摄了两张电影票的信息，正打算关闭摄像头时，忽然想到她和周烬还没有一张正式的合照。

沈黎雾把摄像头调成了前置，直到两个人都入镜后，她才轻轻喊了一声："周烬。"

然后在周烬偏头看她的一瞬间，沈黎雾按下了拍摄键。

休息区内灯光很亮，女孩儿眸中仿佛藏了星星一样，冲着镜头微微笑着。

在她身边的男人浑身透着野性而慵懒的气息，并未看镜头，而是将视线落在了女孩儿的脸上，眼底含着温柔的笑意。

周烬把合照保存下来后，打开了朋友圈的发布页面，只是简单地发了三个字。

沈黎雾直到影片结束后，收到了共同好友发来的微信，才看到周烬的朋友圈。

配图是刚刚他们两个的合照。

配文：心上人。

他的官宣不是女朋友，而是心上人。

评论区也基本都是一群单身的人在起哄。

但当沈黎雾没多久更新了一模一样的朋友圈后，评论区的画风彻底变了。

——许久没见，雾雾妹妹又漂亮啦！

——雾雾妹妹，求介绍女朋友啊！

沈黎雾看到后顿时萌生了一个大胆的想法，她切换到跟童盈的聊天页面，把评论区的截图发给了她。

童盈看到后，立刻就回复了："帅吗？身材好吗？长得正吗？"

之前周烬过生日的时候，沈黎雾跟刑侦队的人一起建了个群，但童盈把群消息设置成免打扰了，看到沈黎雾的消息后，童盈才想起来这个群的存在。

童盈很快在群里发了条打招呼的信息："你们好呀！听说有训练图可以看，我快马加鞭赶来了。"

这条信息发出去后，童盈的手机就不停地有提示音响起。

沈黎雾也看到了群里的信息，刚想去看队员们发的照片，周烬直接把手机拿走了。

一番操作后，沈黎雾退出了该群。

周烬此刻的目光温柔得能让人溺进去："抱一会儿。"

沈黎雾只好转移话题，问："盈盈他们怎么样啦？"

周烬声音含着笑意："你男朋友好像还在群里，要看吗？"

周烬解锁手机后，点开了群里的聊天页面，除了满屏的"哈哈哈"，就是武凯发的一大串的省略号。

沈黎雾往上翻了翻，很快就了解了事情的来龙去脉。

训练照片发了很多条，但童盈没选到特别喜欢的，直到最后，看到一张穿着黑色马甲，隐约可见衣服下的块状腹肌的照片。

童盈直接回复了这张照片，很开朗地发信息："你好，可以认识一下吗？"

群里的人定睛一看，发照片的是武凯！

武凯："可以！！！"

结果他刚开心了没两秒，刑侦队的队员就发现这张没露脸的照片上的人并不是武凯。

童盈刚准备退群加好友呢，就看到群里的人纷纷在发信息谴责武凯。

"把这个耍赖的选手拖出去！拖出去！"

"我敢用我后半辈子的幸福打赌，照片上一定不是他本人！"

武凯刚想发语音骂他们，结果视线不经意间落在了那张照片上，又多看了两眼——

噢，发错了！太丢脸了！这个群是待不下去了！

武凯："发错了，对不起！我溜了，你们聊。"

童盈看着这个反转再反转的剧情，有点儿蒙，但她很快就收到了武凯的私聊信息。

武凯："不好意思，发错图了，照片上的这个人叫许顺，也是刑侦队的，不过目前还在医院进行康复治疗。他还单身！童小姐如果想了解的话，我把他的微信推给你呀！"

本来就是拉个群随便聊一下，大家都没怎么在意，在群里的发言也很尊重女孩子。

既然双方都是单身，对方想要了解一下，也没有什么关系。

武凯发完信息之后就把许顺的微信名片推给了童盈，还简单介绍了一下许顺的情况。

童盈原本还在纠结，在听说许顺受伤的原因后，内心莫名有一种想要认识他的冲动。

许顺正在医院做康复治疗，直到第二天早上，才有空看手机，便通过了童盈添加好友的请求。

系统提示："你们已经成为好友了，可以开始聊天啦！"

许顺："你好，你是？"

童盈收到信息后，脑海中莫名浮现了他身穿训练服目光坚毅的照片。虽然有点儿紧张，但她还是按下了语音键说："你好呀，我叫童盈，是沈黎雾的好朋友，想要跟你了解一下，不知道方不方便。"

十秒的语音，许顺点开后就听到了女孩儿清脆甜美而充满活力的声音。

童盈担心自己没说明白，所以又补充了一句："以谈恋爱为目的的了解。"

许顺听到这句话后，手一松，手机便猝不及防地砸在了身上，又恰好扯到了肩膀上的伤口，他不禁低低闷哼了一声。

疼痛过后，他的脸上莫名泛起了红。

他平常接触最多的就是队员和犯罪嫌疑人，他也不太懂，怎么会有桃花平白无故落在自己身上，雾雾妹妹介绍的吗？

许顺："这是我的证件照，今年二十六岁，A市人，目前在刑侦支队工作，刚结束任务，现在在医院做康复治疗。还有什么想要了解的吗？"

童盈盯着照片看了一会儿，才想起回复他的信息："我可以去医院看看你吗？如果你没有想法的话，那我就不打扰了……"

许顺下意识的动作远远要比大脑的反应来得快，他回复说："好。"

天气越发寒冷，新年也快到了。

周烬和沈黎雾一起回了周家老宅过年，周父开心得不行，吩咐人准备了特别多的东西。两人刚到客厅，周父就拿出了两个红包："这个是给雾雾丫头的，这个是给你的。"

沈黎雾接过来后，微笑着轻声应道："谢谢叔叔，叔叔新年快乐呀！"

周父温和地笑了笑："新年快乐！"

周烬看了一眼沈黎雾手上的红包，又看了看自己的，不禁问道："爸，红包的厚度差距是不是有点儿太明显了？"

他四五个红包的厚度，才能抵得上她一个那么厚。

周父瞥了他一眼，平静地说："家产你又不愿意继承，要那么多红包干吗？"

"也是。"周烬将目光落在了身旁女孩儿温柔惊艳的侧脸上，缓缓说道，"等结婚后，这些财产全都转到雾雾的名下。"

沈黎雾惊讶道："啊？"

周烬揉了揉她头顶的柔软发丝："啊什么？没看出来现在你才是周家的宝贝吗？"

他们虽然还没结婚，但是家庭地位已经一目了然了。

沈黎雾的红包之所以这么厚，是因为里面装了五份，她也是打开后才发现的。

她的父母和哥哥，周烬的父母，一共五份红包。

原本周父已经提前订好了厨师，但沈黎雾觉得新年这么重要的日子，还是想要让叔叔尝尝自己的手艺。

清炒时蔬、可乐鸡翅、香烤羊排、虾蟹煲、粉蒸肉、莲藕排骨汤、海鲜焗饭……就连饺子也是她自己包的。

沈黎雾拿起一个圆乎乎的饺子皮，回头看了周烬一眼，轻声问他："有硬币吗？有个习俗，饺子里面包着硬币，谁吃到了，就代表谁运气最好，来年也会财源滚滚。"

周烬只觉得她可爱极了，但还是宠着她，去拿了一枚硬币，洗干净后交给她。

吃饭的时候，周父看着桌上这么多大菜，瞥了周烬一眼，意思很明显：眼光挺好，好好珍惜。

吃过晚饭后，周烬带着沈黎雾去楼下散步。

天空中有烟花升起，"砰"的一声炸开，漂亮得不像话。

沈黎雾颇为惊喜地抬头看去，眉眼盛满了笑意："有人放烟花……"

周烬牵着她的手将她拥入怀里，声音低沉："好看吗？"

"好……"沈黎雾刚说了一个字，就被眼前的这一幕震惊到了——

天空中再次升起的烟花，忽然变成了一句英文：I will give you a home.

我会给你一个家。

沈黎雾的眼眶瞬间变得湿润，不舍得把目光从这样绚烂美好的场景中移开——直到手心传来一个冰凉的触感。

周烬把东西放在了她的手心，而后握紧了她的手，把她抱在了怀里。

沈黎雾虽然没低头看，但还是清楚地感受到了，手上放着的，是一把钥匙。

周烬温热的薄唇落在她的额头上："我说过，要给雾雾一个家。

"房子只写了雾雾一个人的名字，离雾雾工作的医院很近，以后就是我们的家。

"新年快乐，宝宝。"

他的新年礼物——送给她一个家。

沈黎雾抬起双臂环在周烬的腰间，语气哽咽着说："可是，我都没有给你准备新年礼物……"

周烬温柔地笑着："你就是最好的礼物。"

他的小礼物。

唯一的、不可替代的礼物。

第十二章
尘埃落定 二十二糖

"周叔叔没在吗?"

周烬将视线落在了桌上摆着的新鲜百合花束上:"新年第一天,他会带一束我母亲生前最喜欢的百合花,去她的墓前陪她。"

不只是新年,母亲的生日和他们之间所有的纪念日,周父都从未缺席过。

周烬看了身旁的女孩儿一眼,声音很低:"雾雾想去墓园吗?"

沈黎雾动作微顿,轻轻摇了摇头:"过几天吧。"

她想要带着判决书去见父母和哥哥,对蒋家来说,这是最好的新年礼物。

当然,沈黎雾才是蒋家最宝贵的礼物。

周烬从手机里找到了一条通知信息,拿给她看,上面赫然写着:A市高级人民法院将在下周一对部分重大犯罪嫌疑人作出判决。

沈黎雾看着这些文字,愣了好久才反应过来——事情终于要结束了!那些罪大恶极的人会为自己的所作所为付出相应的代价!

父亲和哥哥牺牲自己生命所追查的案子,终于要作出最终的判决了。

沈黎雾没说话,只是抱着手机看了好久。

周烬也没打扰她,安静地陪在她身边。

"刑侦队的其他人知道了吗?"

"什么?"

"哥哥手底下的那些队员。"

周烬目光温柔:"还不知道,雾雾自己去说好不好?"

其实大家已经知道了,但由蒋浔的妹妹跟他们再说一次这个消息,想必他们会更开心一些。

听到沈黎雾说判决即将下来的时候，在场的所有人都红了眼眶，不停地说着："那就好，那就好……

"这是蒋队生前的愿望……"

只可惜，他没能等到。

法院判决当天，天气特别好，一点儿都不像是冬天。

周烬陪着沈黎雾坐在旁听座位上。随着法官和重要人员陆陆续续入场，这场调查了长达二十多年的案件，终于要彻底结束了。

沈黎雾安静地听着法官阐述缪志昌犯下的累累罪行，情绪自始至终都很平静。

直到听到缪志昌对于这些指控供认不讳的时候，她才攥紧了原本垂在身侧的手心，眼眶也慢慢泛红。

他承认了这些年犯下的所有罪行，他承认了对无辜家庭造成的伤害，可又能怎样呢？死去的亲人不会再回来，受过的伤害永远也不能忘掉。

周烬察觉到了沈黎雾的异常情绪："雾雾？"

沈黎雾极力地掩饰着自己的难过情绪，摇了摇头说："我没事，我们听完判决……"

现场的氛围很是严肃，所有人都起立了。

审判长中间还说了什么，沈黎雾没有听到，她的脑海中只有最后判决的那段话。

2月21日。

一切都尘埃落定了。

陵园。

沈黎雾站在冰凉的墓碑前，温柔而又坚定的嗓音缓缓响起："A市高级人民法院于20××年2月21日作出刑事判决，对被告人缪志昌数罪并罚，决定……"

沈黎雾努力地调整着自己的呼吸，但眼泪还是不听话地砸在了地上。

她停了一会儿，继续说："决定执行死刑，并处没收个人全部财产，剥夺政治权利终身。

"还有邰应和缪志昌手底下的人，他们也都付出了相应的代价，有的处以死刑，有的被判无期徒刑。"

事情尘埃落定了，可是她再也没有亲人了。

沈黎雾的长睫上挂着泪珠："我之前跟缪志昌他们说，我觉得父母连累了我，很讨厌你们，这些都是假话……

"希望爸爸妈妈听到后不要生我的气，因为我真的很想、很想你们。

"还有哥哥，我知道哥哥最后那段日子一定过得很痛苦，所以连上天都在心疼，选择把你从痛苦的境遇中带走。

"可是我们明明离得这么近，一伸手就能触碰到……"

只要想起那些电话，只要想起电话对面是最爱她的哥哥，沈黎雾就心痛到无以复加。她的肩膀细微地颤抖着，眼泪不停地往下掉，整个人无助极了。

但很快，她就被周烬紧紧地抱在了怀里。

沈黎雾伸出手慢慢回抱住了他，再开口时，声音很是哽咽："我答应了不哭的，可还是没忍住……"

周烬亲了亲她的额头，语调有些嘶哑："没关系，有我哄着雾雾。"

沈黎雾眼前因为泪水渐渐变得模糊，哭了好久，才把所有压抑着的情绪全都释放了出来。

之前她努力忍着不哭，是因为坏人还没有被绳之以法，还没有付出代价。

如今事情解决了，她才敢在父母和哥哥的墓前大哭。

周烬看向墓碑上刻着的名字，郑重说道："以后有我，我护着雾雾。"

这句话是跟怀里的小姑娘说的，也是跟蒋父蒋母和蒋浔说的。

以后任凭狂风骤雨，都有他护着。

周烬和沈黎雾离开后，蒋浔的墓碑前除了一束漂亮的向日葵外，还放了一堆糖果。

那是沈黎雾特意准备的，一共是二十二颗。

这二十二颗糖，送给惦念了妹妹二十二年的蒋浔。

春节假期结束后，沈黎雾也在自己的领域里闪闪发光。

她虽然资历很浅，也比较年轻，但是考核成绩排在院内前几名。

陶教授将这个好消息告诉了沈黎雾，并将一封推荐信交给了她——

远赴国外，去进修两年。

陶教授说，这个名额太宝贵了，能很好地提升她的专业能力，对未来的工作晋升也有很大的帮助。两周后正式报到，让她好好考虑一下。

周烬恰好这段时间在出任务，不确定什么时候回来。等到沈黎雾跟他联系上的时候，距离正式报到，已经只剩下三天的时间了。

视频电话接通的那瞬间，周烬面上难掩疲惫，但他还是先跟沈黎雾交代了自己的现状："没有受伤，雾雾别担心。"

沈黎雾点点头，好几次欲言又止，不知道该怎么跟他说。

周烬很敏锐地察觉到了她有些低落的情绪，温柔地问她："怎么了，宝宝？"

沈黎雾想了好久，才跟他说去国外进修两年的事情，电话那边有了近两分钟的沉默。

周烬将视线落在了镜头那边的女孩儿脸上，低声问："什么时候走？"

沈黎雾摇摇头，说："我还没确定要不要去……"

虽然她没有说，但周烬也明白小姑娘的顾虑和不舍，周烬语气很是温柔："两年算什么，二十年都行，只要是你沈黎雾。

"宝贝，时间和距离不会改变我们的爱，爱情也不需要牺牲谁的理想，而是两个人一起携手前行。"

沈黎雾眼眶渐渐变得湿润，她到底是点了点头。

周烬问她什么时候走。

沈黎雾回答说："三天后。"

周烬看了眼日期，微不可察地蹙了蹙眉，因为他可能来不及去送她。

"房子安排好了吗？你把学校的相关资料发给我，我来帮你安排。机票订了之后，记得把信息发给我。如果可以，我会尽快赶回去，不过也……不太确定。"

周烬原本是在休息的，听到她的话很快起身去到了电脑旁，开始帮沈黎雾准备她在国外需要的一系列东西。

沈黎雾在镜头前看着他忙碌的样子，心里的那股不舍越发深了："周烬……"

周烬看向镜头，低声应："怎么了？"

沈黎雾攥紧了手心，鼓足勇气说："等我回来，我们结婚吧！"

周烬身形僵住，愣了许久才回过神，再开口时，他的语气有些无奈："宝宝，你现在说这些，我都想不顾一切地去到你身边抱着你了。"

因为刚刚哭过，沈黎雾的眼睛还有一层动人的水光，她的脸颊也泛着浅浅红晕，她问："那你答应吗？"

周烬望向沈黎雾的目光变得诚挚且热烈，一字一字、掷地有声地说着："不是答不答应的问题，而是我一定会娶你！"

周烬一定会娶沈黎雾！

确定了赴国外进修的事情，沈黎雾这几天变得很忙很忙。

只剩下三天的时间，很多事情都还没安排好。

周烬那边也是忙到连吃饭的时间都没有，但他还是牺牲了自己的睡眠时间，帮沈黎雾把住处安排好了。

可直到沈黎雾登机前几个小时，他们都还没有见面。

因为工作原因，这次分开，周烬也无法确定下次见面是什么时候。

沈黎雾虽然嘴上说没关系，但还是很希望在分别之前能抱一下他，或者远远地看他一眼。

"雾雾，要去托运行李了。"

"好。"

同行的是几位特别优秀的医生同事，因为沈黎雾年纪小，所以大家都很照顾她。

办理完行李托运之后，距离登机的时间越来越近。

沈黎雾看着还没有任何回复的页面，慢慢打字说："我要准备登机啦，下飞机后再联系，还有……爱你。"

信息刚发送出去两秒钟，沈黎雾的身后就传来了一道熟悉的声音。

周烬一看就是匆忙赶过来的，所以气息特别不稳，他低笑着说："我不要文字版本的，要听雾雾亲口说爱我。"

哪怕只有几分钟或者十几分钟相聚的时间，周烬还是想来抱抱她，来送送他的小姑娘。

沈黎雾在看到那道无比熟悉的身影出现在自己面前的时候，眼眶瞬间就变得湿润了。

周烬还在喘着气，他微微张开手臂，温柔地问："不抱抱吗？"

两个人都很珍惜这来之不易的见面时间。

沈黎雾想也没想地就扑到了周烬的怀里，把脸埋在他的胸膛处，双手紧紧地抱着他。

分别前的最后一吻，周烬的动作要比以往用力许多，滚烫的气息萦绕在彼此之间。

直到飞机检票的广播声响起——

周烬吻她的动作缓缓停下，一边抱着她，一边从自己口袋里拿出了一些东西。

沈黎雾低眸看去，语气还有些哽咽："这是……"

周烬低头轻啄了一下她的唇角，哑声说："这是我的工资卡和奖金卡，密码都是雾雾的生日。不许吃俭用去做兼职！我养得起你。"

"还有，这个。"周烬拿出了一个四四方方的丝绒盒子。

沈黎雾大概猜到了是什么，但还是有点儿不敢相信。

周烬缓缓松开抱着沈黎雾的手臂，后退了两步，然后——单膝下跪。当着机场所有人的面，他打开了黑色的丝绒盒子，向她求婚。

"戒指是赶来见你的路上在一家首饰店买的，有点儿慌乱，不知道雾雾喜不喜欢，等雾雾回国后，再补给你一个更漂亮的。

"虽然这场求婚特别仓促，但我还是想要在雾雾临走前给你一个求婚的仪式，给你一个余生的承诺。

"戴上这枚戒指，就代表沈黎雾是周烬的人了，所以……

"雾雾宝贝，你愿意嫁给我吗？"

这样一个又高又帅、气质出众的男生，当着这么多人的面，向一个漂亮而又令人惊艳的女孩儿单膝下跪求婚，自然是引起了不少人的注意。

机场广播还在继续。

沈黎雾毫不迟疑地点了点头，双眸湿漉漉的，特别肯定地说："我愿意。"

周烬帮她戴上戒指的手都在颤抖，站起身后，他直接单手扣住了沈黎雾的后颈，俯身吻了上去。

沈黎雾听不到其他人的声音，只听到周烬亲完她之后，在她耳边说的那声："我爱你，宝贝。"

沈黎雾眼眶微微泛红，开口说："我也爱你。"

马上要登机了。

即便再不舍，也还是要面临这场分别。

戒指和工资卡，是周烬交给沈黎雾的安全感。

周烬掌心轻抚着她柔软的头发，轻声哄着说："去吧，宝宝！等这段时间忙完，我再去陪你。"

沈黎雾微弱地"嗯"了一声，却还是抱着他不舍得松开。

周烬只好低声哄着："听话，宝宝。"

沈黎雾依依不舍地跟他分开，临走前，她望向他的目光除了不舍之外，还有弱弱的威胁："不许受伤，听到没有？"

周烬笑着应："知道了。"

沈黎雾看了一眼登机口，已经没剩几个人了。

她最后抱了抱周烬，在他薄唇上亲了一口："等我回来，我们就结婚呀！"

周烬声音有些嘶哑："好。"

看着小姑娘离去的背影，周烬第一次尝到了刻骨铭心的不舍是什么滋味。

他在机场停留了十几分钟，直到手机上传来信息，他才驱车离开，准备去执行任务。

沈黎雾登机之后，看了一眼自己手指上的戒指，刚刚好不容易才止住的眼泪又"啪嗒啪嗒"往下掉。

在机场大厅的时候她没有注意，心思都在周烬身上，现在才发现，这个戒指上面是个带着蝴蝶结的小礼物的形状。

周烬不顾一切地赶到了她的身边，在路上一定跑了很多家首饰店，才找到了跟礼物有关的戒指。

他的爱意，永远直白且热烈。

A市和沈黎雾所在的地区之间有将近十二个小时的时差，他忙着执行任务，她忙着进修学业，他们都在不同的领域努力精进。

周烬任务结束，回到警局安排后续工作的时候，才能忙里偷闲跟沈黎雾视频通话一会儿。

沈黎雾想让他看一下外面漂亮的夜景，所以摄像头刚开始是正对着窗外的，还问他："好看吗？"

周烬极其敷衍地说："好看。"可是不到一秒钟，他就低哑着嗓音说，"把镜头转回来，我要看你。"

沈黎雾歪了歪头，把镜头转到了自己这边，然后朝着屏幕上的周烬轻轻笑了笑："你忙完了呀？"

周烬心口一软，轻"嗯"了一声："收尾的工作交给其他人了。"

沈黎雾澄澈干净的眸中满是温柔的笑意，她红唇轻扬："所以周队长是偷懒来跟我视频的吗？"

周烬后背靠在座椅上，浑身透着股散漫的气息，声音低沉地应道："是啊，这么漂亮的小未婚妻，不得盯紧点儿？"

沈黎雾听到后脸变得有点儿红，但还是不舍得把视线从他的脸上移开。

周烬轻揉了一下眉心，无奈地说："本来以为等休假就可以过去陪你了，但我现在的身份，出国还要经过严格的审核，要提前去申请报备。

"也有可能申请还没下来，就又有其他的任务安排了……对不起，宝宝……"

沈黎雾看到了周烬眼底的愧疚，她的语气特别轻柔："没关系的，对我来说，重要的不是见面，是你平安。"

她可以接受两年不见面，只愿周烬平平安安。

刚来到一个全然陌生的环境，沈黎雾还没有完全适应，日常的安排也很满，所以没聊一会儿就特别困，但她还是强撑着在听周烬讲话。

"后天队里要开庆功宴，许顺也出院归队了。"

"嗯……"

"雾雾？"

"嗯……"沈黎雾迷迷糊糊地应了一声，手机无意识地从手中滑落。

周烬无奈而又宠溺地笑了笑，过了一会儿才关掉视频，让她好好休息。

刑侦队里的这场庆功宴，不单单是庆祝任务圆满成功，更多的是欢迎许顺归队。

许顺出院那天，童盈也悄悄从 D 市赶来了 A 市，本想给他一个惊喜，但不承想，病房门推开的瞬间——

他正在换衣服。

童盈怀中还抱了一大束寓意健康平安的百合花，看到病房内的景象，站在门口的她一时间不知道该不该进去。

许顺听到动静后回头，发现是童盈后，气息瞬间变乱了："你……"

童盈抬眸跟他的视线对上，许顺却瞬间有些慌乱地移开了自己的目光。

童盈觉得他还挺可爱的，轻笑着说："可以再等一分钟吗？"

许顺不解："嗯？"

童盈抬头看他的眸中满是笑意，语调很是轻快："许警官，不要忘记我们已经确定关系啦！"

他们第一次见面的时候，童盈就问他要不要谈恋爱，毕竟名分还是挺重要的。

跟她确定关系那天，许顺失眠了一整夜，满脑子都是童盈的笑容和声音。

就在许顺想要离开的时候，童盈直接伸出双臂搂住了他的脖子。

许顺对她并未设防，被她这么一抱，两个人的距离瞬间拉近。

童盈的性格热情外向，喜欢就是喜欢，想要什么就要说出来："看在我这么辛苦来找你的分儿上，你要不要送我一个礼物呀？"

许顺浑身僵硬："什么？"

童盈朝他笑了笑，放轻了声音问："要亲一下吗，男朋友？"

自从确定关系后，他们顶多就是牵牵手抱一抱，还从未接过吻。

听到这句话后，许顺身形紧绷着，连呼吸也变得粗重，很久都没有回应。

童盈眸中闪烁着甜甜的笑意，打趣说着："第一次接吻还要女朋友主动吗？"

闻言，许顺便直接吻住了她的唇，气息无比滚烫，心跳也越来越快。

然而就在这时，病房门开了——

外面站着一群单身的刑侦队队员以及正处在异国恋之中而抱不到未婚妻的周烬。

双方尴尬地对视了几秒钟，然后房门就被"砰"的一声关上了。

病房内只剩下许顺和童盈两个人，许顺不好意思地想要离开，童盈却搂着他不放。

许顺只觉得自己被她搂着的地方逐渐变得发烫，他情不自禁地低头亲了亲她柔软的红唇，然后拿着衣服落荒而逃，去了洗手间。

许顺送童盈去酒店休息后，这才跟刑侦队的人一起去了庆功宴现场。

一群人对他满心的羡慕嫉妒恨，逮着这个话题可劲儿地聊。

一场饭局下来，众人都喝了不少的酒，周烬也是。

大概是喝了酒的缘故，周烬心里对沈黎雾的思念情绪要比日常更加浓烈一些。

"想你了。"

沈黎雾正跟朋友走在路上，准备去吃饭，看到周烬发来的信息后，心"扑通扑通"地快速跳了起来。

安娜看到沈黎雾眼底的笑容，问她："是男朋友吗？好甜蜜的样子。"

沈黎雾摇了摇头："不是男朋友，是……未婚夫。"

安娜瞬间感叹："哇！"

恰好这时，周烬的视频通话打来了。

接通视频后，沈黎雾就把镜头对准了自己和安娜，跟他打了个招呼。

安娜端着餐盘去了另一个好姐妹那边，她不想打扰他们来之不易的通话机会。

喝了酒的周烬眼底含了些醉意："她刚才说了什么？脸怎么这么红？"

沈黎雾把蓝牙耳机戴上后，小声说："没什么。"

周烬薄唇微微上扬："我听到了。"

周烬回到家里后就随意地坐在沙发上，揉了揉发疼的太阳穴，拉长语调喊："宝宝——"

沈黎雾轻轻应了一声："嗯？"

周烬连呼吸都变得滚烫，声音哑得不像话："想亲你。"

沈黎雾有点儿不好意思在大庭广众之下跟他这样聊天，吃过饭之后，她就准备去自习室待一会儿。

一路上，周烬喊了她不知道多少声"宝宝"，说了多少句想她。

沈黎雾看向镜头，声音有些轻："我先把视频挂断啦，你好好休息。"

晚上的时候，沈黎雾接到了一通电话，是她刚来的时候，帮她处理各种事情的周烬的朋友打来的。

对方在电话里说，周烬帮她订了很多中餐，可以邀请朋友一起吃。

沈黎雾愣了一下，心头有些触动——她随口说的话，周烬都记了下来。

"我大概五分钟到外面。麻烦你了，威尔先生。"

"客气了，沈小姐。"

威尔挂断电话后，又联系了周烬。

电话那边的男人明显没太睡醒，以为是沈黎雾的电话，开口便喊："宝宝……"

威尔像是发现了新大陆一样，嘲笑着说："原来大名鼎鼎的周烬在未婚妻面前是这样的。"

周烬顿时清醒了，他眉心紧蹙着，看了眼来电人，语气变得低沉："有什么事吗？"

威尔本来想说任务完成了，但很快，他就看到了不远处有个高高帅帅的混血男生正在跟沈黎雾搭讪。

"哦，没什么事，就是你未婚妻正在被一个混血帅哥搭讪。"

深棕色眼睛，卷发，混血感特别强烈的帅哥。

沈黎雾拒绝了对方后，转身离开了。

但混血小哥明显有点儿不愿意，好不容易才碰见一个这么漂亮的女孩儿，见她要走，他急忙伸手去拉扯沈黎雾。

威尔看到后语气有些沉地吼道："放开她！"

沈黎雾趁机挣脱开了对方的束缚，转而去到威尔先生身边，然后不经意地，她就看到威尔先生手机屏幕上正在通话的对象是周烬。

不知道为什么，只要看到"周烬"这两个字，沈黎雾就会很有安全感。

威尔先生什么也没说，只是挂断电话后重新拨打了视频通话，让正主跟情敌面对面对话。

此时，周烬讲英文的时候，语气透着一股狠厉：

"知道我是做什么工作的吗？

"你确定能承担得起跟她搭讪的后果吗？"

混血小哥看到周烬身上穿着的警服，讪讪地笑了笑，离开了。

威尔先生下意识地就碰了碰沈黎雾的脑袋，安慰说："可怜的小姑娘，摸摸头，没事了。"

见到这一幕，视频电话那边的周烬语气特别冷："把手拿开。"

威尔："小气的周！"

沈黎雾听到后，连忙解释说："我没事啦，你不用担心。"

周烬现在特别不爽，气得不行。

吃饭的时候，沈黎雾收到了周烬发来的消息，他说他现在就去申请出国。

沈黎雾心头微动，算起来，他们已经几个月没见了，虽然她回复说不希望影响到他的工作，但还是很期待见到他……

周烬宿醉后的困意全被那个混血小哥弄没了。简单洗漱一番后，他气得早餐都没吃就去了警局。

"咣"的一声，李局办公室的门被人推开了。

李局还在吃着包子，顿时不悦地说："干吗呢？干吗呢？大清早就咣咣咣！"

周烬脸上也流露着明显的不悦，抬手就把申请报告放在了李局的桌上："明天的机票。"

闻言，李局低眸瞥了一眼，转移话题道："吃过早餐了吗？"

周烬眉心紧蹙着："什么？"

李局递了个包子给他，忽悠道："吃完早餐再说。"

"吃不下。先批了假期再说。"

李局没说话，心虚得连包子都不吃了，他拿着周烬的申请报告，一副欲言又止的样子。

办公室内有片刻的安静，一切尽在不言中。

嗯，懂了。

周烬舌尖抵了抵腮，语气低沉，一字一顿道："又要出任务？"

李局"嗯"了一声，说："你看，你这申请报告来得太不凑巧了，任务昨天就下来了。"

周烬沉默了一会儿，说："知道，我这就安排下去。"

对于沈黎雾，李局也是心疼且愧疚的。

也正因此，李局才答应周烬说，等这次任务结束，就给他批假。

周烬很少会提及去国外见沈黎雾这件事，也正是因为怕这种突如其来的意外。他不想给了沈黎雾期待，又让她落空。

电话刚接通，沈黎雾就听到周烬说了句对不起，她瞬间就明白了他在为什么道歉。虽然有点儿失望，但她还是叮嘱道："不许受伤，要平平安安的。"

周烬沉沉"嗯"了一声，说："对不起，宝宝。"

沈黎雾明白他的身不由己，温柔地笑着说："没关系呀，我最近也很忙的。"

周烬知道她是为了安慰自己，但还是觉得让他的雾雾受了很多委屈。

本以为这次任务只是一次普通的行动，但对方很狡猾，伪装成人质故意跟警方周旋，导致周烬意外受伤。

他手臂中了弹，鲜红的血液不停地往下流，而他还像个没事人一样继续安排下面的收尾工作。

最后还是武凯和许顺把周烬硬拉到了救护车上，陪他去医院处理的伤口。

伤口包扎完之后，病房外面站了一圈人。

周烬看了他们一眼，语气有些沉："别跟她说。"

周烬本来打算等伤稍微好点儿的时候，再去见小姑娘，但他很快就看到了医院走廊上方所显示的日期，不禁眉心紧紧蹙起："帮我订机票，越快越好。"

听到这话，众人瞬间愣住了。

"你现在去见她就是自投罗网啊！这伤一两天又好不了。"

"而且飞行的时间很长，你手臂的伤承受不住那么高的气压的。"

周烬的脸色有些不太好，但还是坚持着要订机票。

刑侦队的队员们最开始还在劝，但后来知道原因后，他们谁也没说话了。

武凯去问了医生，医生建议最好等48小时，不然伤口很有可能会再次破裂。

但今天已经6月24日了，周烬等不了48小时。

异国他乡，他的小姑娘独自一人，他得去哄她。

6月26日，是……蒋浔的忌日。

沈黎雾已经从最初的经过一条街就会迷失方向，到现在可以熟练地行走在这个陌生城市中了。这天，她准备去海边看日出。

沈黎雾提前一晚抵达酒店后，并未休息太久，便抱着前一天就订好的向日葵花束，乘车去往了卡迪拉克山。

这座山的海拔并不算太高，却能看到最早的一缕阳光。

向日葵，向阳而生，是哥哥最美好的祝愿。

沈黎雾无法回国去见蒋浔，所以就带着向日葵花束来到了山顶的花岗岩边等待日出的来临。

茫茫的天际弥漫着层层云雾，天空由深色变成了浅蓝色，太阳也逐渐接近最边缘的云层，折射出了橙黄色的亮光。

直到一轮红日冲破云霞，彻底跳出海面，发出了夺目的亮光。

太阳升起的这一幕，实在是震撼极了。

山顶清晨的风本该是微凉的，沈黎雾却感受到了扑面而来的暖意。

漂亮的小姑娘抱着向日葵，微风则悄悄拥抱了一下她。

异国他乡的第一缕阳光，送给最好的哥哥，最好的蒋浔。

沈黎雾低眸看了看橙色的向日葵，伸出手指轻轻碰了一下它的叶子，她眼底泛着很浅的泪光，小声说："哥哥以后不会痛了，只剩下甜了。"

难过的情绪将她笼罩了个彻底，但她还是尽量调整自己的心情，不想让周烬担心。

她把拍到的日出的照片发给了周烬，问他好不好看。

周烬没回复，而是直接打了视频通话过去，接通的那瞬间，他就看到了小姑娘抱着一束花，眼睛漂亮得不像话。

"你不是在执行任务吗？"周烬的视频中并没有露出他身旁的环境，所以沈黎雾以为他应该还在执行任务。

她一开口，周烬就能听到她的哭腔，他不禁压低声音说："知道雾雾难过，所以来陪陪你。"

沈黎雾眼底的水光渐渐变得明显，她拼命眨着眼睛，想忽视这种要掉眼泪的冲动。最后发现眼泪控制不住，她索性将镜头翻转了过去，一方面是掩饰自己的难过，一方面是想跟周烬分享自己看到的最美好的一幕。

沈黎雾刻意放轻了声音："你看到日出了吗？特别漂亮。"

周烬随意地在镜头上看了一眼，而后便抬眸看向不远处："日出不及雾雾半分好看。"

沈黎雾眼底蕴着泪光，轻轻笑了笑。

很快，她又听到周烬问她："雾雾有什么愿望吗？"

沈黎雾迷茫地应道："什么？"

周烬又耐心地重复了一遍，沈黎雾闻言，摇了摇头，说："没有呀！"

周烬轻挑了一下眉，声音低哑："确定没有吗？不想我吗？"

沈黎雾停顿了一会儿，才轻咬着唇，小声说："其实很想见你……"

周烬眼底的笑意很是明显，问她："有多想？"

沈黎雾语气温柔地描述着自己对他的思念："想跟你一起看海边的第一缕阳光，想跟你见面、拥抱，想跟你分享所有的美好。"

周烬很耐心地听她说完，然后轻轻笑着说："已经见到了，宝宝。"

沈黎雾还没反应过来，只是顺着他的话说："好吧，那线上视频见面勉强也算……"

"谁跟你说线上了？"

"嗯？"

周烬将视频镜头翻转过来，屏幕上是特别漂亮的日出和蔚蓝色的海面，以及——某个傻乎乎的小姑娘的背影。

沈黎雾在看日出，周烬在看她。

沈黎雾看到视频中自己的身影，眼泪在瞬间夺眶而出，汹涌的思念和爱意不停地缠绕在一起——

他真的来了！还是在这样一个特殊的日子。

沈黎雾收起手机回头的瞬间，就看到了周烬顾长的身影，他穿着黑色的冲锋衣，浑身透着凛冽的气息，望向自己的目光却是无比温柔。

沈黎雾全力地跑向周烬。

周烬在她跑过来拥抱的时候，受伤的右手臂不易觉察地往后移了点儿，但还是按捺不住对她的想念，紧紧地将她抱在了怀里。

沈黎雾将脸埋在他的胸口，拼命汲取着他身上的气息，哽咽着说："你怎么来了呀……"

类似的问题沈黎雾之前也问过，那时候他们还没确定关系，周烬的回答就已经充满了坦荡的爱意，他说："想你啊！"

这次是确定关系之后异国恋的第一次见面。

周烬用大掌轻抚着她的后颈，耐心而又温柔地说着："宝宝说想见我，所以我即便跨越山海也会让你如愿。"周烬将掌心移到她柔软的头发上，一下又一下地轻抚着，轻声哄道，"还要看日出吗？"

沈黎雾从他怀里抬起头，湿漉漉的眼睛里装满了对他的依赖，想不出还能怎样来表达自己的感情。最后，她直接踮起脚，主动吻上了他的薄唇。

周烬的气息变得滚烫，在双唇分开之后，用指腹温柔地替她拭去了脸上的泪痕，薄唇在她的眼睛上落下一吻："好了，不哭了，宝宝。"

沈黎雾纤细的双臂慢慢攀附在他的肩膀处，不经意间扯到了周烬手臂上的伤口。周烬强忍着疼痛，没让沈黎雾察觉到任何的异样。

周烬用左手捏了捏她的脸颊："这么久没见，好不容易养起来的肉又没了。"

沈黎雾闷声说："因为想你呀！"

周烬低笑了一声，胸膛处上下起伏着，明显是被她这句话取悦到了："是我的错，让我们宝贝雾雾承受了思念之苦。"

拥抱了很久，周烬才找了个借口跟她分开——再抱下去的话，恐怕身上的药味和血腥味就瞒不住了。

周烬刚准备说什么的时候，有一位摄影师朝他们走了过来。

"打扰了，只是觉得这一幕很美好，所以拍摄了下来。我能否将这张照片上传到我的个人社交平台上呢？"

卡迪拉克山是摄影师最爱的地点之一，因为每天都能拍摄到不一样的日出风景。

但今天，这位摄影师却将镜头对准了在日出下拥吻的这对情侣身上。

照片中的太阳泛着夺目的亮光，蔚蓝色的海面波光粼粼，男人双手捧着小姑娘的脸颊，深情地吻着。

任何人看到这张照片，都会为之惊艳。

照片很有氛围感，真的特别好看。

因为周烬的身份特殊，最后他还是挑了几张没有露脸的背影照，答应可以分享。

在山顶上待了两个小时，沈黎雾才跟周烬回酒店休息。

她为了等日出，就赶来了。

周烬也是，经过长途飞行后几乎没怎么休息，就来到了沈黎雾身边。

沈黎雾看到两手空空的周烬，才想起问他："你没有带行李吗？"

"……没。"他只顾着赶来见她，哪里还会想起收拾什么行李。

沈黎雾无奈地笑了笑，然后去附近的商场帮周烬买了两套替换的衣服。

两个人都很珍惜来之不易的相处时光，哪怕只是牵着手散散步，也觉得特别幸福。

"你要在这儿待几天呀？"

"一周左右吧，还不太确定。"

本来以为最多是两三天，听到他可以待一周的时候，沈黎雾眼底掩饰不住笑意："啊……这么久呀！"

周烬自然也是开心的，但他也发愁，该怎么把自己身上的伤瞒住呢？

可是枪伤不是小事儿，被发现只是迟早的问题，但是周烬怎么也没想到会这么快……

沈黎雾订的是一间大床房，她简单洗漱了一下就准备休息，从浴室出来的时候，房间内又弥漫着熟悉的香水味。

现在不哭了，她也变得清醒而理智了——

他之前明明很讨厌香水的味道……

沈黎雾脑海中浮现了一个猜想，但是不敢确定。想了想，她缓缓朝周烬伸出了手臂，声音软软地说："要抱……"

坐在沙发上等她的男人，听到这声撒娇后，心软得一塌糊涂。

周烬走近她身边后，跟往常一样，单手就把她抱了起来，只不过这次用的是左手。

沈黎雾很快就陷入了柔软的被褥中，她伸手搂住了周烬的脖子，主动亲了亲他的唇角。

接着，沈黎雾柔软的手悄然落在了他的冲锋衣拉链上。

周烬一怔，正想着怎么去拒绝她，低头的瞬间，就看到了小姑娘微红的眼眶。

她猜到了。

周烬喟叹一声，心疼地低哄："宝宝……"

沈黎雾从他怀里移开了一些，瞪着那双湿漉漉的眼眸，问他："你伤到哪儿了？"

周烬声音微哑："不严重。"

沈黎雾瞬间掉了泪，委屈地控诉："怎么可能不严重？"

说着，她小心翼翼地从他怀里出来，伸手直接拉开了他的冲锋衣拉链，紧接着，她就看到他手臂上已经渗出了血迹的纱布。她心疼极了！

沈黎雾赶忙联系酒店前台要了急救药箱，给他处理伤口的时候才发现，是枪伤……

"怎么受的伤？"

"嗯？"

"要听，怎么受的伤？"

周烬只好跟她讲了一下事情的大概经过，说完，他抬起左手轻易地环住了她的腰，而后拥着她顺势躺倒在了床上，把人按在自己的胸口处，温声哄着："我错了。不心疼了，宝贝。"

他们在酒店住了一天就回沈黎雾的住处了，因为她还有学业要忙。

自从受伤这件事暴露出来后，周烬就完全变了一个人，做什么都非要让沈黎雾帮他。

见到沈黎雾之前是无所不能的队长周烬，见到沈黎雾之后就是什么都做不了的小可怜周烬。

沈黎雾也知道他是故意的，就是为了让自己心疼他，但还是忍不住去关心他、照顾他："你洗澡的时候注意不要碰到右手臂……"

周烬喉结动了动，声音带着点儿哑："宝宝帮我？"

沈黎雾拒绝了。

只要有时间，沈黎雾就会陪周烬吃饭、散步，还带他去见了在学校的一些朋友。

安娜一见面就夸他很帅，还笑嘻嘻地分享了一家酒吧的名字，又悄悄在沈黎雾雾耳边说了几句话，惹得沈黎雾脸红极了："什么呀……"

周烬面上并无多余的表情，只淡淡睨了一眼，安娜就不敢再说了。

回去的途中，周烬语气中透着些不悦，说："交的都是什么乱七八糟的朋友！"

沈黎雾小声反驳："安娜很好的，特别热情，也很照顾我。"

周烬看向她的目光也变得危险，语气有些意味深长："热情到下次准备带你去看跳舞？"

沈黎雾乖巧地摇了摇头："我不去的，谁也不看。"

周烬输入密码打开了公寓门，大步流星地走了进去，就差把"我吃醋了"四个字写在脸上了。

沈黎雾放轻动作，默默把门关上，然后坐到周烬的身边，软声道："阿烬……"

周烬起身，一言不发地坐在了沙发的另一边，顺便打开了投影仪，搜索了一大堆压根就没有的影视剧，还特意把搜索框的历史记录全部留下，让沈黎雾一眼就能看到——

《深情男子负心女》《为何深情总被辜负》《漂洋过海来见你，你不跟我在一起》……

其实这些已经是他收敛克制后的文字了，按照周队的脾性，他心里早就骂了一万遍。

沈黎雾看到后差点儿笑出声来，但还是尽量克制着，主动走到周烬身边，抱着他撒娇说："我们不是在一起的吗？"

说完，沈黎雾又捧着他的脸毫不吝啬地亲了好几口。

周烬的掌心紧贴在沈黎雾的腰间，微微使力让她靠近了点儿。

"其实也有别的解决办法。"

沈黎雾没听明白："嗯？"

周烬单手把她抱在了自己怀里，炙热的呼吸萦绕在她的耳边，声音低沉暗哑："这样，我不动。"

时间一天天过去，周烬看着熟睡中的沈黎雾，贪恋地在她唇上亲了亲。

等到沈黎雾醒来后，周烬乘坐的飞机已经起飞了。枕头上是他留下的便利签，上面写的不是什么煽情的小作文，而是特别简短的两句话。

——我爱你。

——等周烬娶你。

这世间最美好的情话大概就是如此吧。

他们在不同的领域努力着，在不同的地点爱着彼此。

第十三章
敬礼告别 梦中团圆

这两年里，发生了很多事。

周烬大大小小的伤受了不少，好在都没有伤及性命，也侦破了一个又一个重大的案件，获得了许多的荣誉表彰。

沈黎雾参加了许多跟专业相关的考试，在大神云集的 HF 大学，表现很是出色。

周烬前几次受伤，都故意瞒着沈黎雾，不想让她担心，直到有一次，沈黎雾瞒着周烬回国了，然后跟周烬视频通话，甜甜地问他："你在哪儿呀？"

周烬语气有些低："在家休息呢！宝宝，想我了吗？"

沈黎雾没说话，把摄像头翻转过来，对着空荡荡的房间转了一圈，声音很轻："你是隐身了吗？"沈黎雾蹙了蹙眉，语气透着些不悦，"我订机票回去了，你自己玩吧。"

沈黎雾特意熬了好几个大夜，把手上的事情处理完之后，就赶回了国，本来是想给周烬一个惊喜，但没想到又被他骗了。

周烬非要出院去找沈黎雾，但武凯和许顺他们拦着他不让走，为此三人还差点儿动了手。

直到病房门被打开，周烬看到纤细而又熟悉的身影正安静地站在不远处。

"我错了，宝宝。"周烬低头认错。

沈黎雾就是吓吓他，知道他肯定会去找自己，所以就拜托武凯他们拦着周烬，不让他带着伤乱跑。

"以后还骗我吗？"

"不骗了。"

"受了伤还隐瞒吗？"

"不瞒了。"

沈黎雾眨了眨双眸，很平静地说着："没关系，以后隐瞒一次，结婚的日期就往后推迟十年。"

被沈黎雾抓包了之后，周烬就再也没瞒过自己受伤的事情。

也正是因为有了这个前提，所以他往后都尽量避免让自己受伤。

刑侦队在周烬的带领下越来越好，老成员们变得越发稳重，新成员们也都能独当一面。

值得一提的是，武凯因为在执行任务中表现优异，获得了三等功。他拿着三等功的奖章跑到了蒋浔的墓前，哭着说："我没给队长丢脸吧？"

许顺和童盈的恋情也很稳定。

童盈活泼又明媚，许顺话很少还特别容易害羞，两人的性格特别互补。

日常相处中，对童盈的关心照顾，许顺甚至超过了童父童母，什么都顺着她，宠着她。

童盈生日那天，许顺花心思给她布置了一个特别浪漫的庆生现场：气球、鲜花、蛋糕……他明明没谈过恋爱，却努力为了童盈这样用心去准备，别扭而又可爱。

童盈酒量很好，但她还是故意装醉，缠着许顺要亲亲抱抱。

许顺很少说情话，但那天晚上，却是把自己这辈子能想到的情话，全都跟童盈说了。

除夕夜这天。

和沈黎雾视频通话时，周烬将手机的摄像镜头对准了窗外的月亮，虽然没能一起跨年，但他们此刻欣赏着同一轮圆月。

沈黎雾长而卷翘的睫毛眨了眨，思索片刻才开口说："确定年后就要离职吗？"

答应的两年之约即将到期，周烬在年前就已递交了辞职报告，但因为要经过层层批准，还有些工作要交接，所以就推迟到了年后。

同样，再有一个多月，沈黎雾也即将结束进修，回国任职。

周烬抬眸同她对视，声音温沉："嗯。等雾雾回来，就忙完了。"

虽然他没有说，也没有表现出任何难过的情绪，但沈黎雾知道，他一定不舍得。那是周烬付出了整个青春的地方，对他来说意义很不一样。

沈黎雾放轻了声音，问他："难过吗？"

周烬看向视频上女孩儿温柔的脸，薄唇轻启，语调低缓地说："三十岁之前，周烬属于国家；三十岁之后，周烬属于沈黎雾。"

这是当初沈黎雾说过的话，他记到了现在。

人生在世，有得有失，岂能事事如意。

办完离职那天的晚上，刑侦队的所有成员都聚在了一起，他们一边讲着刚加入刑侦队的趣事，一边哭得不成样子。

"其实我一直觉得蒋队还在，他只是去执行任务了。"

"周队现在也是，要去执行一项特别重要的任务。希望周队能圆满完成，不然蒋队和兄弟们都不会放过你的！"

良久，周烬才沉沉应了声："会的。"

周烬答应过蒋浔，会代替他护着他最爱的妹妹一辈子。

这场聚会，直到第二天一早才结束，桌上的饭菜都没怎么动，满地都是空酒瓶。

周烬回到房间后，哪怕已经醉醺醺的，却还记得要联系沈黎雾。

视频电话接通的那瞬间，沈黎雾就看到了随意躺在床上的周烬。

沈黎雾开口问道："你这是喝了多少呀？"

周烬合着眼帘，眉心微微蹙着，似乎是很难受的样子。

"宝宝……"

"嗯？"

"宝宝……"

"嗯？是不是胃不舒服呀？"

周烬半边脸都埋在了白色的枕头内，头发凌乱着。他很少会有这么狼狈的一面。再开口时，他声音嘶哑得不像话："难受……宝宝……"

沈黎雾听到这句话的时候，心不受控地痛了一下。

如果此刻她在他身边就好了，还可以抱抱他。

"以前我们经常说，要用生命保护生命……我问他，如果重来一次，还会这样选择吗？他说会……"周烬眼眶微微泛红，思绪有些混乱地开口说着，

"我是不是太自私了……"

沈黎雾眼泪不受控地砸下来，但她很快擦掉，轻声回答："你有做过对不起你身上这身衣服的事情吗？有做过对不起国家和人民的事情吗？"

"没有……"

沈黎雾看着他的侧脸，温柔而又耐心地安抚着他的情绪："对呀，所以没关系的。不论怎样，我永远都会支持你，陪着你。对我来说，周烬很好很好！所以，不要怀疑自己。"

周烬第一次在沈黎雾面前醉成这样，一会儿一个话题，一会儿又突然变了情绪。沈黎雾一边哭，一边还要哄他。

但很快，周烬就低哑着嗓音，不停地说："宝宝……想你……"

沈黎雾破涕为笑，声音拖着点儿闷闷的哭腔："很快我就回去啦！"

本来今天打算跟周烬说一个惊喜的消息的，但看到他醉成这个样子，恐怕她说了，他也不会记得。

周烬紧蹙着眉心，难受得紧，但看到镜头那边的女孩儿眼睛红了一圈，还是伸出手擦了擦屏幕上她脸颊的位置，哑声说："不哭，我抱不到你……"

沈黎雾鼻尖一酸，更想哭了，她只能不停地用手扇着风，希望能把眼泪憋回去："很快就能抱到了，很快的。"

"嗯，听宝宝的……"周烬看向沈黎雾的目光是掩饰不住的深情。

他压低了嗓音，跟她说了句什么话，但沈黎雾没听清，问："嗯？什么？"

周烬的视线仿佛黏在她身上了一样，他带着无比炙热的情愫重复了一遍自己说的话："好想娶你……好想娶你，宝宝。"

沈黎雾的心脏因他的话而剧烈地跳动起来，气息变得紊乱，她竟一时间忘了回答。

周烬蹙了蹙眉心，以为她没听到，所以把手机拿近了些："老婆……"

沈黎雾紧咬着唇，呼吸不太稳："嗯？"

周烬的意识渐渐变得模糊，但他还是继续问她："想跟你结婚……好不好？"

直到得到沈黎雾肯定的答案，听到她说了声"好"，周烬才放任醉意袭来，沉沉睡了过去，连手机都没有关。

沈黎雾又陪了周烬一会儿，等到他彻底熟睡之后，才挂断了视频，开始整理自己的东西——原本是要下个月初才能回去的，但沈黎雾提前完成了进修的所有课程，所以她可以提前回国了。

周烬其实也有一个惊喜想要给她，但提前说的话，就称不上是惊喜了。

他买了最快一班飞往沈黎雾那边的机票，去接她回家。

房东还没来得及更换密码，等周烬抵达沈黎雾的住处，输入密码后进去——房间里面空空如也。

周烬来不及细想，很快拨通了沈黎雾的电话。

等待电话接通的短短几秒钟，周烬设想了无数个她离开的理由，但都是不好的方面。

可周烬怎么都没算到，沈黎雾已经回家了，回他们的家！

她给他一个惊喜，他给她一个惊喜，然后他们就这样完美地错过了。

沈黎雾又哭又笑，语气哽咽着说："你干吗跑那么远呀？"

周烬听到她的声音的瞬间，卸掉了自己身上所有的力气，靠在墙边，无奈地说："来接雾雾回家啊！"

沈黎雾的眼泪不停地往下掉："那现在……"

周烬很快就打断了她的话："待着别动。我现在就去机场，尽快赶回来。"

"那我在家等你。"

因为时差还没倒回来，沈黎雾简单吃了点儿东西，又洗漱了一下，就去主卧休息了。

大概是因为房间里有周烬的气息，所以她这一觉睡得很沉。

但她做了一个被一头大灰狼叼住了她的脖颈儿的梦，醒来后，才发现那头狼，是周烬。

周烬没忍住在她唇角上亲了几下："提前回来怎么不跟我讲？"

"想给你一个惊喜。"

周烬无奈地笑了笑："差点儿变成惊吓，宝宝……"

沈黎雾抬起柔软的双臂，搂住了他的脖颈儿，声音轻柔："以后要一直、一直在一起。"

"嗯，周烬护你一辈子。"周烬从床上起身，低声问道，"宝宝的行李在哪儿？"

沈黎雾有点儿茫然："嗯？行李箱吗？在客厅。"

周烬亲了亲她的脸颊，而后便大步流星地走向客厅，不知道在找什么。

沈黎雾看了一眼挂在墙上的钟表，这才发现自己竟睡到了早上九点。

她刚想去看看周烬在做什么，结果迎面就撞见了拿着身份证和户口本的周烬。

沈黎雾"砰"的一下把门关上并反锁了。

周烬在客厅耐心等了将近半个小时后，沈黎雾终于出来了，周烬带着她去了衣帽间。这儿有许多的衣服和首饰，都是蒋浔生前买给沈黎雾但没有送出去的礼物。

周烬原本是打算一年送给沈黎雾一份礼物，这样蒋浔就好像一直在。

在领证这个特殊的日子，恰好有件很合适的礼物——

周烬牵着沈黎雾的手径直走向了衣帽间，黑暗掩盖住所有的惊喜，如今礼物的主人亲手打开了柜门。

"这是蒋浔纠结了许多天精心挑选的生日礼物，每一年都有，他原本想亲自送给你的。"

"打开看看吧，这是沈黎雾十八岁的生日礼物。"

十八岁的生日礼物是一条白色的连衣裙，裙摆上点缀着闪烁的细钻，在阳光下耀眼极了。

沈黎雾换上之后，站在镜子前，眼底染上了一层薄薄的水雾，但她还是笑着问："好看吗？"

周烬点点头，声音沙哑："好看。我们雾雾是蒋家和周家的小公主。"

沈黎雾又想哭了，但她拼命忍着——要是眼睛哭肿了，等会儿拍照就不好看了。

去民政局的路上，好像连风都是甜的。

他们进去之后，排队，拍照，填表，领证，一切都很顺利。

直到结婚证拿到手之后，沈黎雾都还有些没有反应过来。

在颁证员的引导和见证下，周烬和沈黎雾在红色国徽和国旗下，一起宣读结婚誓言，许下一生的承诺。

念完之后，周烬转过身，利落地抬起手臂，朝着国徽和国旗认真地敬了个礼。

这个敬礼，是对自己警察生涯的告别。

停顿几秒后，周烬转身看向沈黎雾，又朝她敬了个礼。

这个敬礼，是对沈黎雾深深的爱。

沈黎雾从来都没有梦见过哥哥。

他应该是怕吓到她，怕打扰到她，所以一次都没有去过她的梦里。

领完证之后，沈黎雾和周烬带着结婚证和新鲜的花束，去了爸爸妈妈和哥哥的墓前，跟他们说了这个好消息。

于是，这天晚上，沈黎雾第一次梦到了自己的爸爸妈妈和哥哥。

看到他们的小公主有了个好的归宿，往后余生也有人护着了，蒋爸爸和蒋妈妈才敢来女儿的梦里，跟她说说话。

蒋妈妈笑起来特别漂亮，小心翼翼地帮女儿擦着眼泪，哽咽着说："不哭，宝贝。"

沈黎雾的眼泪已经模糊了视线，她轻轻抬起手臂，又停在半空中。她很难过，开口时连声音都在颤抖："我想抱抱妈妈……妈妈会消失吗？"

她怕自己抱一下，爸爸妈妈就消失不见了。

蒋妈妈心都要碎了，把女儿抱在了怀里，哭着说："不会，不会，妈妈在呢！"

沈黎雾把脸埋在了蒋妈妈的肩膀处，像个小孩子一样，崩溃地哭着。

蒋爸爸也掉了泪，想要抱抱女儿，却又不敢触碰。见妻子和女儿哭得这么伤心，还是没忍住把她们拥入了怀里："爸爸妈妈真的很为你开心，你是我们的骄傲……"

沈黎雾哭到肩膀微微颤抖，无比哽咽地说："我好想你们……"

蒋爸爸和蒋妈妈抱紧了女儿，哄着她说："不哭了，雾雾不哭。"

哭了好久，沈黎雾才发现："哥哥呢？"

蒋妈妈拿出漂亮的手帕帮她擦了擦眼泪："哥哥在你身后呀！他觉得对不起你，不敢来见你。"

沈黎雾哭着转过身，看到蒋浔就站在她身后不远处，他比照片上还要帅气很多，正朝她温柔地笑着。

蒋浔看向自己心心念念惦记了二十二年的妹妹，笑着应："哥哥在呢！

哥哥对不起我们雾雾，希望雾雾能原谅哥哥。

"雾雾再给哥哥一个机会好不好？如果有下辈子，哥哥一定会护着你的……"

沈黎雾慢慢朝蒋浔走去，伸手抱住了他："笨蛋哥哥。"

蒋浔几乎是颤抖着手抱住了妹妹，低下头，愧疚而又痛苦地掉了眼泪："哥哥好舍不得你……"

他差一点儿就能见到妹妹了，可还是……离开了她。

沈黎雾讲话时的语气有些不稳，一边哭一边牵住哥哥的手："那要拉钩，你不许有别的妹妹，你要带我回家……"

蒋浔在医院治疗的时候都没有现在这样痛，他语气颤抖地说："好，哥哥一定会带雾雾回家。"

沈黎雾是哭着醒来的。

醒来后，身边只有周烬。

虽然是梦境，但是那些拥抱和叮嘱真的好真实……

沈黎雾抱住了周烬，把脸埋在他怀里，难过地说："我终于梦见爸爸妈妈和哥哥了，他们说要带我回家……"

周烬用大掌轻抚着她的头发："他们一定可以带雾雾回家的。"

沈黎雾怔怔地问道："会吗？"

"会。"

遗憾是人生常态，死去的人也不会复生。但这辈子的遗憾，下辈子一定会圆满。

那时——

蒋父蒋母没有牺牲，生活幸福美满，有一双可爱的儿女。

沈黎雾不是孤儿，没有在福利院长大，有最爱她的父母和哥哥。

蒋浔没有出事，没有跟妹妹分开。他弹钢琴，弹吉他，只为了哄妹妹一笑，特别宠着妹妹，护了妹妹一辈子。

番外一
收获幸福 寻得黎明

　　领证后没过几天，周烬和沈黎雾就各自投入工作中了。

　　沈黎雾现在已经比两年前更稳重了，不论面对什么突发情况都能够很好地处理。

　　周烬则是从周队变成了周总，因为长期训练，三十岁的他魅力非凡。

　　到公司的第一天，周烬就打消了公司所有单身女孩儿不该有的那些想法。

　　无名指上的戒指，摆在办公桌上的照片——他的爱，人尽皆知。

　　周总在公司雷厉风行，在家里却是截然不同。

　　领证第二天，周烬带沈黎雾去了珠宝首饰店，让她挑了个男款戒指，花他卡里的钱全款买下，还让人特意在戒指内圈分别刻了一行字。

　　沈黎雾的戒指上写着——周烬爱沈黎雾。

　　周烬的戒指上写着——沈黎雾爱周烬。

　　店员在刻之前还特意问要不要用字母缩写，说很多人都是这样刻的，简约又好看。

　　周烬淡淡地拒绝了："不用，就刻名字。"

　　沈黎雾问他："为什么呀？"

　　周烬牵住她的手，声音温沉："字母有什么意思？戒指丢了还找不到主人。"

　　沈黎雾一眼就看出来他还有话没说完。回到家后，周烬把她抵在墙边亲，好一会儿后，他呼吸滚烫着开口："我就是想让全世界都知道，沈黎雾爱周烬，周烬爱沈黎雾。我们坦坦荡荡地相爱，不需要任何遮掩。"

沈黎雾今天最后见的一位病人是一个五岁的小女孩儿，患有中度的自闭症，还伴有语言障碍。

经过一番了解，沈黎雾发现小姑娘的生活环境太压抑了，她不禁有点儿心疼。

周烬去接她下班的时候，看出了她闷闷不乐。问她原因，沈黎雾却只说是工作上的事，不能透露，要保护病人的隐私。

沈黎雾不知想到了什么，仰头看向他："周烬。"

周烬低声应道："嗯？"

沈黎雾故意问他："我们医院有分娩阵痛体验仪，你要不要去试试呀？"

有很多男人对这种仪器特别不屑一顾，觉得生孩子是女人的事，连体验都不愿意。

周烬毫不犹豫地就答应了："好。"

不为别的，他只是想要体验一下分娩的痛感是怎样的，如果太痛，他连女儿都不要了。

到相关科室后，医生也不那么忙，很热情地带周烬和沈黎雾去体验了。

仪器连接之后，会逐一增加疼痛级别。

"1到3级几乎没什么感觉，再往后越来越痛。"

周烬直接跳到了第六级，他连枪伤的痛都能忍，觉得这种疼痛还是可以承受住的。但随着仪器慢慢增加疼痛级别，他的脸色也变了些。

周烬下颌线渐渐绷紧，因为隐忍，脖颈儿处浮出了些青筋，额间的汗也特别明显。

直到结束，他都没有改变过自己的姿势，全程一言不发地扛了下来。

从医院离开的这一路上，周烬几乎没怎么说话。直到回到家里，周烬马上把沈黎雾抱在了怀里，低声说着："不生了。"

沈黎雾在他怀里轻声笑着："不要孩子了吗？"

周烬低哑着嗓音说："不要，有雾雾就够了。"

沈黎雾双手环在他的腰间，红唇轻启，安慰他说："其实现在有无痛分娩啦，能帮妈妈减轻很多很多痛苦。"

周烬还是坚持说："不要。"

体验了她未来分娩时可能经历的疼痛之后，他真的连孩子都不想要了。

沈黎雾知道他是心疼自己，主动抱了抱他说："那如果我想要呢？"

周烬没说话。其实他也喜欢孩子，但他不想让她承受这么多的痛苦和这么大的风险。

沈黎雾晃了晃他的手臂，小声说："随缘吧，好不好？"

周烬向来抵挡不了她的撒娇，最终还是答应了下来。

公司的事情逐渐步入正轨，周烬终于不那么忙了。经过商量后，周烬和沈黎雾决定旅行结婚，每到一个国家，就拍一套婚纱照留作纪念。

周父并不是那种思想古板的人，听到周烬和沈黎雾决定不办婚礼的时候，他并没有说什么，只是叮嘱周烬说："婚纱照不能将就，拍好看点儿，没钱就跟我说。"

但周烬已经不是刚辞职时的那个周烬了，只去了公司短短几个月，他就把公司的业绩提高了两个点。现在，他很有钱！

蜜月旅行第一站，他们去了冰岛看极光。

整个小镇都被洁白的雪笼罩着，天空近得好似伸手就能触摸到，如梦幻般美丽。

沈黎雾穿着厚厚的羽绒服，戴着毛茸茸的可爱帽子，在雪地上踩出了一个小兔子的形状。

"可爱吗？"

周烬笑了笑，低声道："可爱极了！"

沈黎雾戴上了手套，团了一个小雪团，揉成了圆滚滚的雪球，然后——她被砸了。

沈黎雾身形不稳，摔倒在雪地里，气呼呼地喊："周烬！我还没动手呢！"

周烬语调透着些惬意："宝宝，这叫未雨绸缪，常备不懈，先发制人。"

沈黎雾瘫坐在厚厚的雪地里，可怜兮兮地朝他伸手："站不起来了。"

周烬哑然失笑，朝她走近后牵住了她的手："小笨蛋。"说罢，便准备拉她起来，不承想，沈黎雾捧了一大捧的雪，"啪"一下朝着他砸了过去。

冰凉的雪经过领口往下滑，在室外的温度下，很是刺激。

沈黎雾在他怀里弯眸轻笑，学着他刚刚的语气说："这叫美人计呀！"

周烬只是笑笑没说话，担心雪地里太凉，把她牵了起来，然后，用冰凉的手揪住了沈黎雾的后颈。

"凉！松开我呀！"

周烬一边拎着她去了暖炉那边，一边轻笑着出声："你以为你老公没看到你右手藏着的一大团雪吗？"

"啊？"

他看到了，也能躲的。沈黎雾这点儿小手段对周烬来说，根本不值一提，但还是宠着她，让她随便玩。

沈黎雾被半搂半抱地带去了热乎乎的暖炉旁，坐下后，她莫名地有点儿愧疚："凉不凉呀？"

周烬的雪都砸在了她的衣服上，没什么影响，她却不留神把雪都撒进了周烬的衣服里面。

周烬本来想说没事的，但不知想到了什么，倏地变了话锋，压低了嗓音说："凉。所以，雾雾要不要给我一些补偿？"

沈黎雾看到他眼底的笑意，就猜到一定不会有什么好事，但还是好奇地问了句："什么补偿？"

周烬坐在沈黎雾身边，很自然地揽住她的腰，嗓音微哑："晚上看极光的时候不要出门了，太冷，落地窗前的景色也很好。"

沈黎雾微微攥了攥手心，小声拒绝："不要，不要！不可能，不可能！"

周烬似乎早就预料到了她会拒绝，在她脸颊上轻啄了一口。

晚上，他们还是在落地窗前看了极光，很震撼，比照片上要漂亮一百倍。

墨绿色的光和浅蓝色的光交织在一起，形成了流动的渐变色光，四周还有无数的星星环绕着，像是一支超大的画笔在天空中画下了这一幕震撼人心的景象。

周烬提前订好了婚纱照的拍摄团队，团队在他们离开的前两天赶过来拍摄了。

沈黎雾人生中第一次穿婚纱，整个人紧张得不行。

因为室外温度低，她选了带白色毛茸披肩的婚纱，还搭配了珍珠耳环和白色长款手套。沈黎雾穿着这一身婚纱走在雪地里的时候，很像欧洲古代的贵族公主。

"漂亮！新娘不要害羞，抬头看新郎。

"好，保持。"

这是摄影师最轻松的一次婚纱照拍摄了，两个人随便拍拍都很好看，甚至不用精修都可以出图了。

"亲一下！不要害羞哟，新娘可以主动踮起脚亲亲新郎。"

这儿除了摄影师之外，还有服装师和化妆师，所以沈黎雾很害羞。但为了尽快拍摄完，她还是强撑着脸红和害羞，踮起脚，吻住了周烬的薄唇。

周烬的大掌轻轻地揽住她的腰，眸中是数不尽的深情。

拍到最后的时候，周烬说："换一下手捧花吧。"

沈黎雾还没反应过来，就见服装师小姐姐拿了一束由三种花拼在一起的捧花过来，眼睛瞬间就变得湿润了。

向日葵代表了哥哥蒋浔。

百合花代表了她的母亲。

石斛花代表了她的父亲。

周烬知道沈黎雾还没有完全放下，所以就给她准备了这样一个算不上惊喜的惊喜。

沈黎雾把花束抱在怀中，眼泪不受控地往下掉，砸在了向日葵的花瓣上。

周烬把她抱在了怀里，轻声哄道："这么多人在呢，宝宝，不哭了。"

沈黎雾吸了吸泛红的鼻子，调整好自己的心情，然后继续拍摄。

蜜月旅行第二站，他们去了普罗旺斯，那儿有着世界闻名的薰衣草花田。

因为普罗旺斯是欧洲著名的骑士之城，所以这次的婚纱照，他们是骑士和公主的装扮。

沈黎雾穿着公主裙，戴着奢华的钻石首饰，躺在薰衣草花丛中，就像是落入凡间的天使一样。

周烬骑马从远处走来，手中还握着棕色长鞭，下颌线轮廓分明，眼神冰冷。直到看见自己的妻子，他眼底的情绪才转变为无止境的爱意。

骑士守护着公主，跟在她身后慢慢走着，偶尔公主要小脾气，骑士也心甘情愿地把她抱在怀里哄着。

新的一年到了。

因为周烬和沈黎雾在国外，所以周父特意创建了一个红包群。

周烬身上大概是有点儿运气在的，抢红包的时候比沈黎雾多抢了几百元。

周父发了句："恭喜恭喜。"

周烬还在疑惑他今年怎么这么公平公正，结果下一秒就收到了系统的提示——您已被移除该群。

把儿子移出群之后，周父又额外给沈黎雾转账了五次，每一年都是如此，五个红包。

沈黎雾领取完之后，礼貌地发语音说："谢谢爸爸。"

周父笑了笑，说："不用谢。不用给周家省钱，他赚钱就是为了给你花的。"

沈黎雾特意把语音外放，笑嘻嘻地看着周烬。

蜜月旅行这段时间，是沈黎雾最轻松、最快乐的时光。

他们尝试了蹦极、跳伞、潜水、冲浪，还有滑雪。玩这些项目之前，沈黎雾还有点儿害怕，但有周烬在身边，她又什么都不怕了。

他们每到一个地方就会拍摄婚纱照，后来不知不觉竟然凑齐了九套不同地点、不同风格的婚纱照。

至于宝宝……周烬和沈黎雾没有刻意去备孕，他是在周烬和沈黎雾结婚三年多的时候才意外来的。

那时候周烬在公司的工作已完全稳定下来，而沈黎雾自己创办的心理咨询室也步入了正轨。

那段时间，沈黎雾变得特别嗜睡，在同事的提醒下，她才买了验孕棒测试。

以防万一，沈黎雾第二天就去医院做了检测，确认自己是真的怀孕了。

沈黎雾原本特别激动，想要跟周烬说这个好消息，可就在电话接通的那一瞬间，她想到周烬在外地出差，又平静了下来，小声问："你忙完了吗？"

周烬说："晚点儿还有一个会议。怎么了，宝宝？"

"没事，只是有点儿想你了。"

周烬本来打算第二天再回去，但开完会之后，他还是放心不下沈黎雾，便买了机票连夜飞回了 A 市。

周烬回到家的时候，已经是凌晨了。他放轻了动作，走到沈黎雾身边，抱了抱她。

沈黎雾迷迷糊糊地醒来，下意识地护着自己的小腹，小声提醒说："不要这样抱我……"

周烬顿时无奈地喟叹了一声："电话里不还说想我吗？现在老公回来了又不让抱……果然得到了就不珍惜，没良心的小家伙……"

沈黎雾的困意渐渐消失，她轻笑了一声，打断他说："我们有宝宝了。"

房间内有长达三十秒的寂静。

周烬身形僵住，不可置信地看着怀里的小姑娘，然后小心翼翼地从她身上起来。他垂在身侧的拳头攥紧了又松开，松开后又再次攥紧。然后，他俯下身，轻轻地在沈黎雾的额头上印上一吻，哑声说："辛苦了，老婆！我爱你，我爱你……"

沈黎雾听出了他语气中的颤抖，眼泪不经意间滑落，她温柔笑着："以后就是一家三口啦！"

周烬一夜没睡。

在天微亮的时候，周烬将手心小心翼翼地贴在了她的小腹处，温声说着："爸爸会倾尽所有爱着妈妈……和宝贝。"

关于宝宝的性别这件事，沈黎雾没太在意。她的确是很喜欢女儿，但如果是个男孩子的话也可以。

但周烬不一样，不知道为什么，在得知沈黎雾怀孕之后，就斩钉截铁地说，一定是女儿。

"特意等我们结婚三年后才过来，一定是女儿！这么乖，一定是女儿！"

周烬给宝宝买的小衣服、小玩具，甚至包括婴儿房的装修，都是可可爱爱的公主风。

沈黎雾也不知道宝宝的性别，但如果是儿子的话……她已经开始替他担忧了。

什么东西都是粉粉嫩嫩的，不知道宝宝出生后会不会气得哇哇哭。

沈黎雾怀孕十个月，周烬去体验了很多次分娩疼痛，连医生都认得他了，问他为什么要体验这么多次。

周烬眼底满是对妻子的爱意："我没办法代替她承受孕期的痛苦，只能这样感同身受，陪她一起疼。"

周烬对沈黎雾的爱，永远明目张胆且热烈。

大概是上天也被感动了，所以实现了周烬的愿望。

许顺和童盈之间的爱情，要比普通情侣难一些，一是因为许顺的身份，二是因为他们异地。

许顺在 A 市，童盈在 D 市，一个经常要去执行任务，总是失联，一个朝九晚五地上下班，所以他俩连见一面都很不容易。

但童盈还是很坚定地选择了许顺。

只是童盈偶尔也会难过，因为不开心或生病的时候，男朋友都不在自己身边，甚至每次通话都是匆匆忙忙的，还没说两句就挂断了。

但她从来不在许顺面前表露出这些负面情绪。

那段时间刚好沈黎雾和周烬正在经历异国恋，童盈只要跟沈黎雾说这些，结局就是两个好姐妹一起哭。哭完之后，童盈又去找童妈妈，问她："为什么妈妈当年会选择爸爸啊？"

童妈妈笑着说："因为相爱啊，傻姑娘！"

童盈眨了眨眼睛，虽然现在很难过，但是如果许顺跟她求婚的话，她一定会答应的。

因为，相爱可抵万难。

但童盈等了一年、两年，等到周烬和沈黎雾已经结婚好几个月，准备去度蜜月了，许顺还是没有任何要求婚的迹象……

童盈暗示过许顺很多次，比如说："哇！今天下班路上偶遇了求婚的情侣呢，是不是超级浪漫？"又或者："哇，今天医院又有人求婚了，可浪漫了！"诸如此类。

许顺每次都是停顿几秒，然后低低地应一声："嗯。"

童盈生气了，挂断电话后，发了一条信息过去："你不想娶我是吗？那就算了吧。"

那天晚上，许顺刚执行完任务，因为最早的飞往 D 市的航班是在第二天早上，所以他开了几个小时的车，连夜赶到了童盈家门口。

童盈去上班的时候，眼睛还有些肿，结果刚打开门，就看到了那个熟悉的身影。

许顺眼底还带着些红血丝，整个人掩饰不住疲惫。看到童盈的时候，他立刻站得笔直，下意识抬起的手臂又默默放下——惹她生气了，不敢抱。

童盈看到之后，什么也没说，直接绕过许顺往前走。

"童童……"许顺到底是没忍住，攥住了她的手，低低唤了一声。

童盈顿时心软得不像话，但还是克制住自己的情绪，问他："不是不想娶我吗？那干吗还过来找我？"

许顺怕她真走了，赶忙说道："没有不想娶你！这辈子除了你，我谁也不要！我只是……怕委屈你……"

童盈很少哭，但听了他的话，眼泪"啪"一下就掉了下来，她哽咽着说："如果我觉得委屈，当初干吗要跟你在一起？"童盈气得直接踮起脚在他唇上咬了一口，控诉说，"你是不是傻啊？我不喜欢你干吗要期待你的求婚，干吗想要嫁给你，干吗会担心你、想着你？"

许顺忍不住把童盈抱在了怀里，不管她说什么，他都虔诚地道歉。

"对不起！对不起，童童……"

童盈从来没有这样哭过，许顺心疼得不行。

"那你还要娶我吗？"

许顺毫不犹豫地说："娶！"

童盈之前暗示了许顺六次，所以许顺求了六次婚。

童盈怎么都没想到，求婚还有求那么多次的，"我愿意"这三个字她说了一遍又一遍。

订婚那天晚上，许顺跟未来的岳父大人喝了酒。可他喝醉之后，谁也不记得，谁也不让碰，就黏着童盈一个人。

童盈把他送到房间休息的时候，门还没关，许顺就直接把她抵在了墙边，低头吻住了她柔软的唇。

童盈微微仰起头，呼吸有些乱，还是强撑着伸手把门关上了。

"童童……童童……"许顺一边亲，一边喊着她的名字。

童盈感觉心都要化了，她看着他的侧颜，轻声问："童童是谁啊？"

许顺醉得意识都模糊不清了，但还是回答说："是我的童童……"

童盈在他脸上轻轻亲了一下，笑着说："现在是未婚妻啦！"

许顺抱紧了她，把脸埋在了她的脖颈儿处，像一只撒娇的大金毛一样：

"喜欢童童……"

订婚后没多久，许顺就花了自己所有的存款，在童盈爸妈住的小区附近买了一套房子，房产证上只写了童盈一个人的名字。

后来执行任务，许顺受伤过几次，但每一次都会如实跟童盈交代。

因为许顺曾目睹了沈黎雾从国外赶回来，去医院堵周队并训他的场景，所以许顺不敢对童盈有任何隐瞒。

童盈虽然很心疼，但她只能在许顺身边默默陪着他。

许顺虽然不会说情话，却把所有的爱都给了童盈：童盈不开心时，他会耐心地陪着她，想办法哄她开心；童盈工作不顺利时，他会清醒而理智地帮她分析事情应该怎么处理会更好……

他们之间的感情一直都很稳定，几乎没有吵过架。

婚礼是在求婚成功后的第二年举行的。

刑侦队全员到场，周烬和沈黎雾也在，一起见证了这场甜蜜的婚礼。

接亲的时候，他们过关斩将，不论是俯卧撑游戏还是射击游戏，全都不在话下，最后只剩下找婚鞋了。

婚鞋藏的地方特别隐蔽，不过鉴于这些人是刑侦队的，所以限定了三十秒钟的时间。

在最后几秒钟倒计时的时候，武凯把七愿带进来了："七愿！冲冲冲！"

七愿一进去就找到了婚鞋——竟然在气球里。

找到之后，七愿还吐了吐舌头，一副求夸奖的可爱模样。

在场的不少人都愣住了，怎么都没想到竟然还有这种办法！

许顺单膝下跪，帮童盈穿上了婚鞋，又虔诚地在她白皙的脚背上亲了一口，这才把她抱起来，去往婚礼现场。

在说誓词的时候，童盈明明彩排过一次，但还是没忍住掉了泪。

"你愿意娶站在你身边的这个漂亮女人做你妻子吗？爱她，忠诚于她，无论是富贵还是贫困，无论健康还是生病，都会不离不弃，无怨无悔。"

许顺温柔而坚定地看着童盈，像当初加入刑侦队宣读誓言时那样笃定地回答说："我愿意！"

同样的话，主持人又问了童盈一遍。

童盈的眼底闪烁着泪光，点点头，说："我愿意。"

花束用的是象征平安的花，在主持人让新娘丢捧花的时候，童盈把手捧花分了好多份：先给了父母和许顺，又给了沈黎雾和周烬，最后刑侦队的每个人都收到了一枝象征着平安幸福的花。

这件事，童盈没告诉任何人，包括许顺和沈黎雾。

童盈拿着话筒，眼底闪烁着盈盈的泪光，开口说道："我的父亲是警察，我的老公也是警察，还有在场的刑侦队的队员们，我特别清楚他们有多辛苦，有多不容易……所以我把手捧花分成了很多份，希望每一位前去执行任务的警察，都能够平安归来，收获幸福！"

婚礼现场很是热闹，大家很有幸地见证了又一对有情人终成眷属，一群收到手捧花的刑侦队队员都感动得眼泪汪汪。

周烬不过离开了一小会儿，沈黎雾就被童盈骗得喝了好几杯酒，大脑晕乎乎的，乖乖坐在椅子上。

"雾雾？"

沈黎雾眨了眨茫然的眼，软声应道："谁是雾雾呀？"

周烬无奈地笑了笑："你是雾雾呀！"

沈黎雾思考了片刻，碎碎念着："我是雾雾吗？"

周烬只好先带这个醉醺醺的小醉雾回家休息，因为两个人都喝了酒，所以周烬让司机过来接他们。

沈黎雾坐在后座，靠在周烬的肩膀上发呆，时不时还会蹦出一句特别可爱的话："哇！有花花呢……"

但在一个十字路口前，她忽然撒娇说："要去左边。"

周烬原本以为沈黎雾想要在外面散散心，所以也就宠着她，让司机按照她指的方向行驶着。但没想到她醉成这个样子，还精准地找到了陵园的地址。

车子停在陵园外的时候，周烬垂在身侧的手慢慢攥紧了些，克制着自己的情绪。

沈黎雾特别可爱地敲了敲车窗："开门呀，哥哥！"

周烬动作微顿，片刻后，下车绕到另一侧，帮沈黎雾打开了车门，扶着这个站不稳的小家伙走了下来。

她是真的醉了，醉到把陵园当成了蒋浔的家。

周烬牵着沈黎雾的手，一步一步地踩在台阶上，往蒋浔所在的方向走着。

大概走到三分之二的路程时，沈黎雾已经可以很清晰地看到蒋浔墓碑上的照片。

她忽然停下脚步，意识有短暂的清醒，手不受控地颤抖。她摇摇头，小声说："不回家了……"

周烬揉了揉她柔软的头发，轻哄着说："那雾雾想去哪儿？"

沈黎雾什么也没说，只是安静地坐在了距离只有几步之远的台阶上。

微风轻拂，树叶沙沙地晃动着，倏地，她的眼泪砸在了墓园的台阶上。

过了许久，周烬才听到这个漂亮的小姑娘哽咽着说："我没有带钥匙……要等哥哥来接我回家。"

很多次，周烬都想把蒋浔留下的那段录音交给沈黎雾，但想了又想，还是没给出去。

因为蒋浔舍不得他的妹妹难过，他也舍不得。

"哥哥也想接你回家，一直都想。"

"真的吗？"

周烬抬起手臂，温柔地帮沈黎雾擦着眼泪，说："真的。"

说完之后，周烬看向了蒋浔的墓碑，脑海中浮现的却是他最后在医院用录音笔记录遗言的场景，是蒋浔给他自己的遗言。

病房内，蒋浔因为病痛的折磨已经消瘦得不成样子，面色苍白如雪。

他知道留给自己的时间不多了，所以努力地珍惜每一分每一秒。

按下录音键后，他开始慢慢讲述着自己的故事。

6月26日凌晨，蒋浔再一次被推进了抢救室。

经历过漫长的痛苦后，他陷入了严重的昏迷，身体内的各个器官都在宣告死亡，但经过抢救终于有了片刻的清醒。

他请求周烬代替他好好照顾妹妹。

他在生命的最后一刻才说出了自己的遗憾。

他坚持到了凌晨四点，整个人仿佛被撕裂了一样，耳边传来"滴滴滴"的心电图警告声。

他已经坚持不住了。

在那段看不见光的日子里，妹妹是蒋浔唯一的盼头。

他终有一日寻得黎明。

可……再无一日看到黎明。

番外二
向阳而生 温暖有光

花店内布置得漂亮而又温馨，外面架子上摆满了新鲜的花束，许多客人路过，都会忍不住停下脚步，带一两束回家。

今天花店的生意比往常都要好，因为透过玻璃窗可以看到，店里有个扎着公主头的小姑娘正坐在椅子上乖乖写作业。

小姑娘长而卷翘的睫毛微微垂着，在眼下映出了小片的阴影，唇红齿白，就像是童话书中跑出来的小公主一样。

许多客人进来买花的时候，都会看着她说："好漂亮呀！老板，这是你家女儿吗？"

花店老板笑了笑，说："不是，是关系很好的顾客的女儿。"

等到客人走后，小黎雾转过头看向老板，脸颊上飘着红晕，不太好意思地说："阿姨，对不起，是不是打扰到你了呀？"

花店老板连忙摇摇头，热情地说："没有，没有！你看今天雾雾在这儿，给店里吸引了多少顾客呀！"

小黎雾有点儿害羞地握紧了手中的笔，紧张地小声说："我没有带钥匙……要等哥哥接我回家。"

花店老板看到后心都要化了，连忙哄着说："哎哟，没事，没事！哥哥没空来接你，今天晚上住阿姨家也好呀！"

话音刚落，门外就传来了一道熟悉的声音。

"不用了，舒姨。"

蒋浔逆着光站在门口，身上穿着简单的白 T 恤和黑色长裤，整个人洋溢着青春的气息，看向小黎雾的目光更是温柔得能溢出蜜来。

蒋浔微微扬起了唇角，轻笑着说："跟哥哥回家了，雾雾。"

小黎雾看到哥哥的瞬间，眼睛里都是透着光的，笑起来也漂亮极了，生动极了。

"谢谢阿姨，我要跟哥哥回家啦！"

"等一下，这是今天刚到的向日葵花束，雾雾不是最喜欢向日葵吗？这是阿姨送给雾雾的。"

蒋浔的目光自始至终都落在妹妹身上，闻言，语气温柔地说："拿着吧，雾雾！哥哥付钱。"

小黎雾顿时开心应道："谢谢哥哥。"

花店老板说什么都不肯收，毕竟雾雾给店里引来了那么多的客人。蒋浔只好收下花，准备让妹妹明天带点儿小蛋糕送过来。

蒋浔牵着妹妹的手离开了花店，轻声问："今天怎么没带钥匙呀？"

小黎雾微微鼓了鼓唇，说道："雾雾才不是小笨蛋……"

蒋浔顿时笑出了声："哥哥没说你是小笨蛋啊！"

小黎雾眨了眨漂亮的眼眸，一本正经地说："但是哥哥心里一定在想，妹妹好笨哟，连钥匙都忘记带了。"

蒋浔眼底闪烁着温柔的笑意，伸手捏了捏小黎雾软乎乎的脸颊："我们雾雾才不是小笨蛋，雾雾是小礼物，是哥哥和爸爸妈妈最宝贵的礼物。"

"那爸爸妈妈什么时候回来？"

"明天就回来了。"

"那哥哥什么时候会放假呀？雾雾好久都没跟哥哥一起出去玩了……"

"下周，下周哥哥带你去游乐园，好不好？"

"好！"

夕阳西下，一大一小两道影子折射在道路上，温馨而又治愈。

沈黎雾出生那年，蒋正明在执行一项重大任务，原本妻子的预产期已经到了，但小家伙就是拖着不出来。

直到得知父亲抓获了那些犯罪分子，正在往医院赶来的时候，小家伙才开始发动。

奚婧一边承受着阵痛，一边无奈地笑着说："宝宝也担心爸爸是不是？

爸爸很快就来了，宝宝要乖哟！"

蒋正明穿着警服，身上还沾染了些血迹和尘土，在妻子被推进产房之前，终于赶了过来。

他亲吻了妻子的额头，语气有些急促，但还是极其有安全感地说道："我跟儿子在外面守着你们，不怕。"

奚婧笑了一下，说："我有预感，宝宝这么乖，应该是个女儿。"

蒋正明在无数次濒临死亡的时候都没有掉过一滴泪，看到护士把宝宝从产房抱出来的时候，却没忍住红了眼。

"我妻子怎么样？"

"母女平安，等一会儿就可以转移到普通病房了。"

蒋正明抱着软软小小的女儿，看着她挥动着自己的拳头，像是在跟他打招呼一样，顿时眼泪就不受控地掉了下来。

他小心翼翼地弯下腰，跟儿子说："阿浔，这是妹妹。"

蒋浔比妹妹大了六岁，在看到妹妹的第一眼，他就发誓一定会护着妹妹一辈子。

后来，他也的确做到了。

在妹妹出生第一天的时候，全家人就把她的名字定下来了。

黎雾，礼物。

大雾散尽，黎明将至，小黎雾的未来一定温暖有光。

但就是姓氏，迟迟都没有订下。

"'蒋'字不好听嘛，蒋黎雾，蒋黎雾，总觉得有点儿不像小公主。"

"那女儿就随你姓，姓奚。"

"奚黎雾？"

蒋浔坐在婴儿床旁边，伸出手碰了下妹妹的小手，轻声说："让妹妹自己选吧。"

奚婧和蒋正明异口同声道："好主意！"

不管好不好听，以后都可以跟女儿说，这是你自己选择的哟，不关爸爸妈妈的事。

蒋正明和奚婧写了很多张字条，有蒋黎雾、奚黎雾、周黎雾、沈黎雾……

小黎雾差点儿就选中写有"周黎雾"的那张字条了，她轻轻攥了一下，然后又松开，放在了自己的身边，最后选了最好听的一个名字——沈黎雾。

幼儿园小朋友的思维都特别天马行空，他们经常会在一起讨论很多可可爱爱的问题。

"你们是跟爸爸姓，还是跟妈妈姓呀？"

"我是跟我妈妈姓。"

"我也跟我妈妈姓！"

小时候的沈黎雾可爱极了，不论是在家里，还是在幼儿园，大家都特别喜欢她。

小朋友跑过去问沈黎雾跟谁姓的时候，她摇了摇头，奶声奶气地说："我不跟爸爸姓，也不跟妈妈姓。"

小朋友们好奇极了，全都瞪大了眼睛，可爱地"哇"了一声。

"那你跟谁姓呀？"

沈黎雾拖着她的小奶音，轻声说："爸爸妈妈说，是我自己选的！"

在女儿出生之后蒋正明就申请调离了岗位，不单单是为了女儿，也是想要弥补妻子和儿子。

沈黎雾很乖，她跟妈妈长得很像，都特别漂亮，任谁见了都会夸她一句——怎么会有这么漂亮的小姑娘呀？

在沈黎雾年纪小的时候蒋浔还可以每天都陪着妹妹，跟妹妹玩。但随着年龄的增长，学业的负担也越来越重，他只有假期能跟妹妹见面了。

蒋浔每次放假回家，问的第一句话就是："妹妹呢？"

奚婧温柔地笑了笑，轻声说："哎呀，你怎么跟你爸爸一样，回来就问雾雾！你们俩这么宠雾雾，以后万一雾雾谈恋爱、结婚了，不得心疼哭呀？"

蒋浔没说话，他很快就看到了不远处那个熟悉可爱的身影。

"哥哥！抱抱！"沈黎雾也最喜欢哥哥了，因为每次哥哥回来的时候，都会带一束她最喜欢的向日葵。

蒋爸爸和蒋妈妈一开始都很好奇："宝贝为什么喜欢向日葵呀？是因为葵瓜子能吃吗？"

雾雾很认真地摇了摇头，说："是梦里的哥哥喜欢！"

"梦里？"

"嗯，所以雾雾也喜欢！"

后来蒋浔也问过妹妹，梦里的哥哥是什么样子的——他以为她梦里的那个哥哥是别人。

雾雾弯了弯漂亮的双眸，伸出手拍了拍哥哥的脑袋："哥哥笨笨！梦里的哥哥，跟哥哥一样呀！"

蒋浔听到后，低声笑了出来，更宠这个比他小六岁的妹妹了。

之后蒋浔每次放假回来，总会去家里附近的花店，买一束最新鲜的向日葵送给妹妹。

蒋浔的成绩很优秀，在填报志愿的时候，有很多名校都递来了橄榄枝。但他跟父亲一样，都义无反顾地选择了警察这个职业。

大学报到那天，沈黎雾虽然晕车，但还是坚持去送哥哥。

看到蒋浔搬着行李下车的时候，沈黎雾站在一旁，眼睛变红了些，因为她不想跟哥哥分开。

蒋浔看到后，把行李交给了父母，蹲下身，问："雾雾怎么了？"

沈黎雾眼眶和鼻尖都红红的，她小声说："太远了……"

以前跟哥哥在一个城市上学，还可以偶尔去看看哥哥，但哥哥现在离自己太远了，坐车都要好久好久。

蒋浔也不舍得，他伸出手心疼地帮沈黎雾擦眼泪："哥哥答应雾雾，只要放假，就回家陪雾雾，好不好？"

沈黎雾擦了擦眼泪，伸出自己的手，轻声说："那哥哥和我拉钩。"

蒋浔伸出手跟妹妹拉了钩，又哄了妹妹好久，还带她去吃了好吃的冰激凌，这才把人哄好。

蒋浔之所以会在忙碌之余学习钢琴和吉他，就是因为沈黎雾在抓周的时候，抓到了这两样。

奚婧轻笑了一下，哄着说："宝贝，选一个就好啦！"

沈黎雾发出了可爱的小软音，然后一手抓一个，怎么都不肯松。

然后沈黎雾就拿着缩小版的玩具钢琴和吉他，跌跌撞撞地扑到了哥哥的怀里："哥哥，抱。"

她刚刚还宝贝得不行的东西，竟然主动送给了哥哥。别人抓周是给自己抓，沈黎雾抓周是给哥哥抓。

蒋爸爸和蒋妈妈笑得不行，说妹妹可能是闹着玩呢，但蒋浔宠着妹妹，特意去学了这两种乐器。

沈黎雾小时候经常会做噩梦，醒来后就会委屈地躲在妈妈怀里哭，怎么都哄不好。

但只要蒋浔弹钢琴或者弹吉他给她听，她就不哭了。

学校里，蒋浔日常的训练课程安排得很满，受伤也是家常便饭，但他好像有用不完的能量。

训练场上，大家步伐整齐一致；射击馆内，训练的枪声接连响起。

蒋浔身穿黑色制服，头上戴着特殊的降噪耳机，目光坚定，望着不远处的靶心，利落而又果断地开枪。

他们才刚练习没多久，蒋浔的表现就已经特别出色了。

其他人回到宿舍后就直接累到躺平，蒋浔却还有心思去看各种刑侦案例分析。

"哥，你太拼了。"

"歇会儿吧，哥，求你了。"

蒋浔只是笑了笑，嗓音有些低："答应了就要完成。"

室友纷纷好奇地追问："答应谁啊？"

蒋浔眸中闪着光芒，低声说："我家的小礼物。"

他们虽然没有见过蒋浔的妹妹，但通过跟蒋浔的接触，已经知道他有多在意自己的妹妹了。

在得知妹妹来学校给他送东西的时候，通知他的人话还没说完，蒋浔人就跑没了。

蒋浔连训练服都没来得及换，看着不远处站着的那个熟悉身影，他微微喘着气，浑身透着阳光热血的气息，喊："雾雾！"

沈黎雾见到哥哥后，迅速跑到哥哥身边，之后就想要抱抱。

蒋浔后退了两步，低声说着："哥哥没换衣服，脏。"

沈黎雾却丝毫不在意地主动抱住了哥哥，软声说："好想好想哥哥……"

蒋浔感觉心都快要化了，他带着些歉意地揉了揉妹妹的头顶："对不起，雾雾。哥哥这段时间训练太忙了。"

沈黎雾漂亮的眼眸满含笑意，她轻声道："没关系呀，所以我来找哥哥啦！"

蒋浔提前申请过，所以午餐的时候，他直接带妹妹去了食堂吃饭。

这么一个软软乖乖的漂亮妹妹走到食堂后，顿时吸引了不少人的注意力，蒋浔当场就后悔了。

沈黎雾轻轻喊了一声："哥哥？"

蒋浔调整好自己的心情，把妹妹牢牢地护在了自己身边："没事。雾雾想吃什么？"

沈黎雾指着不远处的窗口，小声说："炸鸡腿……"

在排队的时候，蒋浔只顾着妹妹，没注意到前面不远处那个熟悉的身影。

还没到他们呢，鸡腿已经快没了，沈黎雾默默数了数，前面还有两个人，盘子里还有三个鸡腿，一人一个的话……

"阿姨，拿三个。"男人的嗓音低哑得透着磁性，很是好听。

但是！他把鸡腿全买走了！！！

沈黎雾抬头瞪向那个人的背影，但又被他身上的强大气势吓退了："哥哥，我们走吧……"

"不想吃了吗？"

"不是，是卖完啦……"

蒋浔这才看到食堂窗口内的餐盘已经撤走了，而且买走最后三个鸡腿的人竟然是——周烬。

周烬付完钱后转身离开，恰好遇见了身后的蒋浔和沈黎雾。

这时的少年正值意气风发的年纪，浑身透着些强势的热血，属于一眼就容易让人心动的模样。

但沈黎雾习惯了哥哥的温柔，也只依赖哥哥，所以下意识躲了躲。

蒋浔跟周烬打了个招呼，得知鸡腿是周烬帮他室友带的后，也就没再说什么。

"哥哥下次再带雾雾来吃，好不好？"

"好。"

打完饭之后，蒋浔找了一圈都没找到空位，最后只有周烬那桌还有两个空着的位置，他只能带着妹妹过去坐了。

"雾雾，你先坐着，哥哥去帮你拿一下饮料。"

沈黎雾莫名地有些紧张。

临走的时候，蒋浔很自然地叮嘱了一句："阿烬，帮我照顾一下她。"

周烬淡淡地应了一声："嗯。"

蒋浔走远之后，沈黎雾放轻动作，小口小口地吃着米饭，然而下一秒，一个炸得酥脆的大鸡腿忽然被放在了她的餐盘里。

沈黎雾微微怔住，抬眸看了旁边的男人一眼，他的侧颜轮廓分明，一举一动都透着痞帅气质。

她心跳得越来越快，声音也特别紧张："谢谢……多少钱呀？"

周烬并未转头看她，说话的语调有些散漫："不用了。"

虽然他说不用，但沈黎雾等哥哥回来之后，还是说要付钱给他。

蒋浔听到后低声笑了笑，把买来的罐装饮料递给了周烬："谢了，兄弟。"

蒋浔比周烬大了一岁，他们是在一次对抗赛中认识的。

那时候的周烬桀骜不羁，浑身充满了痞气，跟蒋浔也算是一见如故。

周烬接过后，身子微微往后仰了仰，喉结上下滚动着，慵懒地靠在椅背上。

周烬一边跟蒋浔聊着关于训练的话题，一边单手扣住易拉罐的拉环，轻易地就打开了易拉罐。

沈黎雾余光瞥见了他单手开易拉罐的帅气动作，但怎么都没想到，他打开饮料之后，直接放在了她的手边。

"最近戒糖，给小朋友喝吧。"

"小朋友"这三个字听起来，莫名有点儿宠溺的意思。

沈黎雾无意识地握紧了筷子，紧张到脸都有点儿红，她小声说："谢谢……哥哥。"

周烬并未在食堂待太久，因为他还要去做各种训练。

蒋浔也只请了一会儿假，陪妹妹吃过饭之后，送她到校外，对她说："再有两个月哥哥就回家了，乖乖听话，知道吗？"

沈黎雾虽然很不舍得，但还是乖乖地点了点头。

"哥哥抱一下。"

蒋浔眼底蕴着笑意，温柔地说："怎么还跟小时候一样啊？这么黏着哥哥。"

说完，蒋浔还是轻轻地抱了一下她。

分别的时候，直到看不到车子的影子，蒋浔才转身离开，继续投入严格的训练当中。

两个月后，蒋浔放假回家。

蒋妈妈做了一桌色香味俱全的饭菜，但也特意留了几道简单的菜式让蒋浔做。

奚婧笑着把锅铲递给了他，轻声说："你妹妹最喜欢吃你做的菜，既然放假了，以后就由你负责了。"

之前蒋爸爸和蒋妈妈出差的那段时间，都是蒋浔按照菜谱，每天给沈黎雾做饭。没想到她吃了之后就念念不忘，惦记了好久好久，甚至喜欢哥哥做的菜超过了妈妈做的。

蒋浔低低笑了声，应道："好。"

他先把行李放到了房间，然后把回来时买的向日葵花束放在了妹妹的书桌上。

沈黎雾回家后看到哥哥，开心极了。她的饭量很小，但如果是哥哥做的菜，她能再多吃半碗米饭。

"阿浔，手臂怎么了？是伤到了吗？"吃饭的时候，奚婧发现蒋浔握筷子时有点儿使不上力，于是皱着眉问他。

蒋浔很自然地应道："没事，训练的时候不小心拉伤了。"

奚婧没说什么，连忙去拿了勺子给他，准备吃过饭后再帮他用药敷一下。

蒋正明也经常受伤，所以奚婧已经习惯了。

但沈黎雾还是第一次看到哥哥受伤的样子，除了手臂拉伤之外，他上半身还有很多擦伤的痕迹。

也是在这个时候，沈黎雾才改变了自己的想法——她不想学心理学了，学心理学是为了治愈别人，治愈自己，但她现在很幸福。

沈黎雾并没有跟父母和哥哥提过自己的梦想或者志愿，看到哥哥受伤的那一刻，她就在心里默默决定了……

沈黎雾高考那年，因为成绩优秀，很多名校都递来了橄榄枝。

蒋正明和奚婧都很尊重女儿的想法，不论她做什么，他们都全力支持。

沈黎雾最终选择了华清大学，报考的是医学专业。

蒋浔听到之后，什么也没说，只是抬起手臂揉了揉沈黎雾的脑袋。过了许久，他才低声问了句："是不是担心哥哥？"

沈黎雾的眼圈一下子就变红了，睫毛轻轻垂了下来，在眼下映出一片小小的阴影。她轻声说："害怕哥哥受伤……"

蒋浔无奈而又宠溺地哄着她："哭什么呀？哥哥在呢！哥哥答应雾雾，一定会保护好自己，不会给雾雾帮哥哥治疗的机会，好不好？"蒋浔抬起手臂，指腹落在雾雾的脸颊上，温柔地帮她擦去了眼泪："不哭了，我们雾雾也长大了呀！"

沈黎雾吸了吸泛红的鼻尖，转移话题说："我不是小朋友了哟！"

蒋浔从喉咙深处溢出了声笑来，顺着她的话说："是呀，雾雾不是小朋友了，是大朋友。"

不知道为什么，沈黎雾听到"小朋友"这个称呼，却忽然想起了多年前的一幕。

在食堂的第一次遇见，也只见了那一次。

番外三
浪漫婚礼 得偿所愿

蒋浔毕业之后就进入了 A 市的刑侦队，参与并侦破了几起重大案件。他在刑侦队待了一年以后，周烬才加入。

因为在学校时候就形成了默契，所以执行各种任务的时候，周烬和蒋浔成了彼此最好的搭档。

但偶尔也会有失误，在与敌人搏斗过程中，因为对方过于狡诈，两个人都受了些刀伤。

任务完成后回到警局时，队员们都说让蒋浔和周烬去医院处理一下伤口，以免感染。

想到妹妹正好在家里，蒋浔低低地说了句："不用，回家给我妹妹练手。阿烬你也一起去啊！这么好的伤口，刚好让她锻炼一下。"

于是，蒋浔就忽悠周烬去了自己家里。

这是时隔这么多年，沈黎雾第二次见到周烬。

她很早就听说周烬跟哥哥在一起工作，周烬也偶尔会来家里吃饭，但那时候她在学校，所以没遇见过。

如今再见到时，男人身上仍然带着当年的意气风发，但多了些沉淀。

周烬也将目光落在了不远处的沈黎雾身上，人很瘦，皮肤很白，比之前更漂亮了。

沈黎雾拿来了医药箱，小心翼翼地帮哥哥处理着伤口。

瞧见小姑娘眉心微微蹙了一下，蒋浔立马开始哄她，声音特别温柔："哥哥没事，一点儿小伤而已。"接着又转移话题，"晚上想吃什么？哥哥帮雾雾做，好不好？"

沈黎雾一边拿出白色纱布帮他包扎，一边摇了摇头，说："不好。"

受伤了还去做饭，疯了吗？

沈黎雾抬眸看去，语调轻柔却带着明晃晃的威胁："哥哥要是做饭的话，我就跟爸妈告状，说你欺负我。"

蒋浔笑了出来，眼中满是宠溺："好、好、好！听我们家小礼物的。"

伤员一号包扎好之后，就轮到伤员二号了。

只是，周烬的伤——在腰上。

看到他掀起上衣，沈黎雾握着消毒棉签的手都变得僵硬了些。

顾及蒋浔在，周烬到底是没打趣眼前这个小礼物。

不过，她真是可爱，他的心都要化了。

沈黎雾慢慢屏住呼吸，尽量忽视眼前男人带来的强烈的压迫感，但中间还是不小心跟周烬对视了一眼——

男人五官轮廓分明，眼底蕴着很浅的笑意，就这么低眸望着她。

沈黎雾不禁手抖了一下，然后棉签狠狠地戳在了他的伤口上。

"嘶……"周烬倒吸了一口冷气，身体因为猝不及防的痛意微微往前倾。

沈黎雾结结巴巴地道歉："对……对不起……"

周烬停顿片刻，薄唇贴在她的耳侧，语调低哑缠绵："往哪儿看呢，小礼物？"

沈黎雾身形微微僵住，这才发现自己刚刚走神，盯着他的腹肌看了好久。

她的脸"唰"一下红了，她匆匆忙忙上完药，赶紧逃离了现场。

蒋浔刚刚请完假，回到客厅后，就听到周烬有点儿懒散地说："晚上我请客吃饭，算是医药费了。"

蒋浔笑着应："还挺懂事。"

他们原定的是去吃火锅或者烧烤，但小姑娘坐在后排，语调轻柔着提醒说："不能吃海鲜以及辛辣刺激性的食物，会导致伤口发炎哟！"

于是，刑侦队全体队员看着面前的轻食沙拉店，陷入了长达一分钟的沉默——

这不就是一堆绿油油的蔬菜叶子加了点儿白酱和红酱吗？

但是蒋队都没说什么，他们谁也不敢开口。

吃吧，吃吧！一人一碗草，草也好吃！

蒋浔因为警局临时要开一个会议，所以提前走了。他对其他人不放心，便叮嘱周烬，让他送沈黎雾回家。

但蒋浔并不知道，周烬才是那只掳走他妹妹的狼。

回去的途中，沈黎雾坐在副驾驶的位置，安静地看着外面的景色。

周烬透过车窗倒影看到女孩儿柔和的侧颜，他放缓了车速，故意绕远了点儿。

"什么时候回学校？"

"嗯？"

周烬又耐心地问了一遍："什么时候回学校？"

沈黎雾轻声回答："周日下午。"

周烬骨节分明的手指在方向盘上轻敲着，声音低沉："我送你。"

沈黎雾有点儿愣住，片刻后，才喃喃开口说："可是……哥哥说他陪我回去……"

周烬低笑了声："那就不告诉他。"

微信是这一天加的，人也是这一天周烬决定要追的。

周烬这个人就是这样，从来不遮遮掩掩，不做让人误会的事，他的喜欢和爱意永远直白且坦荡——但唯独不知道怎么跟蒋浔说这件事。

过了一段时间后，周烬出任务路过沈黎雾的学校，带了许多她爱吃的零食和水果。

沈黎雾看到他的那瞬间，好像理解了什么叫心动。

夜色渐深，他穿着一件黑色的冲锋衣，长腿微微曲起，随意地倚靠在车门旁，整个人特别帅。

"怎么不多穿点儿？晚上会冷。"周烬眉心微微蹙起，然后很自然地脱下自己的外套准备帮沈黎雾披上。

但沈黎雾后退了一小步，仰起头看他，轻轻喊了声："周烬……"

周烬目光认真："嗯？"

沈黎雾轻咬着下唇，有点儿紧张地攥紧了手心，但还是很理智地问他："我们……是什么关系呀？"

他对她太好了，好到沈黎雾总是会忍不住多想。

周烬看着她认真又紧张的模样，不禁轻敛了眉眼，低笑了一声。他把外套披在了沈黎雾身上，然后微微使了点儿力道，把人拉到了自己的怀里。

周烬浑身散发着强势的掠夺气息，他低下头，声音低哑："主要取决于雾雾答不答应。"

沈黎雾呼吸微窒，紧张地把手抵在了周烬的胸膛处："答……答应什么？"

周烬目光炙热地望着怀里的小姑娘，放轻了语调："做我女朋友，好不好？"

见她没回答，周烬就继续贴近，语气也一声比一声温柔，哄着说："好不好？"

沈黎雾脸红得不行，在他怀里点了点头。

见状，周烬伸手抬起了她的下巴，低头吻住了那柔软的红唇。他把人按在怀里亲了好久，直到小姑娘有点儿喘不上来气，才依依不舍地松开。

沈黎雾靠在他的胸膛处，听着男人心脏剧烈跳动的声音，莫名地很有安全感。

头顶上传来了男人低哑好听的声音："有名分了，让你身边那些追求者都离你远点儿。"

周烬看他们不爽很久了，每次来找沈黎雾，他都能见到那些向她献殷勤的人。

沈黎雾眨了下长睫，有点儿紧张地问："哥哥那边……怎么说呀？"

周烬也愣住了，这事他还真没想好。不过，他还是安慰着怀里的小姑娘："我来跟他讲，没事。"

沈黎雾有点儿担心地问："哥哥应该不会对你动手吧？"

周烬哄着说："不会，他是君子。"

把小朋友哄到手，确定了恋爱关系之后，周烬本来打算找机会跟蒋浔聊一下这件事的。但他回到警局后，很快就收到了要去执行任务的消息，由蒋浔带队，是一次比较危险的抓捕行动。

为了能够心无旁骛地完成任务，周烬就暂时没提自己跟沈黎雾谈恋爱这件事。

临出发前，蒋浔跟父母以及沈黎雾分别通了电话，说要去执行任务，时间可能会长一点儿。

沈黎雾虽然已经习惯了，但还是忍不住地担心："哥哥要小心点儿，尽量不要受伤。"

蒋浔低笑着应："知道了，哥哥答应雾雾。"

沈黎雾微微攥紧了手心，又支支吾吾地问："都有谁去呀？"

蒋浔没想太多，说刑侦队大部分队员都会去。

大部分队员，也包括周烬……

跟哥哥通完电话之后，沈黎雾就想发信息给周烬，但挂断哥哥的电话还不到三秒钟，周烬的电话就打过来了。她按下接听键，轻轻应了声："喂？"

周烬声音有点儿低沉，跟女朋友报告着自己的行程。

沈黎雾能隐约听到电话那边哥哥讲话的声音……

啊！好紧张！

周烬也听出了她的慌乱，低笑着说："没关系，等我回来再聊，照顾好自己。"

沈黎雾心虚地放轻了声音："嗯，你要跟哥哥一起平安回来……"

蒋浔转头的那瞬间，恰好看到了温柔地笑着打电话的周烬——这人以前从来没有这样笑过。

周烬也注意到了蒋浔的目光，电话挂断后，问："怎么了？"

蒋浔轻抬下颌，很自然地问了句："女朋友？"

周烬低笑了一声："为什么这样认为？"

蒋浔一边整理文件，一边分析："这段时间，你一有空就往外跑，以前也没见你这么热爱假期。跟其他人打电话都冷得不行，跟她聊天却每次都笑得像个傻子。你跟我说你没谈恋爱，谁信？"说完之后，蒋浔就通知所有人去车上集合，还不忘回头看着周烬说，"任务结束后，别忘了请客吃饭。"

周烬舌尖抵了抵腮，语调透着些无奈："你可能吃不下去。"

蒋浔哼笑了一声："你少来，别想躲这场局。"

蒋浔和周烬大概有半个月没有联系沈黎雾了——一是因为任务比较严峻，需要高度集中精力，去处理现场发生的种种意外；二是为了防止有人泄露信息，所以只要是参加任务的人，手机都被收走了。

任务快结束前，蒋浔才跟沈黎雾打了一通电话。

"没事，过两天哥哥就回去了。"

"哥哥受伤了吗？"

蒋浔瞥了一眼自己血流不止的伤口，压低了声音说："一点儿擦伤，不碍事。"

沈黎雾虽然不信，但又不想影响哥哥的任务，便没再继续追问。

周烬也发来了信息，说："平安，别担心。"

沈黎雾担心地回复："受伤了吗？"

周烬："一点儿擦伤，没事。"

肯定受伤了！这两个大骗子！

事实证明，沈黎雾的预感是对的。

周烬和蒋浔都受了不少伤，但好在并没有伤及性命。

任务结束后，周烬和蒋浔就一起去医院处理伤口了。因为不想让沈黎雾担心，所以两个人都默契地没提受伤这件事。

但沈黎雾刚好来医院帮老师取一份资料，不承想迎面就撞见了进来包扎伤口的周烬。

只有周烬一个人，蒋浔去打电话跟李局汇报这次任务的大概情况了。

被女朋友逮到的瞬间，周烬难得有点儿慌，低低喊了一声："雾雾。"

沈黎雾没理他，反而跟医生说："徐医生，我能在这儿旁观一会儿吗？"

徐医生笑着应："可以。"

沈黎雾一直等周烬包扎好之后，才默不作声地出去。

周烬把人带到了安全通道，声音低哑地说："我错了，宝宝！你不要生气。只是一点儿小伤，因为不想让你担心……"

沈黎雾不想理他，周烬却直接把她困在了墙壁和自己之间，呼吸有点儿炙热："想我没？"

沈黎雾微微鼓了鼓唇，说："没有。"

周烬沉沉地笑了一声："怎么办？我想你想得快疯了。"

沈黎雾顿时红了脸，抬手想要推开他："我还有事要忙，你走开。"

周烬抱着她不松手："还生气吗，宝宝？"

沈黎雾只想快点儿离开这儿，敷衍地说了句："不生气了。"等忙完再算账！哼！

周烬慢慢靠近，弯下腰，哄着她："那亲一下。"

沈黎雾只好主动踮起脚，在周烬的脸颊上亲了一口。

事情就是这么不凑巧。

李局有事要找周烬，蒋浔找了一圈没找着人，就问在走廊打扫卫生的阿姨，有没有见过一位穿着警服的人。

阿姨显然对周烬印象深刻，立刻就回说："在安全通道那边！"

蒋浔说了声"谢谢"，慢慢走向了安全通道，推开门的瞬间，恰好就目睹了沈黎雾踮脚主动亲周烬这一幕——

很好，周烬！！！

周烬反应很快，迅速把沈黎雾抱在了怀里，挡住了她看向门口的视线。

沈黎雾茫然地问："怎么了？"

"没事，不是还有事要忙吗？"

周烬和蒋浔都不希望给沈黎雾压力，所以这些事他们来处理就好。等沈黎雾离开的时候，蒋浔已经不在了。

周烬在安全通道等了一会儿，蒋浔才从楼上下来，就这么居高临下地看着周烬，淡淡地对他说："先去办住院。"

办完住院手续之后，不管打成什么样都有医生在。

蒋浔从来没有这样冷漠过，一言未发地在住院部等着周烬办完手续。

蒋浔走进病房后就把外套脱了下来，关上门，声音有些淡漠："谈恋爱了？跟我妹妹？"

周烬轻"嗯"了一声："是我追的她……"

"砰！"一拳！

蒋浔以前也和周烬一起练过拳击，但从来没有这样狠过，蒋浔的声音沉得不像话："你还敢追？！"

周烬没还手，因为惯性往后退了一两步。

蒋浔很少会骂人，这次是真的被逼急了。自己放在心上疼着、宠着、爱着的妹妹，被眼前这个人忽悠走了？！

"周烬，你还是人吗？我妹妹还在上大学呢，你就盯上她了？"

周烬伸出手碰了一下自己的嘴角，声音透着点儿无可奈何："喜欢她啊，不舍得让她被其他人追到手，所以就……"

"砰！"又是一拳！

蒋浔手都打疼了，胸腔内的怒气还是消不下去。他看着不远处的周烬，沉声说："还手。"

周烬卸下了所有的防备靠墙站着，无奈地说："雾雾还在医院，打起来不太好。"

他们都是刑侦队的精英，蒋浔怎么可能会猜不到周烬的想法，他冷笑了一声，说："少在我面前装可怜！今天之后，你都不可能再见到我妹妹了！"

周烬还想说什么，但是被蒋浔揍他的动作打断了，这一回，他还手了。

蒋浔和周烬身上原本就有伤，这下变得更惨了，不过还是周烬更惨一点儿。因为他前面没怎么还手，后面也是收着力道跟蒋浔对打。

两个人打完之后，还不忘把病房内的东西复原。

蒋浔很平静地问："什么时候有心思的？"

"第二次见她，帮我涂药那次。"

蒋浔冷笑了一声，气息还有些不太稳："我还真是引狼入室。"

周烬坐在沙发上，浑身上下哪哪儿都痛，但还是很认真地说："我对她不是心血来潮，是想娶她，一辈子的那种。"

蒋浔心里的气并没有彻底消散，他克制着自己没有再动手："现在说一辈子为时尚早。"

周烬本来想说自己可以等，但又怕惹怒蒋浔，便没再提了。少说话，少挨揍——还真挺疼的。

不过周烬觉得挺值得的，大不了晚点儿在沈黎雾面前示示弱，还能让她心疼一会儿。

但蒋浔是谁，他早就猜到了周烬会用这一招。

于是，从地上找到自己的手机之后，蒋浔就拨通了沈黎雾的电话："雾雾在医院是吗？有空来住院部帮哥哥包扎一下伤口，你男朋友打的。"

蒋浔虽然嘴上说以后不会让周烬见到妹妹，但他也特别确定，如果有一天自己出事了，他一定会把妹妹交给周烬去保护。

病房里的阳光透过窗户缝隙照进来，蒋浔背靠着墙壁站着，原本温润如玉的面庞上沾染了些血迹，他看向周烬，慢慢地说道：

"雾雾是我从小看着长大的，你知道她出生的时候多小一只吗？小拳头晃呀晃，像是在跟我打招呼一样。

"快一岁的时候，她最先喊的就是哥哥，后来也奶声奶气地撒娇说，哥哥抱抱。

"她喜欢听我弹吉他唱歌，喜欢听我弹钢琴，喜欢吃我做的饭菜，喜欢向日葵，喜欢……黏着我。

"我有想过雾雾会谈恋爱，会结婚，如果那个人是你的话，坦白说，我还挺放心的。

"但周烬，有些话我必须说在前面，如果你不答应，这辈子我都不会让你见到雾雾。"

周烬其实猜到了，语气变得有些沉："我明白你的意思。"

蒋浔笑了一下："你不明白。

"雾雾经常会做噩梦，会哭，她说在另一个世界里，哥哥和爸爸妈妈都不在了。

"我做好了随时牺牲自己的准备，但我还是很自私地跟你下一个死命令。

"不管你跟雾雾是谈恋爱还是结婚，把你这条命守好是前提。如果你想要娶雾雾，就必须要离开这里，没有任何可商讨的余地。

"周烬，我就这么一个妹妹。

"我愿意拿命去爱她，为了她付出我的一切。

"倘若你对她不好，我哪怕死了，也绝对不会放过你。"

周烬轻敛眉眼，而后慢慢站起身，干脆利落地朝蒋浔敬了一个礼。

蒋浔没再说什么，因为他们之间的默契，周烬也明白——他这是答应了。

但答应归答应，生气归生气。

沈黎雾赶来住院部的时候，蒋浔直接"啪"一下把病房门关上了，没让沈黎雾看到被揍得很惨的周烬。

果不其然，沈黎雾看到哥哥受伤的时候，心疼得不行："哥哥……"

"还知道你有个哥哥啊？谈恋爱了怎么没跟哥哥说？"

蒋浔还是挺受伤、挺难过的，毕竟是自己捧在手心的妹妹，结果现在……

沈黎雾主动抱住了蒋浔，拖着语调，软声说："这辈子是哥哥，下辈子、下下辈子也是哥哥，永远永远你都是雾雾的哥哥，不会改变的。"

蒋浔听到后倒是开心了点儿，故意说道："嗯，男朋友随时可以换，哥哥只有一个。"

一边是男朋友,一边是哥哥……

周烬不想让沈黎雾陷入自责和纠结的情绪中,所以没提被揍的事情,但沈黎雾还是猜到了一些,帮蒋浔包扎完伤口后,又拜托医生帮周烬检查一下。

沈黎雾从华清大学毕业后,又去了国外读研,而周烬和蒋浔仍然在刑侦队工作。

在沈黎雾毕业回国的前两个月,周烬履行了当年跟蒋浔的承诺,正式申请了离职。但如果有任何需要他的地方,他也会毫不犹豫地迅速赶回来。

蒋浔一边看着他的离职报告,一边低声说:"你最好这辈子都不要回来。"

周烬穿着警服,最后一次站在国旗下,念出了自己当年的入队宣言。

周烬和沈黎雾的婚礼简单且温馨,他们并没有邀请太多人,婚礼也没有什么游戏环节,就是很简单的一场仪式。

父亲牵着女儿的手,慢慢走到台上,把她送到另外一个男人的手中。

蒋正明在家里已经提前演练很多遍了,虽然拼命克制着,但还是没忍住红了眼,他沉声说:"雾雾是我们蒋家的宝贝,我希望你能爱她、护她、对她好,如果你敢欺负我女儿,别看我现在老了,教训你,还是绰绰有余的。"

周烬坚定地说:"我会用自己的命来护着雾雾。"

沈黎雾也很难过,很不舍得,泪水蓄满了眼眶,然后扑簌簌往下掉,不单单是不舍得爸爸妈妈,还有她最爱的哥哥。

可是在婚礼现场,她都没有看到哥哥的身影。她以为哥哥没来,直到熟悉的钢琴声响起——

蒋浔穿着白色西装,在妹妹的婚礼上,弹奏着她最爱的那首钢琴曲。

沈黎雾看到的瞬间,眼泪又止不住地落了下来。

蒋浔温柔地笑着,用口型哄着她说:"不哭,要开心。"

前半段的钢琴演奏,是沈黎雾小时候很爱听的那首《小星星变奏曲》,曲子轻盈、欢快、可爱,令人心动;后半段的钢琴演奏,是蒋浔自编自弹送给妹妹的钢琴曲《礼物》,曲子梦幻、幸福、甜蜜,充满了温暖。前半段代表了蒋浔对妹妹的爱,后半段代表了蒋浔对妹妹的祝福。

演奏完之后，蒋浔拥抱了他最爱的妹妹，轻笑着说："今天雾雾是最漂亮的新娘，不许哭，听到没？"

沈黎雾吸了吸鼻子，哽咽着说："谢谢哥哥。"

蒋浔笑了笑："哥哥下去了，你乖乖的。"

从台上离开后，蒋浔坐在了灯光照不到的昏暗角落，看着他最漂亮的妹妹迈入了人生一个新的阶段。

他看了许久——小姑娘怎么一下就长那么大了呢？但还是和小时候一样漂亮，比世上最闪耀的珍珠还要漂亮！

蒋浔笑着笑着，眼眶就湿润了，他微微低下头，掩饰住了自己所有的难过和不舍。

婚礼结束后，沈黎雾收到了哥哥送来的向日葵花束和一封手写信——

"我最爱的妹妹，新婚快乐呀！

"记得初见你，小小的一只，可爱极了，哥哥当时就发誓，一定会好好保护你，爱着你。

"你牙牙学语时，奶声奶气地喊的那声'哥哥'；你伸出手臂，跟我撒娇时说的那句'哥哥抱抱'……你不知道，哥哥在那一刻有多幸福！

"你是我们蒋家的小礼物，是哥哥想保护一辈子的小礼物。

"你说梦里的哥哥喜欢向日葵，我想，他应该是希望雾雾能够永远朝着光，向阳而生，永远温暖、幸福。

"你说梦里的哥哥从来没有拥抱过你，我想，不是这样的，也许在雾雾不知道的时候，他已经偷偷拥抱了你无数次。

"毕竟我们雾雾这么可爱、漂亮、优秀，哥哥一定会忍不住偷偷去见你，偷偷拥抱你。

"哥哥希望你能永远开心，永远幸福。

"哥哥会一直在你身边，一辈子保护你。

"永远爱你的哥哥——蒋浔。"

周烬和沈黎雾的宝宝是在他们婚后第三年才意外到来的。

双方父母都很开心，叮嘱周烬一定要谨慎、谨慎、再谨慎，一定要好好照顾沈黎雾。

但沈黎雾孕吐太严重了，怀孕前期的时候，她吃什么吐什么，导致原本就不胖的小脸又瘦了一大圈。

周烬之前总觉得他们的宝宝会是个乖乖软软的女儿，如今却改变了主意。

他微蹙着眉，沉声说："再这样闹妈妈，出来后就把你丢到舅舅那边去训练！"

不知道是不是"威胁"有效果了，当天晚上沈黎雾的胃口就变得特别好。

吃完饭后，所有人都一脸担忧地看着沈黎雾。

"想吐吗？"

"是不是又要吐了？"

沈黎雾眨了眨茫然的眼眸，摇了摇头："好像不吐了。"

后来她才发现，她只有吃哥哥做的菜才不会吐，吃厨师或者爸爸妈妈做的菜，吃多少吐多少。

周烬只好趁蒋浔休假的时候，跟蒋浔学做菜。

他们两个承担了沈黎雾孕期所有的饮食，不知不觉中，沈黎雾的气色变得红润了。

第一次胎动的时候，宝宝攥着小拳头在妈妈的肚子里转来转去，还特别喜欢翻跟头，活泼得不像话。

周烬当时就心碎了，怎么越看越像儿子？

沈黎雾笑了笑，软声问："是儿子的话，你就不要了吗？"

周烬亲了亲妻子的额头："要，我们只要这一个就够了。"

不论是男是女，他都只要一个。

对沈黎雾而言，最难熬的那段时间，不是前期的孕吐，而是孕晚期的脆弱和焦虑，生活中的一点点儿小事就能牵动她所有的情绪。

她经常会讨厌矫情的自己，会忍不住胡思乱想，会偷偷地哭。

周烬每次都耐心地陪在她身边，慢慢地疏导她那些不好的情绪，甚至在凌晨也会陪着她下楼散心。

预产期前几天，周家和蒋家的所有人都紧张得不行，紧张到沈黎雾轻轻皱下眉，他们就觉得她要生了。

进手术室之前，所有爱着沈黎雾的亲人都在外面陪着她。

时间一分一秒过去，直到里面传来了一道响亮的啼哭声，所有人便都红了眼眶。

5 月 20 日 13 点 14 分，宝宝出生了，是个特别漂亮的小公主，她特意挑了一个这么浪漫的日子来跟爸爸妈妈以及大家见面。

护士把宝宝抱出来的时候，所有人都紧张地询问："大人怎么样了？她现在还好吗？"

护士轻笑了一声："放心吧，母女平安。"

小宝宝"哇"的一声哭了出来，蒋正明和奚婧连忙把宝宝接了过来，看着小外孙女，他们心里说不上是什么滋味，总之是心疼大于喜悦。

手术室外，周烬和蒋浔还笔直地站着，等着沈黎雾出来。

他们甚至都没有看过宝宝一眼，所有的心思都放在手术室里面。

直到沈黎雾被平安送回病房，蒋浔才放心离开，把独处的空间留给她和周烬。

周烬眼眶泛红，亲了亲妻子的额头，声音低哑："辛苦了，老婆！我爱你！"

他此生别无所求，只愿他爱的姑娘平安顺遂。

番外四
再见，蒋浔

　　自从得知了哥哥所做的一切，沈黎雾就变得特别平静。

　　她没有痛哭，没有崩溃，而是以特别清醒的状态去面对这些痛苦。

　　李局知道情况特殊，立刻就答应了周烬提出的休假请求，并叮嘱他好好照顾沈黎雾，毕竟蒋家只剩下她了。

　　周烬每天都陪在沈黎雾身边，他害怕她会想不开，害怕她会有什么极端的举动。

　　虽然沈黎雾三餐按时吃，聊天有回应，但是她表现得越正常，周烬就越不安。

　　吃晚饭的时候，周烬一边帮沈黎雾剥虾壳，一边低声问她："明天带雾雾去游乐园，好不好？"

　　沈黎雾握着筷子的手微微僵硬了一下，眼底露出片刻的茫然，不知回忆起了什么，她摇了摇头，说："不想去。"

　　周烬将目光落在沈黎雾的头上，笑道："我们雾雾一直在家里待着，不怕头上长蘑菇呀？"

　　沈黎雾很自然地应了句："那就摘下来给你炒菜吧。"

　　周烬笑了，这么多天第一次真实地笑了出来。他顺着她的话，颇为慵懒地打趣道："那你头上可要多长点儿蘑菇，你男朋友饭量大。"

　　沈黎雾没有再回应了，吃过饭后就去阳台坐着。

　　平常都是周烬想方设法找话题哄她开心，今天沈黎雾却很反常地喊了他。

　　周烬连手上的水渍都没得及擦，就奔去了阳台，他呼吸有些急促，弯下腰问她："怎么了？"

沈黎雾从身侧的纸盒里抽出两张餐巾纸，认真而又轻柔地帮他擦着手："我们明天去医院检查一下吧。"

周烬身形微僵，之前他也提过去医院这件事，但沈黎雾很排斥。现在她突然这样说，周烬怕极了。他蹲下身，紧紧握着沈黎雾的手，耐心哄道："雾雾不想去，我们就不去。等什么时候你心情好点儿了，我们再去。"

沈黎雾沉默了一会儿，不知道在思考什么。再开口时，她的语气中并没有任何的悲伤，而是一种平静的绝望："以前喜欢的甜品和奶茶，我现在看一眼就厌恶；以前爱看的电影和综艺，现在却再也体会不到当中的乐趣。

"玫瑰花、口红、衣服、包包……任何跟红色有关的东西，我看到就会恶心想吐……那一幕幕就像是刻在我的脑海中一样，怎么都忘不掉。

"兔子玩偶是我晚上最依赖的，可是我开始变得讨厌它了。

"我知道我自己生病了，我害怕哪一天我连你都不想要……"

周烬吻住了沈黎雾的唇，语气有些颤抖："不会，不会的。"

沈黎雾之所以选择说出这些，是因为她很清楚自己目前的情况有多严重——她渐渐把周烬给她的爱隔绝在外，她感受不到爱了。

沈黎雾任由周烬紧紧地抱着她，力道重到让她觉得有些疼痛。她缓缓闭上眼睛，将脸颊靠在他的胸膛处，声音微不可闻："你带我去看病吧，好不好？"

周烬心口处像是被什么东西狠狠刺了一下，比以往受任何伤都要难挨，这种感受就像当初蒋浔求他一定要照顾好妹妹一样。

蒋浔食言了，他也食言了，他没有照顾好蒋浔爱了二十二年，用心守护的妹妹。

周烬用大掌轻抚她的后颈，呼吸有些沉，答应道："好。"

沈黎雾没有选择自己熟悉的地点，而是去了别的城市，在一个完全陌生的医院挂号问诊。

"家属在外面等一会儿吧。"

医生刚说完这句话，沈黎雾便主动松开了跟周烬牵着的手。

周烬微微攥紧了手心，尽量平静地说道："麻烦您了，章教授！我就在外面，有问题随时喊我。"

"好的，放心。"

门关上后，周烬背靠着墙壁，脑海中浮现的是沈黎雾当初跟他说"只相信他"——可如今什么都变了。

手机提示音响起，是陶教授发来的信息，询问沈黎雾的情况。

沈黎雾不愿意让他联系陶教授，甚至排斥所有认识的人，但周烬为了她的身体着想，还是撒了一个善意的谎。

周烬跟陶教授说了沈黎雾目前的状态，至于病情的严重程度，还要等检查结果出来后才清楚。

时间一分一秒过去，跟医生交流之后，沈黎雾还需要做脑电图、心电图等一系列的检查。

周烬则趁她做检查的时候去了章教授的办公室，可惜得到的答案并不好。

"其实她什么都清楚，跟我说的第一句话就是'可以申请住院治疗吗'，她坚持不下去了，这次来医院也是为了你。

"为了你，她愿意尝试着拯救自己。"

病房所有的窗户只能开四分之一，医院收走了所有有危险的物件。周烬每天二十四小时都守在沈黎雾身边，想方设法地让她开心。

这样的生活持续了半个月，沈黎雾的情况似乎渐渐地有所好转。

她会因为无聊想要周烬陪她追剧或者玩游戏，她会跟周烬说自己想吃烧烤、小龙虾，让他瞒着医生偷偷帮自己带进来。

她开始重新关心那些爱着她的人，为了不让童盈和童父童母担心，她会换上漂亮的裙子，特意化好妆之后，再跟他们视频通话。

她看到窗外天气很好，会想要下楼散心，和周烬牵着手一起坐在医院的长椅上。

"冷不冷？"

虽然沈黎雾回答说不冷，但周烬还是把外套脱下来披在她的身上。

沈黎雾眼眸微弯，声音柔软："有一种冷叫你男朋友觉得你冷。"

周烬并未否认，只是握紧了沈黎雾的手："就这么一个宝贝女朋友，不舍得她感冒生病。"

沈黎雾轻轻笑了笑，将脑袋靠在周烬的肩膀处，慢慢睡了过去。

事情看似正在往好的方向发展，但是周烬总感觉有种说不上来的奇怪。

沈黎雾除了情绪有所好转，身体检查的各项数值仍然有些异常。

看到体检报告的时候，沈黎雾也有点儿疑惑："我有好好吃饭呀，为什么体重还轻了呢？"

周烬温柔地安慰说："没事的，雾雾，有可能是体质原因，我们慢慢来。"

沈黎雾轻轻点了点头，漂亮的双眸此刻看起来添了些明显的落寞，让人心疼不已。

"要不要睡会儿？"

"那你呢？"

"我去跟章教授聊一下后续的治疗方案，很快回来。"

周烬直到沈黎雾睡着后才离开病房，离开时也并没有发现沈黎雾有任何异样。

章教授耐心地看了两遍沈黎雾这段时间的检查报告，望向周烬的表情有些凝重："你确定她是真的开心吗？

"我听老陶说过，沈黎雾是一个特别聪明的学生，她比任何人都要了解自己的情况，所以，她如果想要隐瞒病情，也是再容易不过的一件事。

"我的建议是暂时不改变治疗方案，你也不要掉以轻心。"

周烬听完教授的这番话，最先想到的是沈黎雾的笑容以及她对自己的依赖。

他不愿意相信这些都是假的，不愿意相信这些都是伪装。

但是已经来不及了。

周烬回到病房后看到的不是沈黎雾在熟睡，而是病房里干干净净，空无一人——

她不见了！

周烬从没有哪一刻像现在这样绝望！

值班护士说沈黎雾和他几乎是同一时间离开的，前后相差不到半分钟。沈黎雾换上了漂亮的白裙子，笑着跟护士姐姐挥了挥手，跟往常一样下楼去散心。

周烬在监控中也看到了她从病房出来的身影。因为怕被周烬察觉到，中间隔了一段距离，等到周烬进电梯后，她才搭乘电梯。

她按的电梯通往的不是一层，而是负二层停车场。

沈黎雾住院没带太多东西，随身携带的只有蒋浔做的那个玩偶钥匙扣，但在不久前，她把这个钥匙扣挂在了周烬的车钥匙上面。

沈黎雾轻声问了句："做这个是不是很复杂呀？"

周烬一边整理检查报告，一边说："是挺复杂的，我记得他当时做了很多天。"

她说她也想学，周烬说改天买材料包过来给她玩。

车钥匙！车钥匙在她手上！

周烬在看到沈黎雾开车成功离开医院的瞬间，所有的冷静在瞬间被彻底击溃。

等到他想起手链的存在，颤抖着手去查看定位的时候，系统提示——该账号定位连接已被断开！

她太狠心了！

其实，沈黎雾做的事情远不止于此。

她有好好吃饭，只是每次吃过饭后都会忍不住去洗手间将东西全吐出来。

她拿周烬的手机不是为了玩游戏，而是为了删掉所有能追踪到她信息的软件或途径。

她闹着下楼不是为了散心、晒太阳，而是为了方便她之后可以光明正大地离开。

——她根本就没有任何好转，她还是想要离开！

一个小时后，在当地公安局的帮助下，通过调查沿途的监控，追踪车牌信息，成功地在通往 A 市的高速路上发现了沈黎雾的车辆信息。

周烬怕强制拦截会吓到她，决定等车通过下一个收费站的时候再行动。

二十分钟后，收费站的工作人员成功拦下了这辆车。只是，车上的人并不是沈黎雾，而是一个代驾小哥。他说客人只要求他把车子开到 A 市的悦湾小区，其他什么也没说。

周烬听完警方的汇报后，沉默了很久。

"周队，你还好吗？"

"没事，辛苦了，麻烦你们再查一下代驾小哥上车附近的监控。"

"已经安排人去查了，有消息我立刻同步给你。"

周烬在最近的高速出口掉头返回，他不能有任何的慌乱，他必须冷静地去处理所有的事情——

她在人生地不熟的城市会想要去哪儿？她身上除了一部手机外，什么也没带。

沈黎雾早就算好了一切，也算到了周烬对她的爱。

她没有特意躲避监控，只是利用代驾小哥转移注意力，给自己争取到了一点儿时间。

沈黎雾在陵园待了很久，等到回过神来才发现，天空不知道什么时候下起了雨。

离开医院的时候是艳阳高照，此刻天上已乌云密布，雨势也越发大。

沈黎雾站在雨中，点开手机——手机电量只剩下 10%，她一条一条地播放着周烬发来的未读语音。

"雾雾是想家了吗？只要你想，我们随时都可以启程回 A 市。

"我知道雾雾想一个人待着，想一个人静一静，但我真的特别担心你，告诉我你在哪儿好不好？

"下雨了，宝宝你带伞了吗？

"我买了你爱喝的奶茶，还有车厘子口味的小蛋糕，你再不回来的话，我就自己吃了。

"雾雾，他们都很爱你，我也很爱你，所以……你能不能再等等我，等我找到你，我可以找到你的……

"沈黎雾，求你不要放弃自己，好不好……"

沈黎雾在听到最后这条语音的时候，眼泪顷刻间夺眶而出，她狼狈地关了手机，因为她不敢再继续听下去了。

那通陌生电话是在死亡边缘挣扎着的哥哥给她打的！

她每天晚上都在想，如果她多问一句、多说一句，结局会不会不一样？

可是，没有如果。

她没有家了，她没有亲人了！

沈黎雾狼狈不堪地躲在无人注意的角落里，身上的衣服全都被雨水淋湿，洁白的裙子不知什么时候也沾染上了泥土。

她将目光落在自己手腕戴着的定位手链上，然后伸手小心翼翼地碰了碰。

片刻之后，沈黎雾颤抖着手打开了手机壳的背面，里面藏了一个小镜子。她跟周烬说化妆后气色好一点儿，这样好跟童盈视频通话，也是骗他的。

四周的树木正剧烈地晃动着，骤雨拍打着地面，这个世界也在挽留她。

但是沈黎雾已经无法承受失去亲人带来的痛苦，她活的每一分、每一秒都是煎熬，她撑不下去了，她想去找爸爸妈妈和哥哥。

沈黎雾缓缓闭上了眼睛，此时在她脸上流下的液体，她已经分不清是泪水还是雨水了。

她抬头看向围绕在自己身边的狂风骤雨，痛哭着问道："为什么？为什么活着会这么痛苦？为什么不让我去找你们？我每天都在想，我到底做错了什么？为什么我会没有家，没有亲人？

"我一遍遍地回想着你们离开的那段视频，为什么我第一次得知父母的信息，是在那样的境地下……

"放过我好不好……好不好……"

沈黎雾感觉意识越来越模糊，她已分不清是现实还是梦境。

"沈黎雾——"周烬声音嘶哑，他疯了一样地喊她的名字。

在看到沈黎雾面色苍白、奄奄一息地倒在地上时，周烬连呼吸都停滞了。

他慌乱地脱下自己的外套，又颤抖着手帮她包扎伤口，情绪有些崩溃："沈黎雾，蒋浔抱着你的照片看了几千遍，怕给你带来危险不去见你，就是为了让你的生活中没有任何的隐患，让你能够好好活着！

"你知道蒋浔看到你这么优秀他有多骄傲吗？你知道他在看你参加毕业典礼的时候笑得有多开心吗？你知道他有多想多想见你吗？你知道你父母和你哥哥有多爱多爱你吗？

"在医院治疗时，蒋浔哭着说他舍不得离开这个世界，舍不得留下你一个人！医院下了四五次病危通知书，他都一次次在鬼门关挣扎着想要活下来……可是你呢？你对得起他的爱吗？"

沈黎雾将脸埋在了他的胸膛处，整个人难受到连一句完整的话都说不出来，只是拼命地摇着头。

周烬把沈黎雾牢牢地抱在怀里，他眼眶通红，心疼地道："先回医院，好不好？"

急诊室外，周烬狼狈不已地靠墙站着，手心的伤口隐隐作痛，他却只是紧攥着手，沉默不语，直到警察前来询问相关情况——

"最后是在哪儿找到沈小姐的？"

"陵园。"

周烬想不到沈黎雾在一个陌生的城市还能去哪儿，唯一可能的地方就是陵园——虽然是不同城市的陵园，但是意义是一样的。所以，他甚至没有去查看监控，进了陵园后就按照记忆中通往蒋浔的墓碑的路线往前走。

幸好，找到她了。

医生说，好在送医及时，又加上伤口不太深，病人目前只是身体有些虚弱，没什么大碍。

沈黎雾被转移到普通病房后，周烬就寸步不离地守在她的身边——他实在是害怕她再出什么意外。

沈黎雾睡了很久，她做了一个很长的梦。她在梦里看到了爸爸妈妈失望且心疼的眼神，看到了濒临死亡却仍然挣扎着努力活下去的哥哥。

但是他们都一言未发，不论沈黎雾怎么喊他们，他们都不肯开口。

沈黎雾是哭着醒来的，这段时间压抑的情绪全部失控爆发了出来。她哭到最后甚至有些缺氧，却还不停地说着"对不起"。

周烬小心翼翼地抱着沈黎雾："雾雾没有对不起任何人，雾雾只是生病了，雾雾没有错。"

沈黎雾缓了好久，才哽咽着说出一句完整的话："我梦到爸爸妈妈和哥哥了，他们一句话都没有跟我说，他们一定是对我失望了……"

"不会的。蒋浔不止一次跟我炫耀他的妹妹有多优秀，他说你是蒋家的骄傲，永远都是。"

"真的吗？"

周烬眼眶红了一圈，却仍然笑着说："是真的。雾雾还记得那几通电话吗？如果不是你的声音，蒋浔大概连你的毕业典礼都撑不到。你是他活下去的希望，你是蒋家的希望，你的存在是有意义的！你要替他好好看看这万千世界，去看那些他们来不及看到的繁华与美好。"

沈黎雾把头靠在周烬的肩膀处，带着哭腔喊他："周烬……"

周烬低头看去："嗯？我在呢。"

她哭着说道："难受。"

周烬什么也没说，只是温柔地轻抚着她的背，直到她的情绪稍微缓过来些，他才像是变魔法一样拿出了奶茶和小蛋糕。

沈黎雾好不容易止住的眼泪又往下掉。她以为周烬只是在电话里随口一说，没想到他真的去买了。

"对不起，让你担心了。"

"奶茶有点儿凉了，等会儿帮雾雾重新买杯温热的。"

沈黎雾鼻尖发酸，哽咽着问："那我可以吃一口小蛋糕吗？嘴巴里面好苦。"

周烬拆开了小蛋糕的包装盒，轻轻地挖了一小勺："张嘴。"

沈黎雾因为身体虚弱，吃了蛋糕没一会儿就又想睡觉了，她在迷迷糊糊间跟周烬说："我想听跟哥哥有关的事情。"

周烬怜惜地吻了吻她的额头："好，等你睡醒后再跟你讲。"

父母相继离开那年，蒋浔才不到七岁，一般来说，这时候的童年记忆会随着年龄的增长而慢慢淡忘甚至消失，但蒋浔没有。

他清楚地记得——父亲叫蒋正明，是一名警察，在执行任务中因公牺牲；母亲叫奚婧，生完妹妹后不久，把他们兄妹二人分别送到了很远的亲戚家。

寄人篱下的滋味并不好受，但蒋浔想的全是要快点儿长大去找妹妹。

蒋浔待人永远温暖而真诚，他一直期待着长大后跟妹妹见面的那天，所以也就不在意生活中那些不好的事情。

从初中开始，蒋浔的成绩在班级里就已经名列前茅。

老师有时候会问："同学们长大后想做什么？有什么梦想吗？"

蒋浔眼睛里闪着光，每次都坚定地说道："我的梦想是当一名警察。"

老师笑着问："为什么呀？"

蒋浔一直牢牢地记着母亲分开前的叮嘱。他从未跟任何人提过父亲的身份，也不敢说想当警察是从小耳濡目染，受了父亲的影响。

他叫蒋浔，但他不认识蒋正明和奚婧，跟他们也没有任何关系。

"因为可以维护正义、惩恶扬善、打击犯罪。"

为了这个梦想，蒋浔一直努力着。

高中阶段的压力要远超初中，不过蒋浔从高一的时候，学习成绩就一直位列班级前三名，年级名次也稳定在前二十名。

在距离高考只剩下七个月的时候，蒋浔突然强烈地想要去 A 市，他想在高考前去看看父母，特别想。

可哪怕他省吃俭用，也支付不起从南城到 A 市的来回路费。叔叔婶婶家里要供三个孩子上学，蒋浔已经很感恩他们愿意照顾自己了，哪里好意思再开口提这件事。

事情的转机发生在他十八岁生日那天。

蒋浔的几个好朋友知道他在攒钱，知道他想要去 A 市看一看之后，商量着每个人都包了一个小红包，当作生日礼物送给他。

红包里面除了有现金之外，还有一件比较特殊的礼物——定位手表。

礼物盒里还附带了一张字条，上面的字迹很是清秀，写着：成年后独自旅行是一件很酷的事，但也希望你注意安全，平安回来！

字条上面并没有署名，但蒋浔还是一眼就认出了是谁的字迹。

班主任经常会借她的试卷让大家传阅，因为她的作文写得太优秀了。

蒋浔跟她的交集并不多，他们也不是同班同学，只是偶尔会一起上台参加优秀学生表彰大会。

晚自习结束后，蒋浔特意去了高三（1）班，想要当面跟她说声谢谢，但从同学口中得知她刚下楼。

明明之后，他们还有机会见面，但不知道为什么，少年还是穿过人群，不顾一切地往楼下跑，终于在校门口看到了她。

她穿着白蓝相间的校服，扎着高马尾，澄澈的眸中满是笑意，她正在跟朋友聊天。

大概是蒋浔的视线太过炙热，让人无法忽略，她疑惑地回头望去，与蒋浔四目相对。

蒋浔攥紧了垂在身侧的手心，尽量平静地对她说："谢谢。"

女孩儿弯眸轻笑，语调很是轻快："谢谁呀？我的名字这么难读吗？"

恰好这时，旁边车子副驾驶位的车窗打开，随即一道声音响起："回家了，糖糖。"

女孩儿冲着蒋浔挥了挥手，随后才上车离开。

"跟你讲话的那个男生是谁啊？"

"是特别特别优秀的一个人。"

"有意思？"

"只是单纯地欣赏哟！"

阮父笑笑并未再说话。

周五放假后，蒋浔跟叔叔婶婶说周末去同学家玩两天，他们并未多问，只是叮嘱他小心点儿，别给人家添麻烦。

火车进入Ａ市地界时，蒋浔看着窗外，总感觉有些恍惚：感觉才离开不久，怎么转眼就十几年了？

蒋浔不敢去蒋家曾经的住处，只是像旅游一样在附近的街道转了转。

这里早已物是人非，就连小时候爱吃的糕点都不是记忆中的那个味道了。

奚婧曾再三叮嘱蒋浔一定不能暴露自己的身份，不能跟蒋正明和奚婧有任何的牵扯，所以蒋浔连一张和Ａ市有关的照片都没有留下。

蒋浔真的很想去问父亲曾经的同事、领导，问问他们：

"你们记得蒋正明吗？他是我的父亲。

"我的父母被葬在哪儿了？我可以去看看他们吗？"

但是——不行。

哪怕蒋浔可以不顾自己的性命安危，也不能不顾叔叔婶婶一家人的养育之恩，更何况妹妹还没找到，所以他必须保护好自己。

蒋浔步行去了Ａ市面积最大的一处陵园，用几个小时看完了陵园内所有的无名墓碑，说了很多很多的话——

他相信父亲一定可以听到。

他也发誓一定会找到妹妹。

蒋浔从Ａ市回到南城后，整个人就像是变了一个模样，成绩稳步上升，几次模拟考试的排名都在年级前十。

高考前的几天，学校放假。

蒋浔是班级内最后一个离开的，他盯着自己书本上写着的"高三（5）班"看了许久，想着以后可能很少有机会再回来了。

就在这时，窗外飘来了一阵淡淡的花香味，在阳光的折射下，书桌上映出了女孩儿美好的侧脸轮廓。

"你还是想要报考公安大学吗？"

"是。"

"那就提前恭喜你如愿以偿。我相信你以后一定会成为一名优秀的警察。"

蒋浔拿着书本的手有些发紧，望向她的目光温柔带笑："谢谢，你也是。"

对视片刻后，女孩儿就有些不自然地移开了视线，像是在掩饰什么情绪："我……今天晚上的机票，出国读书。"

蒋浔愣了几秒，说道："这么快就要走吗？"

女孩儿点点头，假装有些遗憾的样子，轻叹了声："我如果不是要准备各种语言考试，你的年级名次还不一定会超过我呢！所以离开之前，来跟我高中三年的竞争对手告个别，希望……我们还有机会再见。"

蒋浔知道她从高一开始就已经为出国留学做准备了，以她的成绩，拿到心仪学校的录取通知书也是意料之中的事情。

蒋浔抬头看向她，笑着说："会再见的，也恭喜你如愿以偿。"

她停顿了片刻，问道："然后呢？你没有要跟我说的话了吗？"

蒋浔避开了女孩儿的视线，以一种很轻松的语气说："等你什么时候回国或者去 A 市，记得联系我，请你吃好吃的。"

"好，你收拾完了吗？要不要一起出去？"

蒋浔本想拒绝的，但还是下意识答应了下来。

从教室到校门口这段路，三年来蒋浔走了无数次，只有这次印象最深刻。

"阮棠。"

"嗯？"

"希望你未来一切都好。"

"这是你第一次喊我的名字。"

蒋浔低头笑笑，声音颇为温柔："希望未来的阮棠医生一切都好。"

他知道她要出国学医，他知道她叫阮棠，他什么都知道，他——什么都知道的。

阮棠仰头看向他，少年逆光而行，身上充满了温暖的正义感，她的心里却突然涌起了一股难以抑制的难过和失落。

她若无其事地调整好自己的情绪："突然很想看你穿警服的样子，不知道以后还有没有机会。"

蒋浔自己也不确定，但他还是笑着答："有啊，怎么没有！如果没机会见面的话，那就等我工作后再拍张自拍照发给你看。"

阮棠忽地朝他伸出了手："那拉钩，一言为定。"

"十八岁了，幼不幼稚呀？"蒋浔说完，又配合她拉钩，承诺道，"会再见的，照顾好自己。"

阮棠眼底染上了层浅浅的水光，她点点头说："你也是，照顾好自己。"

"再见，蒋浔。"

直到很多年后，阮棠才知道，蒋浔那天晚上盯着她飞往国外航班的实时动态，看了将近十个小时。

可是这个胆小鬼，连她的联系方式都没有留。

高考结束了，大家都将奔赴不同的人生，蒋浔如愿收到了公安大学的录取通知书，前往 A 市读书。

他终于可以光明正大地留在 A 市，留在曾经跟父母一起生活过的城市。

他也从未停止过寻找妹妹，只是这么多年过去了，真的很难查到什么有用的信息。

他参加过一次高中同学聚会，在玩"真心话大冒险"时输了游戏，而他抽中了一张大冒险卡牌：请给有好感的异性打电话说出"我喜欢你"。

周围响起了热烈的起哄声，大家都很好奇蒋浔的感情状态，特别想知道他会喜欢什么样的女生。

蒋浔沉默了一会儿，无奈地笑了笑："喝酒行吗？"

好友打趣道："所以是没有，还是不敢打呀？"

蒋浔端起了面前的酒杯一饮而尽，随后面不改色地说："没有。"

其实话他只说了一半，不是没有有好感的异性，而是他根本就没有她的联系方式。

班里有个女生跟阮棠关系挺好的，所以蒋浔经常能在朋友圈看到一些关于她的信息。

她刚出国时，吃不惯国外的饭菜，想方设法让朋友给她寄国内的速食，吃得最多的就是螺蛳粉、方便面，还有各种零食。

她还染了新的发色，把微信头像换成了自拍照，怀里抱了束向日葵，笑得特别甜，她比高中时更漂亮了。

她每门课程的成绩都是优秀，拿到了按学绩评定的奖学金——这个奖学金的名额很少，特别难拿。

如果想联系，怎么都能联系到——这个道理，蒋浔知道，阮棠也知道。

因为两国的时差，加上学业忙碌，有关阮棠的消息渐渐少了许多。

再后来，蒋浔在学校组织的一次对抗赛中，认识了比他小一届的周烬，两个人一见如故，成了很好的朋友。

大学期间的生活是充实且充满意义的，四年的时光也转瞬即逝。

蒋浔在毕业后就进入了A市的刑侦支队，关于他的身份信息，以及他和蒋正明之间的关系，暂时只有李局一个人知道。

"跟我来，孩子。"

李局带着蒋浔去到办公室后，拿出了一个密封的档案袋："这是你父亲的一等功奖章和他的警号。我没想到，有朝一日可以把这两样东西，交给蒋正明的儿子。"

蒋浔从来不敢跟任何人提及关于父母的事情，这么多年来，更是一直把这份情感深深地埋藏在心底。

他拿起了警号，放下了奖章——

封存警号是为了铭记，重启警号则是为了传承。

"因特殊原因无法公开宣传，没有记者媒体，也没有领导同事的见证，重启警号后，希望你能肩负起父辈未完成的使命，继续履行警察的铿锵誓言。

"031599，指挥中心呼叫！

"031599，欢迎归队！"

蒋浔入职的第二天，李局带着队里所有的新人去陵园祭拜，在纪念碑前默哀致敬。

李局看了一眼低头不语的蒋浔，而后沉声对大家说道："他们生前不能露脸，死后墓碑无名。我希望你们时刻铭记他们无私奉献的精神，也希望你们一辈子都不要来这儿。"

来之前，李局就告知了蒋浔他父母墓碑所在的位置。直到队伍解散，大家自行安排时间时，蒋浔才敢带着一束花，朝着父母的墓碑走去。

　　蒋浔来之前在脑海中幻想了无数遍见到父母的场景，他原本有很多想说的话，此时却不知该从何说起。

　　他站了很久很久，距离集合的时间越来越近时，他弯下腰把花放在了父母的墓碑前，而后郑重地跪下磕了三个头。

　　临走时，他认真地擦拭着父母的墓碑，承诺说："等我找到妹妹，就带她一起来看你们。我一定会找到她的，一定会。"

　　蒋浔工作的第二年，周烬、武凯、许顺都陆陆续续加入了刑侦队，他们一起破案，一起抓捕犯人。

　　后来经过上级领导的研究决定，安排蒋浔担任卧底，打入以缪志昌为首的犯罪团伙中。

　　这件事没有太多人知情，对内部只是说蒋浔被调到其他城市的公安局参加一场封闭训练，执行特殊任务。

　　实际上，蒋浔换了个全新的身份，慢慢接触到缪志昌手底下比较小的犯罪团伙，后因表现优异而被缪志昌关注到。在此期间了解到的所有情报，他都会想方设法地传递给上级领导。

　　在卧底的这段时间里，蒋浔身体和心理上都承受了极大的痛苦。

　　他之所以能坚持下来，是因为对警察这一职业的热爱，以及一定要找到妹妹的强烈的信念感。

　　他还没有找到妹妹，哪怕不能相认，只能远远看一眼，蒋浔也甘之如饴了。

　　身处黑暗，但心向光明，妹妹就是他的光。

　　卧底任务结束后，蒋浔带着重伤归来，在医院治疗了一个月。

　　也正是在这期间，他查到了D市福利院，找到了妹妹，看到了妹妹的照片。

　　沈黎雾，他们蒋家的小礼物——他找到了！他找到了！

　　蒋浔一遍遍地念着妹妹的名字，拿着她的照片反反复复地看了几千遍。

　　他在父母的墓碑前坐了一夜，还偷偷拿了张照片给他们看，一边笑着说："漂亮吧，遗传了你们两个人所有的优点。

　　"妹妹比我优秀多了，她在国内顶尖学府华清大学读书，今年六月份就要毕业了。

"事情没解决之前，我发誓，绝对不会去找她，影响她的生活。能看到照片，知道她现在过得很好，我就已经心满意足了。

"她叫沈黎雾，黎明的黎，迷雾的雾，跟'礼物'的读音很像。我真的好想买各种礼物送给她……你们说，她收到会开心吗？

"爸，妈，我真的找到妹妹了。

"她明明不是孤儿，她有哥哥，有爸妈……我真的好想早点儿找到她，却又害怕给她带来危险。"

蒋浔明明是在笑，可是笑着笑着却哭了，不是喜极而泣的哭，而是心疼妹妹在福利院长大还这么优秀，心疼她一无所知地被抛弃还仍然热爱这个世界，心疼她从小到大都不知道她有这么爱她的父母和哥哥，心疼她吃了这么多的苦，他这个做哥哥的却连一句安慰、一个拥抱都给不了她……

如果说蒋浔在查到妹妹的信息时还会期待见面，那么在"6·11"大案行动失败之后，蒋浔连一丝一毫的期待都不敢有了。

缪志昌的手段，蒋浔比谁都清楚，如果让他知道沈黎雾是蒋正明的女儿，是蒋浔的妹妹，那么后果不堪设想。

在医院治疗的这段时间，蒋浔每天都生不如死，但他还是想要活着，好好地活着！

幸得上天垂怜，他才能坚持到妹妹毕业，在他生命最后的时光，陪着她度过人生中一个重要的阶段。

在抢救室听到妹妹在电话里祝他做个好梦时，蒋浔哪怕戴着呼吸器也还是微微笑了出来——他的妹妹怎么这么优秀、这么善良、这么好啊！

他多希望能够一直陪着她、保护她……

可是，已经没有机会了。

遗憾还是有的，但蒋浔不后悔这样做。

几年后的某一天，沈黎雾跟周烬因为一件小事吵了架，委屈地跑到哥哥的墓园告状。

沈黎雾一边掉眼泪，一边说着周烬怎么欺负她："听到了吗，哥哥？你必须去揍他！他太过分了！"

沈黎雾正自言自语呢，忽然听到后面传来了一声温柔的轻笑。

沈黎雾眼泪汪汪地回头看去，身后站着的是一个特别漂亮的女生，她穿着黑色连衣裙，怀里抱了一束鲜艳的向日葵花束，与她的笑容交相辉映。

沈黎雾被惊艳得微微一愣，然后忙道歉："不好意思，打扰到你了吗？"

女生微笑着道："没有打扰到我，需要纸巾吗？"

沈黎雾吸了吸鼻子，目光落到女生手里的花束上："谢谢你。我哥哥也特别喜欢向日葵。"

阮棠愣了一下，依旧笑着道："是吗？那还挺巧的。"

"姐姐，你来看谁呀？"

"我来看一个特别胆小的朋友。"

"那没事，我哥哥胆大，可以让他去照顾你朋友。"

"好啊，那就麻烦你哥哥了。"

沈黎雾擦完眼泪后又看了眼时间，小声说道："都已经半小时了，竟然还没找到我！他真的太过分了！"

阮棠弯眸轻笑："你男朋友呀？他知道你在这里吗？"

沈黎雾晃了晃自己手上的银白色手链："我们已经结婚啦，手链上有定位的，他可以随时查看我的位置。不过这条手链还是我哥哥送的呢！"

阮棠说不上来心里是什么滋味。如果沈黎雾再跟她多聊一会儿，就能明显感觉到她因为沈黎雾口中的"哥哥"，情绪有了很大的起伏。

沈黎雾话音刚落，一辆熟悉的车就停在了不远处，周烬带着花从车上下来了。

"你还知道你有个老婆呀！再晚一会儿，就不怕我被坏人骗走吗？"

周烬态度良好地道歉："对不起，雾雾！我看到你在哥哥这儿了，有他在，没人敢欺负你的。"

临走时，沈黎雾还不忘跟阮棠道别："有机会再见呀，你记得把你朋友的姓名告诉我哥哥哟！"

阮棠点点头，笑着说："好，麻烦啦！"

直到周烬和沈黎雾乘坐的车子离开陵园，阮棠才敢把怀中的向日葵花束放在蒋浔的墓前。

"前两天去参加了同学聚会，听到了一些之前我不知道的小故事。

"原来，我那个胆小的朋友在我离开的那天晚上，盯着我的飞机航线看了近十个小时。

"他知道我的名字，知道我的手机号码，知道我要去国外读书，知道我离开的航班……他什么都知道，就是什么都不说。

"我回国工作了，以后可以经常过来看你，不过你生日和忌日那天就不来了，我怕跟你妹妹遇见。如果让她知道她哥哥就是那个胆小的人，肯定会笑你的。"

阮棠蹲下身，指腹在墓碑上轻轻擦拭着，语气有些哽咽："胆小鬼，胆小鬼蒋浔！我暗示你多少次了，你都不敢联系我。

"你知道那些朋友圈是我拜托朋友发出来的吗？明明仅你可见，你连赞都不敢点一下，一次都没有，哪儿有你这么过分的人！

"你还说等我回国要带我去吃好吃的……

"你食言了，蒋浔！你骗人，你答应我会再见的……"

阮棠已经记不清自己花了多久的时间才接受蒋浔离世这个消息。

她经常会梦到高三那年的事，醒来后就忍不住崩溃大哭。

比失去更遗憾的，是从来没有拥有过。

如果她当年再勇敢一点儿，他们会不会有不一样的结局？

可是没有如果，人生也不能重来。

即便有如果，她也相信蒋浔仍然会去坚持追寻他的梦想、他的执念。

因为他是蒋浔，最好的蒋浔。

也许在另一个平行世界，蒋浔正好好地活着，可能他谈了恋爱，已经结婚有了宝宝，并且幸福圆满地度过了他的一生。

他们原本就没有太多的交集，如今更是再也不会有任何的交集了。

这一生，已注定遗憾。

"希望你未来一切都好，希望你下辈子能够得偿所愿。

"再见，蒋浔。"